A PESAR DE TI

T0006238

Planeta Internacional

COLLEEN HOOVER

A PESAR DE TI

Traducción de Milo J. Krmpotić

 Planeta

Obra editada en colaboración con Editorial Planeta – España

Título original: *Regretting You*

© 2019, Colleen Hoover

Publicada de acuerdo con Dystel, Goderich & Bourret LLC a través de International Editor's Co.

Todos los derechos reservados

© 2022, Traducción: Milo J. Krmpotić

© 2022, Editorial Planeta, S. A. – Barcelona, España

© 2022, Editorial Planeta Mexicana, S.A. de C.V.
Bajo el sello editorial PLANETA M.R.
Avenida Presidente Masarik núm. 111,
Piso 2, Polanco V Sección, Miguel Hidalgo
C.P. 11560, Ciudad de México
www.planetadelibros.com.mx

Primera edición impresa en España: octubre de 2022
ISBN: 978-84-08-26346-3

Primera edición en formato epub: noviembre de 2022
ISBN: 978-607-07-9268-7

Primera edición en esta presentación: noviembre de 2022
Segunda reimpresión en esta presentación: noviembre de 2023
ISBN: 978-607-07-9232-8

Impreso en los talleres de Bertelsmann Printing Group USA
25 Jack Enders Boulevard, Berryville, Virginia 22611, USA.
Impreso en U.S.A - *Printed in U.S.A*

Este libro es para la brillante y fascinante Scarlet Reynolds.
No veo el momento de que conquistes el mundo.

1

Morgan

Me pregunto si los seres humanos son las únicas criaturas que se sienten vacías por dentro.

No entiendo que pueda tener el cuerpo lleno de todas las cosas de las que están llenas los cuerpos —huesos y músculos y sangre y órganos— y a la vez sentir el pecho vacío, como si alguien pudiera gritarme en la boca y provocar eco en mi interior.

Llevo ya semanas así. Tenía la esperanza de que se me pasaría, porque estoy empezando a preocuparme por lo que me provoca este vacío. Tengo un novio genial con el que llevo saliendo dos años. Si dejo de lado los momentos en los que Chris muestra una intensa y adolescente falta de madurez (la mayoría de ellos alimentados por el alcohol), él es todo lo que podría desear en un novio: es gracioso, atractivo, quiere a su madre, tiene metas... No se me ocurre por qué podría ser la causa de esta sensación.

Y luego está Jenny. Mi hermana pequeña... mi mejor amiga. Sé que ella no es la fuente de mi vacío. Al contrario, aunque seamos completamente opuestas la una a la otra, ella es la principal fuente de mi felicidad. Es extrovertida, espontánea, gritona... y mataría por tener su risa. Yo soy más tranquila, y por lo general mi risa es forzada.

Solemos bromear siempre sobre que, si no fuéramos hermanas, nos odiaríamos. Ella me encontraría aburrida, y yo a ella inaguantable. Pero, como somos hermanas y solo nos separan doce meses, nuestras diferencias de algún modo funcionan. Tenemos nuestros momentos de tensión, pero nunca dejamos una discusión sin resolver. Y, cuanto más crecemos, menos discutimos y más tiempo pasamos juntas. Sobre todo ahora que ella está saliendo con Jonah, el mejor amigo de Chris. Desde que Chris y Jonah acabaron la escuela el mes pasado, hemos pasado casi todas las horas del día los cuatro juntos.

Tal vez mi madre podría ser el origen de mi actual estado de ánimo, pero no tendría sentido. Su ausencia no es nada nuevo. De hecho, me he acostumbrado a ella, así que, en cualquier caso, estoy resignada a aceptar que a Jenny y a mí nos tocó la cruz en lo que a progenitores se refiere. Nuestra madre no ha tenido ninguna presencia en nuestra vida desde la muerte de nuestro padre, hace cinco años. Por aquel entonces, tener que hacer de madre de Jenny me amargaba más que ahora. Y, cuanto mayor me hago, menos me molesta que no sea el tipo de madre que se entromete en tu vida, que te dice la hora a la que has de volver a casa, o a la que... a la que le importes algo. La verdad, es bastante divertido tener diecisiete años y disfrutar de una libertad con la que la mayoría de los chicos de mi edad solo pueden soñar.

No ha habido ningún cambio en mi vida reciente que explique el vacío profundo que siento. O quizá sí, y es solo que me da demasiado miedo reparar en él.

—¿Sabes? —me pregunta Jenny desde el asiento del copiloto. Jonah conduce y Chris y yo ocupamos el asiento de atrás. He estado mirando por la ventanilla durante este acceso introspectivo, así que interrumpo mis ideas para observarla. Ha girado el cuerpo hacia nosotros y sus ojos se desplazan emocionados entre Chris y yo. Esta noche está muy guapa. Le he prestado uno de mis vestidos largos hasta el tobillo, y ha optado por algo sencillo, con muy poco maquillaje. Es increíble la diferencia que hay entre la Jenny de quince años y la actual de dieciséis—. Hank dice que puede pasarnos algo esta noche.

Chris levanta la mano y le choca los cinco. Vuelvo a mirar por la ventanilla, no tengo claro que me guste que le guste drogarse. Yo lo he hecho varias veces: es una consecuencia de tener la madre que tenemos. Pero Jenny solo tiene dieciséis años y se mete todo aquello a lo que pueda echarle mano en cada fiesta a la que vamos. Es un motivo muy importante para que yo haya decidido no hacer lo mismo, ya que, siendo la mayor y sin una madre que nos controle, siempre me he sentido responsable de ella.

A veces también me siento como la niñera de Chris. La única persona en este coche a la que no tengo que cuidar es Jonah, y eso no se debe a que no beba ni se drogue. Es solo que parece mantener el mismo nivel de madurez, independientemente de las sustancias que corran por sus venas. Tiene una de las personalidades más estables que he conocido. Cuando bebe se queda callado. Cuando se droga se queda callado. Cuando está feliz se queda callado. Y, de algún modo, cuando se enoja se queda aún más callado.

Jonah ha sido el mejor amigo de Chris desde pequeños, y son como la versión masculina de Jenny y mía, pero al revés. Chris y Jenny son el alma de todas las fiestas. Jonah y yo somos los secuaces invisibles.

Por mí está bien. Prefiero confundirme con el papel tapiz y disfrutar observando a la gente en silencio antes que ser la persona que se sube a la mesa en el centro de la habitación, la persona a la que observa la gente.

—Pero ¿dónde está ese sitio? —pregunta Jonah.

—A unos ocho kilómetros —contesta Chris—. No está lejos.

—Quizá no esté lejos de aquí, pero sí que está lejos de casa. ¿Quién va a conducir esta noche? —plantea Jonah.

—¡Yo no! —gritan Jenny y Chris a la vez.

Jonah me mira a través del retrovisor. Aguanta mi mirada durante un instante y yo asiento con la cabeza. Él hace lo mismo. Sin decirnos nada, hemos acordado que no tomaremos alcohol.

No sé cómo hicimos para comunicarnos sin hablar, pero es algo que hemos hecho siempre sin ningún esfuerzo. Quizá se deba a que somos muy parecidos, así que nuestras mentes se mantienen sincronizadas durante buena parte del tiempo. Jenny y Chris no se dan cuenta. No necesitan comunicarse en silencio con nadie porque sueltan todo lo que quieren decir, tanto cuando deberían hacerlo como cuando no.

Chris me toma la mano para llamar mi atención. Lo miro y me da un beso.

—Hoy estás muy guapa —susurra.

Le sonrío.

—Gracias. Tú tampoco estás mal.

—¿Quieres quedarte a pasar la noche en mi casa?

Me lo planteo durante un segundo, pero Jenny se gira y responde por mí:

—Esta noche no puede dejarme sola. Soy una menor que está a punto de pasarse las próximas cuatro horas ingiriendo un montón de alcohol y es posible que alguna sustancia ilegal. Si se queda en tu casa, ¿quién me agarrará el pelo mientras vomito por la mañana?

—¿Jonah? —contesta Chris encogiéndose de hombros.

Jenny se ríe.

—Jonah tiene los típicos padres tradicionales que quieren que esté en casa antes de medianoche. Ya lo sabes.

—Jonah acaba de terminar la escuela —dice Chris hablando de su amigo como si este no se encontrara en el asiento de adelante, escuchando cada una de sus palabras—. Debería actuar como un hombre y pasarse toda la noche afuera por una vez.

Mientras Chris dice eso, Jonah detiene el coche en la gasolinera.

—¿Alguien necesita algo? —pregunta ignorando la conversación de la que era protagonista.

—Sí, voy a intentar comprar algo de cerveza —contesta Chris mientras se desabrocha el cinturón de seguridad.

Eso me hace reír.

—Tienes una apariencia de menor de edad que no engaña a nadie. No te van a vender cerveza.

Chris me sonríe, se toma el comentario como un desafío. Se dirige hacia el interior del establecimiento y Jonah se baja del coche para echar gasolina. Estiro el brazo hacia el tablero central y tomo un caramelo de sandía que deja siempre ahí. El sabor de sandía es el mejor. No entiendo que alguien pueda odiarlo, pero al parecer él lo hace.

Jenny se quita el cinturón y se pasa al asiento trasero para estar conmigo. Enrosca las piernas bajo el cuerpo y se pone frente a mí. Me mira con picardía y dice:

—Creo que esta noche voy a acostarme con Jonah.

Por primera vez en siglos siento el pecho henchido, pero no de una manera positiva. Es como si se estuviera llenando de un líquido espeso. Puede que hasta sea lodo.

—Acabas de cumplir dieciséis.

—La misma edad que tenías tú cuando te acostaste con Chris por primera vez.

—Sí, pero llevábamos más de dos meses saliendo. Y sigo arrepintiéndome de haberlo hecho. Me dolió mucho, duró como mucho un minuto, y él apestaba a tequila. —Me interrumpo porque parece que esté insultando las habilidades de mi novio—. Luego ha mejorado.

Jenny se ríe, pero a continuación se recuesta contra el asiento y lanza un suspiro.

—Creo que es admirable que haya aguantado dos meses.

Quiero reírme, porque dos meses no son nada. Preferiría que esperara un año entero. O cinco.

No sé por qué soy tan contraria a esta idea. Jenny tiene razón: yo era más joven que ella cuando comencé a practicar sexo. Y, si ha de perder la virginidad, que al menos lo haga con alguien que sé con certeza que es buena persona. Jonah nunca se ha aprovechado de ella. De hecho, aunque conoció a Jenny un año antes, no comenzó a pretenderla hasta que cumplió los dieciséis. Para ella fue un motivo de frustración, pero él se ganó mi respeto.

Suspiro.

—Solo se pierde la virginidad una vez, Jenny. No quiero que ese momento tenga lugar mientras estás borracha en la casa de un extraño, acostada en una cama ajena.

Jenny mueve la cabeza de un lado a otro, como si de hecho estuviera considerando lo que le he dicho.

—Entonces quizá podríamos hacerlo en su coche.

Me río, pero no porque me parezca gracioso. Me río porque se está burlando de mí. Así es exactamente como perdí la virginidad con Chris. Aplastada contra el asiento trasero del Audi de su padre. No tuvo nada de especial y fue de lo más incómodo, y aunque hemos mejorado sería agradable que pudiéramos rememorar nuestra primera vez con algo más de cariño.

No tengo ganas de pensar en esto. Ni de hablar de ello. Es precisamente el motivo por el que me cuesta ser la mejor amiga de mi hermana pequeña: quiero emocionarme con ella y que me lo cuente todo, pero a la vez quiero protegerla para que no cometa los mismos errores que yo. Siempre deseo todo lo mejor para ella.

Le dirijo una mirada sincera, hago todo lo posible por no sonar maternal.

—Si ha de ser esta noche, al menos mantente sobria.

El consejo hace que Jenny ponga los ojos en blanco. Se regresa al asiento delantero en el momento en que Jonah abre la puerta.

Chris también ha vuelto. Sin la cerveza. Cierra la puerta de golpe y se cruza de brazos.

—En serio que tener cara de niño es una mierda.

Me río y le paso la mano por la mejilla para llamar su atención.

—A mí me gusta tu cara de niño.

Eso lo hace sonreír. Se inclina hacia mí y me besa, pero nada más tocar mis labios se echa hacia atrás y le da un golpe al asiento de Jonah.

—Inténtalo tú. —Chris se saca unos billetes del bolsillo y estira el brazo para dejarlos en el tablero.

—Pero ¿allí no habrá un montón de alcohol? —pregunta Jonah.

—Es la fiesta de graduación más importante del año. Todo el último curso estará allí, y los cuatro somos menores de edad. Necesitamos todos los refuerzos que podamos obtener.

Jonah toma los billetes a regañadientes y sale del coche. Chris me besa de nuevo, esta vez con lengua. No obstante, se aparta con rapidez.

—¿Qué tienes en la boca?

Aplasto el caramelo entre los dientes.

—Un caramelo.

—Yo también quiero —dice acercando su boca a la mía.

Desde el asiento delantero nos llega el gemido de Jenny.

—Paren. Puedo oír cómo se sorben.

Chris se echa hacia atrás con una sonrisa, pero también con un trozo de caramelo en la boca. Lo mastica mientras se pone el cinturón de seguridad.

—Han pasado seis semanas desde la graduación. ¿A quién se le ocurre organizar una fiesta seis semanas después? No me quejo. Es solo que me parece que a estas alturas ya deberíamos haber dejado atrás las fiestas de graduación.

—No han pasado seis semanas, solo cuatro —replico.

—Seis —me corrige—. Estamos a 11 de julio.

¿Seis?

Intento ocultarle a Chris la violencia con la que todos los músculos del cuerpo se me han puesto en tensión, pero no puedo evitar esa reacción ante lo que acaba de decir. Todo mi ser se ha quedado rígido.

No pueden haber pasado seis semanas, ¿verdad?

Si han pasado seis semanas... eso significa que tengo un retraso de casi dos semanas con la regla.

Mierda. Mierda, mierda, mierda.

La cajuela del coche de Jonah se abre de golpe. Chris y yo nos damos la vuelta rápidamente, pero Jonah lo cierra con fuerza y se dirige hacia la puerta del conductor. Entra en el coche con una sonrisa petulante en la cara.

—Maldito —murmura Chris negando con la cabeza—. ¿Ni siquiera te ha pedido el carnet?

Jonah arranca el motor y comenzamos a avanzar.

—Es una cuestión de confianza en uno mismo, amigo mío.

Observo a Jonah estirar el brazo para tomar a Jenny de la mano.

Miro por la ventanilla. Tengo un nudo en el estómago, me sudan las manos y el corazón me martillea en el pecho mientras cuento en silencio los días que han pasado desde mi última regla. No había pensado en ello. Sé que fue el día de la graduación porque a Chris le fastidió que no pudiéramos acostarnos. Pero esperaba que me viniera en cualquier momento, convencida de que solo había transcurrido un mes desde que Jonah y él se graduaron. Los cuatro hemos estado tan ocupados no haciendo nada durante estas vacaciones de verano que ni se me había pasado por la cabeza.

Doce días. Tengo un retraso de doce días.

No he podido pensar en otra cosa durante toda la noche; aquí, en la fiesta de graduación. Tengo ganas de pedirle el coche prestado a Jonah para ir a una farmacia de veinticuatro horas y comprar una prueba de embarazo, pero solo conseguiría que me preguntara el motivo. Y Jenny y Chris repararían en mi ausencia. En cambio, tengo que pasarme toda la velada envuelta por una música a un volumen tan alto que me está abriendo grietas en los huesos. Hay cuerpos sudorosos por toda la casa, así que no me puedo escapar a ningún sitio. En este momento me da demasiado miedo beber, porque no tengo ni idea de lo que podría pasar si estoy embarazada. Nunca he pensado demasiado en el tema, así que ignoro la cantidad exacta de alcohol que puede dañar a un feto. No me pienso arriesgar.

Es que no lo puedo creer.

—¡Morgan! —grita Chris desde el otro extremo de la habitación.

Se ha subido a una mesa. Hay otro tipo subido a una mesa a su lado. Están jugando a sostenerse sobre un solo pie y turnarse tomando caballitos hasta que uno de los dos se vaya al suelo. Es el juego para beber favorito de Chris y el momento del que menos disfruto a su lado, pero me hace gestos para que me acerque. Antes de que acabe de atravesar la sala, el tipo de la otra mesa se cae y Chris eleva un puño victorioso en el aire. Cuando llego junto a él se baja de un salto y me rodea con un brazo para atraerme hacia sí.

—No seas aburrida —dice, y lleva el vaso a mi boca—. Bebe. Sé feliz.

Aparto el vaso.

—Esta noche me toca conducir. No quiero beber.

—No, Jonah conducirá esta noche. No pasa nada. —Chris intenta darme otro trago, pero vuelvo a rechazarlo.

—Jonah quería beber, así que le he dicho que ya conduciría yo —miento.

Chris mira a su alrededor e identifica a alguien cerca de nosotros. Sigo su mirada y veo a Jonah, que está sentado en el sofá con Jenny. Ella le ha puesto las piernas sobre el regazo.

—Eres el conductor designado para esta noche, ¿verdad?

Jonah me mira antes de contestarle. Es una conversación silenciosa de apenas un par de segundos, pero Jonah ve en la súplica de mi expresión que necesito que le diga a Chris que no.

Jonah inclina la cabeza ligeramente, en un gesto cargado de curiosidad, pero a continuación mira a Chris.

—No. Voy a emborracharme.

Chris hunde los hombros y me mira de nuevo.

—Está bien. Supongo que tendré que divertirme yo solo.

Intento no sentirme insultada por lo que ha dicho, pero me cuesta trabajo.

—¿Estás diciendo que no soy nada divertida cuando estoy sobria?

—Eres divertida, pero la Morgan borracha es mi Morgan favorita.

Demonios. Eso me pone triste. Pero está borracho, así que ahora mismo voy a perdonarle el insulto, aunque solo sea para evitar una discusión. No estoy de humor. Tengo cosas más importantes en la cabeza.

Le doy un golpecito a Chris en el pecho con las dos manos.

—Bueno, la Morgan borracha no ha venido esta noche, así que ve a buscarte a alguien con quien puedas pasártela bien.

Nada más decir eso, alguien toma a Chris del brazo y jala de él para llevarlo de nuevo hacia las mesas.

—¡Revancha! —dice el tipo.

Y así, mi nivel de sobriedad deja de ser un motivo de preocupación para Chris, por lo que aprovecho la oportunidad para escapar de él, de este ruido, de esta gente. Salgo por la puerta trasera y me encuentro con una versión más tranquila de la fiesta y una ráfaga de aire fresco. Hay una silla vacía al lado de la piscina y, aunque estoy casi convencida de que la pareja que se halla en el agua está en plena actividad —debería considerarse insalubre en ese escenario—, en cierto modo resulta menos molesto estar allí que dentro de la casa. Coloco la silla de manera que no tenga que verlos, me recuesto y cierro los ojos. Me paso los minutos que siguen intentando no obsesionarme con cualquier síntoma que haya podido tener o dejar de tener durante el último mes.

No he tenido tiempo ni de empezar a pensar en lo que todo esto podría representar para mi futuro cuando oigo a mi espalda que alguien arrastra una silla sobre el cemento. No quiero abrir los ojos y ver quién es. Ahora mismo no puedo lidiar con Chris y su borrachera. Ni siquiera puedo lidiar con Jenny y la combinación de sus dieciséis años, la sangría y la hierba.

—¿Estás bien?

Suspiro aliviada al oír la voz de Jonah. Inclino la cabeza y abro los ojos, sonriéndole.

—Sí, estoy bien.

Veo en su expresión que no me cree, pero bueno. No pienso contarle a Jonah que se me ha retrasado el período porque:

(a) no es cosa suya, y (b) ni siquiera sé si estoy embarazada, y (c) si lo estoy, la primera persona a la que se lo contaré será Chris.

—Gracias por mentirle a Chris —le digo—. Es solo que esta noche no quiero nada beber.

Jonah asiente con la cabeza comprensivo y me ofrece un vaso de plástico. Me doy cuenta de que tiene dos, así que se lo acepto.

—Es refresco —me informa—. He encontrado una lata solitaria enterrada en uno de los refrigeradores.

Bebo un trago y recuesto la cabeza. De todos modos, el refresco sabe mucho mejor que el alcohol.

—¿Dónde está Jenny?

Jonah dirige la cabeza hacia la casa.

—Está tomando chupitos subida a una mesa. No he podido quedarme a mirar.

—Odio ese juego —admito con un gemido.

Jonah se ríe.

—¿Cómo es que los dos hemos acabado con personas tan completamente opuestas a nosotros?

—Ya sabes lo que dicen: los opuestos se atraen.

Jonah se encoge de hombros. Me parece raro que se encoja de hombros por este motivo. Se queda mirándome un instante, a continuación aparta la vista y comenta:

—He oído lo que te ha dicho Chris. No sé si ese es el motivo por el que has salido aquí fuera, pero espero que sepas que no lo ha dicho en serio. Está borracho. Ya sabes cómo se pone en estas fiestas.

Me gusta que Jonah esté defendiendo a Chris ahora mismo. Aunque a veces Chris pueda mostrarse un poco insensible, Jonah y yo sabemos que tiene un corazón más grande que la suma de los nuestros.

—Si hiciera esto constantemente quizá me enfadaría, pero es una fiesta de graduación. Lo entiendo... se la está pasando bien y quiere que me la pase bien con él. En cierto sentido tiene razón. La Morgan borracha es mucho mejor que la Morgan sobria.

Jonah me dirige una mirada significativa.

—No estoy para nada de acuerdo con eso.

Aparto de inmediato la vista de sus ojos y la centro en mi bebida. Lo hago porque me da miedo lo que está pasando. Comienzo a sentir que mi pecho se llena de nuevo, pero esta vez es algo positivo. El vacío se ve reemplazado por la calidez y las palpitaciones y los latidos, y no me gusta nada porque me da la sensación de que acabo de identificar el motivo por el que me he sentido tan vacía durante las últimas semanas.

Jonah.

A veces, cuando estamos solos, me observa de una manera que hace que me sienta vacía en cuanto aparta la vista. Es una sensación que no he experimentado nunca cuando es Chris el que me mira.

Esa constatación me parece aterradora.

Al parecer, hasta hace poco me había pasado toda la vida sin experimentar esa sensación, pero ahora que lo he hecho, cuando desaparece, es como si una parte de mí se fuera con ella.

Me tapo la cara con las manos. Entre toda la población mundial, entre toda la gente de la que me gustaría rodearme, es una mierda descubrir que Jonah Sullivan es quien ha comenzado a encabezar la lista.

Es como si mi pecho hubiera estado buscando sin descanso la pieza que le faltaba, y Jonah la tuviera aprisionada en su mano.

Me pongo de pie. Tengo que alejarme de él. Quiero a Chris, así que sentir estas emociones estando a solas con su mejor amigo me incomoda y me crea ansiedad. Quizá sea culpa del refresco.

O del miedo a que pueda estar embarazada.

Quizá no tenga nada que ver con Jonah.

Llevo parada ahí cinco segundos cuando Chris surge de la nada. Sus brazos se cierran en torno a mí un instante antes de que él nos haga caer a los dos a la piscina. Me noto a la vez enfadada y aliviada, porque necesitaba alejarme de Jonah, pero ahora me estoy hundiendo en la parte profunda de una piscina en la que no tenía la menor intención de meterme completamente vestida.

Salgo a la superficie a la vez que él, pero, antes de que pueda pegarle un grito, me atrae hacia sí y me besa. Yo le devuelvo el beso, porque supone una distracción muy necesaria.

—¿Dónde está Jenny? —Levantamos la mirada. Jonah se cierne sobre nosotros dirigiéndole una mirada furiosa a Chris.

—No lo sé —contesta.

Jonah pone los ojos en blanco.

—Te he pedido que no le quitaras el ojo de encima. Está borracha. —Se dirige hacia la casa para buscar a mi hermana.

—Yo también —dice Chris—. ¡Nunca le pidas a un borracho que cuide de una persona borracha! —Se desplaza un par de metros hasta que comienza a hacer pie, y entonces jala de mí. Posa la nuca sobre la pared de la piscina y me coloca de manera que me sujete de su cuello, frente a él.

—Lamento lo que te he dicho antes. No creo que ninguna versión de ti sea aburrida.

Aprieto los labios, aliviada de que sea consciente de que se ha comportado como un tonto.

—Solo quería que te la pasaras bien esta noche. No creo que te la estés pasando bien.

—Ahora sí. —Me obligo a sonreír porque no quiero que se entere de la agitación que siento bajo la piel. Pero, por mucho que intente posponerlo hasta no estar segura, no puedo dejar de preocuparme. Estoy preocupada por mí misma, por él, por nosotros, por el niño al que podríamos traer a este mundo mucho antes de que cualquiera de los dos esté preparado para ello. No nos lo podemos permitir. No estamos capacitados. Ni siquiera sé si Chris es la persona con la que quiero pasar el resto de mi vida. Y eso es algo sobre lo que una debería estar completamente segura antes de ponerse a crear a un ser humano con esa persona.

—¿Quieres saber lo que más me gusta de ti? —pregunta Chris. Mi camisa no hace más que salir a la superficie, así que me la mete en la parte frontal de los jeans. Que eres una sacrificada. Ni siquiera sé si esa palabra existe de verdad, pero es lo que eres. Haces cosas que no quieres hacer para que la vida de quienes te rodean sea mejor. Como lo de ser la conductora designada. Eso no significa que seas aburrida. Significa que eres una heroína. —Me río. Cuando se emborracha, a Chris le da por soltar cumplidos. A veces me burlo de él por eso, pero en secreto me encanta—. Se supone que ahora has de decir algo que te guste de mí —agrega.

Miro hacia arriba y hacia la izquierda, como si estuviera esforzándome por encontrar algo. Él me aprieta el costado en plan juguetón.

—Me gusta mucho lo gracioso que eres —declaro—. Que me hagas reír incluso cuando has hecho que me sienta frustrada.

Chris sonríe y en el centro de su barbilla aparece un hoyuelo. Tiene una sonrisa tan fantástica... Si estoy embarazada y acabamos teniendo un hijo juntos, espero que al menos herede la sonrisa de Chris. Creo que es el único aspecto positivo que podría surgir de esta situación.

—¿Qué más? —pregunta él.

Levanto la mano y le toco el hoyuelo, completamente preparada para decirle que me encanta su sonrisa, pero en su lugar digo:

—Creo que algún día serás un gran padre.

No sé por qué he dicho eso. Quizá esté tanteando el terreno. Viendo cómo reacciona.

Él se ríe.

—Claro que sí, carajo. Clara me adorará.

Inclino la cabeza.

—¿Clara?

—Mi futura hija. Ya la he bautizado. Pero aún estoy buscando un nombre de chico.

Pongo los ojos en blanco.

—¿Y si a tu futura esposa no le gustara nada ese nombre?

Me desliza las manos por el cuello y me toma de los cachetes.

—Te gustará. —Acto seguido me besa. Y, aunque ese beso no me llena el pecho como las miradas ocasionales de Jonah, en ese momento siento una tranquilidad reconfortante. Por sus palabras. Por su amor hacia mí.

Pase lo que pase cuando me haga la prueba de embarazo mañana, tengo la confianza de que me apoyará. Él es así.

—Chicos, deberíamos irnos —dice Jonah.

Chris y yo nos separamos y levantamos la mirada hacia él. Está sosteniendo a Jenny, que de otro modo no se mantendría de pie. Ella le rodea el cuello con los brazos y tiene la cara pegada a su pecho. Está gimiendo.

—Le dije que no se subiera a esa mesa —murmura Chris mientras sale de la piscina.

Me ayuda a salir y escurrimos la ropa todo lo posible antes de dirigirnos al coche de Jonah. Por suerte, los asientos son de piel. Ocupo el del conductor, ya que Chris cree que Jonah ha estado bebiendo. Jonah se sienta atrás con Jenny. Pongo el vehículo en marcha mientras Chris juguetea con el dial del radio.

En una de las emisoras comienza a sonar *Bohemian Rhapsody,* así que Chris sube el volumen y se pone a cantar. Unos segundos más tarde, Jonah se le une.

De manera sorprendente, me pongo a cantar en voz baja. No ha nacido aún la persona que oiga esta canción mientras conduce y pueda dejar de cantarla. Por mucho que esa persona tenga diecisiete años, esté en medio de una sospecha de embarazo y albergue sentimientos por alguien que se encuentra en el asiento trasero del coche cuando esos sentimientos deberían pertenecer exclusivamente a la persona que ocupa el asiento del copiloto.

2

Clara
Diecisiete años después

Miro hacia el asiento del copiloto y me encojo de vergüenza. Para variar, las grietas de la piel están llenas de migas de origen desconocido. Tomo la mochila y la arrojo al asiento de atrás, junto con una vieja bolsa de comida para llevar y dos botellas de agua vacías. Intento barrer las migas con la mano. Se me ocurre que podrían ser del bizcocho de plátano que Lexie se comió la semana pasada. O las migas del *bagel* que se ha comido camino a la escuela esta mañana.

En el suelo hay varios trabajos corregidos y arrugados. Estiro el brazo hacia ellos, pero la trayectoria del coche se tuerce hacia la cuneta y, tras enderezar el volante, decido dejar los trabajos donde están. No vale la pena morir por tener el coche un poco más presentable.

Cuando llego a la señal de *stop* me detengo y le presto a esta decisión la reflexión que se merece: puedo seguir conduciendo hasta casa, donde toda mi familia se prepara para una de nuestras tradicionales cenas de cumpleaños, o puedo hacer un cambio de sentido y regresar hasta lo alto de la colina, donde acabo de pasar junto a Miller Adams, que estaba parado a un lado de la carretera.

Miller se ha pasado el último año evitándome, pero, por muy embarazosa que sea la situación entre los dos, no puedo dejar tirado con este calor a alguien a quien más o menos conozco. Ahí fuera hace treinta y ocho grados. Aunque tengo puesto el aire acondicionado, las gotas de sudor se me deslizan por la espalda y me están empapando el brasier.

Lexie suele llevar el mismo brasier durante una semana entera antes de lavarlo. Dice que se limita a bañarlo en desodorante por las mañanas. Para mí, ponerse el brasier dos veces antes de lavarlo es casi tan nocivo como ponerse el mismo par de calzones dos días seguidos.

Es una lástima que no le aplique la misma filosofía de limpieza a mi coche que a mis calzones.

Olisqueo el aire y noto que el coche huele a moho. Sopeso la idea de rociarlo con un poco del desodorante que llevo en la guantera, pero, si decido dar la vuelta y me ofrezco a llevar a Miller, el coche olerá a desodorante reciente, y no estoy segura de qué es peor: un coche que sencillamente huele a moho, o un coche que huele de forma deliberada a desodorante fresco para tapar el olor a moho.

No es que pretenda impresionar a Miller Adams. Me cuesta sentir interés por la opinión de un tipo que parece hacer todo lo posible por evitarme. Pero, por algún motivo, me interesa.

Nunca le he contado esto a Lexie porque me da vergüenza, pero a principios de curso a Miller y a mí nos asignaron casilleros contiguos. Al menos durante dos horas, hasta que Charlie Banks comenzó a utilizar el casillero de Miller. Le pregunté si se la habían reasignado, y me contó que Miller le había ofrecido veinte dólares para que se la cambiara.

Quizá no tuviera nada que ver conmigo, pero me lo tomé como algo personal. No sé qué he hecho para que me tenga esta aversión, e intento no prestar atención a sus sentimientos más allá del hecho de que me esté evitando. Pero me disgusta desagradarle y, si lo ignoro, quedaré sentenciada dándole la razón. Pero soy una chica guapa, carajo. No soy la persona terrible que él cree que soy.

Hago el cambio de sentido. Quiero que cambie de idea sobre mí, aunque sea por mero egoísmo.

Al acercarme a lo alto de la colina, veo que Miller está parado junto a una señal de carretera con el celular en la mano. No sé dónde está su coche, y desde luego que no está aquí porque haya salido a correr un rato. Lleva unos jeans desteñidos y una camiseta negra, y con este calor cada una de esas prendas es una sentencia de muerte por sí sola, pero... ¿juntas? Es extraño que quiera morirse de una insolación, pero sobre gustos no hay nada escrito.

Me observa mientras hago girar el coche y me estaciono detrás de él. Está a menos de dos metros de distancia de mí, así que puedo distinguir su sonrisa de suficiencia cuando se guarda el celular en el bolsillo trasero y levanta la mirada hacia mí.

No sé si Miller es consciente de lo que sus atenciones (o la ausencia de ellas) pueden provocar en una persona. Cuando te mira, lo hace de un modo que te lleva a sentirte como si fueras lo más interesante que haya visto nunca. De algún modo, es como si pusiera todo su cuerpo en esa mirada. Se inclina hacia delante, sus cejas se unen en un gesto de curiosidad, asiente con la cabeza, escucha, se ríe, frunce el ceño. Las expresiones que adopta mientras te escucha hablar son cautivadoras. A veces lo observo desde lejos mientras mantiene una conversación con alguien y envidio en secreto a ese alguien por recibir su atención extasiada. Siempre me he preguntado cómo sería tener una charla cara a cara con él. Miller y yo nunca hemos hablado a solas, pero lo he descubierto mirándome algunas veces, e incluso siento un escalofrío cuando su atención me roza aunque solo sea un segundo.

Comienzo a pensar que no debería haber hecho el cambio de sentido, pero lo he hecho y aquí estoy, así que bajo la ventanilla y me trago los nervios.

—Faltan por lo menos trece días para que pase el siguiente autobús. ¿Necesitas que te lleve?

Miller me mira un instante y a continuación voltea la vista hacia la carretera vacía, como si estuviera esperando a que llegara una opción mejor. Se seca el sudor de la frente y acto seguido se concentra en la señal a la que está agarrado.

Por mucho que intente convencerme a mí misma de que no es así, el remolino que la expectativa me produce en el estómago es un claro indicativo de que la opinión de Miller Adams me importa mucho.

No me gusta nada esta extrañeza que existe entre los dos, pese a que no tenga constancia de que algo haya enrarecido las cosas. Pero la manera en que me evita hace que me dé la sensación de que hemos sufrido algún desencuentro en el pasado, cuando en realidad no hemos interactuado nunca. Es algo similar a cuando rompes con un chico y luego no sabes cómo desenvolverte en la relación de amistad posterior a la ruptura.

Por mucho que desee no saber nada acerca de él, me cuesta no suspirar por su atención, porque Miller es único. Y guapo. Sobre todo en este momento, con la gorra de los Rangers puesta al revés y esos mechones de cabello moreno que asoman por debajo. Se debería haber cortado el pelo hace tiempo. Lo suele llevar más corto, pero al comenzar el curso me di cuenta de que durante el verano se lo había dejado mucho más largo. Me gusta así. También me gusta más corto.

Mierda. ¿He estado fijándome en su pelo? Me siento como si me hubiera traicionado a mí misma de modo subconsciente.

Tiene una paleta en la boca, lo cual no es extraño. Su adicción a las paletas me parece graciosa, pero también transmite una sensación de arrogancia, pues no creo que los chicos inseguros vayan por ahí tomando chucherías como él; pero Miller siempre llega a la escuela comiéndose una paleta y por lo general tiene una en la boca al final del almuerzo.

Se saca la paleta, se relame los labios y yo siento en lo más profundo de mi ser que soy una adolescente sudorosa de dieciséis años.

—¿Puedes venir un segundo? —pregunta.

Estoy dispuesta a llevarlo a algún sitio, pero salir con este calor no formaba parte del plan.

—No. Hace calor.

Me hace señas para que me acerque.

—Serán un par de minutos. Rápido, antes de que me atrapen.

No tengo ningunas ganas de salir del coche. Me arrepiento de haber dado la vuelta, pese a que al fin esté manteniendo con él la conversación que siempre había deseado.

Pero es un empate técnico. Hablar con Miller ha quedado apenas por detrás de la ráfaga helada del aire acondicionado de mi coche, así que pongo los ojos en blanco con gesto dramático antes de salir del vehículo. Necesito que entienda la enormidad de mi sacrificio.

El aceite fresco del pavimento se me pega a la suela de las chanclas. Esta carretera lleva varios meses en construcción, y estoy bastante segura de que eso me acaba de destrozar el calzado.

Levanto un pie y gimo al ver la suela manchada de alquitrán.

—Te mandaré la factura de mis zapatos nuevos.

Él mira mis chanclas con expresión de duda.

—Eso no son zapatos.

Le echo un vistazo a la señal a la que está agarrado. Es la que indica el límite de la ciudad, y se mantiene de pie gracias a una plataforma improvisada de madera. Dos enormes sacos de tierra aguantan a su vez la plataforma. A causa de los trabajos de construcción, ninguna de las señales de esta carretera está sujeta al suelo con cemento.

Miller se seca las gotas de sudor de la frente, se agacha, levanta uno de los sacos de tierra y me lo ofrece.

—Toma esto y sígueme.

Cuando deja caer el saco sobre mis brazos lanzo un gruñido.

—Que te siga ¿adónde?

Me indica con un movimiento de la cabeza la dirección por la que he venido.

—Unos siete metros. —Se vuelve a llevar la paleta a la boca, toma el otro saco y se lo pone sin esfuerzo sobre el hombro, y a continuación comienza a arrastrar la señal tras de sí. La plataforma de madera rasca el pavimento y algunas astillas salen despedidas de ella.

—¿Estás robando la señal del límite urbano?

—No. Solo la estoy moviendo.

Miller sigue avanzando y yo me quedo quieta, observándolo arrastrar la señal. Los músculos de sus antebrazos están tensos, y eso me lleva a preguntarme qué aspecto tendrán el resto de sus músculos bajo tanta presión. «¡Para ya, Clara!» El saco de tierra hace que me duelan los brazos, y el deseo socava mi orgullo, así que recorro esos siete metros tras él a regañadientes.

—Solo quería ofrecerme a llevarte —le digo a su nuca—. No quiero convertirme en cómplice de esto, sea lo que sea.

Miller coloca la señal recta, deja caer el saco de tierra sobre los tablones de madera y a continuación me toma el otro saco de los brazos. Lo pone en su lugar y endereza la señal para que quede encarada en el sentido correcto. Se vuelve a sacar la paleta de la boca y sonríe.

—Perfecto. Gracias. —Se seca la mano en los jeans—. ¿Puedo aceptar tu oferta? Te juro que desde que he llegado aquí la temperatura ha subido cinco grados. Debería haberme traído la camioneta.

Hago un gesto hacia la señal.

—¿Por qué la hemos movido?

Se gira la gorra y se baja la visera para protegerse mejor del sol.

—Vivo a kilómetro y medio en ese sentido —dice apuntando con el pulgar por encima del hombro—. Mi local de pizza favorito no reparte fuera de los límites de la ciudad, así que he estado moviendo la señal un poco cada semana. Estoy intentando que llegue al otro lado de nuestro camino de acceso antes de que acaben de construir la carretera y la fijen al suelo con cemento.

—¿Estás desplazando el límite de la ciudad? ¿Por una pizza?

Miller se dirige hacia mi coche.

—Es solo un kilómetro y medio.

—Pero ¿cambiar las señales de carretera no es ilegal?

—Es posible. No lo sé.

Lo sigo.

—¿Y por qué la mueves un poco cada vez? ¿Por qué no te la llevas más allá de tu camino de acceso ahora mismo?

Miller abre la puerta del copiloto.

—Si la voy moviendo poco a poco, es más probable que no se den cuenta.

Bien visto.

Ya dentro del coche, me quito las chanclas manchadas de alquitrán y subo el aire acondicionado. Mis trabajos escolares crujen bajo los pies de Miller mientras se pone el cinturón de seguridad. Se inclina y los recoge, comienza a hojearlos y a examinar mis calificaciones con detenimiento.

—Todo excelentes —dice pasando la montaña de papel al asiento trasero—. ¿Te sale de manera natural o es que estudias mucho?

—Vaya, eres todo un fisgón. Y es un poco ambas cosas.
—Salgo a la carretera mientras Miller abre la guantera y mira
en su interior. Es como un cachorrillo curioso—. ¿Qué haces?

Saca el desodorante.

—¿Para las emergencias? —Sonríe, abre la tapa y lo olis-
quea—. Huele bien.

Lo devuelve a la guantera, saca un paquete de chicles, toma
uno y me ofrece otro. «Me está ofreciendo mis propios chicles.»

Niego con la cabeza y lo observo inspeccionar el coche con
actitud impertinente y grosera. No se come el chicle porque
aún tiene la paleta en la boca, así que se lo guarda en el bolsillo
y comienza a pasar las canciones en el radio.

—¿Siempre eres así de entrometido?

—Soy hijo único —replica como si eso lo excusara—. ¿Qué
escuchas?

—Tengo la lista en reproducción aleatoria, pero esta canción en concreto es de Greta Van Fleet.

Sube el volumen en el momento en que la canción llega a su
fin, así que no se oye nada.

—¿Es buena?

—No es una mujer. Es una banda de rock.

El *riff* de guitarra de la siguiente canción brota atronador
por los altavoces, y una sonrisa enorme aparece en su rostro.

—¡Esperaba algo un poco más suave! —grita.

Devuelvo la mirada a la carretera mientras me pregunto si
Miller Adams será así todo el tiempo. Imprevisible, indiscreto,
quizá incluso hiperactivo. Aunque nuestra escuela no es inmensa, él está en último año y no coincidimos en ninguna clase. Aun así, lo conozco lo suficiente como para percatarme de
que me ha estado evitando. Pero nunca he vivido una situación
así con él. Cercana y personal. No estoy segura de lo que esperaba, pero no era esto.

Estira el brazo hacia algo que ha quedado entre el tablero central y su asiento, pero, antes de que yo pueda ver lo que es, él ya lo ha abierto. Se lo arranco de las manos y lo tiro al asiento de atrás.

—¿Qué era eso? —pregunta.

Es una carpeta con todas mis solicitudes para la universidad, pero no quiero comentarlo porque se trata de un tema problemático entre mis padres y yo.

—No es nada.

—Me ha parecido que era una solicitud universitaria para un departamento de teatro. ¿Ya estás mandando solicitudes?

—En serio que eres la persona más indiscreta que he conocido. Y no. Solo las estoy recopilando porque quiero estar preparada. —Y las escondo en el coche porque mis padres se sorprenderían si supieran que voy en serio con lo de ser actriz—. ¿Tú no has mandado ninguna aún?

—Sí. Para la escuela de cine. —Los labios de Miller se curvan formando una sonrisa.

«Y ahora va de gracioso.»

Miller se pone a dar palmadas sobre el tablero al ritmo de la música. Intento mantener la vista fija en la carretera, pero me siento atraída hacia él. En parte porque me parece fascinante, pero también porque me da la sensación de que necesita una niñera que lo cuide.

De repente da un salto en el asiento, endereza la espalda y me pone en tensión porque no tengo ni idea de qué es lo que lo ha sobresaltado. Se saca el teléfono del bolsillo trasero para responder a una llamada que la música me ha impedido oír. Apaga el equipo de música y se saca la paleta de la boca. Apenas queda nada de ella. Un trocito diminuto de color rojo.

—Hola, nena —dice al teléfono.

«¿Nena?» Intento no poner los ojos en blanco.

Debe de ser Shelby Phillips, su novia. Llevan como un año saliendo. Shelby iba a nuestra escuela, pero se graduó el año pasado y ahora va a una universidad que se encuentra a unos cuarenta y cinco minutos de aquí. No tengo ningún problema con ella, pero tampoco la he tratado nunca. Es dos años mayor que yo y, aunque dos años no sean nada en el mundo de los adultos, en la escuela representan un montón de tiempo. Saber que Miller está saliendo con una universitaria hace que me encoja un poco en el asiento. No sé por qué hace que me sienta inferior, como si ir a la universidad la convirtiera de manera automática en una persona más intelectual e interesante que cualquier estudiante de penúltimo año.

Mantengo la vista puesta en la carretera pese a que me gustaría ver todas las expresiones que pone durante la llamada. No sé por qué.

—Estoy camino de casa. —Hace una pausa a la espera de la respuesta de Shelby y entonces comenta—: Pensé que eso era mañana por la noche. —Otra pausa, y a continuación—: Te has pasado mi camino de acceso.

Tardo un segundo en darme cuenta de que me lo dice a mí. Lo miro y tiene la mano sobre el celular.

—Ese de ahí atrás era el camino de acceso a mi casa.

Piso el freno a fondo. Él se apoya en el tablero con la mano izquierda y murmura «mierda» con una carcajada.

Estaba tan concentrada en escuchar su conversación que me he olvidado de lo que hacía.

—No —dice Miller al teléfono—. He salido a pasear y ha comenzado a hacer mucho calor, así que me han traído a casa.

Oigo que Shelby pregunta desde el otro extremo de la línea:

—¿Quién te ha llevado a casa?

Él me mira durante un instante y dice:

—Un chico, qué sé yo. ¿Te llamo luego?

«¿Un chico?» Alguien tiene problemas de confianza...

Miller cuelga mientras subo por su camino de acceso. Es la primera vez que veo su casa. Sabía dónde estaba, pero nunca había llegado a verla por las hileras de árboles que flanquean dicho camino y que esconden lo que hay al final de la gravilla blanca.

No es lo que esperaba.

Es una casa antigua, muy pequeña, hecha de madera y que necesita seriamente una capa de pintura. El porche alberga de manera inevitable un columpio y dos mecedoras, las únicas cosas del lugar que presentan algún atractivo.

En el camino hay una vieja camioneta de color azul, mientras que otro coche —no tan viejo, pero de algún modo en peor estado que la casa— descansa al lado de la vivienda sobre unos bloques de cemento, y los hierbajos que crecen a sus lados han comenzado a engullir el chasis.

Es como que me toma por sorpresa. No sé por qué. Supongo que me había imaginado que viviría en una casa grandiosa, con un estanque en el jardín trasero y un garage de cuatro lugares. En nuestra escuela, la gente puede ser muy dura, y parecen juzgar la popularidad de una persona a partir de la combinación entre su aspecto y su dinero, pero es posible que la personalidad de Miller maquille su falta de dinero, porque parece ser popular. Nunca he oído a nadie hablar mal de él.

—¿No es lo que esperabas?

Sus palabras me sacuden. Al llegar al final del camino de acceso freno el coche y me esfuerzo al máximo por hacer como si nada en esa casa me sorprendiera. Cambio por completo de tema, mirándolo con los ojos entornados.

—¿«Un chico»? —le pregunto regresando a la palabra que ha usado para referirse a mí durante la llamada.

—No pienso contarle a mi novia que me has traído a casa —confiesa—. Eso daría pie a un interrogatorio de tres horas de duración.

—Qué relación tan divertida y saludable...

—Lo es, cuando no me someten a un interrogatorio.

—Si tanto detestas que te interroguen, quizá no deberías alterar el límite de la ciudad.

Cuando digo eso él ya ha salido del coche, pero se agacha para mirarme antes de cerrar la puerta.

—No les contaré que has sido mi cómplice si tú prometes no contarles que estoy modificando el límite urbano.

—Cómprame unas chanclas y olvidaré todo lo que ha pasado hoy.

Él sonríe, como si le pareciera una idea graciosa, y entonces dice:

—Tengo la cartera dentro. Sígueme.

Solo era una broma, y a juzgar por el estado de la casa en la que vive no voy a aceptar su dinero. Pero parece que hemos llegado a una especie de entendimiento sarcástico, así que, si de repente me pongo compasiva y rechazo su dinero, quizá se sienta insultado. No me importa insultarlo en broma, pero no quiero insultarlo de verdad. Además, no puedo protestar porque él ya está dirigiéndose hacia la casa.

Dejo las chanclas en el coche para no mancharle la casa de alquitrán y lo sigo. Subo descalza los peldaños destartalados y reparo en que la madera del segundo está podrida. Ese escalón me lo salto.

Él se da cuenta.

Miller deja los zapatos manchados de alquitrán junto a la puerta y entramos en la sala. Constato aliviada que el interior de la casa tiene mucho mejor aspecto que la parte de fuera. Está limpio y ordenado, aunque la decoración permanezca despiadadamente anclada en los años sesenta. Los muebles son aún más antiguos. Frente a una de las paredes hay un sofá de fieltro de color naranja cubierto con la tradicional manta casera de ganchillo. En el otro hay dos sillones verdes que parecen ser extremadamente incómodos. Parecen de mediados de siglo, pero no con ánimo de modernidad. De hecho, es más bien lo contrario. Tengo la sensación de que aquí no han cambiado el mobiliario desde el día en que lo compraron, y eso fue mucho antes de que Miller naciera.

Lo único que parece razonablemente nuevo es el sillón individual y reclinable que hay delante de la televisión, pero es posible que su ocupante gane en edad a los muebles. Solo llego a ver una parte de su perfil y una coronilla arrugada y bastante pelada, y el poco pelo que hay es de color plateado brillante. Está roncando.

Hace calor aquí dentro. Casi más que fuera. El aire que inspiro con lentitud es cálido y huele a grasa de tocino. La ventana de la sala está abierta, la flanquean dos ventiladores oscilantes que apuntan hacia el hombre. El abuelo de Miller, probablemente. Parece demasiado viejo para ser su padre.

Miller atraviesa la sala y se dirige a un pasillo. Comienzo a ser consciente del hecho de que lo estoy siguiendo para llevarme su dinero. Solo era una broma. Y ahora parece haberse convertido en una demostración extremadamente patética de mi personalidad.

Al llegar a su dormitorio empuja la puerta, pero yo me quedo en el pasillo. Siento que la brisa recorre su habitación y me alcanza. Me levanta el pelo del hombro y, aunque es cálida, me proporciona un cierto alivio.

Desplazo la mirada por el dormitorio de Miller. De nuevo, no me remite para nada al estado exterior de la casa. Hay una cama doble pegada a la pared más alejada. «Ahí es donde duerme. Ahí mismo, en esa cama, dando vueltas todas las noches sobre esas sábanas blancas.» Me obligo a apartar la mirada, la elevo hacia el inmenso póster de los Beatles que cuelga allí donde por lo general debería haber una cabecera. Me pregunto si Miller es fan de la música antigua o si el póster ha estado ahí desde los años sesenta, igual que los muebles de la sala. La casa es tan vieja que no me extrañaría que esta hubiera sido la habitación de su abuelo cuando era adolescente.

Pero lo que de verdad me llama la atención es la cámara que hay sobre la cómoda. No es una cámara barata. Y a su lado hay varios objetivos de distintos tamaños. Es un despliegue que provocaría la envidia de cualquier fotógrafo aficionado.

—¿Te gusta la fotografía?

Sigue mi mirada hasta la cámara.

—Sí. —Abre el cajón superior de la cómoda—. Pero mi pasión es el cine. Quiero ser director. —Me mira—. Mataría por ir a la Universidad de Texas, pero dudo que me den una beca, así que tendrá que ser una universidad pública.

En el coche pensé que se estaba burlando de mí, pero ahora, al pasear la mirada por su habitación, comienzo a asumir que quizá me estuviera diciendo la verdad. Hay una pila de libros al lado de la cama. Uno de ellos es *Making Movies,* de Sidney Lumet. Me acerco y lo tomo, me pongo a hojearlo.

—Eres toda una fisgona —me imita.

Pongo los ojos en blanco y dejo el libro donde estaba.

—¿La universidad pública tiene un departamento de cine?

Él niega con la cabeza.

—No, pero podría ser un punto de partida hacia un lugar que sí lo tenga. —Se me acerca con un billete de diez dólares entre los dedos—. Esas chanclas cuestan cinco dólares en Walmart. Puedes tirar la casa por la ventana.

Vacilo un instante, ya no quiero aceptar su dinero. Él percibe mi duda. Hace que lance un suspiro de frustración. Entonces enrolla el billete y me lo mete en el bolsillo frontal izquierdo de los jeans.

—La casa estará hecha una mierda, pero yo no estoy sin dinero. Toma el dinero.

Trago saliva con dificultad.

«Acaba de meterme los dedos en el bolsillo. Y, aunque ya no estén allí, sigo notando su presencia.»

Me aclaro la garganta y me obligo a sonreír.

—Un placer hacer negocios contigo.

Él inclina la cabeza.

—¿En serio? Porque pareces sentirte culpable por aceptar mi dinero.

Suelo ser mejor actriz, me estoy defraudando a mí misma.

Aunque me encantaría echarle un vistazo más largo a su dormitorio, me dirijo hacia la puerta.

—Ningún sentimiento de culpa. Me has estropeado el calzado. Me lo debías.

Salgo de la habitación y comienzo a recorrer el pasillo. No espero que me siga, pero lo hace. Al llegar a la sala me detengo. El anciano ya no está en el sillón reclinable. Está en la cocina, delante del refrigerador, haciendo girar el tapón de una botella de agua. Me dirige una mirada curiosa mientras bebe un trago.

Miller pasa junto a mí.

—¿Te has tomado las medicinas, yayo?

«Lo llama "yayo". Es adorable.»

El yayo mira a Miller y pone los ojos en blanco.

—Me las llevo tomando cada día desde que tu abuela se fue. No soy un inválido.

—Aún —dice Miller en broma—. Y la abuela no se fue. Murió de un ataque al corazón.

—En cualquier caso, me dejó.

Miller me mira por encima del hombro y me guiña un ojo. No estoy segura del motivo de ese guiño. Quizá sea para suavizar el hecho de que el yayo guarda cierto parecido con el señor

Nebbercracker, y Miller quiere asegurarme que es inofensivo. Comienzo a entender de dónde ha sacado su sarcasmo.

—Eres un pesado —murmura el yayo—. Te apuesto veinte dólares a que los sobrevivo a ti y a toda tu generación de ganadores de los Premios Darwin.

Miller se ríe.

—Ten cuidado, yayo. Está asomando tu lado maligno.

El yayo me echa un vistazo y vuelve a mirar a su nieto.

—Ten cuidado, Miller. Está asomando tu infidelidad.

Miller encaja el golpe con una carcajada, pero a mí me provoca un poco de vergüenza.

—Ten cuidado, yayo. Están asomando tus varices.

El abuelo arroja el tapón de la botella de agua y le da a Miller de lleno en la mejilla.

—Te voy a borrar del testamento.

—Hazlo. Siempre estás diciendo que lo único de valor que tienes es el aire.

El yayo se encoge de hombros.

—Un aire que ya no heredarás.

Acabo por reírme. No estaba segura de que su perorata fuera amistosa hasta que le ha tirado el tapón.

Miller lo recoge y aprieta el puño en torno a él. Hace un gesto hacia mí.

—Esta es Clara Grant. Una amiga de la escuela.

¿Una amiga? Está bien. Le dirijo al abuelo un saludo con la mano.

—Encantada de conocerlo.

El yayo inclina la cabeza un poco, me mira con expresión muy seria.

—¿Clara Grant? —Asiento—. Cuando tenía seis años, Miller se cagó en la ropa interior en el supermercado porque le daba pavor la cadena automática del lavabo público.

39

Miller gime y abre la puerta de la calle mirándome.

—Ya sabía yo que no debería haberte invitado a entrar...
—Me hace un gesto para que salga, pero no lo hago.

—No sé si estoy preparada para irme —admito entre risas—. Porque quiero escuchar más historias del yayo.

—Tengo un montón —comenta el anciano—. De hecho, creo que esta te encantará. Dispongo de un video de cuando tenía quince años y estábamos en la escuela...

—¡Yayo! —dice Miller con brusquedad interrumpiéndole—. Ve a echarte una siesta. Han pasado cinco minutos desde la última. —Me toma de la muñeca y jala de mí para sacarme de la casa. Cierra la puerta a su espalda.

—Espera. ¿Qué pasó cuando tenías quince años? —Tengo la esperanza de que acabe la historia, porque necesito saberlo.

Miller hace un ademán de negación. En realidad, parece sentirse un poco avergonzado.

—Nada. Son mierdas que se inventa.

Sonrío.

—No, creo que eres tú el que se lo está inventando. Necesito esa historia.

Miller me pone una mano en el hombro y me dirige hacia los escalones del porche.

—No la oirás nunca. Nunca.

—No sabes lo insistente que puedo llegar a ser. Y me cae bien tu abuelo. Es posible que comience a visitarlo. —Lo provoco—. Cuando cambie el límite de la ciudad, pediré una pizza de piña y *pepperoni*, y vendré a que me cuente historias vergonzosas sobre ti.

—¿Piña? ¿En la pizza? —Miller sacude la cabeza fingiendo estar decepcionado—. No vuelvas por aquí.

Bajo los escalones, y de nuevo salto el que está podrido. Cuando estoy a salvo sobre la hierba, me giro hacia él.

—No puedes imponerme de quiénes me hago amiga. Y la piña en la pizza está deliciosa. Es la combinación perfecta entre dulce y salado. —Saco el celular—. ¿Tu yayo tiene Instagram?

Miller pone los ojos en blanco, pero con una sonrisa.

—Nos vemos en la escuela, Clara. No vuelvas a venir por mi casa.

Me dirijo al coche riéndome. Abro la puerta y, al voltearme, veo que Miller está mirando el celular. No vuelve a dirigir la vista hacia mí. En el momento en que desaparece en el interior de la vivienda, una notificación de Instagram suena en mi teléfono.

«Miller Adams ha comenzado a seguirte.»

Sonrío.

Quizá todo fueran ideas mías.

Antes incluso de abandonar el camino de acceso estoy tecleando el número de la tía Jenny.

3

Morgan

—Morgan, para. —Jenny me arranca el cuchillo de la mano y me aparta de la tabla de cortar—. Es tu cumpleaños. Se supone que no debes trabajar.

Apoyo la cadera contra la barra y la observo picar el jitomate. Tengo que morderme la lengua porque lo está cortando demasiado grueso. Aunque tengamos ya treinta y tantos, la hermana mayor que llevo dentro desea ocupar su lugar y corregirla.

No, ahora en serio. Podría sacar tres rodajas de jitomate de cada una de las suyas.

—Deja de juzgarme —me pide Jenny.

—No lo estoy haciendo.

—Sí, sí que lo estás haciendo. Ya sabes que no suelo cocinar.

—Por eso me he ofrecido a cortar el jitomate.

Jenny alza el cuchillo como si se dispusiera a clavármelo. Levanto las manos a la defensiva y me siento sobre la barra, a su lado.

—Bueno —dice mirándome de reojo. Por su tono de voz sé que está a punto de contarme algo con lo que sabe que no estaré de acuerdo—. Jonah y yo hemos decidido casarnos.

Por sorpresa, no exteriorizo ninguna reacción ante ese comentario. Por dentro, no obstante, sus palabras son como garras que me vacían el estómago.

—¿Te lo ha pedido?

Ella baja la voz hasta convertirla en un susurro, porque Jonah está en la sala.

—La verdad es que no. Ha sido más bien una discusión. Tiene sentido que ese sea nuestro siguiente paso.

—Es lo menos romántico que he oído nunca.

Jenny me mira con los ojos entornados.

—Como que tu pedida de mano fue muy diferente...

—*Touchée.*

No me gusta nada que la clave, pero tiene razón. No hubo una petición elaborada... no hubo siquiera una petición normal. El día después de contarle a Chris que estaba embarazada, él dijo: «Bueno, supongo que deberíamos casarnos».

Y yo contesté: «Sí, supongo que sí».

Y eso fue todo.

Ya llevamos diecisiete años felizmente casados, así que no sé por qué estoy juzgando a Jenny por la situación en la que se ha metido. Jonah y Chris son dos personas completamente diferentes, y al menos Chris y yo teníamos una relación cuando quedé embarazada. No estoy segura de qué se traen entre manos Jonah y Jenny. Llevaban sin hablarse desde el verano posterior a la graduación de él, y ahora de repente vuelve a nuestra vida... ¿y ahora es posible que pase a formar parte de nuestra familia?

El padre de Jonah falleció el año pasado y, aunque ninguno de nosotros lo había visto ni había hablado con él desde hacía años, Jenny decidió asistir al funeral. Acabaron pasando la noche juntos, pero él voló de vuelta a Minnesota al día siguiente. Un mes más tarde, ella descubrió que estaba embarazada.

Debo reconocérselo a Jonah: ha dado un paso al frente. Tenía la vida arreglada en Minnesota y se mudó aquí un mes antes de que Jenny diera a luz. De acuerdo, solo han transcurrido tres meses desde entonces, así que supongo que mis dudas se deben sobre todo a que no sé quién es Jonah en este momento de su vida. Salieron juntos dos meses cuando Jenny estaba en la escuela, y ahora se ha venido desde la otra punta del país para criar a un niño con ella.

—Pero ¿cuántas veces se han acostado ustedes dos?

Jenny me mira anonadada, como si mi pregunta hubiera sido demasiado indiscreta.

Pongo los ojos en blanco.

—Oh, no te hagas la ofendida. Lo digo en serio. Se acostaron una noche y no volviste a verlo hasta el noveno mes de embarazo. ¿El médico ya te ha dado el visto bueno?

Jenny asiente con la cabeza.

—La semana pasada.

—¿Y? —digo esperando que responda a mi pregunta.

—Tres veces.

—¿Incluyendo esa primera noche?

Ella niega con la cabeza.

—Cuatro, supongo. O... bueno... cinco. Esa noche cuenta por dos.

Guau. Son prácticamente unos desconocidos.

—¿Cinco veces? ¿Y ya piensas en casarte con él?

Jenny ha terminado de cortar los jitomates. Los pone en un plato y se pone a picar una cebolla.

—Tampoco es que nos acabemos de conocer. Cuando salía con él en la escuela Jonah te caía bien. No entiendo por qué te supone un problema ahora.

Me echo hacia atrás.

—Hum... veamos. Te dejó, se mudó a Minnesota al día siguiente, desapareció durante diecisiete años, ¿y ahora de repente quiere comprometerse contigo para el resto de su vida? Me sorprende que te extrañe mi reacción.

—Tenemos un hijo juntos, Morgan. ¿No es la misma razón por la que llevas diecisiete años casada con Chris?

Ahí está, la ha vuelto a clavar.

Su celular comienza a sonar, así que se seca las manos y se lo saca del bolsillo.

—Hablando de tu hija... —Contesta la llamada—. Hola, Clara.

La tiene en altavoz, así que me duele que Clara diga:

—Mi madre no está ahí contigo, ¿verdad?

Jenny me mira con los ojos desorbitados. Comienza a retroceder hacia la puerta de la cocina.

—No.

Le quita el altavoz al celular y se va a la sala.

No me molesta que Clara siempre llame a mi hermana para pedirle consejo en vez de recurrir a mí. El problema es que Jenny no tiene ni idea de darle consejos a Clara. Se pasó su década de veinteañera de fiesta en fiesta, luchando por salir adelante en la escuela de Enfermería, y viniendo a verme cada vez que necesitaba un lugar donde quedarse.

Por lo general, cuando Clara llama a Jenny por un tema importante sobre el que esta no sabe qué responder, mi hermana se busca una excusa para colgar, me llama y me lo cuenta todo. Yo le digo lo que le ha de decir a Clara, y entonces ella le devuelve la llamada a mi hija y le transmite el consejo como si fuera suyo.

Me gusta ese montaje, pero me gustaría mucho más que Clara acudiera a mí. Aunque lo entiendo. Soy su madre. Jenny es la tía genial. Clara no quiere que me entere de ciertas cosas, y lo entiendo. Si supiera que estoy al tanto de algunos de sus secretos se moriría. Como hace unos meses, cuando le pidió a Jenny que le consiguiera una cita para obtener anticonceptivos «por si acaso».

Me bajo de la barra de un salto y continúo picando la cebolla. La puerta de la cocina se abre de golpe y entra Jonah. Hace un gesto con la cabeza hacia la tabla de cortar.

—Jenny me ha dicho que me ocupe yo porque tú no puedes hacer nada.

Pongo los ojos en blanco, dejo caer el cuchillo y me aparto de su camino.

Me quedo mirando su mano izquierda, preguntándome por el aspecto que tendrá el anillo de bodas en su dedo anular. Me cuesta imaginarme a Jonah Sullivan comprometiéndose con alguien. Sigo sin creer que haya regresado a nuestra vida y que ahora esté aquí, en mi cocina, picando cebolla sobre una tabla de cortar que nos regalaron a Chris y a mí en una boda a la que Jonah no acudió.

—¿Estás bien?

Levanto la mirada hacia él. Tiene la cabeza inclinada, sus ojos azul cobalto aguardan mi respuesta llenos de curiosidad. Siento que todo en mi interior se vuelve más espeso: la sangre, la saliva, el resentimiento.

—Sí. —Le dirijo una sonrisa rápida—. Estoy bien.

Tengo que concentrarme en alguna otra cosa... en lo que sea. Me dirijo al refrigerador y lo abro, hago como que busco algo. Desde que volvió he logrado evitar con éxito cualquier conversación privada con él. Y no quiero romper la racha ahora. En especial el día de mi cumpleaños.

La puerta de la cocina se abre y Chris entra con un sartén lleno de hamburguesas que acaba de sacar de la parrilla. Cierro el refrigerador y me quedo mirando la puerta, que continúa balanceándose a su espalda.

Odio esa puerta más que ninguna otra parte de esta casa.

Que no se me malinterprete, me siento muy agradecida por la casa. Los padres de Chris nos la cedieron como regalo de bodas cuando se mudaron a Florida. Pero es la misma casa en la que Chris se crio, y su padre, y su abuelo. Es un monumento histórico, incluso con su cartelito blanco a la entrada. La construyeron en 1918, y me recuerda a diario que tiene más de un siglo de antigüedad. Los chirridos del suelo de madera, esas tuberías que requieren constantes reparaciones... Incluso después de la remodelación de hace seis años, a la menor oportunidad nos indica su edad a gritos.

En la remodelación, Chris quiso mantener la planta original. Así que, aunque muchas de las instalaciones sean nuevas, no ayuda que todas las habitaciones estén separadas y sean cerradas. Yo quería un espacio abierto. A veces, con tantas paredes, siento que me cuesta respirar aquí dentro.

Lo cierto es que no puedo irme a escuchar a escondidas la conversación entre Jenny y Clara, que es lo que me gustaría.

Chris deja el sartén con las hamburguesas sobre la cocina.

—Voy a buscar el resto y esto ya estará listo. ¿Clara llega ya?

—No lo sé —contesto—. Pregúntaselo a Jenny.

Chris enarca las cejas percibiendo mis celos. Sale de la cocina y la puerta vuelve a balancearse. Jonah la detiene con el pie y sigue cortando las verduras.

Aunque los cuatro fuimos muy buenos amigos, a veces tengo la sensación de que Jonah es un extraño. Tiene básicamente el mismo aspecto, pero hay algunas diferencias sutiles. Cuando éramos adolescentes llevaba el pelo más largo. Tanto que a veces se lo recogía en una coleta. Ahora lo lleva más corto, y es de un castaño más intenso. Ha perdido algunas de las mechas de color miel que le salían al final de cada verano, pero el tono oscuro hace que sus ojos azules resalten todavía más. Su mirada siempre era amable, incluso cuando se enfadaba. La única manera que tenías de saber que algo lo había molestado era que apretaba los dientes.

Chris es todo lo opuesto. Tiene el cabello rubio, los ojos de color verde esmeralda y una mandíbula que no camufla bajo una barba de pocos días. Por su trabajo tiene que ir siempre bien afeitado, así que la suavidad de su piel hace que parezca algunos años más joven de lo que es. Y cuando sonríe le sale un hoyuelo adorable en el centro de la barbilla. Pese a todos los años que llevamos casados, me sigue encantando que sonría.

Al compararlos, me cuesta creer que los dos, Jonah y Chris, tengan treinta y cinco años. Chris sigue luciendo cara de bebé, podría pasar por veinteañero. Jonah sí que aparenta los treinta y cinco, y parece haber crecido varios centímetros desde la escuela.

Eso me lleva a preguntarme cuánto habré cambiado yo desde la adolescencia. Me gustaría pensar que sigo teniendo un aspecto tan juvenil como el de Chris, pero la verdad es que me siento como si tuviera muchos más años que treinta y tres.

Bueno, ahora treinta y cuatro.

Jonah pasa a mi lado al ir a buscar un plato a la alacena. Al hacerlo me mira y no aparta la vista. Por su expresión me doy cuenta de que desea decirme algo, pero lo más probable es que no lo haga porque siempre está perdido en sus pensamientos. Piensa más de lo que habla.

—¿Qué? —Le devuelvo la mirada a la espera de una respuesta.

Él niega con la cabeza y se voltea.

—Nada. No importa.

—No puedes mirarme de esa manera y luego no contarme lo que estabas a punto de decir.

Él suspira, aún de espaldas a mí; toma la lechuga y le clava el cuchillo.

—Es tu cumpleaños. No quiero sacar el tema el día de tu cumpleaños.

—Demasiado tarde.

Jonah me mira de nuevo con expresión vacilante, pero se rinde y acaba por contarme sus ideas.

—Apenas me has dirigido la palabra desde que he vuelto.

Vaya. Directo al grano. Siento el rubor en el pecho y el cuello debido a la vergüenza ante lo que me está echando en cara. Me aclaro la garganta.

—Te estoy dirigiendo la palabra ahora.

Jonah aprieta los labios, como si intentara mostrarse paciente conmigo.

—Es diferente. Tengo la sensación de que las cosas son diferentes. —Sus palabras avanzan tambaleándose hacia mí y yo quiero esquivarlas, pero la cocina es demasiado pequeña, carajo.

—¿Diferentes respecto a qué?

Se seca las manos con un paño.

—Respecto a como eran antes. Antes de que me fuera. No parábamos de hablar.

Estoy a punto de reírme ante la ridiculez de su comentario. Pues claro que las cosas han cambiado. Ahora somos adultos, tenemos nuestra vida, e hijos, y responsabilidades. No podemos recuperar la amistad desenfadada que teníamos entonces.

—Han pasado más de diecisiete años. ¿Pensabas que ibas a presentarte aquí y que los cuatro volveríamos a ser los mismos de aquella época?

Jonah se encoge de hombros.

—Con Chris las cosas vuelven a ser como antes. Y con Jenny. Pero entre nosotros dos no.

Me debato entre salir huyendo de la cocina y decirle a gritos todo lo que llevo dentro desde que se marchó egoístamente.

Bebo un trago de vino para retrasar mi respuesta. Mientras la formulo, él me mira con expresión desilusionada. O quizá lo que haya en su mirada sea desprecio. Sea lo que sea, es la misma mirada que me lanzó hace muchos años, segundos antes de marcharse.

E, igual que entonces, no sé si su decepción apunta hacia fuera o hacia dentro.

Jonah suspira. Puedo notar el peso de todas esas ideas aún por desembalar.

—Lamento haberme ido tal como lo hice. Pero no puedes estar enojada conmigo para siempre, Morgan —dice con rapidez, como si no quisiera que nadie más oyera nuestra conversación. Entonces sale de la cocina y finiquita el tema.

Solo en ese momento recuerdo la sensación de pesadez que solía notar cuando él estaba a mi alrededor. A veces, compartir el mismo aire resultaba sofocante, como si de manera egoísta él estuviera consumiendo más de lo que le tocaba y a mí apenas me quedara nada.

Esa pesadez ha regresado, me envuelve en mi propia cocina. Aunque Jonah haya salido de ella y la puerta se esté balanceando, puedo notarla en el pecho.

En el mismo instante en que detengo el movimiento de la puerta con el pie, Jenny la abre de nuevo. La conversación que me he negado a mantener con Jonah pasa a un segundo plano mental para que pueda darle vueltas más tarde, ya que ahora tengo que averiguar todo lo que Clara le ha contado a mi hermana.

—No era nada —afirma Jenny quitándole importancia—. Ha llevado a casa a un chico de su escuela, y él ha comenzado a seguirla en Instagram. No sabía con seguridad si el tipo había estado flirteando con ella.

—¿Qué tipo?

Jenny se encoge de hombros.

—¿Morris? ¿Miller? No lo recuerdo. Su apellido es Adams.

Chris acaba de entrar en la cocina para dejar otro sartén sobre los fogones.

—¿Miller Adams? ¿Por qué estamos hablando de Miller Adams?

—¿Lo conoces? —pregunto.

Chris me lanza una mirada que me indica que debería saber con exactitud quién es Miller Adams, pero el nombre no me suena nada.

—Es el hijo de Hank.

—¿Hank? ¿Aún hay gente llamada Hank en este mundo?

Chris pone los ojos en blanco.

—Vamos, Morgan. Hank Adams... Fuimos a la escuela con él.

—Apenas recuerdo ese nombre.

Chris niega con la cabeza.

—Era el chico que solía venderme la hierba. Acabó dejando los estudios en el penúltimo año. Lo arrestaron por robar el coche del profesor de Ciencias. Y por un montón de mierdas más. Estoy bastante seguro de que llevará algunos años metido en la cárcel. —Chris centra su atención en Jenny—. Demasiadas condenas por conducir borracho, o algo así. ¿Por qué estamos hablando de su hijo? Clara no estará saliendo con él, ¿verdad?

Jenny toma la jarra de té helado del refrigerador y cierra la puerta con la cadera.

—No. Estamos hablando de un famoso llamado Miller Adams. Tú hablas de alguien de aquí. Son personas diferentes.

Chris suelta una bocanada de aire.

—Gracias a Dios. Es la última familia con la que debería involucrarse.

Cualquier cosa que tenga que ver con su hija y los chicos es un tema complicado para Chris. Le toma el té a Jenny y sale de la cocina para ir a dejarlo en la mesa del comedor.

Cuando Chris ya no puede oírnos, me río.

—¿Un famoso?

Jenny se encoge otra vez de hombros.

—No quiero meterla en problemas.

Jenny siempre ha sido de reacciones rápidas. Improvisa tan bien que da miedo.

Echo un vistazo a la puerta para asegurarme de que esté cerrada, y la miro de nuevo.

—Jonah piensa que lo odio.

Jenny se encoge de hombros.

—A veces da esa sensación.

—Nunca lo he odiado. Tú lo sabes. Es solo que... apenas lo conoces.

—Tenemos un hijo juntos.

—Se tarda treinta segundos en hacer un hijo.

Jenny se ríe.

—Fueron más bien tres horas, si de verdad quieres saberlo.

Pongo los ojos en blanco.

—No quiero saberlo.

Chris pega un grito desde el comedor para informarnos de que la comida está lista. Jenny sale de la cocina con las hamburguesas, y yo pongo las verduras en un plato y las llevo a la mesa.

Chris se sienta delante de Jenny, y yo lo hago al lado de él. Lo cual significa que tengo a Jonah en diagonal. Mientras nos servimos, logramos evitar cualquier contacto visual. Con suerte el resto de la cena irá igual. Es lo único que deseo de verdad por mi cumpleaños: que el contacto visual con Jonah Sullivan sea entre escaso y nulo.

—¿Estás emocionada por lo de mañana? —le pregunta Chris a Jenny.

Ella asiente con vehemencia.

—No lo sabes tú bien.

Jenny trabaja como enfermera en el mismo hospital en el que Chris es jefe de control de calidad. Ha estado de baja de maternidad desde el nacimiento de Elijah, hace seis semanas, y mañana es su primer día.

La puerta de la calle se abre y Lexie, la mejor amiga de Clara, irrumpe en la casa.

—¿Han empezado sin mí?

—Siempre llegas tarde. Siempre empezamos a comer sin ti. ¿Dónde está Clara?

—De camino, supongo —responde Lexie—. Pensaba venir con ella, pero mamá me ha dejado el coche. —Pasea la mirada por la mesa, abarcando a todos los presentes. Saluda con un asentimiento de cabeza a Jonah—. Hola, tío profesor.

—Hola, Lexie —contesta él, al parecer molesto por el apodo que le ha adjudicado.

Al volver, Jonah consiguió trabajo en la escuela de Clara como profesor de Historia. Sigo sin creer que lo sea. Ni siquiera recuerdo que nos comentara alguna vez que quería ser profesor. Pero supongo que en nuestro pequeño pueblo del este de Texas no había demasiadas opciones cuando decidió regresar para ayudar a Jenny con el pequeño Elijah. Provenía del mundo de los negocios, pero por aquí lo único que necesitas para ser profesor es una licenciatura y una solicitud. Hay poca oferta de profesores a causa de la escala salarial de mierda.

—¿Estás segura de que no te importa quedarte con Elijah esta semana? —me pregunta Jenny.

—Para nada. Estoy emocionada.

Y lo estoy de verdad. A partir de la semana que viene, Elijah irá a la guardería, así que he aceptado quedármelo durante los cuatro días que Jenny tendrá que trabajar esta semana.

A veces me sorprende que Chris y yo no tuviéramos más hijos después de Clara. Lo hablamos, pero nunca llegamos a ponernos de acuerdo. Hubo un tiempo en el que yo quise tener más, pero él trabajaba tanto que no se sintió preparado. Entonces, cuando Clara tenía trece, Chris planteó la posibilidad de tener otro, pero la idea de combinar a un bebé y una adolescente me pareció un tanto terrorífica. Desde entonces no lo hemos vuelto a comentar, y ahora que tengo treinta y cuatro años no sé si quiero comenzar de nuevo.

Elijah es la solución perfecta. Un bebé a tiempo parcial, con el que puedo jugar y al que puedo mandar de regreso a su casa.

—Qué lástima que siga en la escuela —se lamenta Lexie—, porque sería una gran niñera.

Jenny pone los ojos en blanco.

—¿No fuiste tú quien me metió a un perro cualquiera en el patio porque pensaste que era mío?

—Se parecía a tu perro.

—Yo no tengo perro —repone Jenny.

Lexie se encoge de hombros.

—Bueno, pensé que sí. Perdóname por ser proactiva. —Lexie al fin toma asiento, después de llenarse el plato—. No puedo quedarme mucho rato. Tengo una cita de Tinder.

—Aún no puedo creer que estés en Tinder —murmura Jenny—. Tienes dieciséis años. ¿No se supone que has de tener dieciocho para abrir una cuenta siquiera?

Lexie sonríe.

—En Tinder tengo dieciocho. Y, hablando de cosas sorprendentes, sigue dejándome perpleja que este novio te haya durado más de una noche. Es tan poco propio de ti... —Mira a Jonah—. No te ofendas.

—No me ofendo —replica Jonah con la boca llena.

Jenny y Lexie siempre bromean. A mí me parece divertido, sobre todo porque las dos se parecen mucho. Cuando tenía veintitantos años, Jenny tuvo una ristra de novios. De haber existido Tinder por entonces, habría sido la reina.

Yo no tanto. Chris es el único hombre con el que he salido. El único hombre al que he besado. Es lo que suele suceder cuando conoces al hombre con el que te casarás a una edad tan temprana. Caray, si conocí a Chris antes de saber siquiera lo que quería estudiar en la universidad.

Aunque supongo que dio bastante igual, porque no duré mucho allí. Al tener a Clara tuve que detener cualquier sueño que pudiera albergar para mí misma.

Últimamente he estado pensando mucho en ello. Ahora que Clara se está haciendo mayor, estoy comenzando a sentir un agujero enorme en mi interior. Es como si ese agujero absorbiera el aire de cada día que pasa, días en los que no hago más que vivir por Chris y por Clara.

En medio de esa idea autodestructiva, Clara entra al fin en casa. Se detiene a metro y medio de la mesa, ignorando a todo el mundo y todo cuanto la rodea, mientras su dedo se desplaza por la pantalla del celular.

—¿Dónde has estado? —le pregunta Chris. Solo ha llegado media hora más tarde de lo habitual, pero se ha dado cuenta.

—Lo siento —se disculpa, y deja el teléfono sobre la mesa, al lado del de Lexie. Se inclina sobre el hombro de Jonah para tomar su plato—. Tuvimos reunión de teatro después de clase y luego uno de mis compañeros necesitaba que lo llevaran a casa. —Me dirige una sonrisa—. Feliz cumpleaños, mamá.

—Gracias.

—¿Quién necesitaba que lo llevaras? —quiere saber Chris.

Jenny y yo nos miramos en el momento en que Clara contesta:

—Miller Adams.

Mierda.

Chris deja caer el tenedor sobre el plato.

Lexie exclama:

—¿Perdona? ¿Y cuándo pensabas llamarme para contármelo?

Chris nos mira a Jenny y a mí como si estuviera a punto de regañarnos por haberle mentido. Le agarro la pierna por debajo de la mesa. Es una señal de que no quiero que mencione que hemos hablado del tema. Sabe tan bien como yo que Jenny es una gran fuente de información acerca de lo que sucede con la vida de nuestra hija, y si revela que me ha contado su conversación acabaremos sufriendo todos.

—¿Por qué has llevado a Miller Adams a casa? —le pregunta a Clara.

—Eso —dice Lexie—. ¿Por qué has llevado a Miller Adams a casa? Cuéntalo con pelos y señales.

Clara ignora a Lexie, le responde solo a su padre.

—Apenas ha sido un kilómetro y medio. ¿Por qué te molesta tanto?

—No vuelvas a hacerlo —le ordena Chris.

—Yo voto por que vuelva a hacerlo —declara Lexie.

Clara mira a Chris sin creérselo.

—Hacía calor... no iba a obligarlo a caminar.

Chris levanta una ceja, algo que no suele hacer demasiado, y por eso el gesto resulta especialmente amenazador.

—No quiero que te relaciones con él, Clara. Y no deberías llevar a chicos en el coche. No es seguro.

—Tu padre tiene razón —conviene Lexie—. Solo puedes llevar a chicos buenos en el coche cuando yo esté contigo.

Clara se deja caer en la silla y pone los ojos en blanco.

—Dios mío, papá. No es ningún extraño. Y no estoy saliendo con él. Lleva un año con la misma novia.

—Sí, pero su novia está en la universidad, así que tampoco será ningún obstáculo —replica Lexie.

—Lexie... —Chris dice su nombre con tono admonitorio.

Esta asiente con la cabeza y se pasa los dedos a lo largo de los labios, como si se los estuviera cerrando con un cierre.

Me tiene un poco sorprendida que Clara esté aquí actuando como si no acabara de llamar a Jenny alterada por la posibilidad de que ese chico haya flirteado con ella. Hace como si no tuviera importancia tanto delante de Chris como de Lexie. Pero gracias a Jenny yo sé que sí le ha importado. Miro fijamente a Clara, admirada por su capacidad para fingir, pero esa admiración viene acompañada de una ligera molestia. Estoy tan impresionada por su habilidad para mentir como por la de Jenny.

Me da miedo. Yo no podría hacerlo ni aunque me fuera la vida en ello. Me pongo nerviosa, se me ruborizan las mejillas. Hago todo lo posible por evitar la confrontación.

—No me importa que esté soltero o casado, ni si es multimillonario. Te agradecería que no volvieras a llevarlo en el coche.

Lexie hace un movimiento como si se abriera el cierre imaginario de los labios.

—Eres su padre, no deberías decirle eso. Si a una chica adolescente le prohíbes que vea a un chico, solo conseguirás que tenga más ganas de verlo.

Chris apunta con el tenedor a Lexie y pasea la mirada alrededor de la mesa.

—¿Quién sigue invitándola a estas cosas?

Me río, pero también sé que Lexie tiene razón. Si Chris sigue así, esto no va a acabar bien. Lo noto. Clara ya está loca por ese chico, y ahora su padre se lo ha prohibido. Más tarde tendré que advertirle a Chris que no vuelva a sacar el tema, a menos que quiera que Hank Adams se convierta en el futuro suegro de Clara.

—Me siento fuera de onda —admite Jonah—. ¿Qué tiene de malo Miller Adams?

—No hay ninguna onda, y no tiene nada de malo —le asegura Clara—. Es solo que mis padres están siendo sobreprotectores, para variar.

Tiene razón. De pequeña, mi madre no me protegió en ningún sentido, y ese es uno de los motivos por los que acabé embarazada a los diecisiete. De ahí que a veces Chris y yo nos pasemos de la raya con Clara. Somos conscientes de ello. Pero Clara es nuestra única hija, y no queremos que acabe en la misma situación que nosotros.

—Miller es un buen chico —afirma Jonah—. Lo tengo en mi clase. No se parece en nada a Hank cuando tenía su edad.

—Lo tienes en clase durante cuarenta minutos al día —repone Chris—. No puedes conocerlo tan bien. De tal palo tal astilla.

Tras esa respuesta, Jonah se queda mirando a Chris, pero decide no continuar con la conversación. A veces, cuando Chris quiere enfatizar algo, no afloja hasta que la persona con la que está discutiendo se rinde. De jóvenes, recuerdo que Jonah y él siempre estaban mano a mano. Jonah era el único que no se rendía para dejarlo ganar.

Pero algo ha cambiado desde su regreso. Jonah se muestra más callado en presencia de Chris. Siempre deja que tenga la última palabra. Aunque no creo que sea una señal de debilidad. De hecho, me tiene impresionada. A veces Chris sigue comportándose como el adolescente impetuoso que era cuando lo conocí. Jonah, en cambio, parece estar por encima. Como si intentar demostrar que Chris se equivoca fuera una pérdida de tiempo.

Quizá ese sea otro de los motivos por los que no me gusta que Jonah haya regresado. No me gusta ver a Chris a través de sus ojos.

—¿Por qué has dicho eso del palo y la astilla? —pregunta Clara—. ¿Qué pasa con los padres de Miller?

Chris niega con la cabeza.

—No te preocupes por eso.

Clara se encoge de hombros y le da un mordisco a la hamburguesa. Me alegra que lo deje estar. Se parece mucho a Chris en el sentido de que a veces puede pasarse de peleonera. Nunca sabes por dónde te va a salir.

Yo, por el contrario, no soy nada peleonera. Es algo que a Chris le molesta a veces. Le gusta demostrar que tiene la razón, así que, cuando cedo y no le doy la oportunidad de hacerlo, siente que soy yo la que ha ganado.

Es lo primero que aprendí después de casarme con él. A veces tienes que abandonar la batalla a fin de ganarla.

Jonah parece tan dispuesto a cambiar de tema como el resto de nosotros.

—No has enviado la solicitud para el proyecto de cortometraje de la UIL.

—Ya lo sé —admite Clara.

—El plazo se acaba mañana.

—No encuentro a nadie con quien apuntarme. Y es demasiado difícil para hacerlo yo sola.

Me molesta que Jonah le siga el juego con esa idea. Clara quiere ir a la universidad para estudiar Arte Dramático. No me cabe duda de que se le daría bien, porque lo hace fenomenal sobre el escenario. Pero también sé las posibilidades que tiene de triunfar en una industria tan competitiva. Por no mencionar que, si eres una de las que triunfan, tendrás que lidiar con el peso de la fama. No es algo que desee para mi hija. A Chris y a mí nos encantaría que la interpretación fuera el refuerzo de una carrera con la que de verdad pudiera mantenerse económicamente.

—¿No quieres ayudarla con eso? —pregunta Jonah mirando a Lexie.

Lexie hace una mueca.

—No puedo. Ya trabajo demasiado.

Jonah vuelve a dirigirse a Clara.

—Ven a verme antes de la primera hora. Hay otro alumno que está buscando un compañero, y veré si le interesa.

Clara asiente en el mismo momento en que Lexie se pone a envolver lo que le queda de hamburguesa.

—¿Adónde vas? —le dice.

—Tiene una cita de Tinder —contesta Jenny por ella.

Clara se ríe.

—¿Al menos es de nuestra edad?

—Por supuesto. Ya sabes que odio a los universitarios. Huelen todos a cerveza. —Lexie se inclina y susurra algo al oído de Clara, que se ríe. Entonces se va.

Clara comienza a preguntarle a Jonah por los requisitos del proyecto de corto. Jenny y Chris, metidos en su propia conversación, están comentando todo lo que ella se ha perdido en el hospital al estar de baja de maternidad.

Yo no hablo con nadie, me dedico a picotear la comida.

Es mi cumpleaños, estoy con las personas que más me importan, pero, por algún motivo, me siento más sola que nunca. Debería estar feliz y, aun así, algo falla. No acabo de saber qué. Quizá esté aburrida.

O peor. Quizá sea una mujer aburrida.

Los cumpleaños pueden tener ese efecto. Me he pasado todo el día analizando mi vida, pensando que necesito algo propio. Al tener a Clara tan joven, Chris y yo nos casamos, y desde que obtuvo el título él siempre se ha ocupado de mantenernos a todos. Yo me he encargado de la casa, pero Clara cumplirá los diecisiete dentro de un par de meses.

Jenny tiene una carrera y un recién nacido, y ahora está a punto de tener un marido.

A Chris lo ascendieron hace tres meses, y eso significa que ahora tendrá que pasar más tiempo en la oficina.

Cuando Clara se vaya a la universidad, ¿dónde me quedaré yo?

Una hora después de la cena sigo pensando en el estado de mi vida. Estoy llenando el lavavajillas cuando Jonah entra en la cocina. Detiene la puerta antes de que esta comience a balancearse. Se lo agradezco. Es buen padre y odia la puerta de la cocina de mi casa. Ya son dos cosas.

Quizá haya esperanza para nuestra amistad.

Sostiene al niño contra el pecho.

—Pásame un trapo húmedo, por favor.

En ese momento veo el vómito que le recorre la camisa. Tomo un paño, lo humedezco y se lo doy. Le cargo a Elijah mientras se limpia.

Miro al bebé y le sonrío. Se parece un poco a Clara cuando tenía su edad. El cabello rubio y fino, los ojos de color azul oscuro, la cabecita perfectamente redondeada. Comienzo a mecerme. Es un bebé tan bueno... Mejor que Clara, que tenía cólicos y estaba todo el rato llorando. Elijah duerme y come y llora tan poco que a veces Jenny me llama cuando lo hace para que podamos entusiasmarnos con lo adorable que suena cuando se enfada.

Levanto la mirada y veo que Jonah nos está observando. Aparta la vista y estira el brazo hacia la bolsa de los pañales.

—Te he traído un regalo de cumpleaños.

Me siento confundida. Antes de la cena parecía estar tan tenso conmigo... ¿y ahora me da un regalo de cumpleaños? Me da un paquete sin envolver. Es una bolsa enorme llena de... caramelos.

«¿Qué pasa, que tenemos doce años?»

Tardo un instante, pero en cuanto me doy cuenta de que es una bolsa entera de caramelos con sabor de sandía me entran ganas de sonreír. En su lugar frunzo el ceño.

«Se ha acordado.»

Jonah se aclara la garganta y tira el trapo al fregadero. Toma a Elijah de mis brazos.

—Nos vamos a casa ya. Feliz cumpleaños, Morgan.

Le sonrío, y probablemente sea la única sonrisa genuina que le he dedicado desde que volvió.

Sigue un momento compartido, una mirada de cinco segundos durante la que él sonríe y yo asiento con la cabeza, hasta que sale de la cocina.

No tengo claro el significado de esos cinco segundos, pero quizá hayamos alcanzado una especie de tregua. La verdad es que se está esforzando. Se porta genial con Jenny, se porta genial con Elijah, y es uno de los profesores favoritos de Clara.

Si se está portando tan bien con todas las personas a las que quiero, ¿por qué siento este deseo de que no forme parte de nuestras vidas?

Cuando Jenny, Jonah y Elijah se marchan, Clara se va a su habitación. Allí es donde pasa la mayor parte de las tardes. Antes solía pasarlas conmigo, pero dejó de ser así más o menos cuando cumplió los catorce.

Chris pasa las tardes con su iPad, viendo Netflix o deportes.

Yo desaprovecho la mía viendo televisión por cable. Los mismos programas de todas las noches. Mis semanas son tan rutinarias...

Me voy a la cama a la misma hora cada noche.

Me levanto a la misma hora cada mañana.

Voy al mismo gimnasio y realizo la misma rutina de ejercicios y hago los mismos trámites y cocino los mismos platos según el mismo menú rotativo.

Quizá se deba a que he cumplido los treinta y cuatro, pero llevo con esta nube encima desde que me he despertado esta mañana. Todo el mundo a mi alrededor parece tener un propósito, y en cambio yo he llegado a la edad de treinta y cuatro sin la menor vida más allá de Clara y de Chris. No debería ser tan aburrida. Algunas de mis amigas de la escuela ni siquiera han formado una familia, y mi hija se marchará de casa en veintiún meses.

Chris entra en la cocina y saca una botella de agua del refrigerador. Toma la bolsa de caramelos y la examina.

—¿Por qué has comprado una bolsa entera del peor sabor que hay?

—Me la ha regalado Jonah.

Él se ríe y deja caer la bolsa sobre la barra.

—Qué regalo tan horrible.

Intento no darle demasiadas vueltas al hecho de que no recuerde que el de sandía es mi sabor favorito. Yo tampoco es que me acuerde de todas las cosas que le gustaban cuando nos conocimos.

—Mañana llegaré tarde. No te preocupes por la cena.

Asiento con la cabeza, pero ya me he molestado en hacer la cena. Está en la olla de cocción lenta, pero eso no se lo digo. Se dispone a salir de la cocina.

—¿Chris? —Se detiene en seco y me mira—. He estado pensando en volver a la universidad.

—¿Para qué?

Me encojo de hombros.

—Aún no lo sé.

Él inclina la cabeza.

—Pero ¿por qué ahora? Tienes treinta y cuatro años.

«Guau.»

Al ver el daño que me ha hecho su elección de palabras, Chris se arrepiente de inmediato y me atrae hacia sus brazos.

—Eso ha sonado mal, lo siento. —Me besa en la sien—. Es solo que no sabía que aún te interesara, ya que gano dinero más que suficiente para mantenernos. Pero si quieres un título... —Me besa en la frente—. Vuelve a la universidad. Voy a bañarme.

Sale de la cocina y yo me quedo observando el balanceo de la puerta. «Es que la odio de verdad.»

Me gustaría vender la casa y comenzar de nuevo, pero Chris nunca estará de acuerdo con eso. A mí me proporcionaría algo a lo que dedicar mi energía. Porque ahora mismo la estoy reprimiendo. Me siento hinchada de energía mientras pienso cuánto deseo tener una puerta nueva para la cocina.

Quizá mañana la quite por completo. Prefiero que no haya nada antes que tener una puerta que no funciona como es debido. Una debería poder pegar portazos cuando se enfada.

Abro un caramelo y me lo meto en la boca. El sabor me provoca una sensación de nostalgia, y me acuerdo de cuando los cuatro éramos adolescentes y ansiábamos pasarnos toda la noche conduciendo en el coche de Jonah; Chris y yo en el asiento trasero, Jenny en el del copiloto. A Jonah le gustaban los caramelos, así que siempre llevaba una bolsa en la guantera.

Nunca se comía los de sandía. Era el sabor que menos le gustaba, y el que más me gustaba a mí, así que siempre me los dejaba.

No puedo creer que haya pasado tanto tiempo desde el último que comí. Podría jurar que a veces me olvido de quién era o de lo que más me gustaba antes de quedar embarazada de Clara. Es como si el día en que me enteré de que estaba embarazada me hubiera transformado en otra persona. Supongo que es lo que pasa cuando una se convierte en madre. Que dejas de estar centrada en ti misma. Tu vida pasa a estar dedicada al ser humano hermoso y diminuto que has creado.

Clara, que ya no es un ser humano hermoso y diminuto, entra en la cocina. Ha crecido y está preciosa, y a veces me duele que haya dejado atrás la infancia. Cuando se sentaba en mi regazo o nos quedábamos acurrucadas en su cama hasta que ella se quedaba dormida.

Clara mete la mano en mi bolsa.

—Qué bien, caramelos. —Toma uno, se dirige hacia el refrigerador y la abre—. ¿Puedo tomarme un refresco?

—Es tarde. No necesitas esa cafeína.

Clara se voltea y me mira.

—Pero es tu cumpleaños. Y aún no hemos hecho el mural.

Me había olvidado del mural de los cumpleaños. Eso me levanta el ánimo por primera vez en el día.

—Tienes razón. Tráeme una lata a mí también.

Clara sonríe mientras yo me dirijo al mueble de las manualidades y saco el mural de los cumpleaños. Es posible que mi hija sea demasiado mayor para sentarse sobre mí para que la meza hasta quedarse dormida, pero al menos sigue emocionándose tanto como yo con nuestras tradiciones. Comenzamos esta cuando ella tenía ocho años. Chris no se involucró, así que es algo que Clara y yo hacemos solas un par de veces al año. Es como un mural de los deseos pero, en lugar de hacer uno diferente cada año, vamos añadiéndole cosas al mismo. Las dos tenemos uno, y vamos sumando elementos solo por nuestros respectivos cumpleaños. Faltan dos meses para el de Clara, así que tomo mi mural y dejo el suyo en el mueble.

Se sienta a mi lado a la mesa de la cocina y escoge un plumón de color morado. Antes de comenzar a escribir, se fija en lo que hemos ido anotando con el paso de los años. Pasa los dedos sobre algo que escribió cuando tenía once. «Espero que este año mi mamá se embarace.» Incluso recortó la foto de un sonajero diminuto y la pegó al lado de su deseo.

—Aún no es demasiado tarde para convertirme en hermana mayor —dice—. Solo tienes treinta y cuatro.

—Eso no va a suceder.

Clara se ríe. Miro el mural en busca de uno de los objetivos que me marqué el año pasado. Encuentro la foto del jardín de flores en la esquina superior izquierda, porque mi objetivo consistió en arrancar los arbustos del jardín trasero y plantar flores en su lugar. Lo cumplí en primavera.

Encuentro mi otro objetivo, y al leerlo frunzo el ceño: «Encontrar algo que llene todos los rincones vacíos».

Estoy segura de que, al escribir eso el año pasado, Clara pensó que lo decía en sentido literal. En realidad no deseaba llenar todos los rincones de casa con algo. Fue una meta más bien interna. El año pasado ya me sentía insatisfecha. Estoy orgullosa de mi marido y estoy orgullosa de mi hija, pero, cuando me miro a mí misma y separo mi vida de las suyas, hay muy pocas cosas de las que pueda estar orgullosa. Es solo que me siento llena de un potencial que no logro utilizar. A veces noto el pecho vacío, como si en mi vida no hubiera nada significativo que lo llenara. Mi corazón sí que está lleno, pero es la única parte de mí que tiene algún peso.

Clara se pone a escribir mi objetivo, así que me inclino hacia ella y lo leo. «Aceptar que mi hija quiere ser actriz.» Vuelve a tapar el plumón y lo deja en el paquete.

Su objetivo hace que me sienta culpable. Tampoco es que desee que deje de perseguir sus sueños. Solo quiero que sea realista.

—¿Qué harás con un título inútil si el tema de la interpretación no te sale bien?

Clara se encoge de hombros.

—Ya nos ocuparemos de eso cuando llegue el momento. —Sube un pie a la silla y posa la barbilla sobre la rodilla—. Y ¿qué me dices de ti? ¿Qué querías ser a mi edad?

Me quedo mirando el mural preguntándome si puedo llegar a contestar a esa pregunta.

—No tenía ni idea. No poseía ningún talento especial. No destacaba espectacularmente en ningún tema concreto.

—¿No tenías ninguna pasión, como yo la interpretación?

Reflexiono un instante sobre su pregunta, pero no me viene nada a la cabeza.

—Me gustaba salir con mis amigos y no pensar en el futuro. Asumí que ya se me ocurriría algo en la universidad.

Clara asiente con la cabeza sin dejar de mirar el mural.

—Creo que ese tendría que ser el objetivo de este año. Tienes que averiguar cuál es tu pasión. Porque es imposible que sea cuidar de la casa.

—Podría serlo —convengo—. Hay personas a las que ese rol las deja completamente satisfechas. —Yo era una de ellas. Pero ya no lo soy.

Clara bebe otro trago de refresco. Escribo lo que me ha sugerido. «Encontrar mi pasión.»

A Clara quizá no le guste saberlo, pero me recuerda a mí a su edad. Segura de sí misma. Piensa que lo sabe todo. Si tuviera que describirla en una sola palabra, esa palabra sería *serena*. Yo solía ser así, pero ahora solo soy..., ni siquiera lo sé. Si tuviera que describirme a mí misma en una sola palabra a partir de mi comportamiento de hoy, la palabra sería *quejumbrosa*.

—Al pensar en mí, ¿qué palabra te viene a la cabeza?

—Madre —responde ella al instante—. Ama de casa. Sobreprotectora. —Ese último término hace que se ría.

—En serio. ¿Qué palabra usarías para describir mi personalidad?

Clara ladea la cabeza y me mira fijamente durante varios largos segundos. Entonces, con un tono muy honesto y serio, dice:

—Predecible.

Abro la boca ofendida.

—¿Predecible?

—Quiero decir..., no es nada negativo.

¿Puede *predecible* caracterizar a una persona de manera positiva? No se me ocurre una sola persona en todo el mundo a la que le gustaría que le dijeran que es predecible.

—Quizá quería decir fiable —se justifica Clara, que se inclina hacia delante y me da un abrazo—. Buenas noches, mamá. Feliz cumpleaños.

—Buenas noches.

Clara se marcha a su habitación, sin saber que me ha dejado un montón de sentimientos heridos.

No creo que haya intentado ser malvada, pero *predecible* no es lo que yo deseaba oír. Porque sé que es precisamente lo que soy y aquello en lo que más temía convertirme de pequeña.

4

Clara

Probablemente, anoche no debería haber llamado predecible a mi madre, pues es la primera vez en mucho tiempo que me levanto para ir a la escuela y no la encuentro en la cocina preparando el desayuno.

Quizá debería disculparme, porque me estoy muriendo de hambre.

Me la encuentro en la sala, aún en pijama, viendo un episodio de *Real Housewives*.

—¿Qué hay para desayunar?

—No quiero cocinar. Cómete un pastelito.

«Decididamente no debería haberla llamado predecible.»

Mi padre atraviesa la sala mientras se endereza la corbata. Se detiene al ver a mi madre acostada en el sofá.

—¿Te encuentras bien?

Mi madre voltea la cabeza para mirarnos sin abandonar su cómoda posición sobre el sofá.

—Estoy bien, es solo que no quería preparar el desayuno.

Vuelve a centrar su atención en la televisión, y mi padre y yo nos miramos. Él levanta una ceja antes de dirigirse a ella y estamparle un beso rápido en la frente.

—Hasta la noche. Te quiero.

—Yo también te quiero —responde ella.

Sigo a mi padre hasta la cocina. Tomo un pastelito y le ofrezco otro.

—Creo que es culpa mía.

—¿Que no haya preparado el desayuno?

Asiento con la cabeza.

—Anoche le dije que era predecible.

Mi padre arruga la nariz.

—Oh. Pues sí, eso no estuvo bien.

—No lo dije como algo negativo. Me pidió que la describiera usando una sola palabra, y fue lo primero que me vino a la cabeza.

Él se sirve una taza de café y se apoya sobre la barra pensativo.

—Bueno... no te equivocas. Le gusta la rutina.

—Se levanta a diario a las seis de la mañana. El desayuno está listo a las siete.

—La cena es a las siete y media todas las noches —apunta él.

—El menú es rotativo.

—Gimnasio a las diez todas las mañanas.

—Los lunes va de compras —añado.

—Lava las sábanas los miércoles.

—¿Lo ves? —digo en mi defensa—. Es predecible. Es un hecho antes que un insulto.

—Bueno —replica él—, hubo aquella vez que llegamos a casa y nos encontramos una nota que decía que se había ido al casino con Jenny.

—Lo recuerdo. Pensamos que la habían secuestrado.

Lo pensamos en serio. Fue tan impropio de ella que se fuera de viaje de manera espontánea, sin haberlo planeado antes durante meses, que la llamamos para asegurarnos de que la nota la había escrito ella.

Mi padre se ríe y me atrae hacia él para darme un abrazo. Me encanta que me abrace. Para ir al trabajo se pone camisas blancas supersuaves y, a veces, cuando me estrecha entre sus brazos, me siento como si estuviera envuelta en una manta bien calentita. Lo que pasa es que esa manta huele al mundo exterior y a veces le da por castigarte.

—Tengo que irme. —Me suelta y me da un jaloncito en el pelo—. Que te la pases bien en la escuela.

—Que te la pases bien en el trabajo.

Salgo de la cocina detrás de él y me encuentro con que mamá ya no está en el sofá, sino parada delante de la televisión, apuntando hacia la pantalla con el control.

—Se ha quedado congelado.

—Lo más probable es que sea el control —comenta papá.

—O el operador de cable —agrego quitándole el control a mi madre. Siempre está dándole al botón equivocado, y no se acuerda de cuál debe apretar para volver a su programa. Les doy a todos los botones y ninguno funciona, así que lo apago todo.

La tía Jenny entra en casa mientras intento volver a encender la televisión para mi madre.

—Toc, toc —dice, y abre la puerta. Papá la ayuda con la sillita de coche de Elijah y las cosas que lleva bajo el brazo.

Vuelvo a encender la televisión, pero no se ve nada.

—Creo que se ha estropeado.

—Ay, Dios —exclama mi madre, como si la idea de pasarse todo el día en casa con un bebé y sin televisión la abocara a una existencia de pesadilla.

La tía Jenny le pasa la bolsa de los pañales de Elijah.

—¿Aún tienen cable? Ya nadie tiene cable.

Aunque se lleva solo un año de diferencia con la tía Jenny, a veces da la sensación de que mamá sea la madre de las dos.

—Hemos intentado decírselo, pero ella insiste en mantenerlo —explico.

—No quiero tener que ver mis programas en el iPad —se excusa mi madre a la defensiva.

—Podemos ver Netflix en la televisión —dice mi padre—. Puedes seguir viéndolos en la televisión.

—Bravo no está en Netflix —replica mi madre—. Nos quedamos con el cable.

La conversación me está dando dolor de cabeza, así que saco a Elijah de su sillita de coche para disfrutar de un minuto con él antes de irme a la escuela.

Me emocioné muchísimo al descubrir que la tía Jenny estaba embarazada. Siempre he deseado tener un hermano, pero mamá y papá no quisieron más niños después de mí. Elijah es lo más cercano que tendré nunca a un hermano, así que quiero que se acostumbre a verme. Quiero gustarle más que ninguna otra cosa en el mundo.

—Déjame cargarlo —me pide mi padre quitándome a Elijah. Me encanta que a mi padre le guste tanto su sobrino. Es como que me lleva a desear que mamá y él tengan otro niño. No es demasiado tarde. Ella solo tiene treinta y cuatro. Debería habérselo anotado otra vez anoche en su mural de cumpleaños.

La tía Jenny le da a mamá una lista de instrucciones.

—Aquí están las horas de sus comidas. Y cómo has de calentar la leche materna. Y sé que tienes mi número de celular, pero lo he anotado por si te quedas sin batería. También he puesto el celular de Jonah.

—Ya he criado bebés antes —responde mi madre.

—Sí, pero fue hace mucho tiempo —contesta la tía Jenny—. Es posible que hayan cambiado desde entonces. —Se dirige hacia mi padre y le da un beso a Elijah en la cabeza—. Adiós, cariño. Mami te quiere.

La tía Jenny se dispone a irse, así que tomo la mochila con rapidez porque hay algo que tengo que comentar con ella. La sigo al exterior, pero no se da cuenta de que estoy a su espalda hasta que casi ha llegado al coche.

—Miller dejó de seguirme en Instagram anoche.

Se voltea, sobresaltada por mi presencia.

—¿Ya? —Abre la puerta del coche y se apoya en ella—. ¿Le dijiste algo que pudiera molestarlo?

—No, no hemos hablado desde que salí de su casa. No subí nada. Ni siquiera comenté ninguna de sus fotos. No lo entiendo. ¿Para qué me sigue si va a dejar de seguirme unas horas más tarde?

—Las redes sociales son tan confusas...

—Igual que los chicos.

—No tanto como nosotras —replica Jenny, que inclina la cabeza y me mira a los ojos—. ¿Te gusta?

No puedo mentirle.

—No lo sé. Intento que no, pero es tan distinto al resto de los chicos de mi escuela... Hace todo lo posible por ignorarme, y siempre está comiendo paletas. Y tiene una relación extraña y adorable con su abuelo.

—Entonces... ¿te gusta porque te ignora, come paletas y tiene un abuelo extraño? —La tía Jenny pone cara de preocupación—. Son... son razones un poco raras, Clara.

Me encojo de hombros.

—A ver, también es guapo. Y al parecer quiere ir a la universidad para estudiar cine. Tenemos eso en común.

—Lo cual ayuda. Pero es que suena como si apenas lo conocieras. Yo no me tomaría como algo personal que haya dejado de seguirte.

—Ya lo sé. —Gimo y me cruzo de brazos—. La atracción es algo tan estúpido... Y son solo las siete de la mañana, pero saber que ha dejado de seguirme ya me ha puesto de un humor de perros.

—Quizá su novia vio que te había seguido y no le gustó —sugiere la tía Jenny.

Esta mañana he considerado esa posibilidad durante un breve instante. Pero no me gustó pensar que Miller y su novia hubieran estado hablando de mí.

Mi padre sale a la calle, así que la tía Jenny se despide de mí con un abrazo y se mete en el coche porque está estacionada detrás de nuestros vehículos. Me meto en el mío y le mando un mensaje de texto a Lexie mientras espero a que Jenny abandone el camino de acceso.

> Espero que recibieras mi mensaje de anoche
> donde te decía que pasaría media hora antes.
> No contestaste.

En el momento en que entro en el camino de acceso a su casa aún no lo ha hecho.

Justo cuando estoy a punto de llamarla, Lexie sale tambaleándose, con la mochila colgando del pliegue del codo e intentando ponerse un zapato. Tiene que detenerse y apoyarse sobre el cofre del coche para acabar de metérselo. Llega hasta la puerta dando un traspié, despeinada, aún con rímel bajo los ojos. Es como un huracán beodo.

Se mete en el coche y cierra la puerta, deja caer la mochila al suelo y saca su neceser de maquillaje.

—¿Te acabas de levantar?

—Sí, hace cuatro minutos, cuando me has mandado el mensaje. Lo siento.

—¿Cómo fue la cita de Tinder? —pregunto con sarcasmo.

Lexie se ríe.

—Aún no creo que tu familia se haya creido que tengo una cuenta en Tinder.

—Les dices que la tienes cada vez que vas a casa. ¿Por qué no iban a creerte?

—Trabajo demasiado. Solo tengo tiempo para la escuela, el trabajo y quizá, si hay suerte, para bañarme. —Abre el neceser de maquillaje—. Por cierto, ¿te has enterado de lo de Miller y Shelby?

Volteo la cabeza a la velocidad de un latigazo.

—No. ¿Qué les ha pasado?

Abre el rímel justo cuando yo me detengo delante de una señal de *stop*.

—Quédate quieta un momento. —Comienza a aplicárselo, y yo me quedo esperando a que acabe de contarme lo que iba a decir acerca de Miller Adams y su novia. Qué raro que haya sido lo primero que ha mencionado y que se trate de lo único en lo que he podido pensar desde que ayer llevé a Miller en el coche.

—¿Qué pasa con Miller y Shelby?

Lexie comienza a aplicarse el rímel en el otro ojo. Sigue sin contestarme, así que se lo pregunto de nuevo:

—Lexie, ¿qué ha pasado?

—Dios... —dice metiendo el aplicador de rímel de nuevo en el tubo—. Dame un segundo. —Me hace gestos para que siga conduciendo mientras saca el lápiz de labios—. Que rompieron anoche.

De todas las frases que han salido de la boca de Lexie, esa es mi favorita.

—¿Cómo lo sabes?

—Me lo ha contado Emily. Shelby la llamó.

—Y ¿por qué han roto? —Intento que no me importe. Lo intento de verdad.

—Al parecer ha sido por ti.

—¿Por mí? —Devuelvo la vista a la carretera—. Eso es ridículo. Lo llevé en coche hasta su casa. Estuvo aquí dentro como mucho tres minutos.

—Shelby piensa que la engañó contigo.

—Me parece que Shelby tiene problemas de confianza.

—¿En serio fue solo eso? —pregunta Lexie—. ¿Lo llevaste en coche y nada más?

—Sí. Fue así de intrascendente.

—¿Te gusta? —inquiere.

—No. Pues claro que no. Es un tonto.

—No lo es. Es superguapo. Es tan guapo que da asco.

Tiene razón. Lo es. «Solo se comporta como un tonto conmigo.»

—¿No te parece raro que mi padre crea que es tan mala persona?

Lexie se encoge de hombros.

—La verdad es que no. Ni siquiera yo le caigo bien a tu padre, y soy genial.

—Sí que le caes bien —la contradigo—. Solo se mete con la gente que le cae bien.

—Y quizá Miller sea igual —sugiere ella—. Quizá solo no le importa la gente que le gusta.

Ignoro el comentario. Lexie se concentra en su maquillaje, pero mi cabeza es un torbellino. «¿De verdad su pelea habrá tenido que ver con la tontería de que lo llevara en coche?»

Lo más probable es que fuera el paseo en coche combinado con que me siguiera en Instagram. Lo cual explicaría por qué dejó de seguirme anoche. Lo cual demuestra que está intentando volver con ella.

—¿Crees que se arreglarán?

Lexie me mira y sonríe.

—Y a ti qué te importa, si fue algo tan intrascendente...

En la escuela, Jonah quiere que lo llame señor Sullivan. Estoy segura de que le gustaría que lo llamara tío Jonah fuera de clase, pero para mí es simplemente Jonah. Aunque acabe de tener un bebé con mi tía Jenny, lo conozco desde hace demasiado poco tiempo para sentir que es mi tío. Quizá cuando se casen le añada el título. Pero, por ahora, lo único que sé de él es lo que les he oído contar a mis padres: que le rompió el corazón a la tía Jenny en la escuela y que se largó sin avisar. Nunca les he preguntado por qué rompió con ella. Supongo que nunca me importó demasiado, pero por algún motivo hoy me ha entrado la curiosidad.

Cuando entro en el aula, Jonah está sentado en su escritorio, corrigiendo unos trabajos.

—Buenos días —saluda.

—Buenos días. —Lo tengo a primera hora, así que dejo la mochila en mi silla habitual, pero voy a sentarme en la que está justo delante de su escritorio.

—¿Ha dejado Jenny a Elijah con tu madre? —pregunta.

—Sí, está tan guapo como siempre.

—La verdad es que sí. Es igualito a su padre.

—Ja. No. Es igualito a mí —lo corrijo.

Jonah apila los trabajos y los pone a un lado. Antes de que comience a hablar del tema del proyecto de corto, me dejo llevar por la curiosidad.

—¿Por qué rompiste con la tía Jenny en la escuela?

Jonah levanta la cabeza con rapidez, arqueando las cejas. Se ríe nervioso, como si no quisiera mantener esta conversación conmigo. Ni con nadie.

—Éramos jóvenes. Ni siquiera lo recuerdo bien.

—A mamá no le gustó que dejaras embarazada a la tía Jenny el año pasado.

—Estoy seguro de ello. No fue algo demasiado bien planeado.

—Lo cual es un poco hipócrita por su parte, si tenemos en cuenta que me tuvo a los diecisiete.

Jonah se encoge de hombros.

—No es hipocresía a menos que la acción que critica ocurra antes de la crítica.

—Y eso significa...

—Eso significa que la gente que comete errores suele aprender de ellos. Y eso no los convierte en hipócritas, sino en personas experimentadas.

—¿No te enseñaron en la universidad que no hay que dar lecciones vitales antes de que suene el timbre de la mañana?

Jonah se recuesta contra el asiento, con un atisbo de regocijo en la mirada.

—Me recuerdas a tu madre cuando tenía tu edad.

—Oh, Dios.

—Es un cumplido.

—¿Cómo?

Jonah se ríe.

—Te sorprenderías.

—Deja de insultarme.

Jonah vuelve a reírse, aunque solo hablo medio en broma. Quiero a mi madre, pero no aspiro a convertirme en ella.

Él toma una de las dos carpetas que tiene sobre el escritorio y me la pasa.

—Por favor, rellena esto, da igual que acabes por no hacer el proyecto. Si clasificas, será algo fantástico para añadir a las solicitudes para la escuela de cine. Por no mencionar que tendrás una grabación para poner en tu video de presentación.

Abro la carpeta para ojear su contenido.

—Bueno, ¿y quién está buscando un compañero?

—Miller Adams. —Al oír su nombre, mi cabeza se dispara. Jonah sigue explicándome—: Anoche, mientras hablaban de él, recordé haber leído en las notas del profesor que llevó este programa el año pasado que Miller estaba en un equipo de los que se clasificaron. Lo cual significa que tiene experiencia. Le pedí que se apuntara este año, pero al final no lo hizo. Me dijo que andaba metido en un montón de cosas y que es un compromiso muy importante. Pero quizá le vuelva a interesar si lo hacen los dos juntos.

No voy a mentir: tenía la esperanza secreta de que fuera Miller Adams, sobre todo porque me contó que le atraía el cine. «Pero ¿es que Jonah no estuvo sentado a la misma mesa que yo durante la cena de anoche?»

—¿Por qué me quieres emparejar con él en el proyecto después de lo que dijo mi padre?

—Soy profesor, no una celestina. Miller es el compañero perfecto para esto. Y es buen chico. Tu padre está mal informado.

—En cualquier caso, papá ha puesto unos límites muy concretos. —«Que ya sé que no voy a respetar.»

Jonah me observa pensativo durante un instante, y a continuación se apoya en el escritorio con los brazos cruzados.

—Ya lo sé. Escucha, es una sugerencia. Creo que el proyecto te quedaría bien, pero si tu padre no quiere que lo hagas hay poco en lo que yo pueda ayudar. De todas formas... no necesitas el permiso de un progenitor para apuntarte. Solo lo necesitas al momento de la entrega, y faltan varios meses para eso.

Creo que me gusta que Jonah me esté animando a desobedecer a mi padre. Quizá la tía Jenny y él sí sean de verdad la pareja perfecta.

La puerta se abre y Miller Adams entra en el aula. «Gracias por avisar, Jonah.»

Lo primero en lo que reparo son sus ojos, enrojecidos e hinchados. Tiene aspecto de no haber dormido nada. Lleva la camisa arrugada, el pelo revuelto.

Miller mira a Jonah, me mira a mí, mira a Jonah de nuevo. Se queda junto a la puerta y me señala con el brazo sin separar la vista de Jonah.

—¿Es con ella con quien quieres que me apunte?

Jonah asiente, confundido por la reacción de Miller. Yo no lo estoy. Me he acostumbrado a que no quiera saber nada de mí.

—Lo siento, pero no va a funcionar —dice Miller, y me mira—. No te lo tomes a mal, Clara. Estoy seguro de que entiendes el motivo.

Supongo que en realidad su novia es ese motivo.

—Lo deduje cuando dejaste de seguirme en Instagram a las cinco horas de comenzar a hacerlo.

Miller se adentra en el aula, pone la mochila sobre un pupitre y se desploma sobre una silla.

—Según Shelby, para comenzar no debería haberte seguido.

Me río.

—Tu novia ha roto contigo porque te llevé en coche estando a treinta y ocho grados de temperatura. Hay algo raro en eso.

—Ha roto conmigo porque le dije una mentira.

—Sí. Y le mentiste porque sabías que si se enteraba rompería contigo. Esa es la cuestión.

Jonah se mete en la conversación inclinando el cuerpo hacia delante y paseando la mirada entre los dos. Echa la silla hacia atrás y se pone de pie.

—Necesito un café. —Arroja la otra carpeta sobre el pupitre de Miller y se dirige hacia la puerta—. Ustedes dos, solucionen esto y cuéntenme lo que han decidido antes de que acabe el día.

Jonah sale y Miller y yo nos quedamos solos en el aula, mirándonos. Él aparta la vista y se pone a hojear el contenido de la carpeta.

Le habría caído muy bien dormir durante este rato. Me siento mal que Jonah lo haya hecho venir antes para esto. Es como si le hubiera pasado un camión por encima entre el momento en que lo dejé ayer en su casa y la hora a la que se ha levantado esta mañana. Me doy cuenta de que, independientemente de cómo haya sido la pelea que ha tenido con Shelby, le ha pasado factura.

—Pareces triste de verdad —comento.

—Lo estoy —contesta él con voz apagada.

—Bueno... no todo está perdido. Que te rompan el corazón ayuda a forjar el carácter.

Eso hace que Miller se ría, pero es una carcajada seca. Cierra la carpeta y me mira.

—Si Shelby se entera de que estoy trabajando contigo en este proyecto, nunca me lo perdonará.

—¿Eso es un sí?

Esta vez Miller no se ríe. De hecho, parece un poco desalentado por el hecho de que esté bromeando a su costa. Es evidente que no está de humor. Y, sinceramente, no culpo a Shelby por haber roto con él. Si mi novio me mintiera tras haber estado en el coche de otra chica, y a continuación siguiera a esa chica en Instagram, también pasaría a ser mi exnovio.

—Lo siento, Miller. Estoy segura de que Shelby es genial. Si puedo ayudarte en algo, confirmando tu historia o lo que sea, házmelo saber.

Miller me sonríe agradecido y se pone de pie. Se dirige hacia la puerta dejando la carpeta sobre el pupitre.

—Deberías realizar el proyecto de todos modos.

Asiento con la cabeza, pero no tengo ganas de apuntarme yo sola. Durante unos breves segundos de esperanza la idea de trabajar con Miller en el proyecto hizo que me emocionara. Ahora que me han dado a probar esa idea, cualquier otra opción tiene un sabor amargo.

Unos segundos después Miller se marcha.

Me quedo mirando la carpeta sobre su pupitre, la tomo y relleno el formulario de todas formas. Nunca se sabe... Shelby y Miller podrían no volver a estar juntos, y sería una mierda que no se hubiera apuntado solo porque su novia tiene problemas de celos.

Jonah regresa con dos cafés en el momento en estoy terminando el segundo formulario. Me pasa uno de los vasos y se apoya de manera despreocupada sobre su escritorio.

Lleva ya algunos meses por aquí y sigue sin enterarse de que odio el café. Por eso no lo he comenzado a llamar tío Jonah aún.

—¿Qué ha sido todo eso? —me pregunta.

—Su novia me odia. Bueno... su exnovia. —Bebo un sorbo de café para ser agradable. Sabe a putrefacción.

—Entonces no debería haber problema, ¿no?

Me río.

—Sería lo lógico. —Le doy las dos carpetas—. En cualquier caso, he rellenado los dos formularios. No se lo cuentes a Miller. Si cambia de idea, al menos habremos cumplido con el plazo de inscripción.

—Me gusta tu manera de pensar —dice Jonah, que deja el café sobre el escritorio y toma un pedazo de gis. Está anotando la fecha en el pizarrón cuando dos de mis compañeros entran en el aula.

Regreso a mi sitio. Cuando la clase comienza a llenarse, Jonah se voltea y ve el café sobre mi pupitre.

—Clara, los alumnos no pueden entrar con bebidas al aula. Si lo haces de nuevo, tendré que castigarte.

Pongo los ojos en blanco, pero tengo ganas de reírme ante su capacidad para ponerse en modo profesor tan fácilmente, por mucho que esté jugando conmigo.

—Sí, señor Sullivan —asiento burlona.

Voy a tirar el café a la basura, saco el celular y le mando un mensaje a la tía Jenny mientras regreso a mi lugar.

¿Estás ocupada?

Voy camino al trabajo.

Será solo un segundo. Dos cosas. El padre de tu hijo es un listillo. Y Miller y Shelby han cortado. No sé cuánto durará.

¿Por qué han cortado? ¿Porque lo llevaste en coche?

Parece que el problema fue que me siguiera en Instagram.

¡Son buenas noticias! Ahora podrás salir con el chico que tiene un abuelo rarito.

Yo no he dicho que su abuelo fuera raro. Dije que su relación era extraña y adorable. Además, está intentando volver con ella, así que no sé si tendré alguna oportunidad.

Oh, qué mal. Entonces no vayas tras él. No quieres ser la otra. Créeme.

¿Alguna vez fuiste la otra? ¿Es ese el motivo por el que Jonah y tú rompieron en la escuela?

Los puntitos en la pantalla indican que la tía Jenny está escribiendo. Me quedo esperando a saber de su jugoso drama juvenil, pero los puntitos desaparecen.

> Yo te lo cuento todo. No puedes
> insinuar que tuviste una aventura
> y dejarlo ahí.
> ¿Jenny?
> ¿Tía Jenny?

—Clara, guarda ese celular.

Meto el celular en la mochila a velocidad de vértigo. Ignoro con quién lo engañó la tía Jenny, pero si Jonah no lo sabe no creo que sea bueno para su relación que me confisque el teléfono y lea mis mensajes.

La llamaré a la hora de la comida y la obligaré a que me lo cuente. Quiero saber a qué se refería, aunque tenga que ver con Jonah.

5

Morgan

Una vez le oí decir a alguien que todos estamos a apenas una llamada telefónica de caernos de rodillas.

Es una verdad absoluta. Mi voz brota en forma de susurro tembloroso cuando pregunto:

—¿Está bien?

Me quedo esperando a que la enfermera en el otro extremo de la línea me diga que sí, que Chris está bien, pero solo obtengo un silencio prolongado. Me siento como si alguien me estuviera retorciendo la columna como una toalla húmeda. Quiero doblarme del dolor, pero no se trata de un malestar físico. Es una angustia intangible que se me antoja terminal.

—No conozco los detalles —me dice la enfermera—. Lo único que sé es que lo han traído hace unos instantes, así que intente venir lo antes posible.

Digo un «de acuerdo» entrecortado antes de colgar, pero estoy casi convencida de que si las noticias fueran buenas me habría dado más información.

«Si fueran buenas noticias, me habría llamado Chris mismo.»

Tengo a Elijah en brazos. Lo tenía así cuando sonó el teléfono, y ahora lo aprieto con más fuerza aún, todavía de rodillas. Durante por lo menos un minuto permanezco paralizada en el suelo de la sala. Pero entonces Elijah bosteza, y me devuelve bruscamente a la sombría realidad.

Primero llamo a Jenny, pero su celular me dirige al buzón de voz. Es su primer día de vuelta en el trabajo. No tendrá el teléfono consigo hasta la hora de la comida. Pero la voz correrá con rapidez por el hospital, y no tardará en enterarse.

Intento llamar a Jonah para que venga a recoger a Elijah, pero no tengo su número guardado en el celular. Voy disparada a buscar el papel que Jenny me dio esta mañana y tecleo el número que me dejó anotado para que contactara con él. Va directo al buzón de voz. «Está dando clase.»

Llamaría a la escuela para ponerme en contacto con él ya mismo, pero cada segundo que paso intentando localizar a alguien es un segundo más que tardo en llegar al hospital. Ato a Elijah a la sillita del coche, tomo la bolsa de sus pañales y las llaves, y salgo de casa.

El trayecto hasta el hospital es borroso. Me lo paso rezando en susurros y aferrándome al volante y echándole miradas al celular, que descansa sobre el asiento del copiloto, esperando que Jenny me devuelva la llamada.

No llamo a Clara a la escuela. Tengo que saber cómo está Chris antes de hacer que se preocupe.

Si aún no han informado a Jenny de que Chris ha sufrido un accidente, una vez allí haré que la localicen, y entonces se podrá quedar con Elijah.

Pero por ahora el bebé está conmigo, así que tomo la bolsa de los pañales y la sillita de coche y corro hacia la entrada. Soy más veloz que las puertas automáticas corredizas de la zona de Urgencias. Me veo obligada a detener mi carrera durante un par de segundos hasta que se abren lo suficiente para dejarme pasar. En cuanto entro voy directa a la recepción. No reconozco a la enfermera. Antes sabía quiénes eran casi todos los trabajadores del hospital, porque pensaba que conocer a los compañeros de trabajo de Chris le haría quedar bien, pero hay tanto ir y venir de personal que he dejado de intentar mantenerme al día.

—¿Dónde está mi marido? —digo atropelladamente.

Ella me mira compasiva.

—¿Quién es su marido?

—Chris. —Procuro respirar—. Chris Grant. Trabaja aquí, lo acaban de traer.

Su expresión se altera al oír ese nombre.

—Déjeme que vaya a buscar a alguien. Yo acabo de comenzar el turno.

—¿Puede localizar a mi hermana? También trabaja aquí. Jenny Davidson.

La enfermera asiente con la cabeza, pero se aleja de la ventanilla sin llamar a Jenny.

Dejo la sillita de Elijah sobre la silla más cercana. Trato de localizar de nuevo a Jenny, y pruebo también con el celular de Jonah, pero los dos van directos al buzón de voz.

No tengo tiempo para esperar a que la enfermera resuelva sus historias. Llamo al hospital y pido que me pasen con Maternidad. Me conectan después de los treinta segundos de espera más agónicos de mi vida.

—Maternidad, ¿con quién le paso?

—Tengo que hablar con Jenny Davidson, una de sus enfermeras. Es una emergencia.

—Un momento, por favor.

Elijah comienza a llorar, así que pongo el celular en altavoz y lo dejo sobre la silla para poder sacar al niño de su sillita. Empiezo a caminar arriba y abajo, esperando a que Jenny me conteste, esperando a la enfermera, esperando a un médico, esperando, esperando, esperando.

—¿Señora?

Tomo el celular.

—¿Sí?

—Jenny no tiene turno hasta mañana. Ha estado de baja por maternidad.

Niego con la cabeza frustrada. Elijah está cada vez más nervioso. Tiene hambre.

—No, se ha reincorporado esta mañana.

La mujer al otro lado de la línea vacila un instante antes de repetir el mensaje:

—No tiene turno hasta mañana. Llevo aquí todo el día, y Jenny no ha venido.

Antes de que pueda seguir discutiendo con ella, las puertas se abren y Jonah entra apresuradamente. Se detiene un segundo, casi como si no confiara encontrarme aquí. Cuelgo el teléfono y lo arrojo sobre la silla.

—Gracias a Dios —exclamo, y le paso a Elijah. Busco en la bolsa y saco un chupón. Se lo pongo al niño en la boca y a continuación me dirijo hacia la ventanilla, donde llamo tres veces al timbre.

Jonah está a mi lado.

—¿Qué te han dicho?

—Nada —contesto exasperada—. Lo único que me han contado por teléfono es que ha sido un accidente de coche.

Al fin levanto la mirada hacia Jonah. Nunca lo había visto así. Está pálido. Inexpresivo. Por un momento me preocupa más él que yo, así que le tomo a Elijah. Él retrocede hasta las sillas y se sienta en una. En medio de mi histeria interna, la irritación comienza a abrirse paso a dentelladas. Chris es mi marido. Jonah debería estar más preocupado por mí que por sí mismo.

La sala de espera está inquietantemente vacía. El berrinche de Elijah va en aumento, así que me siento a tres sillas de distancia de Jonah y saco un biberón de la pañalera. Está frío, pero no hay otra opción. En el momento en que lo llevo a su boca, deja de berrear y comienza a devorarlo.

Huele a talco de bebé. Cierro los ojos y pego la mejilla contra la calidez de su coronilla con la esperanza de que esa distracción me impida venirme abajo. Tengo el presentimiento de que no me espera nada bueno. Si no nos dejan ir a ver a Chris, lo más probable es que esté en quirófano. Con suerte, alguna cirugía menor.

Quiero ver a mi hermana. Jonah no es alguien que pueda ofrecerme consuelo en un momento como este. De hecho, preferiría que no estuviera aquí, pero, si logro ponerme en contacto con Jenny, ella hará que la situación mejore. Y es probable que pueda averiguar algo más acerca de Chris. Quizá Jonah haya hablado ya con ella.

—¿Jenny está en camino? —Levanto la cabeza en el instante en que la mirada de Jonah sale disparada hacia mí. No responde a la pregunta. Se queda observándome con el ceño fruncido, así que prosigo—: He intentado llamarla, pero la persona que ha atendido el teléfono en Maternidad insiste en que hoy no tenía turno.

Jonah sacude la cabeza y me mira con los ojos entornados.

—No entiendo —me dice.

—Ya. Le he contado que Jenny volvía hoy al trabajo, pero la mujer no ha dejado de discutírmelo.

—¿Por qué has intentado llamar a Jenny? —Se ha puesto de pie. La confusión que emana de él me está poniendo aún más nerviosa.

—Es mi hermana. Pues claro que tenía que llamarla para contarle lo de Chris.

Jonah niega con la cabeza.

—¿Qué pasa con Chris?

«¿Qué pasa con Chris?» No entiendo nada.

—¿Qué quieres decir? Me han llamado y me han dicho que Chris había tenido un accidente de tráfico. ¿Por qué iba a estar aquí si no?

Jonah traga saliva, se pasa las manos por la cara. De algún modo, la expresión de sus ojos se vuelve aún más ansiosa.

—Morgan... —Da un paso hacia mí—. He venido porque Jenny ha tenido un accidente.

Si no estuviera sentada, me habría caído al suelo.

Me quedo en silencio, mirándolo, tratando de procesarlo todo. Sacudo la cabeza e intento decir algo, pero mi voz sale sin fuerza.

—Debes de haber entendido mal. No es posible que los dos hayan tenido...

—Espera aquí —me indica Jonah, que se dirige a grandes pasos hacia la ventanilla y llama al timbre. Saco el celular de la bolsa y marco el número de Jenny. El buzón de voz otra vez. Llamo al número de Chris. Quizá haya habido un error informático. Su teléfono también me dirige al buzón de voz.

«Tiene que haber algún tipo de error.»

Transcurren algunos segundos sin que aparezca nadie, así que Jonah se dirige a las puertas que dan a la sala de Urgencias. Comienza a aporrearlas hasta que al fin aparece alguien en la ventana. Es una enfermera a la que reconozco de inmediato. Se llama Sierra. Tiene una hija en la clase de Clara. Me mira y a continuación sus ojos se quedan fijos en Jonah.

—Creo que ha habido un error —dice Jonah.

Estoy a su lado, frente a la ventana, con Elijah en brazos. No me siento las piernas. Ni siquiera sé cómo he llegado desde la silla hasta aquí.

—¿Quién ha tenido un accidente? ¿A quién les han traído? —No puedo evitar que las preguntas broten de mí—. ¿Ha sido mi marido o mi hermana?

Los ojos de Sierra pasan veloces de mí a Jonah y a continuación al escritorio que tiene delante.

—Deja que vaya a buscar a alguien que pueda ayudarte, Morgan.

Cuando se marcha, Jonah se agarra el pelo.

—Demonios.

No se me escapa que nadie parece querer estar en nuestra presencia. Nos están evitando, y eso me aterroriza. Nadie quiere ser el mensajero que dé la mala noticia.

—No pueden estar heridos los dos —susurro—. No es posible.

—No lo están —asevera Jonah, y su voz suena tan confiada que estoy a punto de creerle. Pero entonces se frota la frente y se apoya en la pared en busca de estabilidad—. ¿Quién te ha llamado? ¿Qué te han dicho?

—Del hospital. Hará unos veinte minutos. Han hablado específicamente de Chris. No han mencionado a Jenny.

—A mí igual, pero me han hablado de Jenny.

En ese momento vuelve a aparecer Sierra, esta vez por la puerta.

—¿Pueden acompañarme?

No nos conduce a una habitación de hospital. Nos lleva a otra sala de espera, en el interior de la sala de Urgencias.

Ahora es Jonah quien sostiene a Elijah. Ni me he dado cuenta de cuándo lo ha tomado. Sierra nos dice que nos sentemos, pero ninguno de los dos lo hace.

—Aún no tengo noticias sobre el estado en el que se encuentran.

—Entonces ¿son los dos? —pregunta Jonah—. ¿Jenny y Chris?

Ella asiente con la cabeza.

—Oh, Dios mío... —susurro. Escondo el rostro entre las manos. Dos inmensas lágrimas se deslizan por mis mejillas.

—Lo siento mucho, Morgan —dice Sierra—. Pueden esperar aquí. Yo volveré en cuanto sepa algo. —Sale de la habitación y cierra la puerta.

Jonah se sienta a mi lado.

Llevamos menos de diez minutos en Urgencias, pero el hecho de no saber nada hace que tenga la sensación de que han pasado horas.

—Quizá uno de sus coches se estropeó —murmura Jonah—. Probablemente por eso estaban juntos.

Asiento con la cabeza, pero mi mente no puede procesar esa frase en este momento. No sé por qué estaban juntos, en el mismo coche. No sé por qué Jenny nos mintió y nos dijo que trabajaba hoy. Ni siquiera me importa. Solo necesito saber que están bien los dos.

Jonah ata a Elijah, que se ha quedado dormido, a la sillita. Se yergue y comienza a pasearse por la habitación. Miro la hora en el celular. Debería llamar a alguien para que vaya a buscar a Clara. Alguna de mis amigas. O Lexie. Quiero que alguien recoja a Clara antes de que se entere del accidente por otra persona.

Debería llamar a los padres de Chris.

No, voy a esperar. Voy a asegurarme de que está bien antes de hacerlo. Viven en Florida. No hay mucho que puedan hacer desde allí, salvo preocuparse de manera innecesaria.

Jonah llama a su madre y le pregunta si puede venir a recoger a Elijah. Le hago señas antes de que cuelgue.

—¿Le importaría ir a buscar a Clara?

Jonah asiente con la cabeza para indicarme que me ha entendido, y le pide a su madre que pase a recoger a Clara de la escuela. Luego llama a la escuela y me pasa el celular para que avise de que la madre de Jonah irá a buscarla.

Clara ha coincidido con la madre de Jonah un par de veces, pero ella no está en la lista de personas que pueden pasar a recogerla y Clara no entenderá nada. Lo único que quiero es que no tenga que venir ella sola en coche hasta aquí. Estará ansiosa y aterrorizada, y obtuvo la licencia de conducir hace poco.

Transcurren algunos minutos más. Jonah se los pasa llamando a la comisaría, intentando obtener información sobre el accidente. No le dicen gran cosa. Pregunta por el modelo del coche involucrado. Es el de Jenny. Un Toyota Highlander. Lo conducía un hombre, pero eso es todo lo que le cuentan.

—¿Por qué conducía Chris su coche? —pregunta Jonah. Me lo tomo como una pregunta retórica, pero él murmura otra—: ¿Por qué mintió diciendo que hoy tenía que trabajar?

No dejo de mirar el celular, como si Jenny o Chris fueran a llamar para informarme de que están bien.

—Morgan —dice Jonah.

No lo miro.

—¿Tú crees... que están teniendo un...?

—No lo digas —le espeto.

No quiero oírlo. Ni pensarlo. Es absurdo. Es incomprensible.

Me pongo de pie y comienzo a recorrer la parte de la habitación por la que Jonah no se ha paseado aún. Nunca me había sentido tan irritada por los ruidos. El silbido que llega del pasillo, el golpeteo de los dedos de Jonah contra la pantalla de su celular mientras envía un mensaje de texto tras otro hacia los teléfonos de Jenny y de Chris, el sistema de altavoces que llama a médicos y enfermeros de un lugar a otro por encima de nuestra cabeza, el chirrido que producen mis zapatos contra el suelo de madera dura de esta sala. Todo me molesta en extremo, pero esa cacofonía es lo único que quiero tener en la cabeza ahora mismo. No quiero tener que pensar por qué estaban juntos Chris y Jenny.

—Clara llegará pronto. Y mi madre —añade Jonah—. Tenemos que inventarnos algo para explicar que Chris y Jenny estuvieran juntos.

—Y ¿para qué mentirles? Estoy segura de que fue por algún motivo de trabajo.

Jonah tiene la mirada fija en el suelo, pero veo que su expresión está llena de duda. De ansiedad. De miedo.

Me seco las lágrimas y asiento con la cabeza, porque podría tener razón. Yo he decidido creer que se equivoca, pero su madre y Clara podrían comenzar a hacer preguntas. Querrán los detalles, o pasarán a tener las mismas ideas que se nos están ocurriendo a Jonah y a mí. No podemos decirles que no sabemos por qué estaban juntos. Eso podría provocarle sospechas innecesarias a Clara.

—Podríamos decirles que a Chris se le ponchó una llanta y que Jenny lo llevaba al trabajo —sugiero—. Al menos hasta que Jenny y Chris puedan explicarse por sí solos.

Nuestras miradas se encuentran..., algo que apenas ha sucedido desde que Jonah llegó a la sala de Urgencias. Él asiente con la cabeza mientras aprieta los labios, y hay algo en sus ojos que hace que me rompa.

Como si hubiera notado que estoy comenzando a resquebrajarme..., a desvanecerme..., Jonah se acerca y tira de mí para darme un abrazo reconfortante. Me aferro a él por miedo, cerrando los ojos con fuerza, y en ese momento se abre la puerta.

Nos separamos. Jonah da un paso hacia delante, pero, al ver la expresión en el rostro del médico, yo doy un paso hacia atrás.

El médico comienza a hablar, pero no sé qué dice con exactitud porque sus palabras no significan nada para mí. Veo nuestra respuesta en su rostro pesaroso. En la manera en que se doblan las comisuras de sus labios. En su postura contrita.

Cuando nos dice que no han podido hacer nada, Jonah se deja caer sobre una silla.

Yo... simplemente me caigo.

6

Clara

De pequeña solía coleccionar bolas de nieve. Las tenía alineadas en un estante de mi dormitorio y, a veces, las sacudía una tras otra y a continuación me sentaba en la cama y observaba los copos y la purpurina girar dentro de los cristales.

En algún momento, el contenido de cada bola comenzaba a depositarse en el fondo. Todo se iba calmando, y las bolas de mi estante recuperaban su estado tranquilo y apacible.

Me gustaban porque me recordaban cómo es la vida. A veces tienes la sensación de que alguien está sacudiendo el mundo que te rodea y te llueven cosas desde todas las direcciones, pero, si esperas el tiempo suficiente, todo comenzará a calmarse. Me gustaba saber que tras cualquier tormenta interior siempre acaba llegando la calma.

Esta semana me ha demostrado que a veces la calma no llega. Que a veces el daño es demasiado catastrófico para repararlo.

Durante los últimos cinco días, desde que la madre de Jonah se presentó en la escuela para llevarme al hospital, tengo la sensación de haber estado dentro de una bola de nieve que alguien agitó y luego dejó caer. Siento que el contenido de mi vida se ha hecho pedazos, y que los fragmentos de mi ser se han esparcido por el polvoriento suelo de madera de alguien.

Siento que me he roto de manera irreparable.

Y la única persona a la que puedo culpar de lo sucedido soy yo misma.

Es injusto que un solo suceso... un segundo... pueda sacudir el mundo que te rodea. Ponerlo todo patas arriba. Arruinar todos los momentos felices que condujeron hasta ese segundo devastador.

Vamos de un lado a otro como si tuviéramos una capa de lava en la garganta. En un silencio cargado de dolor.

Mi madre no deja de preguntarme si estoy bien, pero no puedo más que asentir con la cabeza. Al margen de esas palabras, ha permanecido tan callada como yo. Es como si estuviéramos viviendo en una pesadilla. Una pesadilla en la que no queremos comer ni beber ni hablar. Una pesadilla en la que lo único que queremos hacer es gritar, pero nada brota del vacío de nuestras gargantas.

No suelo llorar. Supongo que en eso me parezco a mi madre. Lloramos juntas en el hospital. Igual que Jonah y su madre. Pero, en cuanto salimos de allí para ir a la funeraria, mi madre recobró la compostura y se volvió tan serena como la gente esperaba de ella. Se le da bien poner buena cara en público, pero se guarda las lágrimas para el dormitorio. Lo sé porque yo hago lo mismo.

Mis abuelos llegaron de Florida en avión hace tres días. Se han alojado con nosotras. Mi abuela ha estado ayudando en la casa, y estoy convencida de que eso le ha hecho bien a mi madre, que ha tenido que planificar el funeral de su hermana además del de su marido.

El de la tía Jenny fue ayer. El de mi padre está teniendo lugar ahora mismo.

Mi madre insistió en hacerlos por separado, lo cual me hizo enfadar. Nadie quiere tener que pasar por esto dos días seguidos. Ni siquiera los fallecidos.

No sé qué resulta más agotador. Los días o las noches. Desde el accidente, durante el día en casa hemos tenido una puerta giratoria. Gente que nos traía comida, que nos ofrecía sus condolencias, que se pasaba para ver cómo estábamos. En su mayor parte, personas que trabajaban en el hospital con mi padre y la tía Jenny.

Las noches me las paso con la cara hundida en una almohada empapada.

Sé que mi madre quiere acabar con esto. Está preparada para que sus suegros se vayan a casa.

Yo estoy preparada para irme a casa.

He tenido a Elijah en brazos durante casi toda la misa. No sé por qué tengo tantas ganas de sostenerlo desde el accidente. Quizá su frescura me está reconfortando entre tanta muerte.

Elijah comienza a ponerse nervioso. No tiene hambre, la madre de Jonah acaba de darle de comer. Le he cambiado el pañal justo antes de que comenzara la ceremonia. Quizá no le gustan los ruidos. El cura que ha escogido mi madre para que celebre la misa parece no saber cómo se agarra un micrófono. No hace más que rozarlo con los labios. Y cada vez que da un paso hacia los altavoces, rechinan.

En cuanto Elijah se pone a llorar de verdad, lo primero que hago es buscar a Jonah al final del pasillo, pero el asiento que ocupaba está ahora vacío. Por suerte estoy sentada en un extremo del banco, el más cercano a la pared. Salgo de la sala en silencio, sin tener que recorrer el pasillo. De todos modos, el servicio ya está llegando a su fin. Falta que recen y, a continuación, todos los presentes pasarán junto al ataúd y nos darán un abrazo, y todo se habrá acabado.

Ya abracé a la mayor parte de estas personas ayer, durante el funeral de la tía Jenny. La verdad es que no quiero hacerlo de nuevo. Es uno de los motivos por los que he insistido en sostener a Elijah. No puedo abrazar a nadie si tengo los brazos ocupados con mi primito.

Salgo de la capilla y, ya en el vestíbulo, pongo a Elijah en la carreola y lo saco fuera. Irónicamente, hace muy buen día. El sol me calienta la piel, pero la sensación no es agradable. Siento que es una injusticia. A mi padre le encantaban los días así. Una vez llamó al trabajo para decir que estaba enfermo y me llevó a pescar solo porque hacía muy buen tiempo.

—¿Está bien?

Miro a la izquierda y me encuentro con Jonah, que está apoyado contra el edificio, a la sombra. Se impulsa contra la pared de ladrillo y viene hacia nosotros. Me parece raro que no esté dentro. Se suponía que era uno de los mejores amigos de mi padre, ¿y se está saltando su servicio fúnebre?

Supongo que no debería decir nada. Yo también estoy aquí fuera.

—Se estaba poniendo nervioso, así que lo he sacado.

Jonah pone la palma de la mano sobre la coronilla de Elijah, le pasa el pulgar por la frente.

—Puedes volver dentro. Probablemente me lo llevaré a casa.

Me pone celosa que pueda marcharse. Yo también quiero irme.

No vuelvo a entrar. Me siento en un banco a la derecha de la entrada de la capilla y observo a Jonah empujar la carreola a través del estacionamiento. Después de atar a Elijah a su sillita y de cargar la carreola en la cajuela, Jonah me dirige un pequeño saludo con la mano y se sube al vehículo.

Le devuelvo el saludo, incapaz de esconder la empatía en mi expresión. Elijah no tiene ni dos meses, y ahora Jonah tendrá que criarlo él solo.

Elijah nunca sabrá cómo era la tía Jenny.

Quizá debería poner por escrito algunos de mis recuerdos favoritos relacionados con ella antes de que comience a olvidarlos.

La idea aumenta mi angustia. Voy a comenzar a olvidarlos. Estoy segura de que no pasará en un primer momento, pero con el tiempo será así. Me olvidaré de la manera en que mi padre desentonaba al cantar a grito pelado las canciones de John Denver cada vez que cortaba el césped. Me olvidaré de los guiños que me dirigía la tía Jenny cuando mi madre decía algo que revelaba su lado controlador. Comenzaré a olvidar que mi padre siempre solía oler a café o a hierba fresca, y que la tía Jenny olía a miel, y antes de poder darme cuenta habré olvidado el sonido de sus voces y el aspecto de sus rostros en persona.

Una lágrima rueda por mi mejilla, y le sigue otra. Me siento sobre el banco y recojo las piernas. Cierro los ojos e intento no dejarme engullir por una nueva oleada de culpa. Pero esta me abraza y hace que me quede sin aire en los pulmones. Desde el momento en que me enteré de que habían tenido un accidente supe en mi interior qué fue lo que lo provocó.

Le estaba mandando mensajes a la tía Jenny.

Al principio ella me los respondió... y dejó de hacerlo. Nunca volví a saber de ella, y dos horas más tarde me enteré del accidente.

Me gustaría creer que no fue culpa mía, pero, cuando le escribí, la tía Jenny me dijo que iba camino del trabajo. Debería haberme preocupado de si estaba leyendo mis mensajes al volante, pero no me importó nada más que yo misma y mis problemas.

Me pregunto si mamá sabrá que lo que provocó el accidente fue mi conversación con la tía Jenny. Si no le hubiera escrito en ese momento —si hubiera esperado a que estuviera en el trabajo—, mi madre no habría perdido tanto a su hermana como a su marido. No tendría que enfrentarse ahora a la obligación de tener que enterrar a dos de las personas más importantes de su vida.

Jonah no habría perdido a Jenny. Elijah no habría perdido a su madre.

Yo no habría perdido a mi padre...

¿Habrán mirado el celular de la tía Jenny? ¿Habrán podido descubrir que estaba mandando mensajes de texto mientras conducía?

Si mi madre se entera de que fue porque quise que la tía Jenny leyera mis mensajes y me contestara pese a saber que estaba conduciendo, eso solo hará crecer su desazón.

Saber eso hace que no quiera estar en un funeral donde todas las lágrimas que se están derramando ahí dentro son culpa mía.

—Eh.

El sonido de su voz me lleva a abrir los ojos de golpe. Miller está parado junto a mí, con las manos metidas en los bolsillos de los pantalones. Me incorporo y me aliso el vestido para que me cubra los muslos. Me sorprende verlo aquí. Se ha puesto un traje. Negro sobre negro. Me parece terrible que mi cuerpo pueda estar tan afligido y a la vez sentir un fogonazo de atracción en cuanto Miller aparece en mi presencia. Uso las palmas de las manos para secarme las lágrimas de la cara.

—Hola.

Él aprieta los labios y mira a su alrededor, como si la situación fuera tan incómoda como me temo que es.

—He querido pasar para ver cómo estabas.

No estoy bien. En absoluto. Intento decírselo, pero de mi boca solo sale:

—No quiero estar aquí.

No le estoy pidiendo que me lleve a ninguna parte. Solo estoy siendo sincera acerca de lo que siento en este preciso instante. Pero él hace un gesto con la cabeza en dirección al estacionamiento.

—Pues vámonos.

Miller conduce la vieja camioneta azul que estaba estacionada delante de su casa el día que lo llevé. No sé de qué modelo se trata, pero es del mismo color que tiene el cielo ahora mismo. Lleva las ventanillas bajadas, así que supongo que el aire acondicionado ha dejado de funcionar. O quizá simplemente le gusta conducir con las ventanillas abiertas. Me recojo el cabello en un moño para que deje de darme en la cara. Me paso los mechones que quedan sueltos por detrás de las orejas y dejo descansar la barbilla sobre el brazo mientras miro hacia fuera.

No le pregunto adónde vamos. Ni siquiera me importa. Solo sé que con cada kilómetro que se interpone entre ese tanatorio y mi persona la presión sobre mi pecho se va reduciendo.

Suena una canción, y le pido a Miller que suba el volumen. No la había oído nunca, pero es bonita y no tiene nada que ver con ninguna de las ideas que me rondan la mente, y la voz del cantante es tan relajante que parece actuar como una venda. En cuanto acaba le pido que la ponga de nuevo.

—No puedo —dice Miller—. Es el radio. Esta camioneta es demasiado vieja para tener Bluetooth.

—¿Qué canción era esa?

—*Dark Four Door,* de Billy Raffoul.

—Me ha gustado. —Vuelvo a mirar por la ventanilla en el momento en que comienza a sonar otra canción. Me gusta su estilo musical. Ojalá pudiera dedicarme a hacer esto todo el día, todos los días. Ir en coche escuchando canciones tristes con Miller al volante. Por alguna razón, la música melancólica alivia la tristeza de mi alma. Es como que, cuanto mayor sea la angustia de la canción, mejor me siento. Me imagino que las canciones dramáticas son como una droga. Malas para ti, pero hacen que te sientas bien.

No puedo saberlo. Nunca he tomado drogas, así que no he podido comprobar esa comparación en particular. Ni siquiera me he drogado. Cuesta llevar a cabo las rebeldías propias de la adolescencia cuando tus padres quieren sobrecompensar los errores que ellos cometieron en su adolescencia.

—¿Tienes hambre? —pregunta Miller—. ¿Sed?

Me separo de la ventanilla y volteo la cabeza para mirarlo.

—No. Pero me gustaría drogarme.

Su mirada se desplaza veloz desde la carretera hacia mí. Sonríe ligeramente.

—Claro que sí.

—Lo digo en serio —digo incorporándome para sentarme más recta—. Nunca lo he hecho, y hoy de verdad no quiero pensar en nada. ¿Tienes algo de hierba?

—No —contesta él. Me hundo de nuevo en el asiento, decepcionada—. Pero sé dónde puedes encontrar un poco.

Diez minutos después se estaciona frente al cine del pueblo. Me ordena que espere en la camioneta. Estoy a punto de decirle que da igual, que solo ha sido una idea que se me ha pasado por la cabeza. Pero una parte de mí siente curiosidad por ver si la marihuana me ayuda con el dolor. Llegados a este punto, probaría cualquier cosa.

Miller entra en el cine y en menos de un minuto sale acompañado de un tipo que parece algo mayor que nosotros. Tendrá veintitantos. No lo reconozco. Se dirigen hacia el coche del tipo y en menos de quince segundos se produce el intercambio de hierba y billetes. «Como si nada.» Aunque parece muy sencillo, me pongo muy nerviosa. La marihuana no es legal en Texas y, aunque lo fuera, Miller solo tiene diecisiete años.

Por no mencionar que tiene una cámara de tablero nueva en esta camioneta tan vieja. Estoy segura de que no ha grabado la transacción, pero, si lo arrestaran ahora mismo, la policía registraría el vehículo y probablemente vería el video y oiría que las drogas son para mí.

Cuando Miller vuelve a subirse en la camioneta, mi rodilla está rebotando nerviosa contra el asiento.

Conduce hasta un lado del cine y deja la camioneta frente a la calle, para que podamos ver el estacionamiento entero. Se saca una bolsita del bolsillo. En ella hay un porro ya enrollado.

La camioneta es tan antigua que hasta tiene uno de esos encendedores integrados. Miller lo aprieta para que se caliente y me pasa el canuto. Me quedo mirándolo, sin saber muy bien qué hacer con él. Miro a Miller expectante.

—¿No me lo vas a encender?

Él niega con la cabeza.

—No fumo.

—Pero... ¿tienes un cvs?

Miller se ríe.

—Se llama Steven. Trabaja conmigo, no es ningún cvs. Pero siempre lleva algún porro encima.

—Bueno, mierda, no pensé que tendría que hacerlo yo misma. Es que nunca he fumado un cigarro siquiera. —Saco el celular y abro YouTube. Busco un video sobre cómo encender un churro y lo reproduzco.

—¿YouTube tiene tutoriales para fumar mota? —pregunta.

—Tremendo, ¿verdad?

A Miller la situación le parece graciosa. Lo sé por la expresión de su cara. Se acerca a mí para ver el video conmigo.

—¿Estás segura de que quieres drogarte? Te tiemblan las manos. —Me toma el celular.

—Sería una grosería cambiar de idea ahora. Ya has pagado por el porro.

Miller continúa sosteniendo el celular. Cuando el video se acaba, saco el encendedor de la toma y me quedo mirándolo dubitativa.

—Dámelo. Puedo intentarlo.

Se lo paso y enciende el porro como si fuera un profesional. Hace que me pregunte por la veracidad de su afirmación inicial. Le da una fumada y expulsa el humo lejos de mí, por la ventanilla. A continuación me lo pasa, pero cuando intento tragar el humo acabo tosiendo y soltándolo todo. Ni por asomo tengo la elegancia que ha demostrado él.

—Si no fumas mota, ¿cómo es que te ha salido tan bien?

Él se ríe.

—No he dicho que no la haya probado nunca. He dicho que nunca había encendido un porro.

Vuelvo a intentarlo, pero no consigo que el humo baje de manera fluida.

—Es muy desagradable —digo atragantándome.

—En forma de comida está mejor.

—¿Y por qué no me la conseguiste en forma de comida?

—Steven no tenía, y la verdad es que las drogas no son lo mío.

Me quedo mirando el canuto que tengo entre los dedos, preguntándome cómo he acabado aquí cuando debería estar en el funeral de mi padre. Las drogas tampoco son lo mío, supongo. Es algo tan forzado...

—Y ¿qué es lo tuyo? —pregunto mirando a Miller.

Él apoya la cabeza contra el asiento y reflexiona un momento.

—El té helado. Y el pan de maíz. Me encanta el pan de maíz.

Me río. No es lo que esperaba. Aguardo un instante antes de dar otra fumada. Si Lexie me viera ahora se quedaría horrorizada.

«Mierda. Lexie.»

Ni siquiera le he dicho que me iba del funeral. Miro el celular, pero no me ha mandado ningún mensaje. Solo tengo uno de mi madre, que ha llegado hace quince minutos.

¿Dónde estás?

Pongo el celular boca abajo. Si no puedo ver el mensaje, el mensaje no existe.

—¿Qué hay de ti? —pregunta a su vez Miller—. ¿Qué es lo tuyo?

—La interpretación. Pero eso ya lo sabías.

Hace una mueca.

—Al preguntarme qué era lo mío, por algún motivo he pensado que estábamos hablando sobre cosas que se consumen.

Eso me hace sonreír.

—No, lo abarca todo. ¿Qué es lo que más te gusta? Aquello a lo que no podrías renunciar en la vida.

«Lo más probable es que diga "Shelby".»

—La fotografía —contesta con rapidez—. Filmar, montar. Cualquier cosa que me ponga detrás de una cámara. —Inclina la cabeza hacia mí y me sonríe—. Pero eso ya lo sabías.

—¿Por eso tienes una cámara en el tablero? —pregunto señalándola—. ¿Necesitas estar detrás de una cámara incluso mientras conduces?

Miller asiente con la cabeza.

—También tengo esta. —Abre la guantera y saca una Go-Pro—. Siempre llevo una cámara conmigo. Nunca se sabe cuándo va a surgir el momento para sacar la foto perfecta.

Comienzo a pensar que a Miller podría gustarle tanto el cine como a mí la interpretación.

—Es una lástima que tu ex no nos deje trabajar juntos en el proyecto. Lo cierto es que podríamos formar un buen equipo. —Me llevo el porro de nuevo a la boca, aunque me disgusta profundamente—. ¿Cuánto rato más tengo que fumar para no sentir nada?

—Es posible que el canuto no te insensibilice. Es posible que te ponga nerviosa y paranoica.

Miro el porro decepcionada.

—Vaya, demonios. —Busco algún lugar donde apagarlo, pero la camioneta no tiene cenicero—. ¿Qué hago con él? No me gusta.

Miller me lo quita y pellizca su extremo entre dos dedos. Sale, lo tira en un bote de basura y regresa a la camioneta.

Qué caballeroso: me compra mota y luego se deshace de ella por mí.

Y qué día tan raro. Aún no noto nada. Solo sigo llena de pena.

—He vuelto con Shelby.

«Lo retiro. Eso lo he notado.»

—Qué mierda —exclamo.

—La verdad es que no.

Volteo la cabeza hacia él y le dirijo una mirada cargada de intención.

—Sí..., sí que es una mierda. No deberías haber sacado el tema.

—No he sido yo —dice—. Has sido tú. Has mencionado a mi ex hace un minuto, y he sentido la necesidad de aclararte que volvemos a estar juntos.

Ni siquiera sé por qué me lo está contando. Inclino la cabeza, entorno los ojos.

—¿Crees que me gustas? ¿Es por eso por lo que no dejas de informarme del estado de tu relación cuando estamos juntos?

Miller sonríe.

—Eres una chica ácida.

Me río y volteo la cabeza porque tengo miedo de que la carcajada desemboque en el llanto. Pero es gracioso. Es triste y gracioso a la vez, porque mi madre solía decir de mi padre que era ácido. Supongo que vuelve a ser válido lo del palo y la astilla.

Miller debe de pensar que me he sentido insultada, porque se inclina un poco hacia mí, intentando atraer mi atención.

—No lo he dicho en un sentido negativo.

Hago un gesto con la mano para que sepa que no me he ofendido.

—No pasa nada. Tienes razón. Soy ácida. Me gusta discutir, a veces incluso cuando sé que estoy equivocada. —Lo miro a la cara—. Pero estoy mejorando. Estoy aprendiendo que a veces tienes que abandonar la batalla a fin de ganarla.

«Me lo dijo una vez la tía Jenny. Intento recordarlo cuando siento que me pongo a la defensiva.»

Miller me dirige una sonrisa amable, y no sé si es la mota, que al fin me está subiendo, o si es su sonrisa la que me provoca este mareo. En cualquier caso, es mejor que el dolor de cabeza que he tenido durante los últimos cinco días de tanto llorar.

—Si has vuelto con Shelby, ¿por qué has venido a ver cómo estaba? Estoy bastante segura de que ella no lo aprobaría.

Un fogonazo de culpa atraviesa su rostro. Agarra el volante con fuerza, y a continuación desliza las manos sobre él.

—Me sentiría aún más culpable si no lo hubiera hecho.

Me gustaría reflexionar sobre ese comentario, pero la conversación se ve arruinada por la intrusión del vehículo que se estaciona a nuestro lado. Miro por la ventanilla y me incorporo de golpe.

—Mierda.

—Sube al coche, Clara. —La voz de mi madre suena firme y enérgica, pero podría ser porque las ventanillas están abiertas y ha estacionado tan cerca de la camioneta de Miller que no sé si podré abrir la puerta.

—¿Es tu madre? —pregunta Miller con un susurro.

—Sí. —Pero es curioso, no me desconcierta tanto como debería. Quizá la mota sí me haya ayudado, porque es como que su presencia me da ganas de reír—. Me he olvidado de que tenemos esa aplicación... Puede rastrearme allí donde esté.

—Clara... —repite mi madre.

Miller levanta una ceja.

—Buena suerte.

Le dirijo una sonrisa con los labios apretados y abro la puerta. Tenía razón: no puedo salir.

—Te has estacionado demasiado cerca, mamá.

Mi madre inspira lentamente y da marcha atrás. Cuando al fin puedo abrir la puerta no me volteo a mirar a Miller. Me dirijo al coche de mi madre y entro en él. Comenzamos a alejarnos del cine sin que ella diga nada.

Nada hasta que llegan las palabras:

—¿Quién era ese?

—Miller Adams.

Pese al silencio, puedo notar su desaprobación. Unos segundos más tarde, voltea la cabeza de golpe hacia mí.

—Dios mío, ¿estás drogada?

—¿Qué?

—¿Te estabas drogando con ese tipo?

—No. Solo estábamos hablando. —«No ha sonado convincente.»

Resopla, y a continuación dice:

—Hueles a marihuana.

—¿En serio? —Me huelo el vestido, lo cual es una estupidez porque, si sabes que no hueles a mota, no comienzas a olerte para ver si hueles a mota.

Ella aprieta la mandíbula aún más cuando nos miramos a los ojos. Algo me ha delatado por completo. Bajo un momento la visera parasol y me veo los ojos enrojecidos. «Guau, me ha subido rápido.»

—No puedo creer que te hayas saltado el funeral de tu padre para ir a drogarte.

—Me he quedado casi hasta el final.

—¡Era el funeral de tu padre, Clara!

«Ahora mismo está muy enojada.» Suspiro y miro por la ventanilla.

—¿Hasta cuándo estoy castigada?

Ella exhala frustrada.

—Te lo diré cuando haya hablado con tu pad... —Cierra la boca de golpe al darse cuenta de lo que estaba a punto de decir.

No lo sé a ciencia cierta porque sigo mirando por la ventanilla, pero creo que se pasa todo el camino a casa llorando.

7

Morgan

Dos años, seis meses y trece días. Es exactamente el plazo de tiempo que Clara y yo podremos vivir del seguro de Chris si seguimos con este tren de vida. El cheque de la Seguridad Social no se acerca en absoluto al salario que él tenía, así que hay que tomar decisiones. Hay que reconfigurar nuestra economía. Quizá haya que reducir el fondo para la universidad de Clara. Tengo que encontrar un trabajo. Una profesión.

Aun así... parece que soy incapaz de levantarme de la cama o del sofá para enfrentarme a todo eso. Tengo la sensación de que, cuantas más horas pasen entre el accidente y el momento actual, menor será el dolor. Y, cuando el dolor sea menor, quizá mi ausencia de deseo para acometer todo lo que hay que hacer también mejore.

Me imagino que la manera más rápida de llegar desde el punto A (la aflicción) hasta el punto B (menos aflicción) es durmiendo. Creo que Clara piensa lo mismo, porque las dos nos pasamos la mayor parte del fin de semana en la cama.

Apenas me ha dirigido la palabra desde el funeral. En cuanto supe que se había drogado le quité el teléfono. Pero últimamente yo tampoco he estado de humor para mantener conversaciones, así que no la estoy presionando.

No la presiono, pero sí que la abrazo. No sé si los abrazos se deben más a mi necesidad o a que me preocupa la manera en que se lo está tomando todo. El martes se cumplirá una semana del accidente y no tengo ni idea de si va a volver a la escuela mañana o si necesita más tiempo. Si es así, no me importaría dárselo, pero es algo que no hemos tratado aún.

Me asomo a su habitación para asegurarme de que esté bien. No sé cómo hacer frente a este tipo de dolor con ella. Nunca hemos tenido que lidiar con algo tan espantoso. Sin Chris me siento perdida. Incluso sin Jenny me siento así. Siempre recurría a ellos cuando necesitaba desahogarme o que me transmitieran seguridad a la hora de educar a Clara.

Mi madre murió hace unos años, pero de todos modos sería la última persona a la que le pediría consejo sobre cómo educar a mi hija. Tengo amigas, pero ninguna de ellas ha experimentado una pérdida tan inesperada y de este nivel. Me siento como si surcara aguas desconocidas para todos mis allegados. Estoy pensando en mandar a Clara a terapia, pero no antes de un mes o así. Quiero darle tiempo para que solucione la parte más dolorosa del duelo antes de obligarla a hacerlo, porque sé que no querrá.

La casa nunca había estado tan silenciosa. Ni siquiera puedo usar el sonido de la televisión como ruido de fondo porque el cable continúa estropeado. Chris se encargaba de todas las facturas, así que ni siquiera estoy segura de cuál es nuestra compañía. Ya lo averiguaré con el tiempo.

Me acuesto en el suelo del de la sala. Está a oscuras, y quiero meditar, pero en realidad lo único que hago es pensar en todo aquello que no incluya de algún modo a Chris o a Jenny, y es difícil. En casi todos los recuerdos que tengo aparece alguno de los dos.

Los dos formaron parte de todos los hitos y acontecimientos de mi vida. El embarazo de Clara por completo. Su nacimiento.

Nuestra boda, nuestros aniversarios, las graduaciones, las vacaciones en familia, las barbacoas de los cumpleaños, las salidas al cine, los viajes para ir a pescar y de campamento, el nacimiento de Elijah.

Todos los momentos importantes de mi vida los incluyeron a ellos dos. Eran mi mundo, y yo el suyo. Y es por eso por lo que me niego a seguir pensando por qué podrían haber estado juntos ese día. Es imposible que me traicionaran de esa manera. Que traicionaran a Clara de esa manera. Yo me habría enterado.

Me habría enterado sin ninguna duda.

El timbre de la puerta interrumpe mis pensamientos.

Mientras me dirijo a abrir entreveo el coche de Jonah por la ventana. No siento el menor alivio, porque preferiría no recibir visitas, pero tampoco siento la irritación que solía experimentar al abrirle la puerta. La compasión por la situación en la que se encuentra eclipsa mi enojo. Por supuesto que me siento devastada por lo de Jenny y Chris, pero soy lo bastante razonable para saber que ha afectado más a Jonah que a mí. Él tiene un niño al que criar.

Con Clara, yo al menos tuve a Jenny, a Chris y a los padres de este.

Jonah solo tiene a su madre.

Supongo que también me tiene a mí, pero ahora mismo no puedo serle de mucha ayuda.

Al abrir la puerta, la imagen que me encuentro me deja conmocionada. Jonah lleva días sin afeitarse. Por lo que parece, tampoco es que se haya bañado. O dormido. Lo más probable es que sea así, porque yo no duermo y no tengo un niño al que cuidar.

—Hola —saluda con voz apagada.

Abro más la puerta para dejarle entrar.

—¿Dónde está Elijah?

—Mi madre ha querido quedárselo unas horas.

Eso me hace sentir bien. Jonah necesita un descanso.

No sé por qué está aquí, pero me da miedo que se deba a que quiere hablar sobre lo sucedido. Es probable que haya venido a analizar por qué estaban juntos. Si pudiera hacer las cosas a mi manera, no hablaría nunca de ese tema. Quiero hacer como si no hubiera pasado. Me basta con el dolor de haberlos perdido. No quiero sumarle la rabia y la sensación de haber sido traicionada.

Quiero limitarme a echarlos de menos. Creo que no me quedan fuerzas suficientes para odiarlos.

Nos quedamos parados en la sala en silencio; son solo cinco segundos, pero me da la sensación de que ha pasado más tiempo. No sé qué hacer. ¿Vamos a sentarnos en el patio de atrás? ¿A la mesa del comedor? ¿Al sofá? Resulta embarazoso, porque ya no tengo ese tipo de confianza con Jonah. Desde que volvió a aparecer, mi rutina con él ha consistido en evitarlo, y puesto que ahora no puedo hacerlo tengo la sensación de hallarme en un territorio desconocido.

—¿Está Clara en casa?

Asiento con la cabeza.

—Sí. Está en su habitación.

Mira hacia el pasillo.

—Me gustaría hablar contigo en privado, si tienes un momento.

La sala es la estancia más alejada del dormitorio de Clara. Hay una vista directa del pasillo y así sabré si sale de él, de modo que le indico el sofá de dos plazas y yo me siento en el que está encarado hacia el pasillo.

Jonah se echa hacia delante, los codos sobre las rodillas, las manos entrelazadas debajo del mentón. Suspira con fuerza.

—No sé si es demasiado pronto para comentarlo —dice—, pero tengo muchísimas preguntas.

—Yo no quiero comentarlo jamás.

Él suspira, se recuesta sobre el sofá.

—Morgan...

Detesto el modo en que dice mi nombre. Con total decepción.

—¿De qué serviría, Jonah? No sabemos por qué estaban juntos. Si comenzamos a examinarlo, quizá encontremos respuestas que no deseamos.

Él aprieta la mandíbula. Nos pasamos un minuto entero sentados en un silencio incómodo, absoluto. Entonces, como si acabara de tener una idea, Jonah me mira de golpe.

—¿Dónde está el coche de Chris? —Por la forma en que aparto la vista, Jonah puede apreciar que es otro de los temas que estoy intentando evitar—. Aquella mañana salió de aquí en su coche, ¿no es así?

—Sí —musito.

Me he estado preguntando por el paradero de su coche, pero no he hecho nada para localizarlo. Tengo miedo de lo que pueda revelar el lugar donde se encuentre. Prefiero ignorarlo para siempre en vez de averiguar que está estacionado delante de algún hotel.

—¿Tenía sistema de navegación?

Asiento con la cabeza. Jonah saca el celular y sale a la calle a llamar. Yo me dirijo apresuradamente a la cocina porque necesito un trago. Tengo náuseas. Encuentro la botella de vino que Jonah y Jenny trajeron la semana pasada por mi cumpleaños. Nunca llegamos a abrirla porque ya teníamos una botella empezada. La descorcho y me sirvo una copa.

Ya está casi vacía cuando Jonah entra en la cocina.

Su cara ha perdido todo el color y a primera vista sé que no me espera nada bueno. Es probable que el mayor de mis miedos esté a punto de hacerse realidad y, aunque no quiero saberlo, tampoco puedo evitar preguntárselo.

Me tapo la boca con una mano vacilante.

—¿Dónde está? —susurro.

Su expresión transmite el mensaje antes de que conteste:

—Está estacionado en el Langford.

Aparto la mano de la boca y me sujeto el vientre. Debo de tener aspecto de estar a punto de desmayarme, porque Jonah me quita la copa de vino de la mano y la deja con cuidado sobre la barra.

—He llamado al hotel —continúa—. Han estado dejando mensajes de voz en el celular de Chris. Dicen que podemos ir a recoger las llaves y las cosas que quedaron en su habitación.

«Su habitación. La habitación de hotel de mi hermana y mi marido.»

—No puedo, Jonah. —Mi voz es un susurro dolorido.

Su gesto ahora es de compasión. Me pone las manos sobre los hombros y deja caer la cabeza.

—Tienes que poder. Si no recogemos el coche esta noche, mañana se lo llevará la grúa. Necesitas ese coche, Morgan.

Se me llenan los ojos de lágrimas. Aprieto los labios y asiento con la cabeza.

—De acuerdo, pero no quiero saber lo que hay en la habitación.

—No pasa nada. Tú te traes el coche de Chris a casa y yo me encargaré del resto.

Chris y yo nos quedamos una vez en el Langford. Fue por nuestro segundo aniversario, antes de que yo abandonara finalmente la universidad. No pudo tomarse los días libres en su empleo de los fines de semana, así que hizo la reservación para una noche de miércoles. Mi madre se quedó con Clara, y nos pasamos la noche entera en la cama. ¡Durmiendo!

Fue una maravilla.

Los dos estábamos agotados por tener un bebé mientras intentábamos acabar los estudios, así que, en cuanto teníamos un rato de paz, lo aprovechábamos. Solo teníamos diecinueve y veinte años, respectivamente. No éramos lo bastante mayores para beber alcohol, pero ya arrastrábamos el cansancio propio de gente que nos doblaba la edad.

Llegó un momento en que la guardería nos costaba más de lo que yo ganaba trabajando a media jornada, apenas lográbamos llegar a final de mes, y la única solución lógica entonces fue que yo me quedara en casa con Clara. Chris me dijo que podría obtener el título después de que él obtuviera el suyo, pero nunca volví a inscribirme en la universidad. En cuanto Chris encontró un empleo, los problemas económicos desaparecieron y nos sumimos en una rutina cómoda.

Yo me sentía satisfecha con mi vida. Pensaba que los dos lo estábamos. Pero quizá Chris lo estuviera menos de lo que yo tenía asumido.

Estoy sentada en el coche de Jonah. Nos hemos estacionado al lado del todoterreno de Chris. Jonah ha pedido la tarjeta para abrir la puerta de su habitación en recepción y ha ido hasta allí a buscar las llaves del coche de Chris. Lleva cinco minutos allí. Echo la cabeza hacia atrás y cierro los ojos, me pongo a rezar en silencio. Con la esperanza de que venga y me diga que lo que ha encontrado demuestra que estábamos completamente equivocados. Pero sé que no será así. Sé en lo más profundo que he sido traicionada de la peor manera posible por la única persona que pensaba que no me iba a hacer daño nunca.

Mi hermana. Mi mejor amiga.

Que Chris haya hecho algo así es como una puñalada en el corazón.

«Pero Jenny... Que Jenny lo haya hecho está arrasando con mi alma.»

Jonah vuelve a ocupar el asiento del conductor y tira la bolsa de lona de Jenny a la parte de atrás. Es la que Chris y yo le compramos el año pasado por Navidad. Me da las llaves del coche de Chris.

Me quedo mirando la bolsa, preguntándome para qué la necesitaría. Aquella mañana salió de casa para ir a hacer un turno de doce horas, no para un viaje que la obligara a pasar la noche fuera. ¿Para qué podría haber necesitado una bolsa así?

—¿Por qué estaba la bolsa allí? —Jonah no contesta. Tiene la mirada clavada al frente y su mandíbula parece de cemento—. ¿Para qué necesitaba la bolsa, Jonah? Te dijo que se iba a trabajar, ¿verdad? No iba a pasar la noche en ningún sitio.

—Ahí dentro llevaba la ropa de enfermera —contesta, pero por la manera en que lo dice me da la sensación de que está mintiendo.

Se llevó una bolsa de viaje para poder quitarse la ropa de enfermera al salir de mi casa. Pero ¿qué se puso?

Estiro el brazo hacia el asiento trasero, pero él me toma de la muñeca y me detiene. Me libero y me doy la vuelta en el asiento para intentar alcanzar de nuevo la bolsa de lona. Jonah me lo impide de nuevo, así que transcurren varios segundos de refriega dentro del coche hasta que él me rodea con ambos brazos para tratar de devolverme a mi sitio, pero ya he logrado abrir el cierre de la bolsa.

En cuanto veo asomar el delicado encaje negro de la prenda de lencería me desplomo sobre el asiento. Con la vista al frente. Incapaz de moverme. Intento que las imágenes no desfilen como fogonazos por mi cabeza, pero saber que mi hermana planeaba ponerse una pieza de lencería para mi marido es posiblemente una de las peores cosas que podría imaginar.

Jonah también permanece inmóvil.

Los dos nos peleamos en silencio con la realidad a la que nos aboca este descubrimiento. Mis dudas son devoradas por esta nueva y sombría constatación. Subo las rodillas al pecho y me encojo sobre mí misma.

—¿Por qué? —A mi voz le cuesta superar las paredes de mi garganta. Jonah intenta consolarme pasándome el brazo por los hombros, pero se lo aparto—. Llévame a casa.

Él no hace ningún movimiento.

—Pero... el coche de Chris.

—¡No quiero ese maldito coche!

Jonah me dirige una mirada rápida y asiente una sola vez. Pone el coche en marcha y sale del lugar de estacionamiento dando marcha atrás, dejando el todoterreno de Chris en el mismo lugar donde se ha pasado la última semana sin que lo tocaran.

Espero que se lo lleve la grúa. Está a nombre de Chris, no al mío. No quiero ver ese coche en casa. Por lo que a mí respecta, el banco puede embargarlo.

En el momento en que Jonah entra en el camino de acceso a casa abro la puerta. Tengo la sensación de haber estado conteniendo la respiración desde que salimos del Langford, pero salir del coche a la frescura del aire nocturno no me ayuda a llenar los pulmones.

No espero que Jonah salga también, pero lo hace. Comienza a seguirme por el jardín, pero antes de abrir la puerta de casa me volteo para enfrentarme a él.

—¿Sabías que estaban teniendo una aventura?

Él niega con la cabeza.

—Pues claro que no.

Tengo el pecho agitado. Estoy enfadada, pero no con Jonah. Al menos eso creo. Estoy enfadada con todo. Con Chris, con Jenny, con cada uno de los recuerdos que tengo de los dos juntos. Estoy enfadada porque sé que esto se va a convertir en mi nueva obsesión. Voy a estar preguntándome constantemente cuándo comenzó, por el significado de cada mirada, de cada una de las conversaciones que mantuvieron. ¿Tenían bromas privadas? ¿Las decían delante de mí? ¿Se reían ante mi incapacidad para darme cuenta de lo que ocurría entre ellos?

Jonah da un paso vacilante hacia mí. Estoy llorando, pero estas lágrimas no nacen de la aflicción a la que he tenido que enfrentarme durante la última semana. Estas lágrimas nacen de una angustia más innata, si acaso es posible.

Intento inspirar, pero tengo los pulmones obstruidos. Jonah me observa y su preocupación va en aumento, así que se acerca aún más, invadiendo mi espacio personal y haciendo que me cueste más recuperar el aliento.

—Lo siento —dice procurando aliviar el pánico que me invade.

Lo aparto, pero aún no entro en casa. No quiero que Clara me vea en este estado. Ahora estoy jadeando de forma audible, y tratar de contener las lágrimas no me ayuda. Jonah me conduce hasta una de las sillas del patio delantero y me obliga a sentarme.

—No puedo... —Me falta el aire—. No puedo respirar.

—Te traeré un poco de agua. —Entra en casa y en cuanto la puerta se cierra me pongo a gimotear. Me tapo la boca con ambas manos, intentando detener los sollozos. No quiero estar triste. Ni enojada. Solo quiero no sentir nada.

Capto algo con el rabillo del ojo, así que miro hacia la casa de al lado. La señora Nettle me está espiando desde detrás de las cortinas de su sala, está viéndome llorar.

Es la vecina más chismosa que hemos tenido nunca. Me enoja que me esté observando ahora, pensar que probablemente esté experimentando placer al verme en medio de un ataque de pánico.

Cuando se mudó aquí, hace tres años, no le gustó el color del césped de nuestro jardín porque no coincidía con el del suyo. Intentó presentar una reclamación ante la comunidad de propietarios para que lo cambiáramos.

Y eso fue cuando solo llevaba un mes aquí. Desde entonces se ha vuelto mucho peor.

Dios, este ataque inesperado de rabia hacia mi vecina octogenaria está haciendo que me cueste aún más respirar.

Tengo el pulso tan acelerado que noto palpitaciones en el cuello. En el momento en que Jonah vuelve con el agua me llevo una mano al pecho. Él se sienta a mi lado, se asegura de que beba un sorbo. Luego otro. Deja el vaso sobre la mesa que nos separa.

—Échate hacia delante y pon la cabeza entre las rodillas —me dice.

Lo obedezco sin rechistar.

Jonah inspira lentamente con la intención de que lo imite. Lo repite diez veces, hasta que mi pulso se ralentiza de manera significativa. Cuando dejo de sentirme al borde del infarto, levanto la cabeza y me recuesto sobre la silla para intentar llenar los pulmones de aire. Dejo escapar un largo suspiro, y acto seguido miro hacia la casa de al lado. La señora Nettle sigue espiándonos desde detrás de las cortinas.

Ni siquiera trata de disimular su intromisión. Le hago una seña obscena, y surte efecto. La mujer se aparta de las cortinas de golpe y apaga la luz de la sala.

Jonah hace un ruidito con la garganta, como si quisiera reírse. Quizá verme hacerle una seña obscena a una mujer de ochenta años de edad resulte gracioso. Pero ahora mismo me parece imposible que yo pueda llegar siquiera a sonreír.

—¿Cómo puedes estar tan tranquilo? —le pregunto.

Jonah se recuesta contra la silla y me mira de refilón.

—No estoy tranquilo —contesta—. Estoy herido. Estoy enojado. Pero no estoy tan comprometido como tú, así que creo que es normal que reaccionemos de manera diferente.

—¿Que no estás tan comprometido como yo?

—Chris no era mi hermano —explica con naturalidad—. Tampoco me he pasado la mitad de la vida casado con Jenny. Tus cortes son más profundos que los míos.

Aparto la mirada de Jonah porque sus palabras hacen que tenga ganas de retorcerme de dolor. Y no me ha gustado esa descripción: «Tus cortes...».

Es una explicación perfecta para lo que siento, nunca imaginé que serían Jenny y Chris quienes harían que me sintiera así.

Los dos guardamos silencio durante un rato. He dejado de llorar, así que debería entrar ahora que estoy fuera de toda sospecha. He estado intentando ocultarle mis emociones a Clara. No el duelo. El duelo es natural. No me importa estar triste delante de ella. Pero no quiero que perciba mi rabia. No quiero que Clara llegue a averiguar lo que Jenny y Chris hicieron. Ya ha sufrido bastante.

A saber contra qué arremetería en caso de descubrir la verdad sobre su padre y su tía. Ya ha reaccionado con un comportamiento muy poco propio de ella.

—Clara se fue antes de que acabara el funeral de Chris. Me la encontré en el cine, drogándose con ese muchacho. Miller Adams. Y tú decías que era buen chico...

«No sé por qué he añadido esa última parte, como si de algún modo fuera culpa suya.»

—Carajo —suelta Jonah con un suspiro.

—Ya... Y lo peor de todo es que ni siquiera sé cómo afrontarlo. O durante cuánto tiempo debería castigarla.

Jonah se pone de pie de un salto.

—Está triste. Todos lo estamos. Dudo que hubiera hecho lo mismo en otras circunstancias. Quizá deberías pasar por alto su comportamiento de esta semana.

Asiento con la cabeza, pero no estoy de acuerdo con él. Podría pasarlo por alto si fuera algo más leve que tomar drogas. Sería más apropiado para cosas como llegar a casa después de la hora acordada. No puedo dejar pasar que se escapó del funeral de Chris para ir a drogarse. Por no mencionar que estaba con el único chico al que su padre le había dicho que evitara. Si dejo pasar una sola de esas cosas, ¿adónde podría llevarnos esa indulgencia?

Me pongo de pie, dispuesta a entrar en casa. Abro la puerta y me volteo para mirar a Jonah. Está en el umbral, con la vista puesta en los pies, y anuncia:

—Tengo que ir a buscar a Elijah. —Levanta la mirada y no sé decir si está aguantándose las lágrimas o si soy yo, que me he olvidado de que cuando estás tan cerca de Jonah el color azul de sus ojos parece volverse acuoso—. ¿Estarás bien?

Dejo escapar una carcajada poco entusiasta. Las lágrimas de mis mejillas aún no se han secado... ¿y me pregunta si estaré bien?

Llevo una semana sin estar bien. Ahora mismo no estoy bien. Pero me encojo de hombros y le digo:

—Sobreviviré.

Vacila un instante, como si quisiera decir algo más. Pero no lo hace. Se dirige hacia su coche y yo cierro la puerta.

—¿Qué ha sido todo eso?

Giro sobre mis talones y me encuentro a Clara parada al principio del pasillo.

—Nada —contesto, quizá con demasiada rapidez.

—¿Está bien?

—Sí, es solo... que le está costando. Ocuparse de Elijah él solo. Tenía algunas preguntas.

No soy la mejor embustera de la familia, pero técnicamente tampoco ha sido una mentira. Estoy segura de que a Jonah le está costando. Es su primer hijo. Acaba de perder a Jenny. Me acuerdo de cuando Clara era pequeña y Chris estudiaba a tiempo completo y trabajaba los días que no tenía clase. Sé lo difícil que es hacerlo todo tú sola. He pasado por ello.

De acuerdo, Elijah es un niño más fácil que Clara. Se parecen tanto físicamente que podrían ser gemelos, pero sus personalidades no tienen nada que ver.

—¿Quién se ha quedado con Elijah?

Oigo la pregunta que me hace Clara, pero no puedo responder porque mis ideas han dejado de avanzar. Se han quedado atascadas en el último pensamiento que se me ha pasado por la cabeza.

«Podrían ser gemelos.»

Me tengo que apoyar en la pared porque la constatación me cae encima como si pesara cinco mil kilos.

—¿Por qué te has ido con Jonah? —pregunta Clara—. ¿Dónde han estado?

«Elijah no se parece en nada a Jonah. Es igualito a Clara.»

—Mamá —me llama Clara poniendo mayor énfasis, intentando obtener una respuesta de mi parte.

Y Clara es igualita a Chris.

Delante de mis ojos, las paredes comienzan a palpitar. Le hago un gesto para que se vaya porque soy consciente de ser una mentirosa terrible y tengo la sensación de que verá lo que siento como si fuera transparente.

—Sigues castigada. Vete a tu habitación.

—Estoy castigada sin poder salir... ¿a la sala? —replica ella perpleja.

—Clara, vete —digo con firmeza, porque necesito que salga de la sala antes de que me desmorone por completo delante de sus ojos.

Clara se va hecha una furia.

Yo me voy corriendo a mi propio dormitorio y doy un portazo.

Como si no fuera suficiente que estén muertos, los golpes no dejan de llegar, y cada vez son más fuertes.

8

Clara

He salido de casa en cuanto mi madre se ha metido en su habitación y ha pegado un portazo. Se supone que no puedo salir, así que estoy segura de que esto alargará el castigo, pero a estas alturas ya no me importa. No puedo pasarme un solo minuto más enjaulada en casa. Todo allí me recuerda a mi padre. Y cada vez que miro a mi madre me la encuentro sentada en un sitio diferente, contemplando la nada.

Cuando no está enfadándose conmigo.

Sé que lo está pasando mal, pero ella no es la única. No he hecho más que preguntarle dónde estaba Elijah y por qué había salido con Jonah, pero ha reaccionado de manera completamente desproporcionada.

¿Las cosas van a ser así a partir de ahora? Puesto que mi padre ya no está, ¿siente que tiene que compensar su ausencia y mostrarse aún más estricta conmigo? «¿A quién lo castigan sin poder pisar la sala de su propia casa?»

Mi madre me ha dejado sin teléfono, así que no podrá ver dónde estoy. Me ha dado miedo que llamara a la policía, así que antes de salir le he escrito una nota que dice: «La estoy pasando mal de verdad. Me voy a casa de Lexie un par de horas, pero estaré de regreso a las diez». Sabía que si mencionaba lo de pasarla mal quizá no se enfadaría tanto. La pena es brutal, pero también es una gran excusa.

Tras salir de casa me he ido en coche hasta la de Lexie con la esperanza de encontrarla allí, pero no estaba.

Ahora estoy sentada en el estacionamiento del cine, con la mirada fija en la camioneta de Miller.

He venido hasta aquí porque he pensado que sería muy agradable permanecer sentada en la sala a oscuras durante una hora y media, y olvidarme de que hay un mundo ahí fuera. Pero ahora que sé que Miller trabaja esta noche no estoy segura de que quiera entrar. Dará la impresión de que he venido a propósito, buscándolo.

¿Quizá ha sido así? Ni siquiera lo sé.

En cualquier caso, no voy a dejar de ir al cine cuando él esté trabajando allí solo porque tenga novia. Tampoco voy a dejar de ir solo porque me preocupe que pueda resultar embarazoso.

A ver, el tipo me compró droga. Nada puede resultar mucho más embarazoso que eso.

La taquilla exterior se encuentra cerrada, pero Miller está dentro. Lo veo un momento a través de las puertas de cristal. Está limpiando los mostradores de los puestos de comida mientras Steven, el tipo que le vendió la marihuana, barre las palomitas que han caído aquí y allá.

El vestíbulo del cine está en silencio, así que los dos levantan la mirada cuando oyen que abro la puerta y entro.

Al verme, Miller me dirige una pequeña sonrisa y deja de limpiar. De repente estoy más nerviosa de lo que esperaba.

Pega las palmas al mostrador y se inclina hacia delante mientras me acerco a él.

—Pensaba que estarías castigada.

Me encojo de hombros.

—Lo estoy. Mi madre se ha quedado con mi celular y me ha confinado en mi habitación. —Miro el menú que tiene por encima de la cabeza—. Me he escapado.

Miller se ríe.

—Las últimas funciones comenzaron hace entre treinta y cuarenta y cinco minutos, pero puedes elegir. La sala 4 es la que está más vacía.

—¿Qué está en la 4?

—*Interstate*. Es una película de acción.

—Me gusta. Me la quedo. —Saco dinero de la bolsa, pero él lo rechaza con un gesto.

—No te preocupes. Los familiares entran gratis. Si alguien te pregunta, dile que eres mi hermana.

—Casi preferiría pagar antes que fingir que somos hermanos.

Miller se ríe y toma un vaso grande.

—¿Qué quieres beber?

—Sprite.

Me da la bebida y a continuación humedece un puñado de servilletas en el fregadero que hay a su espalda. Lo miro confundida cuando me las da.

—Tienes algo de... —dice arrastrando un dedo por su mejilla—. Maquillaje. De haber estado llorando.

—Oh.

Me limpio las mejillas. Ni siquiera recordaba que me había puesto rímel hoy. Parece que estoy llevando a cabo las actividades propias de la vida diaria sin ser consciente de ello. Ni siquiera me he dado cuenta de que me he pasado todo el camino hasta aquí llorando. Mierda, lo más probable es que siga haciéndolo. Ya no soy capaz de ver la diferencia. Tengo la sensación de que la culpa por los mensajes que le mandé a la tía Jenny en el momento del accidente, sumada a la pérdida enorme que siento por los dos, no se marchará nunca. Las lágrimas, que antes parecían presentarse solo de noche, han comenzado a acompañarme también durante el día. Pensé que la cosa mejoraría con el tiempo, pero hasta ahora lo único que ha hecho el tiempo ha sido dejar que mis emociones ganen tamaño. Siento el corazón hinchado, como si fuera a explotar con que solo una pequeña tragedia más se abra paso hacia su interior.

Miller me prepara un paquete grande de palomitas mientras me limpio el rímel.

—¿Quieres mantequilla?

—A montones. —Tiro la servilleta en un bote de basura que hay cerca sin importarme si me he limpiado toda la mancha.

Miller empapa las palomitas en mantequilla.

—No lo olvides. Si un empleado te pide la entrada, eres mi hermana —me recuerda, y me da las palomitas.

Me llevo algunas a la boca mientras me alejo.

—Gracias, hermanito.

Miller hace una mueca de dolor cuando lo llamo así, casi como si fuera algo repugnante. Me gusta que le repulse la idea de que seamos familia. Eso significa que existe la posibilidad de que nos haya imaginado como algo completamente diferente.

Las palomitas están rancias.

Estoy segura de que se debe a que Miller estaba a punto de cerrar el puesto de comida cuando me las ha preparado. No se pueden tener palomitas recién hechas al final de la noche. Pero están tan malas que me apostaría algo a que han salido de la montaña de palomitas desechadas que se han quedado sin tocar al fondo de la máquina desde que la pusieron en marcha esta mañana.

Me las como de todos modos.

He elegido el segundo asiento de la última fila cerca del pasillo; solo hay otras dos personas y están en la mitad de la sala.

No he querido sentarme delante de ellas porque tenía planeado pasarme la película llorando, pero la verdad es que es lo bastante interesante para mantener mi mente ocupada.

No he dicho que fuera una buena película. Solo que es interesante.

Al menos, el personaje principal lo es. Se trata de una chica graciosa, cuyo cabello, largo hasta los hombros, da latigazos y se balancea con cada uno de sus movimientos. He estado más pendiente de su pelo que del argumento. Yo lo llevo largo, ahora me llega a media espalda. A mi padre le encantaba mi pelo largo, y me convencía de que no me lo cortara cada vez que yo sentía la urgencia de hacerlo.

Jalo un mechón y deslizo los dedos de arriba abajo. Me tiene cansada. Creo que no tardaré en cortármelo. Ya me toca cambiar.

—Eh —susurra Miller. Levanto la mirada hacia él en el momento en que se sienta a mi lado—. ¿Qué tal la película?

—No lo sé. Estoy pensando en cortarme el pelo.

Mete la mano en el paquete y toma un puñado de palomitas. A continuación se recuesta en el asiento y coloca los pies sobre la butaca de delante.

—Tengo unas tijeras detrás del puesto de comida.

—No quería decir ahora mismo.

—Oh, bueno. Cuando estés lista. Las tijeras están ahí, así que te vienes y te lo corto.

Me río.

—No quería decir que me lo cortaras tú.

—Está bien, pero el que avisa no es traidor: a Steven se le da mejor barrer palomitas y vender hierba que cortar el pelo.

Pongo los ojos en blanco y apoyo los pies contra el respaldo de la butaca de delante.

—¿Chanclas nuevas? —pregunta él mirándome los pies.

—Sí. Tuve que hacer cosas muy turbias para conseguirlas.

Miller toma otro puñado de palomitas y guardamos silencio durante algunos minutos. La película llega al final, y las otras dos personas que hay en la sala se ponen de pie y se marchan en cuanto comienzan a pasar los títulos de los créditos. Miller vuelve a meter la mano en las palomitas.

No estamos haciendo nada malo, pero lo parece. Antes de que Miller se sentara a mi lado me sentía como anestesiada, pero ahora tengo el cuerpo cargado de adrenalina. No nos estamos rozando ni los brazos. Yo he monopolizado los dos apoyabrazos y él ha inclinado el cuerpo hacia el otro lado, probablemente para evitar cualquier forma de contacto.

Aun así, esto está mal. Miller se ha sentado al lado de la única chica junto a la que no debería sentarse, y los dos lo sabemos. Y, aunque eso me hace sentir culpable, también me hace sentir bien.

Los títulos de los créditos siguen pasando. Miller comenta:

—Estas palomitas están rancias de verdad.

—Son las peores palomitas que he comido nunca.

—Casi han volado —dice señalando el paquete—. No parece que te haya importado demasiado.

Me encojo de hombros.

—No soy quisquillosa.

El silencio vuelve a instalarse entre nosotros. Miller me sonríe y una oleada de calor me recorre el cuerpo. Me asomo al paquete de palomitas y lo sacudo como si estuviera intentando encontrar una que esté bien porque no quiero mirarlo y experimentar estos sentimientos hacia alguien que tiene novia. Teniendo en cuenta las circunstancias de esta última semana, cualquier emoción mínimamente placentera hace que me sienta como una persona de mierda. Pero él sigue mirándome y no ha hecho además alguno de marcharse, y puesto que me impide salir al pasillo me siento obligada a seguir con la conversación.

—¿Cuánto tiempo llevas trabajando aquí?

—Un año. —Se acomoda en el asiento—. No está mal. La idea de trabajar en un cine es más excitante que la realidad. Básicamente hay que limpiar un montón.

—Pero puedes ver todas las películas que quieras, ¿no?

—Ese es el motivo por el que sigo trabajando aquí. He visto todas las películas que han salido desde que comencé. Me lo tomo como una forma de preparar mi carrera. Como si estuviera documentándome.

—¿Cuál es tu película favorita?

—¿De todos los tiempos? —pregunta él.

—Elige una de los últimos diez años.

—No puedo —admite—. Hay muchas que son geniales, y las quiero a todas por diferentes motivos. Me encantan los apartados técnicos de *Birdman*. Me encantan las interpretaciones de *Call Me By Your Name*. *Fantástico Sr. Fox* es mi película de animación favorita porque Wes Anderson es un maldito genio. —Me mira—. ¿Y la tuya?

—No creo que *Fantástico Sr. Fox* cuente, me parece que tiene más de diez años. —Echo la cabeza hacia atrás y me quedo mirando el techo. Es una pregunta difícil—. Soy como tú. No sé si tengo una película favorita. Tiendo a juzgarlas más por los actores que por el argumento. Creo que Emma Stone es mi actriz preferida. Y Adam Driver es increíble, pero pienso que aún no le han dado el papel de su vida. Estuvo genial en *Infiltrado en el KKKlan,* pero no me vuelven loca las demás películas en las que ha participado.

—Pero ¿viste el sketch de Kylo Ren?

—¡Sí! —Me incorporo—. ¿En *Saturday Night Live*? Dios mío, fue divertidísimo. —Estoy sonriendo y lo detesto. Me resulta raro sonreír cuando estoy tan llena de tristeza, pero Miller hace que me sienta así cada vez que coincidimos. Es la única persona que parece capaz de hacer que me olvide de todo, pero a la vez es la única persona con la que no debería estar. «Gracias por tanto, Shelby.»

Es una mierda. No me gusta pensar en ello, aunque ahora estemos los dos juntos. Pero, cuando al fin regrese a la escuela, las cosas volverán a la normalidad. Miller mantendrá las distancias. Respetará la relación que tiene con Shelby, y con eso solo conseguirá que lo respete aún más.

Y yo seguiré metida en este bajón depresivo.

—Debería irme —anuncio.

Miller vacila antes de apartarse.

—Sí, creo que mi descanso se acabó hace diez minutos. —Los dos nos ponemos de pie, pero no puedo salir al pasillo porque él me impide el paso. Está frente a mí, y no hace ningún esfuerzo por marcharse. Tan solo me observa, como si quisiera añadir algo más. O hacer algo más.

—Lamento mucho lo que pasó —dice.

En un primer momento no sé a qué se refiere, pero entonces caigo en cuenta de ello. Aprieto los labios y asiento con la cabeza, pero no digo nada porque es la última cosa sobre la que deseo hablar o pensar.

—Debería habértelo dicho el otro día. En el funeral.

—No pasa nada —contesto—. Estoy bien. O al menos lo estaré. Algún día. —Suspiro—. Con suerte.

Miller sigue mirándome como si quisiera darme un abrazo, y de verdad deseo que lo haga. Pero en vez de eso se voltea y sale al pasillo para dirigirse a la salida.

En el camino me detengo en el baño. Él toma un bote de basura y lo arrastra hacia la sala de la que acabamos de salir.

—Hasta pronto, Clara.

No me despido de él. Me meto en el baño y ni siquiera me molesto en engañarme pensando que la próxima vez que nos veamos las cosas serán parecidas. Él me evitará y seguirá siendo completamente fiel y tal, y es que tanto da. No pasa nada. De todos modos, tengo que dejar de interactuar con él de esta manera, porque, por más bien que me sienta estar cerca de Miller, comienzo a sentirme mal cuando se va. No necesito añadir otro motivo de dolor a la pila de emociones agónicas que ando arrastrando.

Antes de llegar a casa me imagino que mi madre estará esperándome, enojada y preparada para discutir. Pero la casa se encuentra en silencio, y la luz de su dormitorio está apagada.

Al entrar en mi habitación me sorprende encontrar el celular sobre la almohada.

«Una ofrenda de paz. Eso no lo esperaba.»

Me acuesto en la cama y me pongo al día con mis mensajes. Lexie quiere saber si iré a clase mañana. No tenía pensado volver tan pronto, pero la idea de quedarme en casa me parece bastante peor que la de ir a la escuela, así que le contesto que allí estaré.

Abro Instagram y le echo un vistazo al perfil de Miller. Soy consciente de que he dicho que tengo que dejar de interactuar con él, y lo haré. Pero antes debo mandarle un mensaje. Solo uno. Entonces podemos dejar que las cosas entre nosotros vuelvan a ser como durante el último año. Inexistentes.

Solo quería darte las gracias por la película gratis y por esas palomitas lamentables. Eres el mejor hermano que he tenido nunca.

No me sigue, así que intuyo que el mensaje será filtrado y que tardará un mes en leerlo, pero la verdad es que contesta al cabo de pocos minutos.

¿Has recuperado el celular?

Al ver su mensaje, sonrío y me pongo boca abajo.

Sí. Al volver a casa estaba sobre mi almohada. Creo que es una ofrenda de paz.

Tu madre parece estupenda.

Pongo los ojos en blanco. *Estupenda* es un término muy generoso.

Es genial.

Incluso añado uno de esos emoticones sonrientes para que mi respuesta resulte más creíble.

¿Mañana vendrás a la escuela?

Creo que sí.

Bien hecho. Probablemente debería dejar de hablar contigo por aquí. Creo que Shelby conoce mi contraseña.

Guau. Eso es otro nivel. ¿Vas a pedirle matrimonio pronto?

Te encanta hacer bromas sobre mi relación.

Es mi pasatiempo favorito.

Supongo que te lo facilito.

¿Siempre ha sido una persona celosa?
¿O hiciste algo para que se volviera así?

No es una persona celosa. Solo
se pone celosa contigo.

¿Cómo? ¿Por qué?

Es una historia muy larga. Y aburrida.
Buenas noches, Clara.

¿Una historia aburrida? «No te lo crees ni tú.» El hecho de que Miller tenga una historia en la que aparezco es lo único en lo que voy a poder pensar durante el resto de la noche.

Buenas noches. Asegúrate
de borrar los mensajes.

Ya lo he hecho.

Me quedo mirando el celular. Sé que debería dejarlo ahí, pero le mando un mensaje más.

Ahí va mi número, por si te vuelven
a romper el corazón.

Le mando mi número de celular, pero no contesta. Probablemente sea lo mejor.

Vuelvo a su perfil y comienzo a desplazarme por sus fotos. Ya las había visto antes, pero sin haber mantenido aún ninguna conversación de verdad con él. Miller es bueno con la cámara. En algunas fotos sale con Shelby, pero la mayoría son de cosas diversas. No hay ninguna en la que aparezca él solo, y por algún motivo eso me gusta.

La imagen que llama mi atención es una fotografía en blanco y negro que tomó de la señal del límite de la ciudad. Me hace reír, así que le doy el doble golpecito del *like*.

Estoy desplazándome por mi propio perfil cuando recibo un mensaje de un número que no reconozco.

Cizañera.

Su mensaje me hace reír. Sinceramente, no le he puesto ese *like* con ninguna mala intención. De verdad que he pensado que era gracioso, y durante un instante he olvidado que el mero hecho de que me guste una de sus fotos podría hacer que Shelby volviera a mandarlo a la sala de interrogatorios.

Guardo de inmediato su número entre mis contactos. Eso me lleva a preguntarme si él guardará el mío con mi nombre auténtico o con uno falso. Shelby se enfurecería si descubre que tiene mi número en su celular. Y, si tiene su contraseña de Instagram, lo más probable es que le revise el teléfono.

¿Vas a guardar mi número con un nombre falso para no meterte en problemas?

Lo estaba pensando. ¿Qué te parece Jason?

Jason es un buen nombre. Todo el mundo conoce a un Jason. No sospechará nada.

136

Sonrío, pero la alegría me dura solo un segundo fugaz. Recuerdo el último mensaje que me mandó la tía Jenny: «No quieres ser la otra. Créeme».

Tenía razón. La tía Jenny siempre tenía razón. ¿Qué estoy haciendo?

> Da igual. No me guardes con un nombre
> falso. No quiero ser Jason en tu celular y no
> quiero ser tu hermana de mentira en el cine.
> Llámame el día en que simplemente
> pueda ser Clara.

Los puntitos aparecen en mi pantalla. Desaparecen.

No me contesta más.

Al cabo de unos minutos, hago un pantallazo de nuestros mensajes y borro su número.

9

Morgan

Acabo de sumirme en un sueño ligero cuando unos golpes en la puerta hacen que me despierte sobresaltada. Me incorporo en la cama y busco con el brazo a Chris para despertarlo.

Su lado de la cama está vacío.

Me quedo mirándolo, preguntándome cuándo dejarán de pasarme estas cosas. Han transcurrido menos de dos semanas desde su muerte, pero ya he levantado el teléfono al menos cinco veces para llamarlo a él o a Jenny. Me sale con tanta naturalidad que me olvido de lo que ha pasado. Y entonces me veo obligada a revivir la pena.

Otra tanda de golpes en la puerta. Volteo la cabeza en la dirección del ruido. Se me acelera el pulso porque voy a tener que lidiar con esto tanto si estoy preparada para ello como si no. En el pasado, cuando sucedía algo inesperado en mitad de la noche, Chris siempre se encargaba de solucionarlo.

Me pongo una bata y corro hacia la puerta antes de que quienquiera que sea despierte a Clara. Los golpes son tan incesantes que estoy comenzando a enfadarme. Más vale que no se trate de la señora Nettle, la vecina de al lado, que viene a culparme de algo. Una vez nos despertó a las dos de la madrugada para quejarse de una ardilla que estaba en el árbol de nuestro jardín.

Enciendo la luz del porche y pego el ojo a la mirilla. Veo con alivio que no es la señora Nettle. Es solo Jonah, desaliñado, con Elijah pegado al pecho. Pero el alivio apenas me dura un segundo, porque me doy cuenta de que son las doce y Jonah no suele pasar por casualidad a estas horas. Debe de haber algún problema con el niño.

Abro la puerta de golpe.

—¿Pasa algo?

Jonah sacude la cabeza, me empuja al entrar. Hay desesperación en su mirada.

—Sí.

Cierro la puerta y voy tras ellos.

—¿Tiene fiebre?

—No, está bien.

Me siento confundida.

—Acabas de decirme que le pasa algo.

—A él no le pasa nada. Me pasa a mí. —Me da a Elijah y de todos modos le coloco la mano en la frente para comprobar su temperatura. No tiene fiebre, así que me pongo a buscar señales de alguna erupción. No se me ocurre ningún otro motivo para que estén aquí a esta hora de la noche—. No le pasa nada —repite Jonah—. Está perfecto, es feliz, está alimentado, y yo... —Sacude la cabeza y se encamina hacia la puerta sin su hijo—. Estoy harto. No puedo seguir así.

Siento que me voy a hundir. Corro detrás de Jonah y lo intercepto, pego la espalda a la puerta de entrada.

—¿Qué quiere decir que no puedes seguir así?

Jonah retrocede un paso y voltea el cuerpo hacia un lado. Entrelaza las manos detrás de la nuca. Soy consciente de que no es que tenga miedo, como he pensado en un primer momento, sino que está desolado. Ni siquiera hace falta que me diga el motivo por el que se encuentra tan alterado. Ya lo sé.

Me volteo para hacerle frente. Sus ojos están llenos de angustia y de lágrimas. Hace un gesto en dirección a Elijah.

—Esta noche ha sonreído por primera vez. —Hace una pausa, como si lo que está a punto de decir fuera demasiado doloroso para convertirlo en palabras—. Elijah, mi hijo, tiene la puta sonrisa de Chris.

No, no, no. Sacudo la cabeza, consciente del dolor que emana de él.

—Jonah... —Oigo que se abre la puerta de la habitación de Clara antes de poder procesar el significado de todo esto. Mi expresión compasiva se transforma de inmediato en una de súplica—. Por favor, ahora no —le pido en un susurro—. No quiero que se entere de lo que hicieron. La destrozará.

Jonah mira hacia otro sitio. Asumo que a Clara.

—¿Qué está pasando? —pregunta ella.

Giro sobre mis talones y me encuentro a Clara en la entrada del pasillo, restregándose los ojos para quitarse las legañas. Jonah murmura:

—No puedo seguir así. Lo siento. —Abre la puerta y se va.

Me acerco a Clara y le encajo a Elijah entre los brazos.

—Ahora mismo vuelvo.

Jonah está a punto de llegar a su coche cuando cierro la puerta y me pongo a correr tras él. Oye que lo sigo, así que se da la vuelta.

—¿Por qué me mentiría Jenny sobre algo tan inmenso? —Está completamente angustiado. Se agarra el pelo y a continuación golpea el coche con las palmas, como si no supiera qué hacer con las manos. La cabeza le cuelga entre los hombros, derrotada—. Que haya tenido una aventura es una cosa, pero hacerme creer que era el padre de su hijo... ¿Qué tipo de persona haría algo así, Morgan?

Toma impulso contra el coche y se acerca a grandes zancadas hacia mí. Nunca lo había visto tan enojado, así que me descubro dando unos pasitos hacia atrás.

—¿Sabías que no era mío? —Me mira como si de algún modo yo formara parte de todo esto—. ¿Es ese el motivo por el que se presentó por sorpresa en el funeral de mi padre, el año pasado? ¿Tenía que encubrir a la persona que la había dejado preñada en realidad? ¿Fue parte de una especie de plan enfermizo?

Sus palabras me hacen daño, porque es evidente que yo no sabía nada de todo eso. Comencé a sospechar que Chris podía ser el padre de Elijah hace muy poco, pero es la primera vez que veo a Jonah desde entonces.

—¿De verdad crees que se lo habría pasado por alto?

Se lleva las manos a las sienes, frustrado, y baja los brazos de golpe.

—¡No lo sé! Has pasado media vida con Chris. ¿Cómo no sospechaste que él era el padre de Elijah? —Se dirige de nuevo hacia el coche, pero entonces se le ocurre algo, y es probable que cuando lo diga yo me enfade aún más con él—. Sabías que se estaban acostando, Morgan. ¡En el fondo eras consciente, pero los dos sabemos que se te da muy bien ignorar lo que tienes delante de las narices!

Sí. Desde luego que estoy mucho más enfadada que hace diez segundos.

Jonah retrocede un paso, como si las palabras que acaba de decir fueran un bumerán que al regresar le ha golpeado las entrañas. La rabia se ve engullida de inmediato por una mirada de disculpa.

—¿Has acabado? —pregunto.

Él asiente con la cabeza, pero de manera casi imperceptible.

—¿Dónde está la bolsa de los pañales de Elijah?

Jonah va hasta el coche y abre la puerta trasera. Me da la bolsa. Se queda mirando el pavimento bajo sus pies, esperando a que me marche.

—Eres todo lo que le queda, Jonah.

Él levanta la vista, me mira por un instante y hace un gesto de negación.

—En realidad, tú eres todo lo que le queda. Es el hijo de tu hermana. No hay nada mío en él. —No son palabras vengativas, como las de antes. Ahora está tranquilo.

Le dirijo una mirada suplicante. No puedo imaginar lo que debe de estar sintiendo, así que hago todo lo posible por no juzgar su reacción, pero él quiere a Elijah. No importa lo herido que se sienta ahora mismo, es imposible que abandone al bebé que ha estado criando durante los últimos dos meses. Acabará arrepintiéndose de esto. Le digo con voz suave:

—Eres el único progenitor al que conoce. Vete a casa. Duerme hasta que se te pase. Ven a buscarlo por la mañana.

Vuelvo a entrar. No pretendo dar un portazo, pero lo hago, y Elijah se asusta y comienza a llorar. Clara está sentada en el sofá con él, así que se lo tomo de los brazos para que pueda regresar a la cama.

—¿Qué le pasaba a Jonah? —pregunta—. Parecía enfadado.

Aunque sé que soy una mentirosa terrible, le resto toda la importancia posible.

—Es solo que está agotado. Le he ofrecido quedarme a Elijah esta noche para que pueda descansar.

Clara mantiene la mirada fija en mí por un instante. Sabe que le estoy contando una mentira, pero no me presiona. Eso sí, al pasar a mi lado pone los ojos en blanco.

Cuando Clara vuelve a entrar en su habitación, yo me llevo a Elijah a la mía y me siento sobre la cama, con él en brazos. Está despierto del todo, pero ya no llora.

Sino que sonríe.

Y Jonah tiene razón. Al hacerlo se le forma un hoyuelo profundo en el centro de la barbilla.

Es muy parecido a Chris.

10

Clara

Todo el mundo pensaba que Jonah volvería a dar clase el lunes, pero no fue así. Mamá me dijo que Jonah vendría a recoger a Elijah ese mismo día, pero ya estamos a miércoles y aún no lo ha hecho.

No sé lo que sucede porque mi madre no me cuenta nada, así que cuando Lexie se acerca a mi casillero después de la última clase y me pregunta «¿Qué le pasa al tío profesor?» no tengo ni idea de qué puedo contestarle.

Cierro el casillero y me encojo de hombros.

—No lo sé. Creo que se ha venido abajo. Nos dejó a Elijah el domingo por la noche, y lo único que le oí decir antes de que saliera de casa furioso fue «No puedo seguir así. Lo siento».

—Mierda. Entonces ¿tu madre sigue con Elijah? —Por la manera en que Lexie mastica el chicle da la impresión de que estemos planeando ir al centro comercial en vez de hablar sobre la posibilidad de que Jonah haya abandonado a su hijo recién nacido.

—Sí.

Lexie se recuesta sobre el casillero contiguo al mío.

—Eso no está bien.

—No pasa nada. Lo más probable es que venga a recogerlo hoy. Creo que solo necesitaba ponerse al día y recuperar sueño.

Lexie se da cuenta de que estoy poniendo excusas. Se encoge de hombros y revienta el globo de chicle.

—Sí, es posible. Pero el que avisa no es traidor: mi padre lleva trece años «poniéndose al día recuperando sueño».

Le sigo la corriente soltando una risita, pero Jonah no se parece en nada al padre de Lexie. No es que yo haya conocido a su padre biológico, es que Jonah nunca le haría algo parecido a Elijah.

—Mi madre me contó que el día después de Navidad salió de casa hecho una furia y gritó: «¡Estoy harto!». Y no volvió nunca más. —Lexie revienta otro globo—. Si hay algo que a mi padre se le dé bien es estar harto. Se ha pasado los últimos trece años estando harto. —De repente cierra la boca y mira por encima de mi hombro. Algo ha llamado su atención. Algo o alguien.

Me volteo y veo que Miller viene hacia nosotras. Sus ojos se encuentran con los míos y durante tres segundos de peso considerable me aguanta la mirada. Se concentra en mí con tanta intensidad que tiene que estirar el cuello un poco al pasar a nuestro lado, antes de verse casi obligado a mirar hacia delante.

No hemos vuelto a hablar desde los mensajes de aquella noche. Me gusta que no me esté persiguiendo, pero también lo detesto. Quiero que sea buena persona, pero también me gustaría mucho que no le importara tanto su actual relación.

Lexie suelta el aire en forma de silbido.

—Eso lo he notado.

Pongo los ojos en blanco.

—No, no has notado nada.

—Sí. La mirada que te ha lanzado... ha sido como...

—Volviendo a Jonah —digo alejándome del casillero—, es un buen padre. Solo necesitaba un descanso.

—Me juego cincuenta dólares a que no vuelve. —Lexie me sigue hacia la salida que da al estacionamiento.

—¿Que no vuelve a qué? —le pregunto—. ¿A dar clase o con Elijah?

—Las dos cosas. ¿Acaso no se vino a vivir aquí solo porque Jenny estaba embarazada? Probablemente tenía una vida lejos de este pueblo a la que le encantaría regresar. Comenzar de nuevo. Hacer como que el último año no ha existido.

—Eres de lo peor.

—No. Los hombres son de lo peor. Y los padres son lo peor de lo peor —dice.

Ese comentario hace que se me hundan los hombros un poco. Suspiro pensando en mi padre.

—El mío no. El mío era el mejor de todos.

Lexie se detiene.

—Clara, lo siento mucho. Soy una idiota.

Retrocedo un paso y la tomo de la mano, jalo de ella para que avance conmigo.

—No pasa nada. Pero te equivocas con Jonah. Es como mi padre. Es uno de los buenos. Quiere demasiado a Elijah para abandonarlo de esta manera.

Recorremos otros dos metros antes de que Lexie vuelva a detenerse y jale de mí para que haga lo mismo. Al voltearme para mirarla quedo de espaldas al estacionamiento.

—¿Qué pasa?

—No mires, pero Miller acaba de estacionarse al lado de tu coche.

Abro mucho los ojos.

—¿En serio?

—Sí, y necesito que me lleves a casa, pero no quiero que se sienta incómodo si quiere hablar contigo, así que voy a entrar otra vez en la escuela. Mándame un mensaje cuando sea seguro salir.

—Está bien. —Asiento con la cabeza, el estómago hecho un nudo.

—De paso, no te lo crees ni tú. Claro que estás loca por él. Si vuelves a utilizar la palabra *intrascendente* para referirte a Miller te daré un golpe.

—Está bien.

Lexie se encamina de nuevo hacia la escuela y yo respiro hondo. Doy media vuelta y me dirijo hacia el coche, hago como que no reparo en la camioneta de Miller hasta que llego a la puerta del conductor. Tiene las ventanillas subidas y el motor en marcha, pero está sentado ahí sin hacer nada, mirando al frente, con una paleta colgando de la boca. Ni siquiera me presta atención.

Lo más probable es que ni siquiera sepa que se ha estacionado a mi lado, y aquí estoy yo, asumiendo que lo ha hecho adrede. Me siento estúpida.

Comienzo a voltearme para abrir el coche, pero me detengo al oír que le quita el seguro a la puerta del copiloto.

Entonces voltea la cabeza con indolencia y me mira expectante, como si se supusiera que me subiría en su camioneta.

Lo considero. Me gusta cómo me siento en su compañía, así que, pese a ser consciente de que no debería darle la satisfacción de que pueda hacerme subir a su camioneta con una simple mirada, lo hago de todos modos. Soy así de patética.

Tras cerrar la puerta tengo la sensación de que he dejado que se metiera en la cabina un cable de alta tensión. El silencio que nos rodea solo consigue que la sensación resulte más evidente. La verdad es que siento que los latidos del corazón me comienzan en el estómago y van subiendo hasta llegar a la garganta, como si mi corazón se hubiera tragado todo mi torso.

Miller tiene la cabeza apoyada contra el asiento, el cuerpo hacia el frente, pero la mirada puesta en mí. Yo se la devuelvo desde una postura similar, pero no estoy tan relajada. Tengo la espalda pegada al asiento de piel.

Pese a lo que asumí la última vez que estuve en su camioneta, sí que tiene aire acondicionado. Está puesto al máximo, y hace que el pelo se me meta en la boca. Cierro el conducto de ventilación y me quito un mechón de los labios con los dedos. Miller sigue mis movimientos con la mirada, y sus ojos se demoran un instante sobre mis labios.

Esa manera de mirarme hace que me esté costando mucho respirar como es debido. Como si se hubiera percatado de que estoy experimentando una reacción física ante el mero hecho de estar en su presencia, sus ojos descienden un poco más, hasta el sube y baja de mi pecho, aunque de manera muy breve.

Se saca la paleta de la boca y agarra con fuerza el volante, apartando la vista de mí.

—He cambiado de idea. Tienes que bajarte de la camioneta.

Sus palabras me dejan patidifusa. Y también muy confundida.

—¿Que has cambiado de idea con respecto a qué?

Me mira de nuevo, y por algún motivo parece indeciso. Inspira lentamente.

—No lo sé. Me siento muy confundido cuando estoy contigo.

¿Se siente confundido cuando está conmigo? Eso me hace sonreír.

Mi sonrisa lo lleva a fruncir el ceño.

Ni siquiera sé lo que está pasando ahora mismo. No sé si me gusta o lo detesto, pero lo que sí sé es que no podré seguir combatiendo durante mucho tiempo más lo que siento cuando estoy con él. Y su mirada es la de alguien que se encuentra al final de la pelea.

—De verdad que tienes que solucionar tus historias, Miller.

Él asiente con la cabeza.

—Lo sé, créeme. Por eso necesito que te bajes de la camioneta.

El encuentro es tan extraño que no puedo más que reírme. Mi risa hace que sonría al fin. Pero entonces lanza un gemido y se aferra al volante con ambas manos y pega la frente contra él.

—Por favor, Clara, sal de la camioneta —susurra.

Debería detestar el hecho de que esté enfrentándose a una especie de conflicto moral ahora mismo. Me gusta esa sensación —la de pensar que quizá se sienta atraído hacia mí— mucho más que pensar que me odia.

Intento mantener a Shelby en un primer plano mental. Saber que tiene una novia a la que ama y de la que se preocupa es lo único que impide que me lance sobre su asiento y me ponga a besarlo, que es lo que deseo. Pero también soy consciente de que no estoy haciendo nada para evitar que él experimente la misma ansia, porque sigo sentada en su camioneta pese a que me ha pedido hasta tres veces que me baje de ella.

Es posible que empeore las cosas incluso cuando estiro el brazo y le arranco la paleta de la mano.

—¿Miller? —Él inclina la cabeza sin despegarla del volante y me mira—. Tú también haces que me sienta confundida. —Le meto la paleta en la boca y tomo la manija de la puerta.

Miller mantiene la cabeza lo bastante inclinada para verme salir del vehículo. En cuanto cierro la puerta, él echa el seguro y da marcha atrás como si tuviera toda la prisa del mundo por alejarse de mí.

Me subo a mi coche completamente convencida de que la tía Jenny se equivocó en algo. Me dijo que las chicas eran más confusas que los chicos. No lo creo ni por asomo.

Cuando Miller desaparece, doy marcha atrás y salgo a la carretera. Me suena el celular. Es Lexie.

«Mierda. Lexie.»

Contesto:

—Lo siento. Estoy dando la vuelta.

—Te has olvidado de mí.

—Ya lo sé. Soy de lo peor. Ahora mismo vuelvo.

11

Morgan

Dos años, seis meses y trece días. Es el tiempo que debía durarnos el seguro de vida de Chris en el peor de los casos cuando hice los cálculos. Pero añadirle un bebé a la ecuación nos hará caer por debajo del umbral de la pobreza. Con un bebé no puedo conseguir trabajo. Si consigo trabajo, no podré permitirme la guardería. Y no puedo demandar a Jonah para que nos pase una pensión porque ni siquiera es el padre del niño.

Elijah se pone a llorar, así que apilo los papeles y voy a atenderlo. Otra vez. Pensaba que no se parecía nada a Clara a su edad, pero comienzo a pensar que estaba equivocada. Porque lo único que ha hecho estos últimos días es llorar. A veces se duerme un rato, pero sobre todo llora. Estoy segura de que se debe a que no está acostumbrado a mí. Está acostumbrado a Jenny, y lleva tiempo sin oír su voz. Tampoco ha oído la de Jonah desde el domingo por la noche. Estoy haciendo lo posible para fingir que todo saldrá bien, pero comienza a preocuparme la posibilidad de que no sea así, porque Jonah no ha contestado ni a uno solo de mis mensajes.

Podría suceder que Jonah no volviera. Y ¿lo culpo por ello? Tiene razón: soy yo la que tiene un lazo de sangre con el niño. No él. Es como si yo hubiera pasado a ser más responsable que él. Aunque su nombre aparezca en el certificado de nacimiento, Jonah no tiene ninguna obligación de criar a un niño que fue concebido por mi hermana y mi marido.

Tenía la esperanza de que los dos meses que Jonah ha pasado al lado de Elijah fueran suficientes para haber generado un vínculo paternofilial inquebrantable, que recuperaría el juicio y que se presentaría en casa desolado y arrepentido. Pero no ha sido así. Vamos por el cuarto día y aquí estoy, y es muy posible que tenga que criar a un recién nacido en medio de este caos.

Anoche, sentada en la sala, con Elijah en brazos mientras este gritaba durante una hora seguida, no pude dejar de pensar en ello. De hecho, en medio de tanto berrido, comencé a reírme histéricamente. Eso me llevó a preguntarme si no me estaré volviendo loca. En la televisión siempre muestran así a los locos, riéndose en medio de una situación extrema, cuando deberían reaccionar de manera más apropiada. Pero no pude más que reírme, porque mi vida es una auténtica y absoluta mierda. Es una mierda. Es. Una. Mierda. Mi marido está muerto. Mi hermana está muerta. Me han hecho responsable de su hijo ilegítimo para que lo críe cuando mi propia hija apenas me dirige ya la palabra. No estoy preparada para todo esto.

Y ni siquiera puedo escaparme de esta vida de mierda viendo la televisión, porque la maldita televisión sigue estropeada.

—Debería llamar.

—¿Llamar a quién? —Giro sobre mis talones, sorprendida por el hecho de que Clara esté en casa. Ni siquiera la he oído entrar en la habitación—. ¿Llamar a quién? —repite.

No me he dado cuenta de que lo decía en voz alta.

—A los del cable. Echo de menos la televisión.

Clara niega con la cabeza, como si quisiera decir: «El cable está pasado de moda, mamá». Pero no lo hace. Se acerca y toma a Elijah.

En el pueblo hay dos compañías de cable, pero tengo suerte y acierto con la nuestra a la primera llamada. Me tienen en espera durante una eternidad antes de que por fin confirmen la cita. Al colgar veo que Clara me mira desde el sofá.

—¿Has podido dormir algo?

Asumo que me lo pregunta porque llevo la misma ropa de ayer y aún no me he peinado. Ni siquiera recuerdo si me lavé los dientes. Por lo general lo hago antes de irme a dormir y en cuanto me levanto, pero no he hecho ninguna de esas dos cosas, porque Clara tiene razón. No he llegado a dormir nada. Me pregunto cuánto tiempo puede pasar una sin dormir.

Al parecer, en el caso de Elijah son siete horas, porque ese es el lapso que ha transcurrido entre que se ha despertado y ahora.

—Llama a Jonah y dile que venga a buscar a su hijo. Pareces estar a punto de caerte.

Evito responder a su comentario y tomo a Elijah de sus brazos.

—¿Puedes ir a la tienda a comprar pañales? Solo me queda uno, y necesita que lo cambien.

—¿Jonah no puede traerte más? —pregunta Clara—. ¿No es responsabilidad suya?

Aparto la vista porque me está mirando como si yo estuviera hecha de agua y pudiera ver a través de mí.

—Ten paciencia con Jonah —le digo—. Su mundo se ha venido abajo.

—Nuestro mundo también se ha venido abajo. Pero eso no significa que vayamos a abandonar a un bebé.

—No lo entenderías. Necesita tiempo. Mi cartera está en la cocina —le indico evitando tirar a Jonah a los leones una vez más, por mucho que desee hacerlo.

Clara toma el dinero y se va a la tienda.

Cuando nos quedamos solos, meto a Elijah en el camastro que le he preparado. Por fin se ha quedado dormido, y no tengo ni idea del rato que permanecerá de ese modo, así que aprovecho y empleo el tiempo yendo a la cocina a lavar sus biberones.

No ha vuelto a tomar leche materna desde la muerte de Jenny, pero parece que está aceptando la de fórmula bastante bien. Es solo que eso te deja un montón de cosas para lavar.

Estoy enjuagando uno de los biberones cuando sucede.

Comienzo a llorar.

Últimamente, cuando me pongo a llorar ya no puedo dejar de hacerlo. Lloro con Elijah durante la noche. Lloro con él durante el día. Lloro en la regadera. Lloro en el coche.

Tengo un dolor de cabeza permanente y una pena constante, y a veces desearía que se acabara todo. Todo. El mundo entero.

Una sabe que su vida es una mierda cuando se pone a lavar unos biberones mientras reza para que llegue el apocalipsis.

12

Clara

Puedo tomar varias rutas para ir de casa al supermercado, o de casa a la escuela, o de casa a cualquier lugar del pueblo, básicamente. Una de ellas, y también la más corta, es la calle principal que atraviesa el centro del pueblo. La otra es la carretera circular, que me queda lejos, pero aun así es el único camino que he ido tomando para ir a todos lados desde hace casi dos semanas.

Porque es la única carretera que me lleva a pasar justo por delante de la casa de Miller Adams.

La señal del límite de la ciudad se ha desplazado un poco más, y ahora soy consciente del motivo por el que la va moviendo poco a poco. A menos que uno se fije si se ha movido, cuesta mucho reparar en un cambio de siete metros a la semana. Claro que yo lo hago, y eso me lleva a sonreír cada vez que la veo en un punto diferente.

Vengo por aquí con la esperanza de volver a encontrármelo a un lado de la carretera, y así tener una excusa para detenerme. Pero nunca está ahí fuera.

Sigo conduciendo hasta el supermercado para comprar los pañales pese a que no tengo ni idea del tipo ni de la talla que necesito. Los mensajes que le mando a mi madre al llegar no obtienen respuesta. Debe de estar ocupada con Elijah.

Abro el contacto de Jonah. Me quedo mirándolo, preguntándome por qué mi madre no quiere llamar para pedirle pañales. También me provoca curiosidad que lleve tantos días encargándose de Elijah.

Me di cuenta de que me mintió al decirme que él solo necesitaba un descanso. Lo vi en sus ojos. Estaba preocupada. Tiene la esperanza de que Jonah no necesite más que ese descanso.

Pero ¿y si Lexie tiene razón? ¿Y si Jonah decide no volver a por Elijah?

En ese caso, será una cosa más a añadir a la larga lista de tragedias de las que soy responsable. Jonah está estresado porque ha perdido a la madre de su hijo y no tiene ni idea de cómo criarlo él solo, y todo esto no habría sucedido de no ser por mí.

Tengo que solucionar este problema, pero no puedo hacerlo si no sé cuál es con exactitud ese problema.

Decido no llamar a Jonah. Me meto el celular en el bolsillo. Salgo del súper sin comprar los pañales y voy directa a su casa porque la tía Jenny no está aquí para ofrecerme respuestas y es evidente que mi madre no está siendo sincera conmigo. No hay mejor manera de obtener esas respuestas que acudir directamente a la fuente.

Al acercarme a la puerta oigo el sonido de la televisión. Suspiro un tanto aliviada, consciente de que, si tiene la televisión puesta, lo más probable es que no se haya marchado del pueblo. Aún. Llamo al timbre y oigo ruidos dentro. A continuación, unos pasos.

Los pasos se desvanecen, como si Jonah se estuviera alejando intentando evitar la visita. Me pongo a golpear la puerta, quiero que sepa que no me pienso marchar hasta que la abra. Entraré por la ventana si es necesario.

—¡Jonah! —grito.

Nada. Pruebo con el picaporte, pero la puerta está cerrada con llave, así que la aporreo con la mano derecha mientras hago sonar el timbre con la izquierda. Me quedo así durante treinta segundos completos antes de volver a oír sus pasos.

La puerta se abre. Jonah se está poniendo una camiseta.

—Dame un momento para vestirme —dice.

Empujo la puerta y paso a su lado, entro en la casa sin que me invite a hacerlo. No había estado aquí desde una semana antes de la muerte de Jenny. Es increíble la rapidez con la que un hombre puede dejar que todo se vaya al carajo.

No es que la casa haya llegado al punto de estar repugnante, pero sin duda ha alcanzado el nivel de lo patético. Hay ropa por el suelo. Cajas vacías de pizza sobre la barra. Dos bolsas de papas abiertas en el sofá. Como si se avergonzara del estado de su hogar, y debería hacerlo, Jonah se pone a recoger las cajas y las bolsas y las lleva a la cocina.

—¿Qué estás haciendo? —le pregunto.

Él pisa la palanca del bote de la basura y la tapa se abre de golpe. Creo que su plan era meter los restos en el bote, pero está demasiado lleno, así que suelta la palanca y los deja sobre la barra de la cocina, donde hay más basura apilada.

—Limpieza —dice, y le quita la tapa al bote y le hace un nudo a la bolsa que hay dentro.

—Ya sabes a lo que me refiero. ¿Por qué lleva mi madre con Elijah desde el domingo?

Jonah saca la bolsa del bote y la deja al lado de la puerta de la cocina que da al garage. Se detiene un instante para mirarme, como si fuera de hecho a ofrecerme una respuesta sincera. Pero entonces niega con la cabeza.

—No lo comprenderías.

Estoy cansada de oír esas palabras. Es como si los adultos hubieran asumido que tener dieciséis años le impide a una entender el idioma en que le hablan. Yo lo entiendo lo suficiente para saber que no hay nada en el mundo que deba alejar a un padre de su hijo. Ni siquiera el luto.

—¿Te preocupa al menos cómo está?

Jonah parece ofendido por mi pregunta.

—Pues claro que sí.

—Pues tienes una forma muy curiosa de demostrarlo.

—No estoy pasando por un buen momento.

Me río.

—Ya. Mi madre tampoco. Ha perdido a su marido y a su hermana.

Jonah contesta con voz apagada:

—Yo he perdido a mi mejor amigo, a mi prometida y a la madre de mi hijo.

—Y ahora tu hijo te ha perdido a ti. Me parece justo.

Jonah suspira, se apoya en la barra. Baja la mirada al suelo, y soy consciente de que mi presencia allí está haciendo que se sienta culpable. Bien. Se lo merece. Y ni siquiera he acabado.

—¿Crees que lo estás pasando peor que mi madre?

—No —niega él de inmediato. Y de manera convincente.

—Entonces ¿por qué le pasas tus responsabilidades a ella? No es que estés más afligido que ella, pero le has endosado a tu hijo como si tu pena fuera más importante que la suya.

Jonah está asimilando lo que le digo. Me doy cuenta de que es así porque parece consumido por la culpa. Se aparta de la barra y me da la espalda. Mi sola presencia hace que se arrepienta.

—Anoche Elijah rodó sobre sí mismo —le digo.

Jonah gira sobre sus talones, vuelve a mirarme a los ojos.

—¿En serio hizo eso?

Niego con la cabeza.

—No. Pero lo hará pronto, y tú te lo perderás.

Jonah aprieta los dientes. Veo el cambio que tiene lugar en él instantes antes de que se produzca.

—¿Qué carajo estoy haciendo? —susurra. Se abalanza sobre la mesa del comedor y recoge un juego de llaves. Se encamina entonces hacia la puerta del garage.

—¿Qué haces?

Jonah se detiene y se voltea hacia mí.

—Voy a buscar a mi hijo.

Abre la puerta del garage, pero antes de que se marche le grito:

—¡Me quedo a limpiarte la casa por cincuenta dólares!

Jonah vuelve sobre sus pasos y mientras cruza la sala se saca la cartera del bolsillo. Toma dos billetes de veinte y uno de diez, y me los da. Entonces hace algo inesperado. Se agacha y me da un beso rápido en la frente. Al apartarse me mira con una expresión cargada de intensidad.

—Gracias, Clara.

Le sonrío y sacudo los tres billetes con la mano, pero sé que no me está dando las gracias por que vaya a quedarme limpiándole la casa. Me está dando las gracias por haber hecho que entrara un poco en razón.

13

Morgan

Estoy en el lavadero, lavando de nuevo la escasa ropa que tengo de Elijah, cuando oigo que la puerta de entrada se abre y se cierra. Clara debe de haber vuelto de la tienda con los pañales. Sigo llorando. Menuda sorpresa. Me seco los ojos antes de poner la secadora y de dirigirme de vuelta a la sala.

Al doblar la esquina me detengo.

Jonah está parado en medio de la habitación.

Tiene a Elijah en brazos. Lo mece contra su pecho y no deja de darle besos en la coronilla.

—Lo siento —oigo que susurra—. Papá lo siente mucho mucho.

No quiero interrumpir un momento que me reconforta tanto, lo cual es extraño porque apenas diez minutos antes me sentía rabiosa. Pero veo en la expresión de Jonah que se ha dado cuenta de que no puede abandonar a Elijah. No importa quién lo concibiera. Jonah lo ha criado. Jonah es el padre que Elijah conoce, el padre al que quiere. Me alegra que Jonah no haya hecho realidad mis peores temores.

Me voy al dormitorio y los dejo tranquilos mientras preparo la bolsa de Elijah. Cuando vuelvo a la sala Jonah no se ha movido. Sigue meciendo a Elijah como si no pudiera disculparse lo suficiente. Como si Elijah entendiera lo que ha pasado.

Jonah levanta la mirada y establecemos contacto visual. Por mucho que ahora mismo me sienta aliviada al saber que su amor hacia Elijah es más intenso que el hecho de que compartan o no su ADN, me sigue enojando un poco que haya tardado casi cuatro días en recuperar el sentido común.

—Si vuelves a abandonarlo, reclamaré su custodia.

Sin perder un segundo, Jonah atraviesa la sala y me rodea con un brazo, de modo que mi cabeza queda atrapada bajo su barbilla.

—Lo siento, Morgan. No sé en qué estaba pensando. —Su voz suena desesperada, como si existiera la posibilidad de que yo no lo perdonara—. Lo siento mucho.

La cuestión es que... ni siquiera le echo la culpa.

Si Chris y Jenny no estuvieran muertos, los mataría yo por haberle hecho esto a Jonah. Es lo único en lo que he podido pensar durante los últimos días. Jenny tuvo que saber que existía la posibilidad de que Chris fuera el padre de Jonah. Y, si Jenny lo sabía, Chris lo supo. Me he estado preguntando por qué motivo dejarían que Jonah pensara por un solo segundo que había concebido un hijo que no era suyo. La única razón que se me ocurre no es lo bastante buena.

Creo que lo mantuvieron en secreto porque temían los efectos que tendría la verdad. Clara nunca se lo habría perdonado. Creo que Jenny y Chris habrían hecho todo lo que estuviera en sus manos para que ella no supiera la verdad. Por mucho que eso implicara meter a Jonah en su mentira.

Por el bien de Clara, me alegra que hicieran tan buen trabajo ocultándolo.

Pero, en nombre de Jonah —y de Elijah—, estoy furiosa.

Y ese es el motivo por el que no añado nada para que Jonah se sienta aún más culpable. Ha necesitado algo de tiempo para adaptarse a estas noticias tan traumáticas. No me hace falta que se sienta culpable. Ha vuelto y está arrepentido, y eso ahora mismo es lo único que importa.

Jonah sigue aferrado a mí, sigue disculpándose, como si yo necesitara ese desagravio más que Elijah. No es así. Lo entiendo a la perfección. Simplemente me alegra saber que Elijah no tendrá que crecer sin un padre. Esa era la mayor de mis preocupaciones.

Me aparto de Jonah y le doy la bolsa de Elijah.

—Hay una carga de ropa en la secadora. Puedes venir a buscarlas durante la semana.

—Gracias —dice él. Le da otro beso a Elijah en la frente y lo mira un instante antes de alejarse. Los sigo a través de la sala. Al llegar a la puerta, Jonah se voltea y se las arregla para repetir con más convicción incluso—: Gracias.

Niego con la cabeza.

—No pasa nada, Jonah. En serio.

Cuando la puerta se cierra, me dejo caer en el sofá aliviada. Creo que nunca había estado tan cansada. De la vida. De la muerte. De todo.

Me despierto en la misma posición una hora más tarde, cuando Clara vuelve al fin a casa.

«Sin los pañales.»

Me froto los ojos para quitarme las legañas mientras me pregunto dónde habrá estado si no ha ido a comprar pañales, tal como le pedí. Como si tener a un niño durante toda la semana no hubiera resultado lo bastante agotador, tener a una adolescente que decidió entrar en su período de rebeldía el mismo día del funeral de su padre es el acabose.

La sigo a la cocina. Clara abre el refrigerador y yo me quedo a su espalda, intentando averiguar si huele a mota otra vez. No, pero hoy en día se la comen en forma de gomitas. Así es más sencillo ocultarla.

Clara me mira por encima del hombro con el ceño fruncido.

—¿Acabas de olerme?

—¿Dónde has estado? Se suponía que tenías que ir a comprar pañales.

—¿Elijah sigue aquí?

—No. Jonah ha venido a buscarlo.

Me esquiva para pasar a mi lado.

—Entonces no necesitamos los pañales. —Se saca del bolsillo el dinero que le había dado para comprarlos y lo deja sobre la barra. Se dirige hacia la puerta de la cocina, pero he sido demasiado permisiva con ella. Tiene dieciséis años. Tengo derecho a saber dónde ha estado.

Le cierro el paso antes de que salga.

—¿Has estado con ese chico?

—¿Qué chico?

—El chico que hizo que te drogaras durante el funeral de tu padre.

—Pensaba que ya lo habíamos superado. Y no.

Intenta rodearme de nuevo, pero me mantengo delante de ella, bloqueándole el acceso a la puerta.

—No puedes verlo más.

—Hum. No lo estoy viendo. Y, aunque así fuera, no es un mal tipo. ¿Ahora puedo irme a mi habitación, por favor?

—Cuando me digas dónde has estado.

Ella levanta las manos, derrotada.

—¡He estado limpiando la casa de Jonah! ¿Por qué siempre asumes automáticamente lo peor?

Tengo la sensación de que me está mintiendo. ¿Por qué iba a limpiarle la casa a Jonah?

—Mira la aplicación si no me crees. Llama a Jonah. —Se encoge para pasar junto a mí y abre la puerta de la cocina.

Supongo que podría haber mirado la aplicación. Es solo que tengo la sensación de que, por mucha aplicación que tenga, seguiré sin saber en qué anda metida. El día del funeral de Chris, la aplicación me indicó que estaba en el cine, pero desde luego no me dijo que se estaba drogando allí. Me parece que la aplicación es inútil.

Probablemente debería cancelarla, porque cuesta dinero. Pero Chris es quien nos suscribió, y su celular debió de quedar destrozado en el accidente. No estaba en la caja de pertenencias procedentes del coche de Jenny que nos dieron.

Y, aunque lo encontrara, no me sé la contraseña. Esa debería haber sido la primera pista de que me estaba ocultando tantas cosas. Pero ¿quién necesita pistas cuando ni siquiera sabe que debería estar jugando a los detectives? Nunca llegué a sospechar que pasara algo.

«Y vuelta a empezar.»

Casi me gustaría que Elijah siguiera aquí, porque mantenía mi mente ocupada. Cuando el bebé consumía cada minuto de mi día, no tenía que pensar en lo que hicieron Jenny y Chris. Jonah tiene suerte en ese sentido. Lo más probable es que Elijah lo tenga tan ocupado y exhausto que a su mente le quedará tiempo para poco más.

Voy a servirme un poco de vino. Quizá me dé un baño de burbujas. Es posible que eso me ayude.

Clara se ha marchado furiosa de la cocina hace más de treinta segundos, pero la puerta sigue balanceándose. La detengo con la mano y me quedo mirando su dorso, con la palma pegada a la madera. Me concentro en mi anillo de casada. Chris me lo dio por nuestro décimo aniversario de boda, para reemplazar el anillo de bodas de oro que me había comprado cuando éramos adolescentes.

Jenny lo ayudó a elegirlo.

«¿Tendrían una relación desde entonces?»

Por primera vez desde el día en que me puse este anillo siento la necesidad de quitármelo. Me lo saco del dedo y lo lanzo contra la puerta. No sé dónde ha caído, pero tampoco me importa.

Abro la puerta de un empujón y me dirijo al garage para buscar algo que me sirva para resolver al menos uno de los problemas de mi vida.

En realidad me gustaría tener un machete, o un hacha, pero no encuentro nada más que un martillo. Vuelvo con él a la cocina para ocuparme de esa maldita puerta de una vez por todas.

Golpeo el martillo contra la puerta, y le provoco una bonita abolladura.

La golpeo de nuevo, preguntándome por qué no me he limitado a sacar la puerta. Quizá solo necesitaba algo con lo que desquitarme de tanta rabia.

Golpeo la puerta en el mismo punto, una y otra vez, hasta que la madera comienza a astillarse. Lentamente se va abriendo un agujero, y ya puedo ver la sala desde dentro de la cocina. Me siento bien, y eso me preocupa.

Pero sigo aporreando la madera. Cada vez que golpeo la puerta, esta se aleja de mí. Cuando regresa, golpeo de nuevo. El martillo y yo nos dejamos llevar por ese ritmo hasta que el agujero alcanza unos treinta centímetros.

Pongo toda mi fuerza en el siguiente golpe, pero el martillo queda encajado en la madera y se me escapa de las manos. Cuando la puerta se balancea de nuevo hacia mí, la detengo con el pie. Veo a Clara a través del agujero. Está parada en la sala, observándome.

Parece desconcertada.

Tengo los brazos en jarra. Estoy jadeando a causa del esfuerzo físico que me ha supuesto hacer el agujero. Me seco el sudor de la frente.

—Es oficial: has perdido la cabeza —concluye Clara—. Más me valdría fugarme de casa.

Empujo la puerta, la mantengo abierta con la mano. Si de verdad piensa que estar aquí conmigo es tan terrible...

—Pues fúgate —replico sin ninguna emoción.

Clara niega con la cabeza, como si fuera ella la que se siente decepcionada, y entonces vuelve a su habitación.

—¡La puerta no está por ahí! —le grito.

Clara cierra la puerta de su habitación de un portazo y tardo solo tres segundos en arrepentirme de haberle gritado. Si se parece en algo a mí cuando tenía su edad —y así es—, lo más probable es que esté haciendo la maleta y se disponga a escaparse por la ventana.

No lo he dicho en serio. Es solo que me siento frustrada. Tengo que dejar de pagarlo con ella, pero su actitud hacia mí la convierte en un blanco fácil.

Voy a su habitación y abro la puerta. No está haciendo la maleta. Está acostado en la cama, mirando el techo. Llorando.

Se me encoge el corazón por efecto de la culpa. Me encuentro fatal por haberme desquitado con ella. Me siento en su cama y le paso la mano por el pelo a modo de disculpa.

—Perdóname. La verdad es que no quiero que te fugues.

Clara se gira con gesto dramático para mirar en la dirección opuesta. Se abraza a la almohada.

—Ve a dormir un poco, mamá. Por favor.

14

Clara

Hace un par de semanas me bebí mi primera taza entera de café. Fue la mañana después de que a mi madre le diera por hacer un agujero en la puerta de la cocina. Ese día descubrí lo único que podría salvarme de esta depresión, que ya dura un mes.

Starbucks.

No es que jamás hubiera estado en uno. Es solo que siempre fui la adolescente que entraba en una cafetería y se pedía un té. Pero, ahora que sé lo que es la falta de sueño, he probado casi todas las bebidas del menú y sé con exactitud cuál es mi favorita. El clásico Venti Caramel Macchiato, y que no lo cambien nunca.

Me tomo el café en una mesa libre de un rincón, la misma a la que he venido a sentarme casi a diario durante las últimas dos semanas. Después de clase, si no estoy en casa de Lexie, estoy aquí. En casa las cosas se han puesto tan tensas que prefiero no estar allí. Cuando no tengo tarea, la hora de llegada entre semana son las diez. Los fines de semana es a medianoche. Baste decir que, desde la última pelea que tuve con mi madre, no he llegado ningún día a casa antes de las diez.

Cuando no está exigiendo saber dónde estoy y con quién, u olisqueándome en busca de señales de que haya tomado drogas, se pasea con cara mustia por la casa y le da por agujerear las puertas.

Y luego está todo aquello de lo que no hemos hablado. El hecho de que le estuviera escribiendo mensajes a Jenny cuando ella y papá se mataron. Y sé adónde fue con Jonah la noche en que se marcharon de casa juntos: al Langford. Lo vi en la aplicación. Esa misma noche le pregunté dónde habían estado, pero no quiso contármelo. Tengo la sensación de que si sacara el tema de nuevo me mentiría.

Me da la impresión de que estamos en distintos niveles. No hay sintonía. Ahora que papá y Jenny ya no están, no sabemos hablar entre nosotras.

O quizá sea yo. No lo sé. Lo único que sé es que ahora mismo no soporto estar en casa. Detesto las sensaciones que me asaltan cuando estoy allí. Sin mi padre todo parece raro, y me da miedo que las cosas nunca vuelvan a la normalidad. Antes sentía que era mi hogar. Ahora parece un manicomio, y mi madre y yo somos sus únicas pacientes.

Es triste que me encuentre más cómoda en un Starbucks que en mi propia casa. Lexie trabaja en Taco Bell cinco días a la semana, y esta noche le toca estar allí, así que me pongo cómoda en mi rinconcito del País de la Cafeína y abro un libro.

Llevo unas pocas páginas cuando mi celular comienza a vibrar sobre la mesa. Le doy la vuelta para ver las últimas notificaciones de Instagram.

«Miller Adams ha comenzado a seguirte.»

Me quedo mirando el mensaje unos instantes intentando asimilar su significado. ¿Habrá cortado Shelby de nuevo con él? ¿Será esta su manera de vengarse de ella?

Noto que una sonrisa intenta formarse en mis labios, pero me la trago porque me está provocando un latigazo cervical. «Súbete a la camioneta. Baja de la camioneta. Seamos amigos en Instagram. No, no seamos amigos. Está bien, sí, seamos amigos.»

No pienso dejar que esto me haga feliz hasta no saber a qué demonios está jugando. Abro los mensajes de Instagram, ya que borré su número, y le mando uno.

¿Te han vuelto a romper el corazón?

Creo que esta vez el que
ha roto algo he sido yo.

Ya no me puedo tragar la sonrisa. Es demasiado grande para enfrentarme a ella.

¿Qué estás haciendo?

Nada.

¿Puedo verte?

Mi casa es el último sitio en el que quiero encontrarme con él.

Ven a verme al Starbucks.

Voy para allá.

Dejo el celular sobre la mesa y vuelvo a tomar el libro, aunque sé que no podré concentrarme en la lectura mientras lo espero. Pero da igual, porque a los cinco segundos Miller aparece jalando de una silla vacía en dirección a mi mesa. Se sienta a horcajadas en ella. Me pego el libro al pecho y lo miro.

—¿Ya estabas aquí?

Él sonríe.

—Estaba en la fila para pedirme un café cuando te he mandado el mensaje.

«Lo cual significa que probablemente me ha visto sonriendo como una idiota.»

—Sospecho que eso es una violación de la intimidad.

—No es culpa mía que no estés nada atenta a lo que te rodea.

Tiene razón. Cuando vengo al Starbucks no tengo la menor idea de lo que sucede a mi alrededor. A veces me paso un par de horas sentada, leyendo, y al cerrar el libro me sorprende levantar la mirada y ver que no estoy en casa.

Meto el libro en la mochila y tomo un trago de café. A continuación me recuesto sobre la silla y miro a Miller de arriba abajo. Tiene mejor aspecto. Esta vez no parece tan afligido. De hecho, parece contento, pero no sé cuánto le durará antes de que se dé cuenta de que echa de menos a Shelby y deje de seguirme en Instagram otra vez.

—No sé cómo me siento al ser tu plan B cada vez que se tuercen las cosas con tu novia.

Él sonríe afable.

—No eres ningún plan B. Me gusta hablar contigo. Y ya no tengo novia, así que he dejado de sentirme culpable por hacerlo.

—Pero esa es la esencia de un plan B. Que no funciona la prioridad... pues pasamos a la segunda categoría.

Uno de los empleados llama a Miller, pero él se me queda mirando durante cinco largos segundos antes de apartar la silla de la mesa para ir en busca de su café. A su regreso no retoma la conversación, sino que cambia de tema por completo.

—¿Quieres ir a dar una vuelta? —Bebe un sorbo, y yo ignoraba por completo que algo tan simple como un chico tomándose un café pudiera resultar tan atractivo, pero lo es, así que tomo mi mochila y me pongo de pie.

—Claro.

Al margen de las pocas veces que salí con un chico llamado Aaron el año pasado, sin el permiso de mis padres, nunca he salido con nadie. No es que crea que esto es una cita de verdad, pero tampoco puedo evitar compararlo con mis escasas experiencias pasadas. Mis padres han sido extremadamente sobreprotectores conmigo, así que nunca me he molestado siquiera en preguntarles si podía salir con un chico. La regla siempre fue que podría hacerlo a los dieciséis, pero ha pasado casi un año entero desde que los cumplí y lo he estado evitando. La idea de traer a un chico a casa para presentárselo a mis padres siempre me pareció espantosa, así que, cuando quería estar con un chico, solía hacerlo a sus espaldas con la ayuda de Lexie.

Tengo la experiencia suficiente para saber que, cuando sales con un chico, el silencio es tu gran enemigo. Que intentas llenar ese silencio haciendo preguntas triviales que en realidad nadie quiere contestar, y que, si logras ir más allá de esas respuestas terribles, existe la posibilidad de que acabes la noche relacionándote con él.

Pero esto que está pasando entre Miller y yo no es una cita. Ni de lejos. Desde que nos hemos subido a su camioneta, hace media hora larga, no nos hemos dicho una sola palabra. Él no me está obligando a responder a las preguntas que no deseo que me haga, y yo no estoy intentando extraerle hasta la última gota de información acerca de su ruptura con Shelby. Solo somos dos personas que escuchan música, que disfrutan del silencio.

Me encanta. Es posible que estar aquí sea mejor incluso que mi confortable rinconcito del Starbucks.

—Esta era la camioneta de mi yayo —comenta Miller rompiendo ese cómodo silencio. Pero no me molesta que lo haya hecho. En realidad me he estado preguntando por qué conduce una camioneta tan vieja y si habrá una historia detrás—. La compró nueva a los veinticinco. La condujo durante toda su vida.

—¿Cuántos kilómetros lleva a cuestas?

—Tenía algo más de 320,000 antes de que la destriparan y se lo cambiaran todo. Ahora lleva... —Levanta la mano para mirar el tablero, detrás del volante—. 19,212.

—¿Él sigue conduciéndola?

Miller niega con la cabeza.

—No. No está en condiciones de conducir.

—A mí me pareció que se encontraba en bastante buena forma.

Miller se rasca la mandíbula.

—Tiene cáncer. Los médicos le han dado seis meses como mucho.

Me siento como si me hubieran dado un puñetazo brutal en el estómago, y solo he visto al tipo una vez.

—Le gusta hacer como que no pasa nada y eso está bien. Pero noto que está asustado.

Eso me lleva a hacerme más preguntas acerca de la familia de Miller. Por ejemplo, cómo será su madre, y por qué mi padre parecía odiar tanto al suyo.

—¿Están muy unidos?

Miller se limita a asentir con la cabeza. Me doy cuenta, por su negativa a contestar de manera oral, que lo pasará mal cuando llegue el fin. Eso hace que me ponga triste por él.

—Deberías escribirlo todo.

Él me mira de reojo.

—¿Qué quieres decir?

—Escríbelo todo. Todo lo que desees recordar de él. Te sorprenderá la rapidez con la que uno comienza a olvidarse de las cosas.

Miller me dirige una mirada agradecida.

—Lo haré —contesta—. Te lo prometo. Pero también hay un motivo para que esté constantemente poniéndole una cámara delante de la cara.

Le devuelvo la sonrisa y miro por la ventanilla. No volvemos a decirnos nada hasta que, quince minutos más tarde, él se estaciona de nuevo delante del Starbucks.

Estiro la espalda y los brazos antes de quitarme el cinturón de seguridad.

—Gracias. Lo necesitaba.

—Yo también —conviene Miller, que se ha recostado sobre la puerta del conductor y se está aguantando la cabeza con la mano mientras me observa recoger la mochila y abrir la puerta.

—Tienes buen gusto con la música.

—Lo sé —dice, y una ligera sonrisa se dibuja en sus labios.

—¿Nos vemos mañana en clase?

—Hasta mañana.

Por la manera en que me mira, tengo la sensación de que no quiere que me vaya, pero tampoco dice nada en ese sentido, así que me bajo de la camioneta. Cierro la puerta y me dirijo hacia mi coche, pero mientras busco las llaves oigo que él también se baja del vehículo.

Ahora lo tengo al lado, se ha apoyado sobre mi coche. Su mirada es tan intensa que la siento por todo mi ser.

—Deberíamos salir otra vez. ¿Haces algo mañana por la noche?

Dejo de buscar las llaves y lo miro a los ojos. Verlo mañana por la noche suena bien, pero seguir viéndolo esta noche suena aún mejor. No tengo que estar en casa hasta dentro de una hora.

—Salgamos ahora mismo.

—¿Adónde quieres ir?

Miro hacia las puertas del Starbucks, necesitada ya de más cafeína.

—Me caería de perlas otro café.

Todas las mesas pequeñas estaban ocupadas, de modo que hemos tenido que elegir entre una mesa de seis sillas y o un pequeño sofá de dos plazas.

Miller ha optado por el sofá, y yo no lo he lamentado. Estamos los dos relajados en él, con las cabezas pegadas a los cojines, mirándonos. Yo tengo las piernas recogidas, y Miller solo una.

Nuestras rodillas se están tocando.

El local ya está casi vacío y prácticamente me he acabado la bebida, pero no hemos dejado de hablar y de reírnos, ni siquiera durante unos pocos segundos. Esta versión de nosotros dos es bastante diferente a la de antes, en su camioneta, pero me siento igual de cómoda.

Al lado de Miller todo parece natural. Los silencios, las conversaciones, las risas. Todo me resulta cómodo... y es algo que ignoraba estar echando de menos. Pero sí, lo echaba de menos. Desde el día del accidente he tenido la sensación de que todos los apartados de mi vida tenían los bordes afilados, y me he pasado el último mes caminando de puntillas por un mundo a oscuras, procurando no hacerme daño.

Pese a la curiosidad que siento al respecto, no hemos hablado sobre su ruptura. Yo esperaba que pudiéramos evitar el tema del accidente y de todo lo que ha ocurrido desde entonces, pero me acaba de preguntar cómo está mi madre.

—Bien, supongo. —Trago el último sorbo de mi café—. El otro día me la encontré intentando tirar abajo la puerta de la cocina con un martillo y sin el menor motivo. Ahora llevamos dos semanas con un agujero enorme en medio de la puerta.

Miller sonríe, pero es una sonrisa compasiva.

—Y ¿qué hay de ti? —pregunta—. ¿Has roto algo?

Me encojo de hombros.

—No, yo estoy bien. O sea... solo ha pasado poco más de un mes. Sigo llorando todas las noches. Pero ya no tengo la sensación de que no podré levantarme de la cama. —Sacudo la taza de café vacía—. Aficionarme al café me ha ayudado.

—¿Quieres otro?

Niego con la cabeza y dejo la taza sobre la mesa que tengo al lado. Entonces cambio de posición sobre el sofá para estar más cómoda. Miller hace lo mismo, y eso hace que nos acerquemos un poco más.

—¿Me haces un favor? —le pido.

—Depende de lo que sea.

—Algún día, cuando seas un director famoso, ¿te asegurarás de que haya líquido de verdad en las tazas de café cuando los actores salgan con una en alguna escena?

Miller se ríe. Ruidosamente.

—Es lo que más me molesta —confiesa—. Siempre están vacías. Y, cuando las dejan y golpean contra la mesa, se oye lo vacías que están.

—Vi una película en la que un actor se enfadaba con una taza de café en la mano, y la movía de aquí para allá sin derramar una sola gota. Eso me sacó de la película y me la arruinó por completo.

Miller sonríe y me aprieta la rodilla.

—Te lo prometo. En mi plató, las tazas de café estarán siempre llenas. —Su mano permanece sobre mi rodilla. Es muy evidente que estoy haciendo como que no me doy cuenta, pero aun así intento mantener la comedia. Y a la vez sigo mirando hacia abajo. Me gusta ver su mano ahí. Me gusta notar el roce del ir y venir de su pulgar.

Me gusta la manera en que me siento a su lado. Y no estoy segura, pero creo que a él le gusta cómo le hago sentir. Ninguno de los dos ha dejado de sonreír. Soy consciente de que me he sonrojado al menos tres veces a lo largo de la conversación.

Los dos sabemos que estamos interesados el uno en el otro, así que ni siquiera nos hacemos los inocentes. El único problema es que no sé dónde tiene la cabeza. En qué estará pensando... si se habrá acordado de Shelby en lo más mínimo.

—Bueno —dice él—, ¿te has decidido ya por alguna universidad? ¿Sigues pensando especializarte en Arte Dramático?

La pregunta me provoca un gran suspiro.

—Lo deseo de verdad, pero mi madre está completamente en contra. Mi padre también lo estaba.

—¿Por qué?

—Porque hay pocas probabilidades de que triunfe, así que quieren que haga algo más práctico.

—Te he visto actuar. Naciste para hacerlo.

Enderezo un poco la espalda.

—¿En serio? ¿Qué obra era? —Hago funciones teatrales en la escuela todos los años, pero nunca he visto a Miller en una de ellas.

—No lo recuerdo. Solo te recuerdo a ti sobre el escenario.

Noto que me sonrojo de nuevo. Me recuesto sobre el sofá y sonrío con timidez.

—¿Qué hay de ti? ¿Al menos has enviado ya una solicitud a la Universidad de Texas? ¿O a alguna otra?

Él niega con la cabeza.

—No, no nos podemos permitir un centro como ese y, si te soy sincero, tendré que quedarme por aquí. Por mi yayo.

Tengo ganas de hacerle más preguntas al respecto, pero hablar de ese tema parece ponerlo triste. No sé si se debe a que no hay nadie más que pueda cuidar de su abuelo en caso de que él se vaya a otra parte o si es porque de un modo u otro nunca lo dejaría atrás. Lo más probable es que se trate de una combinación de ambas.

No me gusta que la conversación lo lleve a pensar en esas cosas, así que intento reconducir sus ideas.

—Tengo una confesión que hacer. —Él me mira expectante esperando que la suelte—. Rellené el formulario para el proyecto de película.

Miller sonríe.

—Bien. Me preocupaba que no lo hubieras hecho.

—Es posible que también haya rellenado el tuyo.

Se me queda mirando con los ojos entornados.

—¿Por si acaso cortaba con Shelby?

Asiento con la cabeza. Él se ríe ligeramente y me dice:

—Gracias. —Sigue una pausa—. ¿Eso significa que somos compañeros?

Me encojo otra vez de hombros.

—Si quieres... Pero, vamos, si acabas volviendo con Shelby entenderé que no puedas hacer...

Miller se inclina hacia delante y baja la cabeza sin dejar de mirarme a los ojos.

—No voy a volver con ella. Quítatelo de la cabeza.

Es una frase muy corta, pero la afirmación es tan importante que me provoca una oleada de calor en el pecho.

Tiene una expresión tan seria en la mirada que me pongo nerviosa cuando comienza a hablar de nuevo:

—Antes, cuando dijiste que eras mi plan B, me entraron ganas de reírme. Porque, si acaso, Shelby fue mi plan B contigo. —Una sonrisa reservada se extiende por su rostro—. Comencé a sentirme atraído por ti hace casi tres años.

Sus palabras me aturden y me dejan en silencio por un momento. Entonces sacudo la cabeza, confundida.

—¿Tres años? ¿Por qué no hiciste nada al respecto?

—Porque no tuve ocasión —se apresura a contestar—. Estuve a punto de intentarlo una vez, pero entonces comenzaste a salir con ese chico...

—Aaron.

—Sí, Aaron. Y yo comencé a salir con Shelby. Y Aaron y tú rompieron a los dos meses.

—Y entonces tú comenzaste a hacer lo imposible por evitarme.

Al oír eso, Miller parece arrepentido.

—¿Te diste cuenta?

Asiento con la cabeza.

—Le pagaste a un chico veinte dólares para que te cambiara el casillero el primer día de curso. Me lo tomé como algo muy personal —comento riéndome, pero estoy siendo completamente sincera.

—Intentaba mantener la distancia. Shelby y yo éramos amigos antes de comenzar a salir, así que ella sabía que me gustabas.

Eso explica muchas cosas.

—¿Por eso me dijiste que estaba celosa solo de mí, y no de otras chicas?

—Sí. —Miller vuelve a recostarse en el sofá con gesto informal, su cabeza pasa a descansar sobre los cojines. Me observa mientras proceso todo lo que me acaba de decir. Su mirada parece tan vulnerable..., es como si hubiera necesitado un montón de valor para admitir lo que hizo, y estuviera nervioso ante mi posible respuesta.

Yo ni siquiera sé cómo he de reaccionar. Es como que me gustaría cambiar de tema, porque estoy incómoda. No se me ocurre nada que pueda impresionarlo o hacer que se sienta tan bien como sus palabras me han hecho sentir a mí. Es por esos motivos por los que al abrir la boca suelto la respuesta más inesperada.

—¿Tu camioneta tiene nombre?

Miller entorna los ojos, como si se estuviera preguntando de qué demonios hablo. Entonces se ríe, y es la mejor y más profunda de las risas.

—Sí. *Nora.*

—¿Por qué *Nora*?

Él vacila. Me encanta la sonrisa que se dibuja en sus labios.

—Es una canción de los Beatles.

Me acuerdo del póster de los Beatles que tenía colgado en su habitación.

—Entonces ¿eres fan de los Beatles?

Él asiente con la cabeza.

—Tengo un montón de grupos favoritos. Me encanta la música. Es alimento para el espíritu.

—¿Cuáles son tus letras favoritas?

No lo duda ni un instante.

—No son las de los Beatles.

—¿De quién, entonces?

—De una banda llamada Sounds of Cedar.

—No había oído nunca ese nombre, pero me gusta.

—Si te digo la letra de ellos que más me gusta, querrás escuchar todas las canciones que han escrito.

Sonrío ilusionada.

—Bien. Dime un par de versos.

Se inclina un poco hacia mí y sonríe mientras recita la letra:

—«He creído en ti desde el momento en que te conocí. Ahora que al fin te he dejado, puedo creer en mí.»

Dejo que los versos vayan prendiendo en mí mientras no dejamos de mirarnos a los ojos. Me pregunto si es su letra favorita a causa de su reciente ruptura con Shelby o si lo era ya desde antes. Pero no se lo pienso preguntar. En su lugar, lanzo un suspiro.

—Guau —susurro—. Eso suena a la vez trágico y estimulante.

Él sonríe con dulzura.

—Lo sé.

No puedo esconder la manera en que está haciendo que me sienta ahora mismo. Me siento agradecida de estar con él porque es un alivio para mi tristeza. Me siento agradecida de que no intente aparentar algo diferente a lo que es. Me siento agradecida de que haya roto con su novia antes de esto. Y, aunque no lo conozco demasiado bien, sí lo conozco lo suficiente para darme cuenta de que hay mucha bondad en él.

Me siento seriamente atraída hacia esa parte de él..., la parte que lo llevó a presentarse en el funeral de mi padre solo porque quería comprobar cómo estaba. Esa parte me atrae aún más que su físico o su sentido del humor o lo mal que canta.

Ahora mismo hay tal remolino de emociones en mi pecho que tengo miedo de que la sala comience a dar vueltas si no logro encontrar mi centro de gravedad. Me inclino hacia delante y pego mis labios a los suyos, aunque solo sea para no perder el equilibrio.

Es un piquito. Creo que inesperado para los dos. Al apartarme me muerdo el labio, nerviosa, mientras me pregunto si debería haberlo hecho. Apoyo la cabeza en el sofá y espero su reacción. Miller no me quita los ojos de encima.

—No pensé que nuestro primer beso fuera a ser así —dice en voz baja.

—¿Así cómo?

—Dulce.

—¿Cómo pensabas que sería?

Sus ojos se desplazan hacia los escasos clientes que quedan en el local.

—No te lo puedo mostrar aquí.

Cuando vuelve a mirarme, la satisfacción en su sonrisa perezosa me llena de seguridad.

—Entonces volvamos a tu camioneta.

La expectación hace que esté más nerviosa por nuestro segundo beso que por el primero. Salimos del Starbucks tomados de la mano. Él se dirige hacia su camioneta y abre la puerta del copiloto para mí. La cierra después de que me suba, y rodea el vehículo para ir hasta su lado.

No sé por qué estoy tan nerviosa. Quizá se deba a que esto se está volviendo real. Miller y yo. ¡Miller y yo! Me pregunto cómo se llamaría nuestro *shippeo*. ¿Cliller? ¿Millerra?

Argh. Los dos son un horror.

Miller cierra la puerta.

—¿A qué viene esa expresión?

—¿Qué expresión?

Señala mi cara.

—Esa.

Me río negando con la cabeza.

—A nada. Me estaba precipitando.

Miller me toma de la mano y me atrae hacia él. Nos encontramos en la mitad del asiento. Es lo que tienen las camionetas viejas: sus asientos son alargados, no hay nada en medio que separe a los pasajeros. Estamos aún más cerca el uno del otro que en el sofá. Nuestros rostros están más cerca, nuestros cuerpos están más cerca. Todo está mucho más cerca. Tiene la mano sobre la cara externa de mi muslo y me pregunto por el sabor a paleta que tendrán sus labios.

—¿Qué has querido decir con eso de que te estabas precipitando? ¿Te arrepientes de haberme besado?

Me río porque eso es lo último de lo que me arrepiento.

—No. Estaba pensando en lo terribles que serían los nombres de nuestro *shippeo*.

Veo que el alivio se adueña de su expresión. Pero entonces las comisuras de sus ojos se llenan de arruguitas.

—Oh. Sí. Son espantosos.

—¿Cuál es tu segundo nombre?

—Jeremiah. ¿Y el tuyo?

—El segundo nombre por excelencia: Nicole.

—Qué segundo nombre tan largo.

Me río.

—Listillo.

Casi puedo oír el ruido de su cabeza al pensar.

—¿Jerecole?

—Es muy malo. —Lo estoy pensando cuando de repente me percato de lo extraño que es todo esto. Nos hemos dado un beso. Solo hemos pasado juntos media tarde sin que él estuviera ligado a otra persona y, sin embargo, aquí estamos, hablando de nombres de *shippeo*. Quiero confiar en lo que siento a su lado, pero la verdad del asunto es que él no lleva soltero el tiempo suficiente para saber si quiere que esto vaya a alguna parte.

—Estás volviendo a poner esa cara —dice Miller.

Suspiro y rompo el contacto visual. Miro hacia abajo y le tomo la mano.

—Lo siento. Es solo que... —Hago una pausa y vuelvo a mirarlo a los ojos—. ¿Estás seguro de que esto es lo que quieres? O sea, has roto con Shelby hoy. O ayer. Ni siquiera sé cuándo fue, pero tanto da. No quiero comenzar algo si te vas a echar atrás al cabo de una semana.

El silencio que sigue a mis palabras planea sobre la camioneta durante un rato demasiado largo para que me sienta cómoda con él. Seguimos tomados de la mano y, con la otra, Miller me acaricia suavemente la cara externa del muslo. Entonces suspira con más fuerza de la que yo hubiera deseado. Ese tipo de suspiros suelen venir acompañados de palabras que no son positivas.

—¿Te acuerdas de aquel día en mi camioneta, cuando me dijiste que solucionara mis historias?

Asiento con la cabeza.

—Ese día rompí con Shelby. No ha sido hoy, ni fue ayer. Fue hace semanas. Y, para serte sincero, ya había solucionado mis historias mucho antes de aquel día. Es solo que no quería hacerle daño.

No volvemos a hablar. Nos lo decimos todo con la mirada. Sus ojos perforan los míos con una sinceridad tan concentrada que me quedo sin aliento. Él desplaza la mano desde mi pierna hasta mi codo y arrastra lentamente los dedos por mi brazo y por mi cuello, hasta detenerse en mi mejilla.

Se me acelera la respiración al ver que sus ojos se desplazan por mi cara y se detienen en mis labios.

—Nicomiah suena bien —susurro.

El momento se ve interrumpido por su risotada. Entonces desliza la mano por detrás de mi nuca y, sin dejar de sonreír, me atrae hacia su boca. Al principio es un beso dulce, muy parecido al que le he dado en el Starbucks, pero a continuación su lengua se adentra más allá de mis labios y toca la mía, y la dulzura desaparece.

«Esto se ha puesto serio.»

Le respondo con un ansia casi embarazosa, atrayéndolo más hacia mí, deseando que él y su beso me arrebaten las últimas gotitas de tristeza que siguen circulando por mi ser. Ahora tengo las manos en su pelo, y una de las suyas se desliza por mi espalda.

Nunca había sentido nada tan bueno y tan perfecto. De hecho, noto que el miedo comienza a crecer en mi interior, porque sé que este beso tendrá que acabarse en algún momento.

Miller me toma de la cintura y me guía para que me siente encima de él. Esa nueva posición lo lleva a lanzar un gemido, y el gemido hace que lo bese con más fuerza. No tengo suficiente.

Su boca sabe a café en vez de a paleta, pero no me importa porque en realidad ahora me encanta el sabor del café.

Me roza con los dedos la piel de la parte baja de la espalda y me fascina que un contacto tan pequeño pueda provocar una reacción tan significativa. Arranco mi boca de la suya, asustada por esa sensación. Por esa intensidad. Es algo nuevo para mí, y de algún modo me deja conmocionada.

Miller me atrae hacia él, hunde la cara en mi cuello. Yo lo rodeo con mis brazos, y mi mejilla se pega a la parte superior de su cabeza. Su aliento es una sucesión de olas que caen, cálidas y pesadas, sobre mi cuello.

Él suspira, me abraza con más fuerza.

—Esto se parece más al tipo de primer beso que estaba esperando.

Me río.

—¿Ah, sí? ¿Prefieres esto al beso dulce de antes?

Él niega con la cabeza y se aparta un poco para mirarme.

—No, ese beso dulce también me ha gustado.

Le sonrío y pego los labios a los suyos con delicadeza para poder darle otro beso dulce.

Él suspira sobre mi boca y me devuelve el beso, sin lengua, solo con la suavidad de sus labios y la ligereza del aire que espira. Mira por encima de mi hombro, hacia el radio, y entonces se recuesta sobre el asiento.

—Se te ha pasado el toque de queda. —Lo dice con una especie de temor, como si deseara que pudiéramos quedarnos en la camioneta toda la noche.

—¿Por cuánto?

—Son y cuarto.

—Bueno, mierda.

Miller hace que me baje de él y sale de la camioneta. Abro la puerta y desciendo, y entonces él entrelaza sus dedos con los míos mientras me acompaña hasta el coche. Me abre la puerta y apoya el brazo en el techo. Nos besamos una vez más antes de que me suba.

No puedo creer todo lo que estoy sintiendo ahora mismo. Hoy mismo, antes de venir aquí, podía vivir perfectamente bien sin Miller. Ahora tengo la impresión de que cada minuto que pase sin él va a ser una tortura.

—Buenas noches, Clara.

—Buenas noches.

Se me queda mirando un instante, sin cerrar la puerta. Entonces gime.

—Mañana queda muy lejos ahora mismo.

Me encanta que haya encontrado una expresión que describa a la perfección cómo me siento. Miller cierra la puerta y se aleja unos pasos. Pero no deja de observarme, y tampoco regresa a su camioneta hasta que salgo del estacionamiento para dirigirme a casa... adonde llegaré tarde.

«Nos vamos a reír.»

15

Morgan

He estado sentada en el patio de atrás reflexionando. Pero no sé bien sobre qué. Mi cabeza es como una pelota de ping-pong que va rebotando de aquí para allá: pienso en Chris, pienso en que tengo que comenzar a buscar trabajo, pienso en que debería volver a la universidad, pienso en Clara y en que se ha saltado la hora de llegada... Ya son casi las diez y media, así que le escribo un mensaje. Otro más.

> Llegas tarde. Por favor, ven a casa.

Ha estado saliendo un montón, y no tengo ni idea de con quién está porque ya apenas me dirige la palabra. Cuando está aquí, se encierra en su habitación. La aplicación indica que anda siempre por casa de Lexie o por el Starbucks, pero ¿quién demonios pasa tanto tiempo en una cafetería?

Oigo un golpecito en la puerta del patio y levanto la mirada. Casi me había olvidado de que Jonah está aquí, ya que se ha pasado los últimos veinte minutos arreglando la puerta de la cocina. Al ver que sale al patio me pongo de pie y me coloco el cabello detrás de las orejas.

—¿Tienes unos alicates?

—Estoy bastante segura de que Chris tenía unos, pero su caja de herramientas está cerrada con candado. Quizá yo tenga un par. —Entro en la casa y me dirijo al lavadero. Allí es donde guardo mi propia caja de herramientas, para cuando tenía que arreglar algo y Chris no estaba por aquí. Es negra y rosa. Chris me la regaló un año por Navidad.

También le compró una a Jenny. La idea se me clava.

A veces pienso que la situación va mejorando, pero entonces el más sencillo de los recuerdos hace que vuelva a ser consciente de que todo es una mierda. Bajo la caja de herramientas y se la paso a Jonah.

Jonah la abre y examina su contenido. No encuentra lo que necesita.

—Las bisagras son viejas —comenta—. No puedo sacar la última de lo transroscada que está. Tengo algo que podría funcionar en casa, pero es tarde, así que, si te parece bien, volveré mañana...

Lo ha formulado como si fuera una pregunta, así que asiento con la cabeza.

—Sí, claro.

Ayer le mandé un mensaje para contarle que no podía descolgar la puerta de la cocina y preguntarle si podría ayudarme. Me dijo que se pasaría esta noche pero que sería tarde, porque tenía que ir al aeropuerto a recoger a su hermana. Ni siquiera me preguntó por qué quiero hacerlo. Antes, al llegar, tampoco me ha preguntado por el agujero enorme que hay en ella. Ha ido directo hacia la puerta y se ha puesto a trabajar.

Mientras lo acompaño hasta la salida espero que me pregunte por lo sucedido, pero no lo hace. No me gusta este silencio, así que lo aderezo con una pregunta cuya respuesta ni siquiera me importa demasiado.

—¿Cuánto tiempo se va a quedar tu hermana?

—Hasta el domingo. Le encantaría verte. Es solo que... ya sabes. No estaba segura de si te gustaría la compañía.

No tengo ganas. Pero, por algún motivo, le sonrío y digo:

—Me encantaría verla.

Jonah se ríe.

—No, no es verdad.

Me encojo de hombros porque tiene razón. Coincidimos una vez cuando éramos adolescentes, y la vi unos minutos el día después del nacimiento de Elijah. Y estuvo en los dos funerales. Hasta ahí llega mi relación con ella.

—Tienes razón. Lo he dicho por educación.

—No hace falta que seas educada —replica Jonah—. Yo no lo soy. Es el único aspecto positivo que tiene todo esto. Tenemos permiso durante al menos seis meses para comportarnos como unos idiotas. —Le sonrío, y él inclina la cabeza en dirección a su coche—. ¿Me acompañas?

Lo sigo hasta el coche, pero, antes de entrar, él se apoya contra la puerta del conductor y se cruza de brazos.

—Sé que lo más probable es que no quieras tocar el tema, igual que yo, pero es algo que afecta a nuestros hijos, así que...

Me meto las manos en los bolsillos traseros de los jeans. Suspiro y levanto la mirada hacia el cielo nocturno.

—Lo sé. Tenemos que hablarlo. Porque si es cierto...

—Entonces Clara y Elijah son medio hermanos —concluye Jonah.

Se me hace extraño oírlo. Suelto el aire con lentitud, nerviosa por lo que eso significa.

—¿Estás pensando en contárselo a Elijah algún día?

Jonah asiente despacio.

—Algún día. Si él me lo pregunta. Si sale el tema durante una conversación. —Suspira—. Sinceramente, no lo sé. ¿Tú qué piensas? ¿Quieres que Clara lo sepa?

Me estoy abrazando. No hace frío aquí fuera, pero por algún motivo siento escalofríos.

—No. Espero que no se entere nunca. La destrozaría.

Jonah no parece molesto por el hecho de que básicamente le esté pidiendo que no le cuente la verdad a Elijah. Solo se muestra comprensivo ante nuestra situación.

—Odio que nosotros tengamos que arreglar el lío que hicieron.

En eso estoy de acuerdo con él. Es desastroso. Un lío que aún no he logrado comprender del todo. Pero es demasiado pronto para pensar en tantas cosas, y es algo demasiado intenso para que desee discutirlo ahora mismo, así que cambio de tema. De un modo u otro, esta noche no vamos a tomar ninguna decisión.

—El cumpleaños de Clara es dentro de un par de semanas. Estaba pensando en mantener la tradición de hacer una barbacoa, pero no estoy segura de que ella quiera que lo haga. No será lo mismo sin su padre y su tía aquí.

—Deberías preguntárselo —sugiere Jonah.

Me río sin entusiasmo.

—Ahora mismo no estamos en muy buenos términos. Tengo la sensación de que cuando estoy cerca de ella he de andarme con pies de plomo. Se opondrá a cualquier cosa que le sugiera.

—Tiene casi diecisiete años. Sería mucho más insólito que las dos se llevaran de maravilla.

Le agradezco que diga eso, pero también soy consciente de que no es del todo cierto. Sé de un montón de madres que se llevan bien con sus hijos adolescentes. Es solo que yo no soy una de las afortunadas. O quizá no sea una cuestión de suerte. Quizá me equivoqué en algún punto del camino.

—No puedo creer que esté a punto de cumplir los diecisiete —comenta Jonah—. Recuerdo el día en que te enteraste de que estabas embarazada de ella.

Yo también lo recuerdo. Fue el día antes de que él se marchara.

Desvío la mirada hacia el cemento que se extiende a mis pies. Ver a Jonah hace que vuelva a sentir demasiadas emociones, y ahora mismo estoy harta de emocionarme. Me aclaro la garganta y doy un paso hacia atrás en el momento en que unos faros iluminan el jardín a nuestro alrededor. Levanto la mirada y veo que Clara ha entrado al fin en el camino de acceso a la casa.

Jonah se lo toma como la señal de que debe marcharse, así que abre la puerta del coche.

—Buenas noches, Morgan. —Saluda a Clara con la mano antes de subir.

Me despido de él con un gesto silencioso y lo veo alejarse. Ya ha llegado al final de la calle cuando Clara sale de su coche.

Me vuelvo a cruzar de brazos y la miro expectante.

Ella cierra la puerta y me dedica un asentimiento de cabeza, pero se dirige hacia la puerta de entrada. Entro detrás de ella, la veo quitarse los zapatos de sendas patadas junto al sofá.

—¿Qué era eso?

—¿Qué era qué?

Lanza un brazo en dirección al jardín delantero.

—Jonah y tú. En la oscuridad. Es raro.

La miro con los ojos entornados, preguntándome si está intentando desviar la atención.

—¿Por qué has llegado más tarde de la hora?

Ella mira el celular.

—¿Llego tarde?

—Sí. Te he mandado dos mensajes.

Pasa un dedo por la pantalla.

—Ah, no los he oído. —Se mete el celular en el bolsillo trasero—. Lo siento. Estaba estudiando en el Starbucks y... he perdido la noción del tiempo. No me he dado cuenta de que era tan tarde. —Señala detrás de su espalda mientras retrocede hacia el pasillo—. Tengo que bañarme.

No me molesto en insistir en que me dé una respuesta más sincera porque sé que de todos modos no lo va a hacer.

Me voy hasta la cocina y tomo un caramelo. Me apoyo sobre la barra y me quedo mirando distraída el agujero de la puerta, preguntándome por qué Jonah habrá sacado el tema del día que descubrí que estaba embarazada de manera tan despreocupada, cuando fue uno de los peores episodios de mi vida.

Quizá lo ha hecho porque el que se marchara al día siguiente no significó tanto para él como para el resto de nosotros.

Me he obligado a no pensar en esa semana desde que sucedió, pero, ahora que Jonah la ha sacado a colación, comienzan a pasarme por la cabeza todos los momentos de aquel día.

Estábamos en el lago. Ellos tres habían estado nadando, y yo me había quedado sentada en una manta sobre la hierba leyendo un libro. Salieron del agua a la vez, pero Jonah fue el único que vino hacia mí. Chris y Jenny se pusieron a correr por la orilla en dirección al parque infantil.

—¡Morgan! —gritó Jenny—. ¡Ven a columpiarte con nosotros! —Corría cuesta arriba de espaldas, intentando persuadirme.

Yo negué con la cabeza y le hice señas para que se marchara. Aquel día no estaba de humor para juegos. Para comenzar, no quería ir al lago, pero Chris insistió. Yo quería que pasáramos la noche a solas, sin que Jonah y Jenny se pegaran a nosotros. Tenía que hablar con él en privado, pero no habíamos tenido ni un solo segundo de intimidad a lo largo del día. A veces, Chris no reparaba en mis cambios de humor, y eso que mi humor había cambiado de forma manifiesta desde la noche anterior, cuando recordé que se me había retrasado el período.

—¿Qué bicho te ha picado hoy? —preguntó Jonah mientras se dejaba caer sobre la hierba a mi lado—. Te comportas de manera extraña.

Estuve a punto de reírme por su puntería.

—¿Te ha mandado Chris a que me lo sonsaques?

Jonah me miró como si de algún modo lo hubiera insultado.

—Chris vive en un estado de inconsciencia dichosa.

Su respuesta me sorprendió. Me di cuenta de que Jonah había estado molestando a Chris. Un poco. Pero me percaté de ello.

—Pensaba que era tu mejor amigo.

—Lo es —aseveró Jonah—. Haría cualquier cosa por él.

—A veces te comportas como si no te cayera bien.

Jonah no lo negó. En su lugar miró al frente, hacia el lago, como si mi comentario lo hubiera hecho reflexionar.

Tomé un guijarro y lo tiré al lago. No llegó a tocar el agua.

—Nos hemos quedado sin bebidas —anunció Chris acercándose al trote. Se dejó caer sobre la hierba con gesto dramático y me atrajo hacia sí. Me besó—. Voy corriendo hasta la tienda. ¿Quieres venir?

Me alivió disponer al fin de un rato a solas con él. Teníamos muchas cosas de las que hablar.

—Claro.

—Tengo que hacer pipí —dijo Jenny—. Yo también voy.

Tuve que obligarme a no poner los ojos en blanco, pero es que cada vez que pensaba que podría hablar con Chris un minuto para contarle lo que me pasaba, algo o alguien se metía entre nosotros.

—Llévate a Jenny —sugerí con un suspiro—. Los esperaré aquí.

—¿Estás segura? —preguntó Chris mientras se ponía de pie de un salto.

Asentí con la cabeza.

—Será mejor que te des prisa..., te lleva ventaja en la carrera hasta lo alto de la cuesta.

Chris volteó la cabeza y echó a correr a toda prisa.

—¡Tramposa!

Yo me giré y miré a Jonah, que estaba sobre la manta conmigo, las rodillas recogidas, los brazos apoyados sobre ellas. Tenía la vista fija en el lago. Noté que tenía algo en mente.

—Y a ti, ¿qué bicho te ha picado hoy? —le dije repitiendo su pregunta.

Me dirigió una mirada rápida.

—Nada.

En ese preciso instante, su expresión fue de las que hacen que se te pare el corazón. Era la misma sensación que comenzaba a tener cada vez que me observaba... como en cierta medida su mirada me hubiera entrado por los ojos para llegarme hasta la médula.

El reflejo del lago que teníamos delante hizo que sus ojos adoptaran un aspecto acuoso. Comencé a ser consciente de que le estaba devolviendo una mirada muy parecida a la suya, así que la aparté de golpe.

Jonah suspiró con pesadez y a continuación susurró:

—Me da miedo que nos hayamos equivocado.

Su afirmación me llevó a contener el aliento. No le pregunté en qué nos habíamos equivocado, porque me daba demasiado miedo lo que pudiera responder.

Tuve miedo de que dijera que no estábamos con la persona adecuada. Claro que podría haber dicho cualquier otra cosa, pero eso es lo que pensé, porque ¿qué otro motivo podía tener para mirarme a veces de esa manera? Intenté ignorarlo, pues Jonah y yo nunca nos habíamos mostrado románticos en ningún sentido. Pero teníamos una conexión... una conexión que no existía con Chris.

No me gustaba nada. No me gustaba nada que Jonah siempre supiera cuándo estaba molesta por algo, y que Chris no tuviera ni idea. No me gustaba nada que con una sola mirada Jonah y yo supiéramos exactamente lo que estaba pensando el otro. No me gustaba nada que siempre me guardara los caramelos de sandía porque era un gesto bonito, y no me gustaba que el mejor amigo de mi novio se mostrara tierno conmigo. Además, Jenny y él habían comenzado a salir hacía poco. A diferencia de Jenny, yo jamás habría traicionado a mi propia hermana.

Y ese es el motivo por el que aquel día, a orillas del lago, cuando Jonah susurró: «Me da miedo que nos hayamos equivocado», yo contesté de la única manera que podía ponernos a los dos en nuestro lugar.

—Estoy embarazada.

Jonah se me quedó mirando en un silencio conmocionado. Vi su rostro palidecer. Mi confesión lo había sacudido.

Se puso de pie y se alejó unos metros de mí. Era como si en su interior todas las posibilidades que había imaginado se hubieran derrumbado a la vez. Cuando regresó parecía haberse encogido cuatro centímetros.

—¿Chris lo sabe?

Negué con la cabeza mientras me daba cuenta de que, en unos pocos segundos, sus ojos habían pasado de un estado líquido a congelarse.

—No, aún no se lo he contado.

Jonah se mordisqueó el labio inferior durante unos instantes mientras asentía con la cabeza, pensativo. Parecía enojado. O devastado.

Se volteó, avanzó sobre la arena y se metió en el agua mientras yo lo miraba con los ojos llorosos. El sol se estaba poniendo, y el lago tenía un aspecto turbio. No logré ver hasta dónde llegó nadando, pero pasó tanto tiempo allí que, cuando al fin comenzó a regresar hacia la orilla, Chris y Jenny estaban entrando con el coche en el estacionamiento.

Jonah se sentó en mi manta, empapado, y contuvo el aliento. Recuerdo las gotas de agua que caían de su boca.

—Voy a cortar con Jenny.

Su confesión me dejó horrorizada. Entonces me miró fijamente, como si lo que estaba a punto de decir fuera la declaración más importante de su vida.

—Serás una gran madre, Morgan. Chris tiene mucha suerte.

El mensaje era dulce, pero había dolor en sus ojos. Y, por algún motivo, tuve la sensación de que se trataba de una despedida antes incluso de saber que había sido una despedida.

Con eso, se puso de pie y se encaminó hacia el estacionamiento.

La cabeza me daba vueltas. Quise correr tras él, pero el peso del día me mantuvo anclada a la hierba. No pude más que observar que le decía a Jenny que estaba listo para marcharse. Se subieron al coche y se fueron.

Cuando Chris comenzó a bajar por la cuesta, debería haberme sentido aliviada por poder estar al fin a solas con él, pero me encontraba desolada. Chris se sentó a mi lado, sobre la manta, y me pasó una botella de agua.

Yo amaba a Chris. Iba a tener a su hijo, aunque no se lo hubiera contado aún. Pero me sentía culpable porque, durante todo el tiempo que llevábamos saliendo, ninguna de sus miradas me había hecho estremecer. Me daba miedo no volver a sentir algo así. Temía haberme equivocado, la posibilidad de querer a Chris sin estar enamorada de él.

Él me rodeó con un brazo.

—Nena... ¿Qué te pasa?

Me sequé los ojos, espiré y dije:

—Estoy embarazada.

No esperé a ver su reacción. Me puse de pie de inmediato y estuve llorando durante todo el camino de regreso al coche. Incluso en aquel momento les eché la culpa de mi llanto a las hormonas. Al descubrimiento de que estaba embarazada. Le eché la culpa de mi llanto a todo menos a lo que de verdad lo había provocado.

Al día siguiente, Jonah le dijo a Jenny que quería mudarse con su hermana e ir a la universidad en Minnesota. Hizo la maleta, se compró un boleto de avión y ni siquiera vino a despedirse de Chris y de mí.

A Chris y Jenny les molestó mucho que Jonah se largara de un modo tan egoísta, pero yo estaba más afectada por la noticia de mi embarazo, así que en realidad no tuve tiempo de preocuparme por su marcha. Durante las semanas siguientes me dediqué a cuidar del corazón roto de Jenny y obligué a Chris a centrarse en nosotros y en mi embarazo en vez de en el gran amigo que lo había abandonado. Intenté no volver a pensar en Jonah.

Cómo iba a saber que esa rutina se prolongaría tanto en el tiempo. Yo, como la esposa devota de Chris, ocupándome de su casa y de su hija y de sus necesidades. Yo, como la amiga leal de mi hermana, ayudándola a estudiar la carrera de Enfermería, solucionando los enredos en los que se había metido de veinteañera, ofreciéndole un lugar en donde quedarse cada pocos años, cuando necesitaba ayuda para reponerse.

El día que descubrí que estaba embarazada dejé de vivir mi propia vida.

Creo que ha llegado el momento de averiguar en quién iba a convertirme antes de comenzar a dedicar mi vida a los demás.

16

Clara

Aunque sé que he hecho enojar a mi madre al llegar treinta minutos después de la hora marcada, no puedo parar de sonreír. El beso que me he dado con Miller ha valido la pena. Me llevo los dedos a los labios.

Nunca me habían besado así. Todos los chicos a los que había besado antes parecían tener prisa por meterme la lengua en la boca, como si yo fuera a cambiar de idea.

Miller ha sido todo lo contrario. Aunque de manera caótica, se ha mostrado tan paciente... Ha sido como si, de tanto pensar en besarme, hubiera querido que yo saboreara cada segundo del beso.

No sé si podré dejar de sonreír algún día al pensar en ese beso. Eso hace que la idea de ir mañana a la escuela me ponga un poco nerviosa. No sé dónde nos deja el beso, pero me ha parecido que se trataba de una declaración. Lo que pasa es que ignoro con relación a qué.

El celular vibra en mi bolsillo trasero. Ruedo sobre mí, lo saco y vuelvo a acostarme de espaldas. Es un mensaje de Miller.

No sé si a ti te pasa, pero, a veces, cuando
ocurre algo importante, al volver a casa me
pongo a pensar en todas las cosas que me

gustaría que hubieran sucedido de forma
diferente. Todo lo que me habría gustado
decir.

                                   ¿Te está pasando eso ahora?

Sí. Tengo la sensación de que no te
he explicado todo lo que debía.

Ruedo sobre mi vientre con la esperanza de encontrar alivio para la náusea que me acaba de recorrer. Con lo bien que íbamos...

                                  ¿En qué no has sido sincero?

He sido sincero. Pero no te he dicho todo lo
que debía, si es que hay diferencia entre
ambas cosas. He dejado un montón de cosas
en el tintero que quiero que sepas.

                                  ¿Como qué?

Como el motivo por el que me gustas
desde hace tanto tiempo.

Espero a que se explaye, pero no lo hace. Me quedo mirando el celular con tanta intensidad que estoy a punto de arrojarlo por los aires cuando suena de manera inesperada. Es el número de Miller. Vacilo antes de responder, porque casi nunca hablo por teléfono. Prefiero los mensajes de texto. Pero él sabe que tengo el celular en la mano, así que no puedo mandarle al buzón de voz. Paso el dedo por la pantalla, me levanto de la cama y voy a mi baño para tener más intimidad. Me siento sobre el borde de la bañera.

—¿Sí?

—Hola —dice él—. Lo siento. Es demasiado largo para escribirlo.

—Me estás asustando con tantas insinuaciones.

—Oh. No, todo es positivo. No te pongas nerviosa. Es solo que debería habértelo dicho en persona. —Miller realiza una larga inspiración, suelta el aire y comienza a hablar—: Cuando tenía quince años, te vi en una función escolar. Interpretaste el papel principal y, en cierto momento, hiciste un monólogo que se prolongó durante dos minutos enteros. Estuviste tan convincente y se te vio tan afligida que me dieron ganas de subir al escenario para darte un abrazo. Cuando la obra llegó a su fin y los actores volvieron a salir al escenario, tú estabas sonriente, riéndote, y no quedaba en ti ni rastro del personaje. Me quedé maravillado, Clara. Creo que no eres consciente de ello, pero tienes un carisma arrebatador. En segundo año yo era un chico flacucho y, aunque tengo un año más que tú, aún no había ganado músculo, tenía acné y me sentía inferior a ti, así que nunca logré reunir el valor para abordarte. Pasó otro año, durante el que seguí admirándote desde la distancia. Como aquella vez en que te presentaste para tesorera de la escuela y tropezaste al bajar del escenario, pero pegaste un salto y soltaste una patadita rara y levantaste los brazos en el aire, e hiciste reír a todo el mundo. O aquella vez en que Mark Avery te jaló de la correa del brasier en el pasillo, y estabas tan harta de que te lo hiciera que lo seguiste hasta su clase, pasaste el brazo por dentro de la sudadera, te quitaste el brasier y se lo lanzaste. Recuerdo que le gritaste algo así como: «¡Si tantas ganas tienes de tocar un brasier, quédatelo, pervertido!». Y saliste hecha una furia. Fue épico. Todo lo que haces es épico, Clara. Y ese es el motivo por el que nunca tuve el valor de acercarme a ti, porque una chica épica necesita a un chico igual de épico, y supongo que nunca sentí que fuera lo bastante épico para ti. He dicho «épico» un montón de veces durante los últimos quince segundos..., lo siento.

Cuando al fin deja de hablar le falta el aliento.

Y yo tengo una sonrisa tan amplia que me duelen las mejillas. No tenía ni idea de que se sintiera así. Ni idea.

Espero unos segundos para cerciorarme de que ha acabado, y entonces le contesto al fin. Estoy bastante segura de que se me nota la sonrisa en la voz.

—Primero, me cuesta creer que alguna vez hayas sido un chico inseguro. Y segundo, creo que tú también eres bastante épico, Miller. Siempre lo has sido. Incluso cuando eras flacucho y tenías acné.

Él se ríe un poco.

—¿En serio?

—En serio.

Lo oigo suspirar.

—Me alegro de haberme quitado esto de encima, entonces. ¿Nos vemos mañana en la escuela?

—Buenas noches.

Colgamos y no sé cuánto tiempo me quedo ahí sentada, mirando el celular. Es que no puedo llegar a procesar la intensidad de este asunto. Siente algo por mí de verdad. Y lo siente desde hace tiempo. No puedo creer que no me diera cuenta.

Desbloqueo la pantalla porque tengo que llamar a la tía Jenny y contarle hasta el último detalle de esta última conversación. Estoy desplazándome por mi lista de contactos cuando caigo en ello.

No puedo llamarla. No podré hacerlo nunca más.

«¿Cuándo acabaré de asimilarlo?»

Lexie no ha tenido oportunidad de ponerse el cinturón de seguridad cuando le lanzo la noticia.

—Ayer besé a Miller Adams y creo que hemos pasado a ser algo.

—Guau. Está bien —exclama ella asintiendo con la cabeza—. Pero... ¿qué hay de Shelby?

—Cortó con ella hace un par de semanas.

Se toma un momento para asimilarlo. Salgo de su camino de acceso dando marcha atrás. Ella mira hacia delante, concentrada en lo que le acabo de contar. Entonces me mira y dice:

—No sé, Clara. Me parece un poco precipitado, quizá haya sido por despecho.

—Ya lo sé. Es que yo pensé lo mismo, pero tengo la sensación de que no es así, en absoluto. No puedo explicarlo, pero... no lo sé. Entiendo que no tenía este tipo de conexión con Shelby.

Soy consciente de que Lexie me lanza una mirada de reproche.

—Soy tu amiga y tengo que decirte que ahora mismo estás diciendo una locura. Estuvo saliendo con Shelby durante un año entero. Tú te has relacionado con él una sola vez, ¿y crees que sus sentimientos hacia ti son más fuertes que los que tiene hacia ella?

Sí que parece una locura, pero Lexie no estuvo allí.

—Me conoces mejor que nadie, Lex. Sabes que no me enamoro de los chicos de esta manera. Creo que deberías tomarte lo que te digo un poco más en serio.

—Lo siento —se disculpa ella—. Quizá tengas razón. Es posible que Miller Adams esté locamente enamorado de ti, y que sus doce meses de relación con Shelby fueran una especie de estrategia para ponerte celosa.

—Ahora te estás burlando de mí.

—¡Es que ha sido solo un beso, Clara! Y estás actuando como si ya fueran pareja oficialmente. Pues claro que me estoy burlando de ti.

Desde ese punto de vista, puedo ver lo ridículo que suena. Pero sigo pensando que se equivoca. El caso es que dejo el tema, porque sé que no lo va a entender.

—Eso sí, fue un beso fantástico —afirmo con una sonrisa.

Ella pone los ojos en blanco.

—Me alegro por ti. Pero no lo hagas oficial aún. Porque no es oficial, ¿verdad?

—No. Supongo que no. No hicimos más que besarnos. Ni siquiera me dijo de salir.

—Bien. Cuando te lo pida, haz como que estás ocupada.

—¿Por qué?

—Para que no parezca que él te gusta tanto.

Su consejo me confunde.

—Y ¿por qué iba yo a querer que él no sepa que me gusta?

—Porque podría perder el interés. Lo asustarías.

—Eso no tiene sentido.

—Los chicos son así.

—A ver si lo he entendido... Si me gusta un chico, y yo le gusto a él, ¿tenemos que hacer como que no nos gustamos para no dejar de gustarnos?

—Eh, que yo no he hecho las reglas —protesta ella, y se hunde en el asiento—. No lo puedo creer. Siempre hemos estado solteras las dos juntas. Esto hará que nuestra amistad cambie.

—No, no cambiará.

—Sí —repone ella—. Te sentarás con él a la hora de la comida. Comenzarán a verse antes y después de clase. Estarás demasiado ocupada para verme los fines de semana.

—De todos modos, tú siempre estás trabajando.

—Sí, pero podría tener algún día libre de vez en cuando, y ahora tú no querrás pasarlo conmigo.

—La próxima vez que tomes un día libre, lo pasaré contigo.

—¿Me lo prometes?

Levanto el meñique y ella me lo agarra mientras entramos en el estacionamiento de la escuela.

Lexie señala algo con la cabeza.

—Qué asco. Te está esperando.

Miller está parado junto a su camioneta, en el lugar contiguo al lugar donde me estaciono siempre. Solo ver que me está esperando me provoca una sonrisa. Lexie gime al ver que Miller me la devuelve.

—Odio esta situación desde ya —confiesa.

En cuanto apago el motor, Lexie sale del coche y se dirige a Miller desde el otro lado del techo.

—¿Qué tan serio es esto que hay entre ustedes?

«Dios mío.» Me apresuro a bajar y miro a Miller con los ojos desorbitados.

—No contestes a eso. —Me volteo hacia Lexie—. Para ya.

Ella sigue mirando a Miller por encima de mí.

—¿Tienes algún amigo soltero, ya que me has robado a mi amiga?

Miller se ríe.

—Seguro que podré reunir a un par.

Lexie cierra la puerta.

—¿Solo un par? —Me guiña el ojo y se encamina hacia la escuela ella sola. Me siento un poco mal porque tiene razón. Las cosas entre nosotras van a ser ligeramente diferentes.

—¿Qué tal tu noche? —pregunta Miller atrayendo mi atención de nuevo.

—No he podido dormir.

—Yo tampoco —dice mientras se acomoda la mochila al hombro. Se inclina y me besa, es un piquito rápido en la boca—. ¿Te pasaste toda la noche pensando en mí?

Levanto un hombro.

—Es posible.

Me escolta en dirección a la escuela.

—¿Lexie lo ha dicho en serio? ¿De verdad quiere tener novio?

—No lo sé. Es mi mejor amiga, pero sigo sin saber cuándo bromea y cuándo habla en serio.

—Entonces ¿no me pasa solo a mí?

Niego con la cabeza en el momento en que Miller me abre la puerta. Ya en el pasillo estira el brazo y me toma de la mano como si fuera una reacción instintiva. Quizá esté predispuesta a ello, pero me gusta la manera en que encajamos. Me saca unos trece centímetros, pero nuestras manos se entrelazan con mucha comodidad.

Todo parece tan perfecto... hasta que deja de serlo.

Cuarenta y cinco días. Es el tiempo que llevan muertos, y no sé cómo es posible que esté caminando por estos pasillos con una sonrisa en la cara, como si no acabara de perder a dos de las personas más importantes de mi vida. Me inunda el sentimiento de culpa, porque mi madre ya no sonríe nunca. Igual que Jonah. No solo he robado dos vidas por mi indiferencia hacia la seguridad de la tía Jenny mientras conducía, sino que además le he robado la sonrisa a toda la gente a la que mi padre y la tía Jenny han dejado atrás.

Me dirijo hacia la clase de Jonah, y Miller me acompaña, me sostiene la puerta al llegar. Entramos, aún de la mano, y Jonah es la única persona que hay dentro.

Se queda mirando nuestras manos y vuelvo a sentir una oleada de culpa. ¿Cuánto tardaré en dejar de sentirme así por estar feliz? ¿No debería pasarme deprimida cada segundo del día, en vez de a intervalos? Suelto la mano de Miller para dejar mis cosas sobre el pupitre.

Jonah inclina la cabeza con curiosidad.

—¿Ahora están saliendo ustedes dos?

—No contestes a eso tampoco —le indico a Miller.

—Pues muy bien —dice Jonah, que devuelve su atención al trabajo que tiene ante él—. ¿Han avanzado mucho con el proyecto de la película?

—No. Justo anoche le conté a Miller que lo había apuntado.

Jonah levanta la mirada hacia Miller.

—¿Sigues esperando a que tu novia te dé permiso?

—Ya no tengo novia. —Miller me mira—. ¿O sí? —Cuando vuelve a mirar a Jonah parece confundido—. Creo que no quiere que le cuente a la gente que estamos saliendo.

—¿Es así? —le pregunto—. ¿Estamos saliendo?

—No lo sé —responde Miller—. Eres tú la que no hace más que decirme que no conteste a esa pregunta.

—No quería que sintieras la presión de tener que ponernos una etiqueta.

—Ahora siento la presión de no tener que ponernos una etiqueta.

—Bueno, Lexie me ha dicho que, si demostraba que me gustas, te iba a asustar.

Miller levanta una ceja.

—Si la llamada de anoche no te asustó, creo que todo irá bien. Si te gusto, quiero que actúes en consecuencia o me acomplejaré.

—Me gustas. Mucho. No te acomplejes.

—Bien —dice Miller—. Tú también me gustas.

—Bien —digo a mi vez.

—Bien —dice Jonah recordándonos que está presente—. Hay que entregar el proyecto antes de que acabe el trimestre. Pónganse a trabajar.

—De acuerdo —decimos Miller y yo al unísono.

Jonah pone los ojos en blanco y regresa a su escritorio. Miller se separa de mí.

—Nos vemos después de clase.

Le sonrío.

Él me devuelve la sonrisa, pero en cuanto Miller sale por la puerta frunzo el ceño. Una vez más, me siento culpable incluso por sonreír.

—Vaya.

Levanto la mirada hacia Jonah.

—¿Qué?

—Tu cara. En cuanto Miller ha salido por la puerta tu sonrisa se ha ido con él. ¿Estás bien?

Asiento con un gesto, sin explayarme.

Pero Jonah no deja el tema.

—Clara, ¿qué sucede?

Sacudo la cabeza, porque es una estupidez.

—No lo sé. Es solo que... me siento culpable.

—¿Por qué?

—Solo han pasado cuarenta y cinco días, y esta mañana me he levantado feliz. Si me siento bien un solo segundo ya pienso que soy una persona terrible. —«Sobre todo porque chocaron por mi culpa», pero esa parte la dejo fuera de mi confesión.

—Bienvenida al parque de atracciones —dice Jonah.

Le dirijo una mirada inquisitiva, así que él pasa a ofrecerme una explicación:

—Justo después de un suceso trágico, uno se siente como si se hubiera caído por un precipicio. Pero, cuando comienza a asumir la tragedia, se da cuenta de que no ha sido así. Estás subida a una montaña rusa eterna que acaba de tocar fondo. Ahora seguirá una serie de subidas y bajadas durante mucho mucho tiempo. Quizá incluso para siempre.

—¿Se supone que eso ha de hacer que me sienta mejor?

Jonah se encoge de hombros.

—No estoy aquí para hacer que te sientas mejor. Yo estoy en la misma montaña rusa que tú.

La puerta se abre y los alumnos comienzan a entrar en fila india. Yo no puedo dejar de mirar a Jonah. Tiene arrugas en las comisuras de los ojos, y sus labios se curvan ligeramente hacia abajo.

Me toca un poco la fibra verlo tan estresado, o tan triste, o lo que sea que provoque esa expresión. No me gusta. Siempre ha sido un tipo callado y algo serio, pero sus ojos parecían felices. Supongo que después del accidente no lo he estado observando lo suficiente para percatarme de cuánto ha cambiado.

Eso hace que me pregunte cuánto habrá cambiado mi madre. Ya casi nunca la miro. Me pregunto si será a causa de mi sentimiento de culpa.

Aunque dijo que lo haría, Miller no me está esperando después de clase. Ni siquiera sé dónde tenía la primera hora, así que me quedo un minuto en el pasillo esperándolo.

—¿Clara?

Giro sobre mis talones al oír la voz de mi madre. Lleva una carpeta en una mano, su bolsa de Louis Vuitton en la otra. Solo saca el Vuitton para las ocasiones especiales, así que no sé qué hace aquí ni por qué lo ha sacado, pero me pongo nerviosa de inmediato.

—¿Qué haces?

Me muestra la carpeta.

—Solicitar un empleo.

—¿Aquí?

—Están contratando a profesores suplentes. He pensado que es algo que podría hacer durante unos meses. Ver si me gusta. He decidido volver a la universidad.

El pasillo está comenzando a vaciarse. Miro a mi alrededor para asegurarme de que no hay nadie cerca.

—¿Lo dices en serio?

Me mira como si la hubiera ofendido.

—¿Qué problema hay con que quiera volver a la universidad?

No pretendía ofenderla. Si quiere ir a la universidad, me alegro por ella. Pero lo último que quiero es que tantee el terreno en la escuela a la que vengo a diario. Ya nos llevamos mal en casa. Ni me imagino lo que podría ser tenerla en clase.

Niego con la cabeza.

—No quería...

Me interrumpo cuando unos labios se encuentran con mi mejilla y un brazo serpentea alrededor de mi cintura.

—Te estaba buscando. ¿Adónde vas durante la hora de estudio?

Miro a Miller con los ojos desorbitados. Vuelvo a mirar a mi madre. Mi expresión hace que la mirada de Miller se desplace de mí a mi madre. Veo que se queda rígido y deja caer el brazo. Es la primera vez que lo noto tan nervioso. Extiende la mano hacia mi madre para presentarse de manera formal. Ella se limita a mirarla, y a continuación me mira a mí.

Miller comienza a farfullar una disculpa.

—Lo siento mucho, señora Grant. Pensé que era usted una de las amigas de Clara. Parece... parece muy joven.

Mi madre me está fulminando con la mirada ignorando a Miller.

—Es que es joven —replico a Miller—. Me tuvo a los diecisiete.

Mi madre no yerra el tiro cuando al fin se dirige a él.

—Somos mujeres muy fértiles. Ten cuidado.

«Dios mío.»

Me tapo los ojos por un instante. No puedo ni mirarlo cuando le digo:

—Nos vemos a la hora de la comida.

Veo con el rabillo del ojo que Miller asiente y se aleja con rapidez en sentido opuesto.

—No puedo creer que le hayas dicho eso.

—¿Ahora sales con él? —me pregunta mamá señalando por encima de mi hombro—. ¿No me habías dicho que tenía novia?

—Cortó con ella.

—¿Por qué no me lo contaste?

—Porque sabía que no te iba a gustar.

—Tienes razón..., no me gusta. —Ahora está levantando la voz. Menos mal que el pasillo está vacío—. Desde el día que comenzaste a salir con él, te largaste del funeral de tu padre, has probado las drogas, nunca estás en casa, llegas después de la hora. Ese chico no te conviene, Clara.

No quiero discutir con ella ahora mismo, pero no podría estar más equivocada. Me irrita que esté culpando a un chico de mi comportamiento en vez de pensar en la posibilidad de que las escasas malas decisiones que he tomado sean el resultado de lo que sucedió hace cuarenta y cinco días. Eso, saber que los mensajes que le mandé a la tía Jenny han provocado esta situación tan terrible, ha tenido un efecto mucho mayor en mí que cualquier novio.

—No sé nada de lo que sucede en tu vida. No me cuentas nada.

Pongo los ojos en blanco.

—¿Ahora que la tía Jenny no está aquí para contarte todos mis secretitos?

Su rabia se transforma en una expresión de sorpresa, como si de veras no hubiera pensado que yo estaba al tanto de que la tía Jenny solía contárselo todo. Acto seguido vuelve a parecer enfadada. Dolida.

—¿Por qué crees que me lo contaba todo, Clara? Es porque todos los consejos que te daba venían de mí. Se pasó los últimos cinco años cortando y pegando los mensajes que yo le escribía, y entonces te los mandaba como si fueran suyos.

—Eso no es verdad —digo bruscamente.

—Lo es. Así que deja de tratarme como si no supiera qué es lo que más te conviene, o como si no tuviera idea de lo que hablo.

Lo que me ha dicho sobre la tía Jenny no es verdad.

Y aunque lo fuera..., aunque mi madre le hubiera enviado la mayor parte de los consejos que Jenny me daba, ¿por qué habría de estropearlo? Por mi culpa, Jenny no volverá nunca, y mi madre acaba de tomar mi recuerdo más valioso de ella, lo ha metido en la batidora y me ha obligado a que me lo coma.

Detesto sentir que estoy a punto de llorar. Estoy tan enfadada con ella... Conmigo misma... Me volteo para alejarme antes de decir algo que la lleve a castigarme, pero mi madre me toma del brazo.

—Clara...

Sacudo el brazo para liberarme. Giro sobre mis talones y doy un paso rápido hacia ella.

—Gracias, mamá. ¡Gracias por tomar una de las cosas más queridas de la relación que tuve con mi tía y estropearla!

Tengo muchas ganas de llamarla «zorra», pero no quiero que se enfade. Quiero que se sienta culpable. Quiero que se sienta tan culpable como me vengo sintiendo yo desde el accidente.

Y funciona, porque de inmediato parece avergonzarse por haberse puesto la medalla de la unión que tenía con la tía Jenny.

—Lo siento —susurra ella.

Me alejo dejándola sola en medio del pasillo.

17

Morgan

¿Por qué he dicho todo eso? ¿Por qué he sentido la necesidad de atribuirme el mérito ahora que Jenny ya no está?

Sé por qué. Estoy molesta y herida por lo que Jenny me hizo, y me duele aún más saber que Clara sigue teniéndola por una santa. Quería que Clara supiera que Jenny no tenía ni idea de cómo ofrecer consejos adultos, y que todo lo que aprendió de Jenny, Jenny lo había aprendido de mí. Por algún motivo quería ese reconocimiento. Un reconocimiento que no necesito. Estoy juntando toda la rabia que siento hacia Jenny y Chris, porque quiero que Clara la experimente también.

Me siento fatal. Clara tiene razón. Le he hecho daño y he arruinado su recuerdo de Jenny, y todo por razones egoístas. Porque estoy enfadada con Jenny. Porque Jenny me ha hecho daño.

Es una prueba más de que no puedo permitir que Clara descubra lo que Jenny y Chris hicieron. Solo este pequeño detalle ya la ha dejado destrozada por completo. Cuando se lo he dicho ha estado a punto de echarse a llorar.

Dios, cómo duele esto. Me duele tanto que solo quiero salir de aquí. De este edificio. Quiero irme a casa. Nunca debería haberme presentado a un trabajo en este lugar. ¿Qué adolescente quiere pasarse todo el día, día tras día, con su madre?

Doy media vuelta y corro pasillo abajo intentando contener las lágrimas hasta encontrarme fuera. Me faltan tres metros para llegar a la puerta.

—¿Morgan?

Me quedo paralizada al oír mi nombre. Me doy la vuelta y veo a Jonah parado en la puerta de su salón. Él se da cuenta inmediatamente de que no estoy bien.

—Ven —dice haciendo un gesto para que entre en el salón vacío.

Una enorme parte de mí desea seguir avanzando, pero una pequeña parte ansía encontrar refugio en algún lado, y esa aula vacía parece un buen lugar para hacerlo.

Él me pone una mano en la parte baja de la espalda y me conduce hasta una silla. Me ofrece un pañuelo de papel. Lo tomo y me seco los ojos, la presión me ayuda a contener las lágrimas. No sé a qué se debe, pero es como si la sensación que he tenido durante las últimas semanas de estar perdiendo el control sobre Clara me hubiera caído encima de golpe, y voy a obligar a Jonah a ser mi psicólogo eventual. Comienzo a divagar.

—Siempre pensé que era una buena madre. Ha sido el único empleo que he tenido desde los diecisiete. Chris trabajaba en el hospital, y mi trabajo consistía en educar a Clara. Así que, cada vez que ella hacía algo bien o nos sorprendía de algún modo, me sentía orgullosa. Yo había labrado a esa personita maravillosa, y me sentía muy orgullosa de ella. Orgullosa de mí misma. Pero, desde el día que Chris murió, he comenzado a pensar que quizá yo no haya tenido nada que ver con todo lo que hay de bueno en ella. Antes de la muerte de su padre nunca se había comportado de esta manera. No había tomado drogas, ni había mentido acerca de un novio, ni sobre dónde había estado. ¿Y si, durante todo este tiempo en que he pensado que ella era genial porque yo era una madre genial, en realidad era Chris el que sacaba lo mejor de ella? Porque, ahora que él ya no está, Clara y yo no hacemos más que sacarnos lo peor que llevamos dentro.

Al empezar a hablar, Jonah estaba apoyado en su escritorio, pero ahora se ha sentado al otro lado. Se inclina hacia delante y junta las manos entre las rodillas.

—Morgan, escúchame. —Tomo aire y le dedico mi atención—. Tú y yo hemos pasado de los treinta..., podemos esperar una cierta cantidad de tragedia en nuestra vida. Pero Clara solo tiene dieciséis. A su edad nadie debería tener que lidiar con algo tan terrible. Ahora mismo está perdida en su dolor. Solo tienes que dejar que encuentre su camino, tal como hiciste conmigo.

En este momento la voz de Jonah es tan suave que de hecho encuentro una pizca de consuelo en sus palabras. Asiento con la cabeza, agradecida de que me haya hecho entrar en la clase. Estira el brazo y me aprieta la mano entre las suyas para tranquilizarme.

—Los problemas de Clara no se deben a que Chris no esté aquí. Sus problemas se deben a que Chris ya no volverá. Hay una diferencia.

Una lágrima solitaria me rueda por la mejilla. La verdad es que no esperaba que Jonah me hiciera sentir mejor, pero tiene razón. Tiene razón respecto a Clara, y eso también me hace pensar que lo que está diciendo se me podría aplicar a mí. La ausencia de Chris nos está afectando mucho más que su presencia.

Jonah sigue envolviendo mi mano con las suyas cuando la puerta de la clase se abre. Es Miller, que entra y se detiene a metro y medio de mí. Me mira como si Clara hubiera ido a buscarlo y le hubiera contado lo mucho que le ha afectado lo que le he dicho en el pasillo.

Levanto una ceja a modo de aviso.

—Espero que no estés a punto de decirme cómo debo educar a mi hija.

De repente, Miller da un pasito hacia atrás. Su mirada pasa veloz de mí a Jonah. Parece incómodo cuando contesta:

—Hmm. No, señora. Es solo que... —Señala el pupitre ante el que estoy sentada—. Está usted en mi asiento.

«Oh. Está aquí porque tiene clase.»

Miro a Jonah en busca de confirmación. Él asiente con la cabeza y conviene:

—Tiene razón. Es su asiento.

«¿Es que hoy no puedo dejar de pasar vergüenza?»

—No pasa nada. Puedo sentarme en otro sitio —comenta Miller.

Me pongo de pie y hago un gesto en dirección a la silla. Miller se acerca vacilante a ella y se sienta.

—No estoy loca —le digo a Miller excusándome por mi comportamiento de hace un instante. Y quizá también por mi comportamiento de antes, en el pasillo—. Es que estoy pasando un día realmente malo.

Miller mira a Jonah en busca de confirmación. Jonah asiente con la cabeza y dice:

—Tiene razón. No está loca.

Miller levanta una ceja y se hunde en la silla, se saca el celular del bolsillo para escapar por completo de nuestra conversación.

Más alumnos van entrando en la clase de uno en uno, así que Jonah me acompaña hasta la puerta.

—Iré más tarde para acabar de descolgar la puerta.

—Gracias. —Me dispongo a salir, pero entonces soy consciente de que me gustaría muy poco volver sola a casa para pensar en lo embarazoso que ha sido este día. Lo único que podría hacerme pensar en otra cosa es Elijah—. ¿Te importa si voy a buscar a Elijah a la guardería? Lo echo de menos.

—Estará encantado. Ya he anotado tu nombre en la lista de personas que pueden ir a buscarlo. Pasaré en cuanto acabe las clases.

Sonrío con los labios apretados antes de voltearme. Me dirijo hacia el coche arrepintiéndome de no haber abrazado a Jonah ni haber sido más efusiva con mis agradecimientos. Se lo merece.

18

Clara

Miller pone la bandeja sobre la mesa, a mi lado.

—Tu madre me odia. —Abre una lata de refresco de manera despreocupada y bebe un trago.

No pienso endulzar la situación diciéndole que se equivoca.

—Pues ya somos dos.

Él voltea la cabeza rápidamente hacia mí.

—¿Las dos me odian?

Me río negando con la cabeza.

—No. Mi madre nos odia a los dos. —Me pongo a hacer girar la botella de agua sobre la mesa de manera mecánica—. Hemos tenido una discusión después de que te fuiste. No por ti, sino sobre... otras cosas. Ha herido mis sentimientos.

Miller ya no se muestra tan despreocupado. Se da cuenta de que me ha afectado, así que se voltea hacia mí ignorando la comida que tiene delante.

—¿Estás bien?

Asiento.

—Sí. Es solo que estamos estancadas.

Él se inclina hacia delante y pega la frente a mi sien.

—Lamento que lleves un año de mierda. —Me planta un beso rápido y se aparta, toma el pepinillo de su plato y lo deja en el mío—. Te puedes quedar con mi pepinillo. Quizá eso te anime.

—¿Cómo sabes que me gustan los pepinillos?

Miller esboza una sonrisa.

—Me he pasado tres años intentando no espiarte a la hora de la comida. Es un poco siniestro, ya lo sé.

—Pero también dulce.

Él sonríe.

—Ese soy yo en resumidas cuentas. Un tipo dulce y siniestro.

—Un tipo muy dulce y siniestro.

Lexie deposita la bandeja en la mesa de delante.

—Yo quiero un tipo dulce y siniestro. ¿Ya me has encontrado novio?

—Aún no —contesta Miller—. Solo han pasado cuatro horas desde que presentaste la solicitud.

Lexie pone los ojos en blanco.

—Mírate, hablando como si el tiempo te importara. Eres tú el que besó a mi mejor amiga a los pocos minutos de dejar a la chica con la que llevabas un año saliendo.

Lanzo un gemido.

—Sé buena, Lexie. Miller no te conoce lo suficiente para ser el blanco de tu sarcasmo.

—No es sarcasmo. Dejó a su novia para meterse literalmente de golpe en una relación contigo. —Mira a Miller—. ¿Me equivoco?

Este, que no parece muy afectado por lo que le está diciendo, se mete una papa chip en la boca.

—No te equivocas mucho —contesta. Me mira y me guiña un ojo—. Pero Clara ya sabe lo que hay.

—Bueno, pues yo no —replica Lexie—. No sé nada de ti. Ni siquiera sé cuál es tu segundo nombre. ¿Es también una marca de cerveza?

Me volteo hacia Miller cuando acabo de asimilar la pregunta.

—Oh, vaya. No me había dado cuenta de que tanto tu nombre como tu apellido son marcas de cerveza.

—No fue intencionado. Miller era el apellido de soltera de mi madre. —Encara a Lexie—. Es Jeremiah.

—Qué normal —comenta Lexie, al parecer decepcionada. Se mete una cucharada de pudin en la boca y se queda chupando la cuchara un instante. Se la saca y apunta a Miller con ella—. ¿Quién es tu mejor amigo, Miller Jeremiah Adams? ¿Está bueno? ¿Está soltero?

—Todos están buenos y solteros —responde Miller—. ¿Qué es lo que buscas exactamente?

Lexie se encoge de hombros.

—No soy exigente. Prefiero a los chicos rubios de ojos azules. Que tengan un sentido del humor corrosivo. Un tanto irrespetuosos. Que odien el contacto con la gente. A los que no les importe tener una novia adicta a las compras y a la que le gusta tener siempre la razón. Deportista. De más de metro ochenta. Y católico.

Me río.

—Si tú no eres católica...

—Sí, pero los católicos son muy estrictos con el tema de la confesión, así que es posible que peque menos que, pongamos, un baptista.

—Tu razonamiento es tan, pero que tan imperfecto... —afirmo.

—Tengo al tipo ideal —anuncia Miller poniéndose de pie—. ¿Quieres que vaya a buscarlo?

—¿Ahora mismo? —pregunta Lexie animándose de golpe.

—Ya vuelvo. —Miller se aleja y Lexie me mira moviendo las cejas.

—Es posible que me acabe cayendo bien tu novio. Se preocupa por tu mejor amiga.

—Pensé que habías dicho que aún no podía referirme a él como mi novio.

—No me has oído bien —declara—. He dicho tu «no novio».

Observamos a Miller sentarse a la mesa donde come siempre. Se pone a hablar con un tipo llamado Efren. Lo conozco de la clase de teatro, pero no coincide con ninguna de las peticiones de Lexie. Con ninguna de sus exigencias, más bien.

Efren es moreno, es más bajo que Lexie y para nada tiene complexión atlética. Se vino a vivir aquí desde Filipinas hace unos años, antes de comenzar la escuela. Efren le dirige una sonrisa a Lexie desde el otro extremo del comedor, pero ella gime y se lleva una mano a la cara para no verlo.

—¿Va en serio? ¿Efren Beltran?

—Hice teatro con él. Es muy agradable. Y guapo.

Lexie me mira con los ojos desorbitados, como si la estuviera traicionando.

—¡Mide solo metro setenta! —Tapada con la mano, echa un vistazo a través de los dedos y ve que Miller viene de vuelta hacia la mesa acompañado de Efren. Gime y deja caer la mano, pero no esconde su decepción con la elección de Miller.

—Les presento a Efren —dice Miller—. Efren, te presento a Lexie.

Lexie mira a Miller con los ojos entornados y a continuación desvía lentamente la mirada hacia Efren.

—¿Eres católico siquiera?

Efren toma asiento a su lado. Parece que, en vez de sentirse insultado, la reacción de Lexie lo divierte.

—No, pero vivo a setecientos metros de una iglesia católica. Y no tendría problemas en convertirme.

Desde ya me cae bien, pero tengo la sensación de que no será tan sencillo vendérselo a Lexie.

—Pareces no tener demasiada experiencia —le dice ella, casi como una acusación—. ¿Has tenido alguna novia ya?

—¿Por internet está bien? —pregunta Efren.

—No. Desde luego que no.

—Entonces... no.

Lexie hace un gesto de negación.

Miller interviene mirando a Efren.

—Pensaba que habías salido un tiempo con Ashton. Eso cuenta, ¿verdad?

Efren le indica que no cuenta negando con la cabeza.

—Se quedó en nada antes de comenzar.

—Qué mal —exclama Miller.

—¿Cuánto mide tu padre? —le pregunta Lexie—. ¿Crees que has acabado de crecer?

—No lo sé —admite Efren encogiéndose de hombros—. Mi padre se fue de casa cuando yo tenía tres años. No tengo ni idea de qué aspecto tiene.

Noto que, aunque de manera muy sutil, Lexie levanta una ceja.

—El mío también. El día de Navidad.

—Eso explica tu actitud —concluye Efren.

Lexie se encoge de hombros.

—No lo sé. Creo que ya la tenía antes de cumplir los tres años. Lo más probable es que mi padre se fuera por mi actitud.

Efren muestra su acuerdo asintiendo con la cabeza.

—Seguramente. Si comenzamos a salir, no te acostumbres demasiado a mí, porque lo más probable es que me canse de tu actitud y me largue también.

Lexie intenta no sonreír ante su respuesta, pero estoy bastante segura de que el sarcasmo de Efren le parece más sensual que su altura, si tuviera ese metro ochenta.

La verdad es que no esperaba que este tema fuera a ninguna parte, pero de momento están empatados por molestarse. Tal vez ella acabe dejándolo que la invite a salir.

Miro hacia Miller, que me dirige una sonrisa maliciosa antes de morder otra papa chip.

—Es muy buen tipo, de verdad —susurra—. Si le da una oportunidad, quizá se lleve una sorpresa. —Toma otra papa y la lleva a mi boca. La muerdo, y a continuación él se inclina y me besa.

Es un piquito, dura quizá un par de segundos, pero son dos segundos de más, porque un instante después alguien nos da unos golpecitos en el hombro. Levantamos la vista y vemos a la encargada del comedor, que nos fulmina con la mirada.

—No se permiten las demostraciones públicas de afecto en la cafetería. Toman las bandejas y síganme. Están castigados.

Miro a Miller y niego con la cabeza.

—Llevo solo catorce horas saliendo contigo y ya me has metido en problemas.

Miller se ríe.

—Has estado haciendo cosas ilegales a mi lado desde mucho antes. ¿Te has olvidado de la señal?

—En marcha —dice la encargada.

La mujer nos sigue mientras vamos a dejar las bandejas. En un momento en que ella no mira, Miller pesca la bolsa de papas de la mía, se la mete en la parte delantera de los jeans y la cubre con la camiseta.

La encargada nos lleva a la biblioteca, donde nos inscribe como castigados. En la vida me habían castigado durante la hora de la comida. Es la primera vez, pero la verdad es que la idea me excita un poco.

Nos sentamos a una mesa vacía. El profesor encargado de vigilar está jugando a algo en el celular con las piernas sobre el escritorio. No nos presta la menor atención.

Miller comienza a mover la silla poco a poco para que no se note. Me recuerda a la manera en que ha estado desplazando la señal del límite de la ciudad.

Al final se acaba sentando tan cerca de mí que nuestros muslos y nuestros brazos quedan en contacto. Me gusta esa proximidad. Me gusta cómo me siento al estar cerca de él. También me gusta su olor. Por lo general huele a gel de baño. Axe, quizá. A veces huele a paleta. Pero ahora mismo huele a Doritos.

Me ruge el estómago, así que Miller se recuesta sobre la silla con cuidado y se mete la mano en la cintura de los jeans. Se saca la bolsa de papas y tose un poco al abrirla, para ocultar el ruido de la bolsa al arrugarse.

El profesor encargado de vigilar mira hacia nosotros. Miller baja la vista hacia la mesa e intenta parecer inocente. Cuando el tipo vuelve a centrarse en su juego, Miller me ofrece la bolsa de papas. Están machacadas, así que tomo la más entera que encuentro y me la meto en la boca antes de que el profesor se dé cuenta.

Nos comemos la bolsa entera de esa manera, tomando trocitos de papa por turnos y a escondidas, chupándolos para que se humedezcan y no crujan. Después de acabárnoslas, me limpio las manos en los jeans y levanto un brazo.

—¿Disculpe? —El profesor encargado de vigilar levanta la mirada—. ¿Podemos tomar un libro para leer?

—Adelante. Tienen sesenta segundos.

Unos instantes después, los dos acabamos en el mismo pasillo y la boca de Miller se encuentra con la mía mientras pego la espalda a una estantería llena de libros. Nos reímos a la vez que nos besamos, todo ello intentando no hacer ruido.

—Nos van a castigar otra vez —le advierto con un susurro.

—Eso espero. —Su boca regresa a la mía y ahora los dos tenemos sabor a Doritos. Sus manos se deslizan desde mis mejillas hasta mi cintura. Su lengua es suave, pero sus besos son rápidos—. Será mejor que nos demos prisa. Solo nos quedan treinta segundos.

Asiento con la cabeza, pero le rodeo el cuello con los brazos y lo atraigo aún más hacia mí. Él mantiene las manos sobre mis caderas.

—Ven al cine esta noche —musita.

—¿Tienes que trabajar?

Asiente con la cabeza.

—Sí, pero te puedo meter gratis. Y esta vez habrá palomitas recién hechas.

—Me has convencido.

Me da un beso rápido en la mejilla y toma un libro al azar de la estantería que queda a mi espalda. Yo tomo otro y volvemos a nuestros asientos.

Me cuesta estarme quieta. Me ha dejado completamente alterada, y tengo ganas de tomarlo de la mano o de besarlo de nuevo, pero tenemos que conformarnos con juntar nuestros pies. Al cabo de un rato, Miller se inclina hacia mí y me pregunta con un susurro:

—¿Te importa que intercambiemos los libros?

Miro hacia el suyo, y él lo cierra para que pueda leer la cubierta. *Una guía ilustrada del ciclo reproductivo femenino.*

Me tapo la boca con la mano para que no se me note la risa y le paso mi libro.

Lexie aparece mientras estamos los dos frente a mi casillero después del castigo. Hace cuña con el cuerpo para meterse entre Miller y yo.

—Es gracioso. —Creo que se refiere a Efren—. Bajito pero gracioso.

—Deberían venir los dos al cine conmigo esta noche —le propongo.

Lexie finge una arcada.

—Desde que me conoces, en todos estos años, ¿he ido al cine alguna vez contigo?

Lo pienso y... no, no lo ha hecho. Es solo que no me lo había planteado nunca.

—¿Tienes algo en contra de las salas de cine? —pregunta Miller.

—Uuuh, sí. Son repugnantes. ¿Sabes la cantidad de semen que puede haber en una butaca de cine?

—Qué asco —replico—. ¿Cuánto?

—No lo sé, pero deberían investigarlo. —Lexie cierra el casillero y se aleja.

Miller y yo nos quedamos mirándola.

—Una chica interesante —dice él.

—Lo es. Pero ya no estoy tan segura de querer ir al cine esta noche.

Miller se inclina hacia mí.

—Yo me encargo de limpiar las salas, y están impecables. Más te vale aparecer. ¿A las siete?

—Está bien. Allí estaré. Pero sería genial si pudieras desinfectar la última fila de cada sala. —Miller se inclina para darme un beso de despedida, pero le aparto la cara con la mano—. No quiero que vuelvan a castigarme.

Él se echa hacia atrás riéndose.

—Te veo dentro de seis horas.

—Hasta luego.

No le digo que existe la posibilidad de que no vaya. Aún me falta hablarlo con mi madre. Después de lo que ha pasado hoy en el pasillo, está claro que no quiere que salga con Miller. Lo más probable es que, al salir de clase, me vaya a casa de Lexie un rato, y que luego le mienta y le diga que me voy al cine con ella.

Cada vez se me da mejor esto de mentirle. Resulta mucho más fácil que contarle la verdad.

19

Morgan

Jonah llama con suavidad a la puerta antes de abrirla.

Cuando entra, yo estoy en el sofá con Elijah, que se ha quedado dormido.

—He pasado a buscarlo justo antes de que lo pusieran a tomar la siesta —le digo con un susurro.

Jonah mira a Elijah y sonríe.

—Duermen tanto a esta edad... Casi lo detesto.

Me río en silencio.

—Ya lo echarás de menos cuando comience a negarse a dormir entre horas.

Jonah hace un gesto con la cabeza en dirección al garage.

—No he tenido tiempo de pasar por casa después del trabajo. ¿Te importa si intento abrir la caja de herramientas de Chris?

Le doy mi consentimiento. Jonah se dirige hacia el garage. Yo pongo a Elijah en su bambineto y lo llevo hasta el extremo más alejado de la sala, con la esperanza de que no lo despierte el ruido procedente de la cocina.

Jonah vuelve a entrar en la casa con la caja de herramientas de Chris y la lleva a la cocina. Lo sigo para ayudarlo con la puerta.

Le doy un cuchillo y él tarda unos pocos segundos en forzar la cerradura. Abre la tapa y levanta la bandeja superior para poder buscar en la sección más amplia que hay debajo.

Una expresión de perplejidad aparece de repente en su rostro. Esa expresión me lleva a acercarme para mirar lo que hay dentro de la caja de herramientas.

Los dos nos quedamos observando el contenido que permanecía oculto bajo la bandeja superior.

Sobres. Cartas. Tarjetas. Todo ello dirigido a Chris.

—¿Son tuyas? —pregunta Jonah.

Niego con la cabeza y doy un paso hacia atrás, como si la distancia fuera a hacer que desaparecieran. Cada vez que tengo la sensación de que una de mis muchas heridas comienza a curarse, algo sucede y la abre de nuevo.

En todos los sobres aparece escrito el nombre de Chris con la letra de Jenny. Jonah los está hojeando.

Se me acelera el corazón, consciente de que dentro de esos sobres podría hallarse la respuesta a todos nuestros interrogantes. ¿Cuándo comenzó todo? ¿Estaba Chris enamorado de ella? ¿La amaba más que a mí?

—¿Las piensas leer? —le digo a Jonah.

Él niega con la cabeza muy convencido. Su decisión es definitiva. Envidio su falta de curiosidad. Me da todas las cartas a mí.

—Haz lo que tengas que hacer, pero a mí no me importa lo que digan.

Me quedo mirando las cartas que tengo entre las manos.

Jonah toma la herramienta que necesitaba de la caja, la aparta a un lado y se pone a trabajar en la última y resistente bisagra.

Llevo las cartas a mi habitación y las dejo caer sobre la cama. Incluso sostenerlas resulta demasiado doloroso. No quiero verlas mientras Jonah esté aquí, así que salgo de la habitación y cierro la puerta. Ya me enfrentaré a ellas más tarde.

Me subo a la barra de la cocina y me miro los pies; por mucho que me esfuerce no logro pensar más que en las cartas.

Leerlas... ¿me permitirá pasar página o no hará más que ahondar en la herida?

Una parte de mí teme que las cosas empeoren. Los pequeños recuerdos que tengo ya son bastante malos. Como el de esta mañana, que ha estado a punto de hacerme llorar.

El año pasado, una semana antes del cumpleaños de Chris, Jenny y yo fuimos al centro. Ella estaba empecinada en comprarle un cuadro abstracto en particular que había visto expuesto en una tienda. En todos los años que pasamos casados, no oí una sola vez que Chris sintiera algún interés por el arte. Pero a Jenny el cuadro le recordaba por algún motivo a Chris. Nunca pensé demasiado en ello. Al fin y al cabo era su cuñada. Yo estaba encantada de que se llevaran tan bien.

El cuadro está colgado encima del mueble de cocina que tengo pegado a la pared.

Lo estoy observando ahora mismo.

—El año pasado, Jenny se empeñó en comprarle ese cuadro a Chris por su cumpleaños.

Jonah deja lo que está haciendo y mira por encima del hombro. Entonces sus ojos se desplazan rápidamente hacia mí y vuelve a concentrarse en la puerta.

—Le dije que no le iba a gustar nada, ¿y sabes lo que me contestó?

—¿Qué te contestó? —replica Jonah.

—Me contestó: «No lo conoces tan bien como yo». —Jonah tensa los hombros, pero no dice nada—. Recuerdo que me reí, porque pensé que estaba bromeando. Pero ahora, sabiendo lo que sabemos, creo que lo dijo en serio. Dijo en serio que conocía a mi marido mejor que yo, y no creo que quisiera decirlo en voz alta. Ahora, cada vez que miro ese cuadro, no puedo dejar de preguntarme por la historia que se esconde tras él. ¿Estaban juntos la primera vez que él lo vio? ¿Le dijo que le encantaba? Pensaba que todos los recuerdos que guardaba de ellos eran inamovibles. Pero, cuantas más vueltas le doy, cuanto más pienso en ellos, más se altera su forma. Y no me gusta nada.

Jonah descuelga. La apoya contra la pared, se apoya sobre la barra y toma un caramelo. Me sorprende que se lo meta en la boca.

—Odias la sandía.

—¿Eh?

—Te acabas de comer un caramelo de sandía. Antes los odiabas.

Él no responde a mi observación. Comienza a hablar con la mirada fija en el cuadro.

—La noche antes de su muerte, cuando estábamos todos cenando a la mesa... Chris le preguntó a Jenny si estaba emocionada por lo del día siguiente. Y no pensé nada raro cuando ella contestó: «No lo sabes tú bien», porque se suponía que tenía que volver al trabajo y asumí que se referían a eso. Pero hablaban de estar juntos en el Langford. Lo comentaron delante de nosotros.

No había pensado en ese momento. Pero Jonah tiene razón. Jenny miró a Chris a los ojos y más o menos le dijo que estaba emocionada ante la idea de acostarse con él. Se me eriza la piel de los brazos, y me la froto para alejar el escalofrío.

—Los odio. Los odio porque te mintieron con Elijah. Los odio porque nos lo restregaron por la cara.

Los dos estamos mirando el cuadro.

—Es un cuadro muy feo —comenta Jonah.

—La verdad es que sí. Elijah podría pintar algo mejor.

Jonah abre el refrigerador y saca una caja de huevos. Después de que la puerta del refrigerador se cierre sola, abre la caja y extrae un huevo, lo envuelve en su mano. Acto seguido lo lanza contra el cuadro. Veo la yema resbalar por el lado derecho de la pintura hasta que cae al suelo.

«Espero que sea consciente de que esto lo va a limpiar él.»

Jonah está frente a mí, con otro huevo en la mano.

—Pruébalo. Te hará sentir bien.

Tomo el huevo y me bajo de la barra. Cargo el brazo como si fuera a lanzar una pelota de *softball* y lo tiro contra el cuadro. Jonah tiene razón. Verlo manchar un recuerdo que Jenny y Chris crearon juntos hace que me sienta bien. Tomo otro huevo de la caja y lo lanzo. Y otro.

Por desgracia solo quedaban cuatro huevos en la caja, así que se acaban justo cuando a mí me entra la sensación de que no he hecho más que empezar.

—Busca otra cosa —digo instando a Jonah a que abra el refrigerador.

Hay algo, en el hecho de destruir uno de sus recuerdos, que me provoca una oleada de adrenalina, y ni siquiera era consciente de haber estado echándola de menos. Me pongo a saltar de puntillas, preparada para lanzar algo más, y Jonah me pasa un recipiente de pudin de chocolate. La miro, me encojo de hombros y se la tiro al cuadro. Una punta del plástico atraviesa el lienzo.

—Era para que lo abrieras antes, pero ha funcionado igual.

Me río y acepto otro pudin, le abro la tapa e intento arrojar su contenido contra el cuadro, pero este es demasiado espeso y cuesta sacarlo. No resulta tan satisfactorio como el huevo, pero entonces meto los dedos en el recipiente, me dirijo hacia el cuadro y me pongo a untar el lienzo con el chocolate.

Jonah me pasa algo más.

—Ten. Usa esto.

Miro el frasco de mayonesa y sonrío.

—Chris odiaba la mayonesa.

—Ya lo sé —admite Jonah con una sonrisa.

Meto toda la mano en el frasco y saco un pegote frío de mayonesa con el que unto la mayor superficie de lienzo posible. Jonah viene a mi lado y se pone a rociar el cuadro con mostaza. Por lo general estaría nerviosa por la porquería que estamos haciendo, pero la satisfacción que siento supera ampliamente el espanto ante la limpieza que tendré que hacer.

Además, la verdad es que me estoy riendo. Es un sonido tan extraño que me entran ganas de untar mayonesa por toda la casa solo para mantener esta sensación.

Me he gastado casi el frasco entero de mayonesa manchando el cuadro cuando Jonah se pone con el bote de cátsup.

«Dios, me siento muy bien haciendo esto.»

Ya estoy pensando qué otras cosas hay en la casa que puedan esconder recuerdos ocultos de Jenny y Chris, y que nosotros podamos destruir. Seguro que también hay cosas en casa de Jonah. Y es posible que a él le queden más huevos que a mí.

El frasco de mayonesa se acaba al fin. Intento voltearme para ir en busca de algo más que pueda tirar, pero la combinación entre mis pies descalzos, la yema de huevo y los azulejos del suelo no ayuda a que la superficie resulte demasiado fiable. Resbalo y en mi caída agarro a Jonah del brazo. En cuestión de segundos, los dos estamos tirados de espaldas sobre el suelo de la cocina. Jonah intenta incorporarse, pero el desastre que hemos montado llega a todas partes. Las palmas de las manos le resbalan sobre los azulejos y vuelve a caer de espaldas.

Me río con tanta fuerza que he de rodar para ponerme en posición fetal porque tengo la sensación de estar utilizando músculos que llevaba una eternidad sin usar. Es la primera vez que me río desde la muerte de Chris y Jenny.

También es la primera vez que oigo reír a Jonah desde entonces.

«De hecho... no lo había oído reír desde que éramos adolescentes.»

Las carcajadas comienzan a apagarse. Suspiro justo cuando Jonah voltea la cabeza hacia mí.

Ya no se ríe. Ni siquiera está sonriendo. De hecho, todo lo que tenía de graciosa esta escena parece quedar olvidado en cuanto nos miramos a los ojos, porque se ha hecho el silencio.

La adrenalina que me recorre el cuerpo comienza a cambiar de forma, pasa de la necesidad de destruir un cuadro a transformarse en otra necesidad completamente diferente. Resulta estremecedor, el salto entre un momento tan gracioso y otro tan serio. Y ni siquiera sé por qué ha sucedido así, pero lo ha hecho.

Jonah traga saliva, y en un susurro rasgado me dice:

—Nunca he odiado los caramelos de sandía. Solo te los guardaba porque sabía que eran tu sabor favorito.

Sus palabras ruedan sobre mí, hacen que las partes más frías de mi ser entren lentamente en calor. Me quedo mirándolo sin decir nada, no porque me falten las palabras, sino porque es posible que sea lo más dulce que me haya dicho nunca un hombre, y ese hombre no es mi marido.

Jonah estira el brazo, aparta un mechón de cabello pegajoso que se me había quedado adherido a la mejilla. En cuanto me toca tengo la sensación de que hemos regresado a aquella noche, y de que estamos sentados juntos en una manta sobre la hierba, frente al lago. Jonah me está mirando igual que entonces, justo antes de que dijera con un susurro: «Me da miedo que nos hayamos equivocado».

Me da la impresión de que está a punto de besarme y no tengo ni idea de cómo voy a reaccionar, porque no estoy preparada para esto. Ni siquiera lo deseo. Que nos diéramos un beso vendría acompañado de complicaciones.

Entonces ¿por qué me inclino hacia él?

¿Por qué tengo la mano en su cabello?

¿Por qué estoy completamente atrapada, preguntándome qué sabor tendrá?

Al margen de nuestras respiraciones, cada vez más aceleradas, la cocina está en silencio. Es un silencio tal que puedo oír el zumbido del motor del coche de Clara cuando entra en el camino de acceso.

Jonah me deja ir y rueda con rapidez sobre su espalda.

Yo me incorporo de golpe, jadeo en busca de aire. Los dos nos ponemos de pie y nos lanzamos a limpiar de inmediato.

20

Clara

El coche de Jonah está en el camino de acceso. Con un poco de suerte no habrá vuelto a perder la cabeza y no habrá venido a dejarnos a Elijah durante una semana más. Es lo último que mi madre y yo necesitamos en este momento.

No sé qué es lo que necesitamos, pero necesitamos algo. ¿Una confrontación? ¿Unas vacaciones cada una por su cuenta?

Con suerte, estará tan dispuesta como yo a olvidar lo que ha pasado hoy en la escuela. Si hay algo que me gusta de mi madre es su capacidad para evitar el enfrentamiento cuando necesita tiempo para reflexionar sobre algo. No quiero tener que quedarme en casa esta noche para hablar del tema, porque lo único que deseo es entrar, cambiarme de ropa e irme al cine a ver a Miller. «Pero dudo que vaya a ser tan sencillo.»

Al entrar en casa veo a Elijah dormido en su bambineto, que está pegado a la pared. Me dirijo hacia él para darle un beso rápido, pero lo que sucede en la cocina capta mi atención.

Ya no hay puerta, pero eso no es lo más extraño.

Lo más extraño tiene que ver con Jonah y mi madre. Y la suciedad.

Mi madre está a cuatro patas, restregando el suelo con toallas de papel. Jonah está descolgando el cuadro que la tía Jenny le compró a papá por su cumpleaños. Está lleno de manchas.

Inclino la cabeza intentando verlo más de cerca, pero no logro identificar con exactitud de qué se trata.

«¿Es comida?»

Tengo que dar algunos pasos hacia la cocina antes de lograr que encaje todo. Sobre la barra hay un frasco de mayonesa y una caja de huevos, vacíos ambos. Recipientes de pudin también vacíos por el suelo. Comida en la camisa de Jonah y en el pelo de mi madre.

«¿Qué demonios?»

—¿Han hecho una lucha de comida?

Mi madre voltea la cabeza rápidamente hacia mí. No tenía ni idea de mi presencia. Jonah gira sobre sus talones y está a punto de resbalarse. Deja caer el cuadro, pero logra agarrarse a la barra. Los dos intercambian una mirada, y a continuación vuelven a mirarme a mí.

—Ejem —dice Jonah tartamudeando—. Sí, ejem... la verdad es que no tenemos una explicación aceptable para todo esto.

Levanto una ceja, pero me guardo mis ideas para mí misma. Si no les juzgo por comportarse de una manera tan extraña, quizá ellos no me juzgarán por que no quiera quedarme aquí.

—Esta bien. Bueno... me voy al cine con Lexie.

Me quedo a la espera de que mi madre proteste, pero hace lo opuesto.

—Mi bolsa está sobre el sofá, por si necesitas dinero.

Entorno los ojos recelosa. «¿Me estará poniendo a prueba?» Quizá se sienta culpable por lo que me ha dicho hoy.

Hay algo que no funciona, pero, si me quedo aquí más tiempo, es posible que ella también se dé cuenta. Me doy media vuelta y me dirijo hacia mi habitación para cambiarme. No me molesto en sacar dinero de su bolsa. De todos modos, Miller nunca me cobra.

En cuanto entro en el edificio, a Miller se le ilumina la cara. Deja todo lo que estaba haciendo y rodea el mostrador. No hay nadie cerca, así que me da un abrazo y me besa.

—Ve a la sala uno. Yo voy dentro de cinco minutos.

—Pero... —Señalo hacia el puesto de comida—. Palomitas.

Él se ríe.

—Yo te las llevo.

Me dirijo a la sala 1, y me sorprende ver que está completamente vacía y que tiene las luces encendidas. Ni siquiera están proyectando algo en la pantalla. Como siempre, me quedo en la última fila y espero a Miller. Mientras tanto, busco la guía del cine en mi celular para saber lo que hay programado en esa sala.

«Nada.»

La última función fue el de una película de dibujos animados, y se acabó hace una hora.

Le escribo un mensaje a Miller.

¿Me has dicho la sala 1? Porque aquí no pasan nada esta noche.

Quédate ahí. Ya voy.

Miller dobla la esquina un par de minutos más tarde con una bandeja de comida en las manos. Nachos, hot dogs, palomitas y un par de bebidas. Viene hasta la última fila y se sienta a mi lado.

—Tengo la sensación de que hoy en la escuela hemos sido maltratados —dice—. Estoy bastante seguro de que hay una ley que dice que los alumnos tienen que comer. Por mucho que eso signifique que tengamos que llevarnos la comida a la sala de castigo con nosotros. —Me da uno de los refrescos y deja la bandeja de comida haciendo equilibrio sobre el respaldo de los asientos que tenemos delante—. Steven me debe como cinco favores, así que se encargará de atender el puesto de comida durante la próxima hora.

Tomo un hot dog y un sobre de mostaza.

—Estupendo. ¿Eso significa que esto es una cita?

—No te acostumbres. Por lo general no me tomo tantas molestias.

Nos pasamos los siguientes minutos comiendo y hablando. Dejo que él lleve la voz cantante, porque me resulta agradable. Está animado y sonríe mucho, y cada vez que me toca se me llena el estómago de las típicas mariposas.

Cuando Miller acaba de comer se saca una paleta del bolsillo.

—¿Quieres una?

Extiendo la mano, así que se saca otra y me la da.

—¿Llevas siempre contigo un montón de paletas? No paras de comértelas...

—Tengo un problema de bruxismo. Las paletas me ayudan.

—Como sigas comiéndotelas a este ritmo, se te quitará el bruxismo porque no te quedarán dientes.

—Nunca he tenido una sola caries. Y no actúes como si no te gustara mi sabor.

Sonrío.

—Tienes un sabor bastante bueno.

—Shelby odiaba mi adicción a las paletas —afirma—. Según ella, me dejan los labios pegajosos.

—¿Quién? —Se lo pregunto en broma, pero él se lo toma como si me hubiera sentido insultada por la mención.

—Lo siento. No pretendía caer en eso. No quiero ser el típico novio que se pone a hablar de su ex.

—En realidad, tengo un montón de preguntas, pero no quiero ser la típica novia que obliga a su novio a hablar sobre su ex.

Él se saca la paleta de la boca.

—¿Qué quieres saber?

Me quedo un instante reflexionando sobre su pregunta. Son muchas las cosas que quiero saber, pero le pregunto la más apremiante.

—Aquel día, cuando Shelby cortó contigo después de que yo te llevara en coche, ¿por qué te quedaste tan triste? —Me he estado preguntando por qué pareció sentirse tan afectado ese día mientras que ahora está completamente en paz. Me preocupa que pueda estar ocultando algo.

Me pasa el dedo con suavidad por la coronilla.

—No estaba necesariamente molesto por el hecho de que hubiera cortado conmigo. Me afectó que pensara que le había puesto los cuernos. No quería que pensara eso, así que me empeciné en que me creyera.

—¿Sabe que cortaste con ella por mí?

—No corté con ella por ti.

—Oh —exclamo un tanto perpleja—. Por cómo lo planteaste pensé que había sido así.

Miller se remueve en el asiento y entrelaza los dedos con los míos.

—Corté con ella porque esa noche, cuando me fui a la cama, no lo hice pensando en ella. Y a la mañana siguiente no me levanté pensando en ella. Pero no corté con ella solo para salir contigo. Habría cortado con ella independientemente de que tú y yo acabáramos saliendo juntos o no.

No parece que haya demasiadas diferencias entre cortar con alguien para estar con otra persona o hacerlo a causa de esa otra persona, pero cuando él lo explica tiene todo el sentido del mundo.

—¿Se te ha hecho extraño adaptarte? Estuvieron juntos mucho tiempo.

Él se encoge de hombros.

—Ha habido cambios. A su madre no le importaba que me quedara a dormir los fines de semana en su casa, así que he tenido que acostumbrarme un poco a las noches de sábado con el yayo.

—¿Su madre te dejaba que te quedaras a dormir en su casa? Quieres decir... ¿en su cama?

—Es poco habitual, ya lo sé. Pero sus padres son bastante tolerantes en muchos aspectos. Y, técnicamente, Shelby es una adulta que está en la universidad. Supongo que tuvo bastante que ver con eso.

—Mi madre no permitirá nunca que te quedes a pasar la noche. Solo te lo digo.

Miller se ríe.

—Ya me lo imagino, créeme. Me sorprenderá incluso que me permita visitarte a plena luz del día.

No me gusta nada que lo vea de ese modo. No me gusta nada que mi madre haya hecho que se sienta así. Y, si he de ser sincera, me preocupa que más adelante, en caso de que ella nunca lo acepte como mi novio, él pueda sentirse disgustado.

No puedo creer lo que estoy diciendo. Miller Adams... es mi novio.

Estamos cara a cara, los dos tenemos el cuerpo girado sobre el asiento hacia el otro. El silencio es tan grande que se oye el rumor de la película que están proyectando en la sala de al lado.

Intento no pensar en lo que me acaba de decir, porque ahora me preocupan todas las veces que se quedó a dormir en casa de Shelby. Todas las veces que durmió en su cama. ¿Acabará echándolo de menos? Nunca he practicado el sexo y, por la manera en que se ha estado comportando, dudo que mi madre deje que Miller se quede algún día a dormir. Es posible que incluso me prohíba salir con él, que intente hacer que cortemos. Espero que no, pero tal como ha estado actuando durante este último mes no puedo descartarlo.

Tengo la sensación de que Miller ha sido completamente sincero conmigo, así que quiero hacer lo mismo. Me quito la paleta de la boca y me quedo mirándola.

—Bueno, solo para que lo sepas, soy virgen.

—Conozco un remedio para eso —replica él.

Mis ojos salen disparados hacia él, pero entonces se echa a reír.

—Es una broma, Clara. —Se inclina hacia mí y me da un beso en el hombro—. Me alegra que me lo hayas contado, pero no tengo ninguna prisa. Para nada.

—Da igual. Estás acostumbrado a tener relaciones sexuales cada fin de semana. Al final te aburrirás de no practicar sexo y volverás con Shelby. —De inmediato me tapo la boca con la mano—. Ay, Dios mío, ¿por qué he sonado tan insegura? Por favor, haz como si no hubiera dicho nada de eso.

Él se ríe un poco, pero acto seguido me mira fijamente.

—No tienes por qué preocuparte. Ya estoy recibiendo más de ti sin acostarme contigo de lo que saqué durante toda mi relación con ella.

Me gusta tanto... Me gusta más de lo que creía posible. Cada minuto que pasamos juntos me gusta un poco más que el minuto anterior.

—Cuando decida que estoy preparada... espero que sea contigo.

Eso hace que Miller sonría.

—Confía en mí..., no intentaré convencerte de lo contrario.

Pienso en cómo será nuestra primera noche. En cuándo será. Le dirijo una mirada y le sonrío.

—Nuestro primer beso fue el típico beso de cafetería. Quizá también debería perder la virginidad siguiendo un tópico.

Miller levanta una ceja.

—No lo sé. Es posible que nos echen para siempre del Starbucks.

Me río.

—Me refiero al baile de fin de curso. Faltan cinco meses. Si seguimos juntos, me gustaría perder la virginidad contigo después del baile, siguiendo el tópico.

Las palabras que he elegido hacen que Miller se ría. Entonces se saca la paleta de la boca, me quita la mía de la mano, y las deja sobre la bandeja de comida. Se inclina hacia mí y me da un beso corto. Al apartarse me comenta:

—Te estás precipitando. Ni siquiera te he pedido que vayas al baile de fin de curso conmigo.

—Pues deberías hacerlo.

—¿No quieres que sea una de esas *promposiciones* tan elaboradas?

Niego con la cabeza.

—Las *promposiciones* son una estupidez. No quiero nada elaborado.

Él vacila, quizá porque no acaba de creerme. Entonces asiente con la cabeza una vez y dice:

—Muy bien. Clara Grant, ¿quieres venir al baile de fin de curso conmigo para después acostarnos tal como dictan los tópicos?

—Me encantaría.

Miller sonríe y me besa. Yo le devuelvo el beso con una sonrisa, pero también siento que una parte de mí se viene abajo.

«A la tía Jenny le habría encantado esta historia.»

21

Morgan

Es posible que nunca haya tenido la cocina tan limpia. No sé si debe a que Jonah limpia de maravilla (él se ha encargado de la mayor parte) o a que ha intentado borrar todas las pruebas del beso que hemos estado a punto de darnos para que no quede ningún recuerdo de él.

Mi sentimiento de culpa ha sido evidente desde el momento en que Clara se ha ido al cine. Jonah debe de estar igual, porque no nos hemos dirigido una sola palabra mientras limpiábamos. Y, en cuanto Elijah ha empezado a despertarse, me he ofrecido a darle de comer, porque tengo la sensación de que lo único que estoy haciendo bien en mi vida tiene que ver con este bebé. Y parece que comienza a reconocerme, porque sonríe cuando me ve.

Llevo una hora entreteniéndolo en la sala. Jonah ha limpiado toda la cocina. No esperaba que lo hiciera, e incluso en un momento dado le he dicho que no se molestara, pero él ha seguido haciéndolo. Me habría encargado yo, pero la verdad es que ha sido un alivio que Elijah se despertara. Ahora mismo prefiero no coincidir con Jonah en la misma habitación.

Elijah está cada vez más fuerte. Estoy sentada en el sofá, sosteniéndolo, mientras él me da pataditas contra el estómago.

Me pongo a hacer ruiditos infantiles cuando veo que Jonah se lleva la puerta de la cocina hacia el garage.

Elijah bosteza, así que me lo pongo contra el pecho y le doy unos golpecitos suaves en la espalda. A esta hora ya suele estar dormido y, pese a la siesta de treinta minutos que ha tomado mientras Jonah y yo destrozábamos la cocina, parece estar a punto de quedarse dormido. Noto que su cuerpo se relaja contra mi pecho mientras se sume en un sueño ligero. Pego la cara contra su coronilla y lo único que deseo es dejar de sentirme triste cada vez que pienso en el destino que le ha tocado.

Tiene suerte de contar con Jonah, un hombre que ha dado un paso al frente pese a saber que existen muchísimas probabilidades de que no sea su padre. Espero, por el bien de Jonah, que Elijah no se enfade con él si se entera algún día. Espero, en cambio, que eso haga que Elijah lo aprecie todavía más.

Jonah entra en la sala y sonríe al ver a Elijah dormido contra mi pecho. Se sienta en el sofá, a nuestro lado, y le frota la espalda al niño con una mano. Elijah suelta un suspiro silencioso y, cuando miro a Jonah, veo que él me está mirando a mí. Se ha sentado tan cerca que nuestras piernas se tocan.

Las emociones que se presentaron antes en la cocina de manera tan inesperada vuelven a despertarse de golpe. Tenía la esperanza de que se hubiera tratado de una casualidad, y de que esta reacción que Jonah provoca en mí fuera a permanecer latente de ahora en adelante.

—Córrete un poco —le susurro.

Jonah entorna los ojos, como si no comprendiera mi indicación.

—Estás demasiado cerca. Necesito espacio.

Eso sí lo entiende. Parece hasta un poco sorprendido por mi reacción. Se traslada al otro extremo del sofá con gran dramatismo. Ahora siento que lo he ofendido.

—Perdón —me disculpo—. Es solo que... estoy confundida.

—No pasa nada —me tranquiliza Jonah.

Estiro el cuello para mirar a Elijah. Está lo bastante dormido para que pueda ponerlo otra vez en el bambineto. Lo hago porque necesito aire fresco. Después de colocarlo con suavidad sobre el colchón, me quedo esperando para asegurarme de que no se despierta. A continuación lo tapo.

Me pongo de pie y me dirijo al patio trasero sin mirar a Jonah. Estoy segura de que me va a seguir, tanto si se lo pido como si no. Y, sinceramente, tenemos que discutir lo que ha estado a punto de suceder en la cocina, porque lo último que necesito es que Jonah crea que ahí hay algún tipo de posibilidad.

Jonah cierra la puerta corredera de cristal detrás de mí. Comienzo a pasearme por el patio, mirando el empedrado entre mis pies. Chris lo puso hace unos años. Jenny y yo lo ayudamos, y recuerdo que nos divertimos muchísimo. No dejamos de burlarnos de Chris porque, por algún motivo, siempre que salía a trabajar al jardín escuchaba a John Denver y se ponía a cantar a todo pulmón. Nunca escuchaba a John Denver en otros momentos. Solo cuando trabajaba en el jardín. Jenny y yo estuvimos todo el rato riéndonos de él, así que nos hizo entrar, cerró la puerta y acabó el patio sin nosotras.

Me pregunto si ya estaban en una relación desde entonces.

Me pregunto, más a menudo de lo que debería, cuándo comenzó. No sé por qué tengo la esperanza de que fuera algo reciente. La idea de que su aventura se desarrollara a lo largo de los años hace que se vuelva algo más personal. Supongo que, si me armo de valor y leo las cartas que hemos encontrado antes, quizá descubra algunas respuestas para las muchas preguntas que tengo.

Jonah se sienta en la silla favorita de Chris. Se la regaló Jenny.

«Dios mío, ¿cómo pude ser tan estúpida? ¿Qué pareja de cuñados podría llevarse tan bien como ellos dos? ¿Por qué no me di cuenta nunca?»

—Siéntate —me pide Jonah—. Me pone nervioso que estés de un lado para el otro.

Me dejo caer en la silla contigua a la suya. Cierro los ojos un segundo intentando contener los recuerdos. No quiero pensar en todas las cosas de esta casa que vinculan a Jenny y Chris. Ya he destrozado el cuadro. No quiero tener que destrozar los muebles del patio, ni cualquier otra cosa que suela utilizar yo misma.

Abro los ojos y miro a Jonah, que tiene la cabeza apoyada cómodamente en el respaldo de la silla. Está girada hacia mí, pero él no dice nada. Jonah suele pensar mucho, pero no lo expresa.

No sé por qué, pero el silencio me irrita.

—Di algo. Esto está demasiado tranquilo.

Como si ya tuviera las palabras en la punta de la lengua, me pregunta:

—Si no hubieras quedado embarazada de Clara, ¿habrías dejado a Chris?

—¿Qué tipo de pregunta es esa?

Él se encoge de hombros.

—Es algo que me he preguntado siempre. Nunca supe con seguridad si decidiste quedarte con él por Clara o porque lo amabas.

Aparto la mirada, porque sinceramente no es asunto suyo. Si quería saber cómo iba a desarrollarse mi vida, no debería haberse ido sin avisar.

Cuando vuelve a hablar lo hace en voz más baja.

—No has contestado a la pregunta.

—Jonah, déjalo.

—Me has pedido que dijera algo.

—No me refería... —Suspiro—. No sé a qué me refería.

De repente tengo la sensación de que el ambiente ahí fuera está demasiado cargado. Vuelvo a entrar, con el deseo de poner distancia entre Jonah y yo, pero él me sigue hasta el dormitorio. Cierra de nuevo la puerta a su espalda para que la conversación no despierte a Elijah. Parece un poco molesto por el hecho de que yo vaya pasando de habitación en habitación para escapar de él.

Tengo la sensación de que las cartas desparramadas sobre el colchón me devuelven la mirada, se burlan de mí.

—¿Vamos a abordar lo que ha pasado en la cocina? —me plantea.

Comienzo a pasearme de nuevo, le guste o no.

—En la cocina no ha pasado nada.

Él me mira como si se sintiera decepcionado por mi incapacidad para afrontar esto de forma madura. Me aprieto la frente con una mano, intento escapar a un dolor de cabeza inminente dándome un masaje. Le contesto sin mirarlo:

—¿Quieres que lo hablemos? De acuerdo. Está bien. Mi marido lleva muerto unas pocas semanas y he estado a punto de besar a otro. Y por si fuera poco, ha sido a ti a quien he estado a punto de besar. Y eso hace que me sienta como una mierda.

—Ay.

—¿Y si Clara nos hubiera descubierto? ¿De verdad habría valido la pena?

—Esto no tiene nada que ver con Clara.

—Esto tiene todo que ver con Clara. Y con Elijah. Tiene que ver con todo el mundo menos con nosotros.

—Yo lo veo de manera diferente.

Me río.

—¿Cómo no?

—¿Qué se supone que significa eso?

Sacudo la cabeza, frustrada.

—Jonah, cortaste toda relación con tus mejores amigos durante diecisiete años. No haces más que pensar en ti mismo y en lo que tú deseas. Nunca piensas en la forma en que tus acciones afectan al resto de las personas.

La mirada que me dirige me llega a lo más profundo. Nunca lo había visto mirar a nadie así, como si se sintiera a la vez confundido y herido.

—Guau —susurra.

A continuación se voltea, sale de la habitación y cierra de un portazo.

Jonah Sullivan huyendo de nuevo. ¿Por qué no me extraña?

Ahora me he enfadado. Salgo hecha una furia del dormitorio, dispuesta a gritarle, pero él ya está saliendo por la puerta con Elijah. Ve que voy detrás de él, y se da cuenta de lo enojada que estoy porque nuestras expresiones hacen juego. Se limita a negar con la cabeza y dice:

—No digas nada. Me voy.

Lo sigo afuera porque noto que aún no me he vaciado. Porque me sigo sintiendo como un pozo sin fondo, lleno de cosas que necesito que escuche. Me quedo esperando a que ate a Elijah a la sillita del coche y cierre la puerta antes de hablar con él.

En el momento en que Jonah me encara, esperando a que hable, no se me ocurre nada que decir.

Me quedo parada en medio de mi jardín, sin nada que decir.

La verdad es que ni siquiera sé por qué estamos discutiendo. No hemos llegado a besarnos. Y nunca más volveré a ponerme en una situación así con él, así que no sé por qué estoy tan enfadada.

Jonah se recuesta contra el coche y cruza los brazos. Se queda un momento a la espera, dejando que la calma se asiente entre los dos. Entonces levanta la cabeza y me dirige una mirada llena de emoción.

—Jenny era tu hermana. Por muchas cosas que sintiera por ti, jamás me habría entrometido entre ustedes dos. Me marché porque, a diferencia de Jenny y Chris, yo sentía respeto hacia ellos. Hacia ti. Por favor, no vuelvas a llamarme egoísta, porque fue la decisión más difícil que he tenido que tomar en toda mi vida.

Se sube al coche, cierra de un portazo y se va.

Yo me quedo sola en el patio delantero, a oscuras, con una información que no estoy segura de querer saber, y con unos sentimientos que nunca me había permitido afrontar.

Siento las rodillas flojas. No me quedan fuerzas para volver a entrar en casa y ponerme a pensar en todo lo que ha pasado esta noche, así que simplemente me siento sobre la hierba, en el mismo lugar donde me he quedado cuando Jonah se ha marchado con el coche.

Hundo la cabeza entre las manos sintiendo el peso de todo el día. Todo lo que ha pasado con Clara en la escuela. Todo lo que ha pasado con Jonah en la cocina. Todo lo que me acaba de decir. Y, pese a que hay una parte de mí que necesitaba oír lo que me ha dicho, eso no cambia nada. Porque no importa el tiempo que haya pasado desde la desaparición de Jenny y de Chris: las cosas entre Jonah y yo no podrán funcionar jamás. Quedaríamos como los malos de la película.

Clara no lo comprendería. Y ¿qué le diríamos a Elijah de mayor? ¿Que hicimos un intercambio de parejas? ¿Qué tipo de ejemplo sería ese?

Entre Jonah y yo, nada es buena idea. Me pasaría la vida recordando aquello que tan desesperadamente deseo olvidar. Y, ahora que ha soltado lo que con toda probabilidad llevaba diecisiete años necesitando decir, quiero que lo retire. Quiero volver al día de ayer, cuando todo era más sencillo. Cuando podía traer a Elijah sin la incomodidad que existirá entre nosotros a partir de ahora.

Tengo la sensación de que ha dicho todo eso con la esperanza de que sirviera para solucionar algo, pero para mí no ha hecho más que agrandar la brecha. Y no creo que vaya a mejorar de ahora en adelante.

Éramos adolescentes. No estábamos enamorados. Lo que experimentamos fue una atracción, y la atracción es confusa, pero no es algo por lo que valga la pena destrozar los cimientos de la vida de Clara.

Levanto la mirada al ver unos faros que giran hacia mí.

«Clara.»

Estaciona el coche, se baja y en un primer momento no me dice nada. Ni siquiera tengo la seguridad de que me haya visto hasta que gira sobre sí misma en la acera y viene a sentarse conmigo sobre la hierba. Recoge las rodillas hasta pegarlas a la barbilla y las abraza mientras extravía la mirada en la calle a oscuras.

—Me tienes preocupada, mamá.

—¿Por qué?

—Es tarde. Y estás sentada sola y a oscuras en el patio delantero. Llorando.

Me llevo una mano a la mejilla y me seco unas lágrimas en las que aún no había reparado. Suelto aire y la miro.

—Lamento lo de hoy. No debería habértelo contado.

Clara se limita a asentir con la cabeza. No sé si está aceptando mi disculpa o coincidiendo en que no debería haberlo hecho.

—¿Has estado con Miller esta noche?

—Sí.

Suspiro. Al menos ha sido sincera conmigo.

—No es una mala persona, mamá. Te lo prometo. Si tan solo lo conocieras...

Lo está defendiendo, pero lo entiendo. A los dieciséis años una tiende a ignorar todas las señales de alarma. Vuelvo a resoplar.

—Ten cuidado, Clara. No quiero que cometas los mismos errores que yo.

Clara se pone de pie y se limpia la parte trasera de los jeans.

—Yo no soy tú, mamá. Miller no es papá. Y me gustaría que dejaras de referirte a mí como un error.

—Sabes que no he querido decir eso.

No sé si me ha oído, porque está entrando en casa ya. Pega un portazo a su espalda.

Estoy demasiado agotada para salir corriendo detrás de ella. Me acuesto sobre la hierba y contemplo las estrellas. Las pocas que puedo ver, en cualquier caso.

Me pregunto si Chris y Jenny estarán en algún lugar, ahí arriba. Me pregunto si podrán verme aquí abajo. Me pregunto si se sentirán mal por lo que han hecho con mi vida.

—Eres un idiota —le espeto en un susurro a Chris—. Espero que puedas vernos ahora mismo, porque has arruinado un montón de vidas, pedazo de tonto.

Oigo unas pisadas sobre la hierba y me incorporo sobresaltada. Me llevo la mano a la garganta y suelto el aire al ver a la señora Nettle, que está parada a un par de metros de mí.

—Pensé que estabas muerta —dice—. Pero entonces te he oído decir que el Señor es un tonto. —Se voltea para regresar a su casa. Al llegar a la puerta, enarbola el bastón hacia mí—. Es una blasfemia, ¿sabes? ¡Tendrías que comenzar a ir a la iglesia!

La mujer entra en su casa y yo no puedo evitar reírme. Me odia de verdad.

Me pongo de pie y entro. Al llegar a mi habitación miro las cartas y las postales desparramadas sobre la cama. Me tiemblan las manos mientras las cuento. Hay en total nueve cartas y tres postales.

Quiero saber lo que dicen, pero no quiero saberlo. Tengo la seguridad de que solo lograrán alterarme más, y ya he tenido bastante por hoy.

Las meto al fondo de la cómoda y decido reservarlas en espera de un día mejor.

Si es que ese día llega.

22

Clara

El fin de semana se ha hecho largo. Tanto Lexie como Miller tuvieron que trabajar hasta tarde. Más allá de ver a Miller durante su descanso del sábado por la noche y de las dos horas que nos pasamos en el teléfono ayer por la noche, apenas he estado con él. Tampoco es que haya visto mucho a mi madre. Después de la extraña situación del viernes, se pasó todo el sábado en la computadora, mandando solicitudes de trabajo, y yo me pasé casi todo el domingo en mi habitación, poniéndome al día con la tarea.

Llego a la clase de Jonah más tarde de lo normal. Soy la última en entrar antes de que suene el timbre, así que me sorprende que Jonah se acerque a mi pupitre y se ponga en cuclillas frente a él. Por lo general no me dedica una atención individualizada delante de los demás alumnos.

—¿Cómo está tu madre?

Me encojo de hombros.

—Bien, supongo. ¿Por qué?

—No ha contestado a los mensajes que le he enviado durante el fin de semana. Solo quería asegurarme de que estaba bien.

Me inclino hacia delante, porque no quiero que nadie más oiga lo que estoy a punto de decir.

—El viernes por la noche, cuando volví a casa, estaba sentada en el jardín delantero llorando. Fue muy raro. A veces pienso que está al borde de un ataque de nervios.

Jonah parece preocupado.

—¿Te dijo por qué lloraba?

Miro a mi alrededor. Todo el mundo está hablando, no nos prestan atención.

—No se lo pregunté. Se pasa más tiempo llorando que sin hacerlo, así que he dejado de preguntarle por ello.

Suena el timbre, de modo que Jonah regresa a su pupitre. Pero, cuando comienza a explicar la lección del día, parece distraído. Y cansado. Es como si le siguiera dando vueltas al tema.

Eso me decepciona un poco. A veces pienso que ser adulto es mucho más sencillo que ser adolescente, porque los adultos deberían tener una solución para todo. Son más maduros emocionalmente, así que deberían ser capaces de lidiar mejor con las crisis. Pero ver a Jonah en este momento, mientras intenta fingir que no está distraído, y ver a mi madre esforzándose por seguir con su vida como si aún le quedara alguna fuerza de voluntad son todas las pruebas que necesito para pensar que quizá los adultos no dispongan de muchas más soluciones que nosotros. Es solo que sus máscaras resultan más convincentes.

Es decepcionante.

Me vibra el celular en el bolsillo. Espero a que Jonah se ponga de espaldas a la clase para sacarlo y colocarlo sobre el pupitre. Desplazo la pantalla con el dedo y leo el mensaje de Miller.

Hoy libro. ¿Quieres que nos pongamos
con la entrega del video?

Sí, pero la verdad es que no quiero estar
cerca de mi madre ahora mismo.
¿Podemos hacerlo en tu casa?

Claro. Vente a las cinco. Tengo que
llevar al yayo al médico a las tres, así que no
te veré a la salida de clase.

A las cinco y diez, cuando entro en el camino de acceso a su casa, Miller me está esperando en el porche. Se acerca trotando al coche y se sube de un salto en el asiento del copiloto antes de que yo pueda bajar.

—El yayo está dormido —dice—. Vamos antes a Munchies y así lo dejamos que descanse un rato.

—¿Qué es Munchies?

Miller me mira como si estuviera sorprendido conmigo.

—¿Nunca has estado en Munchies? ¿El camión de comida rápida?

Niego con la cabeza.

—No.

Se queda completamente atónito.

—¿Quieres decir que nunca has probado el Mac?

—¿Es un plato?

Miller se ríe y se pone el cinturón de seguridad.

—Que si es un plato... —me imita—. Espero que tengas hambre, porque estás a punto de disfrutar de la mejor experiencia de tu vida.

Quince minutos después estoy sentada en una mesa de pícnic, mirando hacia la cámara que Miller ha colocado sobre el trípode antes de ir a pedir nuestra comida. Esta apunta directamente hacia mí. Dice que va a comenzar a filmar cosas al azar cuando estemos juntos porque será bueno que tengamos metraje extra de cara al proyecto de película. O «material suplementario», como lo ha llamado él. A veces ya habla como un director de cine.

Me ha dicho que nunca mire a la cámara, porque tenemos que actuar como si no estuviera ahí, así que de manera inevitable me paso todo el rato durante el que él hace fila en el camión de comida mirando hacia el objetivo y haciéndole muecas.

Sinceramente, nunca había visto a Miller tan entusiasmado con algo. En realidad estoy más celosa de ese bocadillo de lo que jamás haya estado de Shelby. Así de emocionado está. Al parecer, el Mac es un bocadillo de queso fundido relleno de macarrones con queso hervidos en agua bendita.

Está bien, el agua bendita no es uno de sus ingredientes. Pero, por la manera en que Miller habla del Mac, tampoco me sorprendería que lo fuera.

Cuando vuelve a la mesa, Miller deja la bandeja frente a mí e hinca una rodilla en el suelo como si estuviera presentando un regalo ante la reina. Me río mientras jalo la bandeja y tomo uno de los bocadillos.

En vez de sentarse al otro lado de la mesa lo hace a mi lado, a horcajadas sobre el banquito. Me gusta. Me gusta que quiera estar tan cerca de mí. Después de desenvolver los bocadillos, él espera un momento antes de comenzar con el suyo porque quiere ver cómo reacciono al primer mordisco. Me llevo el mío a la boca.

—Ahora me siento presionada para que me guste.

—Te encantará.

Lo muerdo y dejo descansar los brazos sobre la mesa mientras mastico. Está delicioso. No solo es la tostada más crujiente y mantecosa que haya probado nunca, sino que los macarrones con queso están tan calentitos y untuosos que me entran ganas de poner los ojos en blanco.

Pero me encojo de hombros porque me gusta provocarlo.

—No está mal.

Él se echa hacia delante incrédulo.

—¿No está... mal?

Asiento con la cabeza.

—Tiene sabor a bocadillo.

—Tenemos que cortar.

—El pan está un poco rancio.

—Te odio.

—El queso sabe a procesado.

Miller deja el bocadillo sobre la mesa, toma el celular y abre Instagram.

—Voy a dejar de seguirte otra vez.

Después de tragar el primer bocado me río y le doy un beso en la mejilla.

—Es lo mejor que he probado nunca.

Él sonríe.

—¿Me lo prometes?

Asiento con la cabeza, acabo sacudiéndola.

—Bueno, lo segundo mejor, tras el sabor de tus labios después de que te comas una paleta.

—Por mí ya está bien. —Toma el bocadillo y le da un mordisco. Entonces lanza un gemido, y ese sonido hace que me sonroje un poco. Creo que no se ha dado cuenta, porque arranca un trocito minúsculo de pan y lo deja en la otra punta de la mesa, al lado de una hormiga. Esta acaba por llevárselo.

Miller me besa en la mejilla y le da otro mordisco al Mac.

—¿Has pensado en qué tipo de película vamos a hacer?

Niego con la cabeza y me limpio los labios con una servilleta. Él estira el brazo y me quita algo de la boca con el pulgar.

—No tenemos demasiado tiempo —dice.

—Tenemos tres meses.

—No es tanto. Y hay un montón de trabajo.

—¡Uy! —me quejo con tonito sarcástico—. Supongo que eso quiere decir que tendremos que pasar mucho tiempo juntos.

Mientras comemos, Miller sujeta el bocadillo con una mano y me frota la pierna con la otra. Es muy cariñoso. Y no le da miedo besarme en público. Ni delante de una cámara.

Sospecho que nos van a castigar más de una vez este año.

—Deja de mirarla —me ordena refiriéndose a la cámara.

—No puedo evitarlo —contesto apartando la mirada—. La tenemos delante de las narices.

—Y ¿tú quieres ser actriz?

Le doy un codazo.

—Eso es diferente. Esto... —Hago un gesto hacia la cámara—. Esto es incómodo.

—Pues ve acostumbrándote, porque quiero tener un montón de metraje con el que trabajar. Este año quiero ganar. La última vez que participé quedamos en cuarto lugar.

—¿De toda la zona?

—Del estado.

—¿Qué? ¡Miller, eso es fantástico!

Él se encoge de hombros.

—En realidad, no. Duele bastante quedar en cuarto. Solo suben a YouTube a los tres finalistas. A nadie le importa el cuarto lugar. He decidido que tú y yo vamos a ir por el oro. —Se inclina y me besa, y a continuación se retira y le da otro bocado al bocadillo—. ¿Te molesta que te dé tantos besos? —Lo ha preguntado con la boca llena, pero le ha quedado adorable.

—Qué extraño que a alguien le pueda molestar algo así. Pues claro que no.

—Bien.

—Me gusta que seas una persona cariñosa.

Él sacude la cabeza y se limpia la boca con una servilleta.

—Pero es que ese es el tema. No lo soy. Con Shelby no era así.

—¿Qué tengo yo de diferente?

Se encoge nuevamente de hombros.

—No lo sé. He estado intentando averiguarlo. Es solo que siento un ansia por ti como no había sentido antes en mi vida.

Ese comentario me provoca una sonrisa, pero levanto una ceja burlona.

—No lo sé, Miller. Estabas bastante entusiasmado con este bocadillo.

Aún le queda medio, pero en cuanto le digo eso se pone de pie, se dirige al bote de basura más cercano y lo tira en él. Vuelve a sentarse.

—Ese Mac no significaba nada para mí. Prefiero mil veces tener tu lengua en la boca antes que ese bocadillo.

Arrugo la nariz y me echo hacia atrás.

—¿Se supone que eso tenía que sonar sugerente? Porque no ha sido así.

Él se ríe y me atrae hacia sí, aprieta su boca contra la mía. Pero no es un beso dulce. Este está lleno de lengua. Y de... pan.

Lo aparto.

—¡Aún tienes comida en la boca! —Finjo una arcada y tomo un trago de mi bebida.

La suya ya está vacía, así que toma la mía y bebe un poco.

Un momento después, Miller dirige una mirada nostálgica hacia el bote de basura y suspira.

—Lo he tirado para demostrar algo, pero de verdad quería acabármelo. —Me mira—. ¿Te parecería muy asqueroso que lo sacara de la basura?

Me río.

—Sí. Y no volvería a besarte nunca más. —Le paso el resto de mi bocadillo—. Ten. Puedes comerte lo que queda del mío. Ni siquiera tengo hambre.

Lo acepta y se lo come, y a continuación se acaba mi bebida. Recoge toda la basura y va a tirarla. A continuación regresa a la mesa de pícnic y vuelve a sentarse a horcajadas sobre el banquito. Me atrae hacia él. Pega la frente a la mía y sonríe, se aparta, me pasa un mechón de pelo por detrás de la oreja.

—Creo que soy vidente. Sabía que haríamos una buena pareja, Clara.

—No eres vidente. Llevamos juntos menos de una semana. Todo podría estropearse a partir de mañana.

—Pero no será así. Tengo buenas sensaciones sobre nosotros.

—Es solo la atracción, no se trata de ningún sexto sentido.

—¿Piensas que es solo eso? ¿Atracción?

—Y ¿qué más podría ser? Apenas nos conocemos.

—He renunciado a la mitad de mi Mac por ti. Eso es mucho más que una simple atracción.

Me río ante su insistencia.

—Tienes razón. Ha sido un gran gesto. —Me inclino y lo beso, pero cuando comienzo a retirarme él avanza, porque no quiere romper el beso. Volteo el cuerpo hacia el suyo y me dejo llevar por su boca.

Por lo general no me mostraría tan afectuosa con él en público, pero aquí no hay nadie más. Para tratarse de un camión de comida que prepara unos bocadillos tan fantásticos, me sorprende que no tenga más trabajo.

Miller se aparta al fin y mira hacia la cámara.

—Deberíamos parar. Eres menor de edad, y podrían arrestarme si esto se convierte en una película porno.

Me encanta lo mucho que me hace reír cuando no tengo ganas de hacerlo.

Antes de marcharnos del camión de comida, Miller ha pedido un bocadillo para su abuelo. Se lo da en cuanto entra en la sala.

—¿Es esto lo que creo que es? —pregunta.

—El mismísimo e inigualable.

El rostro de satisfacción del hombre me provoca una sonrisa.

—¿Te he dicho alguna vez que eres mi nieto favorito?

—Soy tu único nieto —contesta Miller, que toma el vaso del yayo y se lo lleva a la cocina para rellenarlo.

—Por eso heredarás todo lo que poseo —repone el yayo.

Miller se ríe.

—Un montón de aire, al parecer.

El yayo se voltea hacia mí.

—Te llamabas Clara, ¿verdad?

Comienza a desenvolver el bocadillo. Yo me siento en una de las sillas de color verde y digo que sí con un gesto.

—¿Te he hablado de aquella vez cuando Miller tenía quince años y estábamos en la escuela...? —Una mano rodea la silla del yayo y le arrebata el bocadillo. Él se mira la mano vacía—. ¿Qué demonios? —le dice a Miller.

Miller se sienta en la otra silla verde, con la comida de su abuelo como rehén.

—Prométeme que no volverás a contar esa historia y te devolveré el bocadillo.

—Vamos, Miller —le pido con un gemido—. Es la segunda vez que me impides escucharla.

El yayo me dirige una mirada de disculpa.

—Lo siento, Clara. Yo te la contaría, pero ¿has probado alguna vez el Mac?

Asiento comprensiva.

—No pasa nada. Un día de estos vendré cuando Miller no esté en casa para que pueda acabar de contármela.

Miller le devuelve el bocadillo a su abuelo.

—Clara y yo tenemos que trabajar en un proyecto. Estaremos en mi habitación.

—No tienes por qué mentirme —dice el yayo—. Yo también tuve diecisiete años.

—No te miento —replica Miller—. De verdad tenemos que trabajar en un proyecto.

—Lo que tú digas.

Miller pone los ojos en blanco mientras jala la silla hacia atrás. Me toma de la mano y hace que me levante.

—Me disculpo en nombre de mi abuelo.

—¿Por qué? Le has contado una mentira. No tenemos que hacer ningún proyecto.

Miller mueve la cabeza.

—Sí que tenemos que hacerlo. —Mira a su abuelo con desaprobación—. Ustedes dos, les prohíbo que vuelvan a verse. Se parecen demasiado.

El yayo me dirige una sonrisa cuando salimos de la sala. Mientras atravesamos el pasillo, echo un vistazo al baño. Miller se da cuenta de que me he detenido. Hay numerosos frascos de pastillas formando una línea sobre la barra, y ese recordatorio de que su abuelo está enfermo hace que se me forme un nudo en el estómago.

Ya en su habitación, Miller se percata de que me ha cambiado el humor.

—¿Estás pensando en el yayo?

Asiento con la cabeza.

—Sí. Es una mierda. De las grandes. —Patalea para desprenderse de los zapatos, se acuesta en medio de la cama y da unos golpecitos sobre el colchón, a su lado.

Me quito los zapatos con sendas patadas, me subo a la cama y me acurruco junto a él, pasándole un brazo por encima.

—¿Cómo ha estado la visita médica de hoy?

Él me echa el cabello hacia atrás, lo recorre con los dedos hasta la punta.

—Hemos hablado sobre lo que cabe esperar durante los próximos meses. No es seguro que se quede aquí solo cuando yo estoy en clase, así que pronto lo pondrán en cuidados paliativos. Y cuando suceda eso, un auxiliar de enfermería pasará aquí la mayor parte del tiempo, así que es un alivio. No tendré que dejar la escuela.

Me incorporo un poco y me apoyo en el codo.

—¿En serio es la única opción?

—Sí. Es mi abuelo materno, y mi madre murió cuando yo tenía diez años. Tengo un tío que vive en California, pero desde allí no puede ayudar demasiado. Hay otros familiares que pasan mucho por aquí, y se aseguran de que no nos falte de nada. Pero llevo desde los diez años viviendo con él, así que la mayor parte de la responsabilidad recae sobre mis hombros.

No tenía ni idea de que su madre hubiera muerto.

—Lo siento mucho. —Sacudo la cabeza—. Es una gran responsabilidad para alguien de tu edad.

Miller me pone la mano en la mejilla.

—Tú solo tienes dieciséis y mira lo que has tenido que superar. La vida no hace distinciones. —Me atrae hacia su pecho—. No quiero hablar más de ello. Hablemos de otra cosa.

Miller huele bien. Esta vez a limón.

—¿Cuándo es tu cumpleaños? —le pregunto.

—El quince de diciembre. —Hace una pausa—. El tuyo es la semana que viene, ¿verdad?

Asiento con la cabeza, pero me gustaría olvidarlo. Porque mi cumpleaños viene acompañado de la cena tradicional, pero esta será la primera en la que no estén ni mi padre ni la tía Jenny. No quiero pensar en ello, así que cambio de tema.

—¿Cuál es tu color favorito?

—No tengo color favorito. Me gustan todos menos el naranja.

—¿En serio? Me gusta el naranja.

—No debería. Es un color terrible —asevera—. ¿Qué color te gusta menos de todos?

—El naranja.

—Me acabas de decir que te gusta el naranja.

—Pero me has hecho dudar, como si tuviera algo malo en lo que aún no he reparado.

—El naranja tiene mucho de malo —dice él—. Apenas rima con nada.

—Lo que no te gusta, ¿es el color o la palabra?

—Ambos. Los detesto ambos.

—¿Hubo algo en particular que desatara ese odio inmenso?

—No. Supongo que surgió de manera natural. Quizá sea de nacimiento.

—¿Detestas alguna tonalidad de naranja en particular?

—Las odio todas —contesta Miller—. Todas las tonalidades de naranja, desde el mango hasta el coral.

Me río.

—Esta es la conversación más estúpida que he mantenido nunca.

—Sí. Esto se nos da mal. Quizá deberíamos besarnos.

Me despego de su pecho y lo miro.

—Date prisa, porque estoy empezando a olvidar qué es lo que me atrae de ti.

Él sonríe y nos hace rodar para colocarse encima de mí. Me acaricia el cabello y me dedica una sonrisa indolente.

—¿Necesitas que te lo recuerde?

Asiento. Nuestros cuerpos no habían estado nunca tan unidos. Nos hemos besado de pie. Nos hemos besado en su camioneta. Nos hemos besado sentados. Pero nunca nos habíamos besado en una cama, con su cuerpo entre mis piernas. Posa la boca sobre la mía, pero no me besa. Acomoda la almohada bajo mi cabeza, aparta la manta a patadas, pero sus labios no pasan de insinuarse sobre los míos.

—Te estás tomando tu tiempo —observo.

—Quiero que estés cómoda. —Mantiene la boca cerca de la mía y me levanta un poco el cuello para quitarme el pelo de debajo. Me lo coloca sobre el hombro y susurra contra mis labios—: ¿Preparada?

Comienzo a reírme, pero la carcajada nunca llega a su fin porque la lengua de Miller me separa los labios, y entonces se transforma en un jadeo. Esta vez, con él encima, la sensación es diferente. Es mejor. Es un beso agradable. Su lengua entra y sale lentamente. Sus dedos me recorren el brazo. Los míos le recorren la espalda.

Pero entonces siento que él comienza a endurecerse entre mis piernas, y eso me sorprende a la vez que me da confianza. Le rodeo la cintura con las piernas para aliviar el dolor que he comenzado a sentir ahí abajo, pero lo único que consigo es empeorarlo. Su beso se vuelve más profundo y empuja contra mí, lo que hace que me suba un gemido por la garganta. Miller deja de besarme por un instante, como si ese sonido le hubiera hecho algo, pero entonces devuelve su boca a la mía con una urgencia aún mayor.

Le levanto la parte de atrás de la camiseta, porque quiero sentir su piel bajo las palmas de mis manos. Recorro con ellas su espalda hasta llegar a las curvas prietas de los músculos de sus hombros. Antes de pensar en lo que estoy haciendo, comienzo a jalar de su camiseta para quitársela. Él me lo permite y hace que nos separemos durante los tres segundos que tarda en desprenderse de la prenda y tirarla al suelo.

Durante los siguientes minutos no vamos más allá de la camiseta, pero tampoco vamos a menos. La sesión de besuqueo nos deja a los dos doloridos, jadeantes, y sin las menores ganas de trabajar en el proyecto.

Miller acaba bajándose de mí, se queda de lado, con la boca pegada aún a la mía. Nos besamos de ese modo durante un minuto: no es tan excitante, pero creo que esa es la idea. Está intentando ralentizar algo que no creo que quisiera poner en marcha.

Cuando al fin deja de besarme tiene los ojos cerrados, y a continuación pega la frente a la mía. Pone su mano en mi pecho y la deja allí, sintiendo los latidos salvajes de mi corazón contra su palma. Al retirarla abre los ojos y me sonríe.

—¿Sabes por qué otro motivo apesta el color naranja?

Me río.

—¿Por cuál?

—Por todos esos famosos que usaron un cuadrado de color naranja para promocionar el festival Fyre. Y mira cómo acabó.

—Tienes razón. El naranja es lo peor.

Se acuesta sobre la espalda y se queda mirando el techo. Guardamos silencio por un instante, y mi corazón continúa disparado.

—¿Querías que parara? —me pregunta.

—¿Que pararas de hacer qué?

—De besarte.

Me encojo de hombros.

—La verdad es que no. Lo estaba disfrutando.

—No estaba seguro. No quería ir demasiado rápido, pero tenía muchas ganas de quitarte la camisa. No el brasier. Solo la camisa.

—Me parece bien.

Él levanta una ceja.

—¿Sí?

—Claro.

—¿Tu brasier es de color naranja?

—No, es blanco.

—Bien. —Vuelve a subirse sobre mí y comienza a besarme de nuevo.

Baste decir que no hacemos nada para el proyecto, pero él se mantiene fiel a su palabra y no intenta quitarme el brasier.

23

Morgan

Me despierta la vibración del celular sobre la mesilla de noche. Miro hacia la ventana, pero el sol no ha acabado de salir aún.

Nadie suele llamarme tan temprano.

Tomo el celular y veo el nombre de Jonah en lo alto de la pantalla. Lo dejo caer sobre la mesilla y me desplomo de nuevo sobre la almohada.

Llevamos más de una semana sin hablar. Desde la noche en la que estuvimos a punto de besarnos. Me ha mandado dos mensajes de texto para preguntarme cómo estoy. No he contestado a ninguno de los dos.

Es duro, porque deseo distanciarme de él, pero a la vez quiero pasar tiempo con Elijah. Es una maldición que Jonah y Elijah vengan en el mismo paquete.

Tengo la esperanza de que podamos establecer algún tipo de horario de visitas. Sería incluso mejor que no tuviéramos que ir a la casa del otro para dejar a Elijah. Podríamos llamar a un Uber que lo llevara de aquí para allá.

Esa idea me hace reír. Llevar a los bebés en Uber de una casa a la otra. Me pregunto si habrá una edad mínima para ser pasajero de un Uber.

Me suena el celular. Es un mensaje de texto. Lanzo el brazo hacia la mesilla y me pongo el teléfono delante de la cara. Me incorporo en la cama al ver el número de llamadas perdidas y de mensajes que tengo de Jonah.

Me quito las sábanas de encima y me pongo de pie, presiono con urgencia la pantalla para devolverle la llamada. Me contesta al primer timbrazo.

—¿Morgan?

—¿Elijah está bien?

Jonah suspira aliviado al oír mi voz.

—Lamento tener que pedírtelo, pero se ha pasado toda la noche despierto, con fiebre, y no puedo llevarlo a la guardería. Pero tampoco puedo faltar al trabajo. Hoy tenemos los exámenes estatales para los alumnos de primer año, y después de clase tengo que asistir a dos conferen...

—Pues claro. —Tengo la mano en el pecho. El corazón me martillea. Pensé que sería algo peor—. Por supuesto. Puedes traerlo.

La voz de Jonah suena entonces más suave, menos alarmada.

—No podré pasar a buscarlo antes de las seis.

—No hay problema. Lo echo de menos.

Me paso los siguientes veinte minutos en la cocina preparando el desayuno. Durante la llamada me ha parecido que Jonah estaba muy estresado, y necesitará algo de energía si Elijah se ha pasado toda la noche con fiebre. Es algo que solía hacer para Chris. Burritos llenos de proteínas para que se los llevara en una bolsa los días de más trabajo.

Es posible que también le esté preparando el desayuno a Jonah como una especie de disculpa. Tengo la sensación de que la semana pasada fui demasiado dura con él. Puede que me haya mostrado demasiado dura con él desde que volvió a nuestra vida. En cualquier caso, los burritos harán que todo sea mejor.

También tengo la esperanza de que esto sea un paso adelante. Quizá podamos llegar a algún tipo de acuerdo para que Elijah sea una parte muy importante de mi vida, y para que Jonah y yo construyamos una auténtica amistad. Me estoy quedando despierta casi todas las noches pensando en lo que me dijo en el camino de acceso a casa y, aunque tuvo un impacto profundo en mi resentimiento hacia él, también me he dado cuenta de que las emociones de las que me habló forman parte del pasado.

En aquella época éramos adolescentes. Éramos personas diferentes. No me dijo que aún se sintiera así. Simplemente me dijo que solía sentirse así.

Ya han pasado varios meses desde que regresó a nuestra vida y, al margen de ese amago de beso, nada indica que siga albergando esos sentimientos, así que es evidente que durante los años que estuvo lejos resolvió aquello que creía sentir por mí cuando éramos adolescentes. De otro modo no se habría acostado con Jenny cuando se encontraron el año pasado. Y no se habría ido a vivir con ella, ni habría aceptado casarse con ella, si aún sintiera algo por mí.

Eso me da esperanzas de que nuestra amistad pueda llegar a funcionar.

Estoy metiendo los burritos en la bolsa cuando llaman a la puerta. Dejo entrar a Jonah, pero me quedo parada un instante al verlo bien. Hoy se ha arreglado. Lleva puesta una camisa de vestir de manga larga y color negro, y una corbata negra y plateada. Está recién afeitado y por fin se ha cortado el pelo. Parece más joven. Estoy a punto de comentar el buen aspecto que tiene, pero lo pienso mejor.

Elijah está haciendo berrinche en la sillita del coche, así que le desabrocho la correa y lo levanto. Cuando me lo llevo al pecho, noto que está caliente.

—Pobrecito. —Parece congestionado—. ¿Le estás dando algo?

Jonah asiente con la cabeza y saca un par de frascos de la bolsa del bebé.

—Lo llevé a urgencias a medianoche. Me dieron esto, dijeron que los alternara cada cuatro horas. —Levanta uno de los frascos—. Dale este dentro de dos horas. —Deja la bolsa en el suelo—. He puesto ropa de recambio y trapos extras. Es posible que hoy los necesites.

—¿Lo llevaste a urgencias? ¿Has llegado a dormir algo?

Como si se lo hubiera provocado con mi pregunta, Jonah bosteza y se tapa la boca con el puño. Sacude la cabeza.

—Estoy bien. Quizá tenga tiempo de pasar por el Starbucks. —Abre la puerta de la sala para marcharse.

—Espera. —Me voy a la cocina, tomo la bolsa de los burritos del desayuno y corro a dársela antes de que se escape—. Los he hecho para ti. Son burritos de desayuno. Parece que vas a tener un día muy largo.

Jonah acepta la bolsa y me dirige una mirada tierna y agradecida.

—Gracias. —Hay un punto de sorpresa en su voz e intento que eso no me provoque placer, pero lo hace. Me siento bien al poder hacer algo por él. Llevo tanto tiempo tratándolo con dureza...

—Te iré mandando mensajes sobre la evolución de Elijah. No te preocupes. Está en buenas manos.

Jonah sonríe.

—No lo he dudado ni un instante. Hasta la noche.

Nada más marcharse Jonah, Clara dobla el recodo del pasillo vestida para ir a la escuela. Al ver que tengo a Elijah se le ilumina la expresión y abre los brazos.

—Dámelo.

Se lo paso.

—Está enfermo. No lo beses…, podría pegártelo.

Ella lo acuna contra su pecho y de todos modos le da un beso en la frente.

—Los bebés enfermos necesitan todos los besos posibles.

Tiene razón. Cuando ella era pequeña, cuanto más enferma estaba, más la mimaba y besaba, porque quería liberarla de todos sus males y dolores. «Dios, cómo echo de menos esa época…»

Estoy convencida de que en un futuro cercano también extrañaré esta época. Tengo la sensación de que este año Clara y yo somos una pareja imposible, pero soy consciente de que la añoraré cuando se vaya de casa e inicie su propia vida. Lo echaré todo de menos: las discusiones, el trato de silencio, los castigos, el comportamiento rebelde…

—¿Por qué me miras así? —pregunta Clara.

Le sonrío y le doy un abrazo. Tiene en brazos a Elijah, así que no me lo puede devolver, pero me basta con que no intente apartarse. Le doy un beso en la sien.

—Te quiero.

Al apartarme veo que me dirige una expresión recelosa. Pero acto seguido me sonríe y dice:

—Yo también te quiero, mamá.

Va a sentarse al sofá con Elijah.

—He hecho burritos para desayunar. Te he dejado algunos sobre la barra.

Clara se espabila de golpe.

—¿De tocino o de salchicha?

—Ambos.

—Sí… —susurra, y devuelve su atención a Elijah—. Te quiero, coleguita, pero me espera el desayuno.

Le mando un mensaje a Jonah hacia las diez para informarle de que a Elijah le ha bajado un poco la fiebre. Me contesta al mediodía.

¿Ha dormido algo?

> La verdad es que no. Pero se quedará dormido
> en cuanto al fin se le pase la fiebre.

Con un poco de suerte esperará hasta el
momento en que yo pueda quedarme
dormido con él. El día se me está haciendo
larguísimo y son solo las doce. El desayuno
estaba increíble. Gracias.

> Tengo un asado en la olla de cocción lenta.
> Clara y yo no nos lo acabaremos, así que
> te puedes llevar un poco a casa cuando
> pases a recoger a Elijah.

Perfecto. Gracias de nuevo.

Dos horas después recibo otro mensaje de Jonah.

¿Se ha dormido ya?

> Ha tomado una siesta de quince minutos.
> Sigue con fiebre, pero no está tan
> quisquilloso como antes.

A continuación, un mensaje de Clara:

Miller y yo tenemos que trabajar en el
proyecto después de clase. Estaremos
en el Starbucks.

¿Qué proyecto? Es lo primero que oigo
sobre un proyecto con Miller.

Jonah nos emparejó para el proyecto de
película de la UIL. Tenemos menos de cuatro
meses para acabarla.

Le escribo a Jonah:

¿Has emparejado a Clara con Miller Adams
para el proyecto de cine?

Sí. ¿Supone un problema?

Entiendo que más de uno, teniendo
en cuenta que le hizo probar las drogas.
Y que Chris ya le había dicho que
se mantuviera alejada de él.

Miller no es tan malo como crees. Chris
ni siquiera lo conocía, así que su opinión
no cuenta.

Yo tengo mi propia opinión sobre ese chico.
Convenció a Clara para que se fuera del
funeral de su padre. Hizo que se drogara. Y,
según un mensaje de voz que me mandaron
de la escuela, la semana pasada los

270

castigaron a los dos por muestras de afecto
públicas. Antes de que él apareciera Clara
nunca había hecho estas cosas. Y, aunque él
no sea responsable de sus actos, preferiría
que estuviera con alguien que la convenciera
de NO hacer ese tipo de cosas, en vez del
típico adolescente que la anime a
comportarse así.

No creo que ese tipo de adolescente
exista en la vida real.

No lo estás arreglando.

Me quedo esperando su respuesta, pero no la recibo.

Me paso buena parte de la tarde intentando mantener a Elijah despierto para que esta noche duerma con Jonah, pero a las seis pierdo toda esperanza. Está fuera de combate. Su cuerpo se ha quedado flácido entre mis brazos, está profundamente dormido, y lo pongo en el bambineto. Se le ha pasado la fiebre hace un par de horas, así que creo que lo peor ya lo ha superado. Pero tengo la sensación de que, después de dormir unas horas, tendrá despierto a Jonah toda la noche. Quizá debería ofrecerme a quedármelo hoy para que Jonah pueda descansar.

Saco el celular con la idea de escribirle un mensaje de texto a Jonah para decirle eso mismo en el momento en que él llama a la puerta. Miro a Elijah, pero el ruido no le ha provocado el menor estremecimiento. Abro la puerta y le digo en un susurro:

—Se acaba de quedar dormido.

Jonah ya no lleva corbata. Se ha desabrochado los dos botones superiores de la camisa y tiene el pelo más revuelto que esta mañana. Pese al agotamiento que lo consume, su aspecto es mejor que antes. «Pero ¿por qué pienso estas cosas?»

Le indico con un gesto que me acompañe a la cocina para prepararle un plato de comida que se pueda llevar a casa. Saco un recipiente de plástico de la alacena.

—¿Has cenado ya? —pregunta Jonah.

—Aún no.

—Pues comeré aquí. —Abre la alacena contigua, donde guardo los platos, y saca dos. Vuelvo a dejar el recipiente de plástico en su sitio y tomo el plato que me ofrece.

«Esto está bien. Es casual. Los amigos se ven para comer.»

Los dos nos servimos un plato y nos sentamos a la mesa. Por normal que resulte que dos personas coman juntas, Jonah y yo no lo habíamos hecho nunca sin Chris y Jenny. Esa parte es rara. Como si hubiera dos agujeros enormes que succionan toda la comodidad del momento.

—Está bueno de verdad —dice Jonah, y toma otro bocado—. Igual que los burritos.

—Gracias.

—¿Siempre cocinas así de bien?

Asiento, segura de mí misma.

—Soy una gran cocinera. Chris odiaba salir a comer fuera porque decía que los restaurantes no se podían comparar con lo que teníamos en casa.

—¿Cómo lo hizo para no engordar? —Jonah sacude la cabeza—. Si comiera esto a diario me pondría hecho un tonel.

—Entrenaba dos veces al día. Ya lo sabes.

Se me hace raro hablar de Chris como si no lo odiáramos, pero también me gusta. Con el tiempo me gustaría acabar recordando las cosas buenas sin la sombra de las malas. Teníamos un montón de buenos recuerdos juntos.

—¿Dónde está Clara?

Le apunto con el tenedor.

—Con ese chico. Todo por tu culpa.

Jonah se ríe.

—Sigue siendo uno de mis alumnos favoritos. No me importa lo que pienses de él.

—¿Qué tipo de alumna es Clara?

—Muy buena —responde él.

—No, en serio. No me contestes lo que deseo oír. Quiero saber cómo es cuando yo no estoy delante.

Jonah me observa en silencio por un instante.

—Es buena, Morgan. En serio. Siempre entrega la tarea a tiempo. Saca buenas calificaciones. No tiene problemas en clase. Y es graciosa. Me gusta su sarcasmo. —Sonríe—. Lo ha heredado de ti.

—Se parece mucho a mí cuando tenía su edad.

—Se parece mucho a ti ahora. No has cambiado.

Me río con poco entusiasmo.

—Está bien.

Él me dirige una mirada quizá demasiado seria.

—No lo has hecho. En absoluto.

Bajo la mirada hacia el plato y me pongo a mover la comida de aquí para allá de manera mecánica.

—No sé si eso es un cumplido. Es algo patético que siga siendo la misma persona que a los diecisiete. Sin una carrera. Sin experiencia laboral. Sin una sola cosa que pueda poner en mi currículum.

Jonah me observa un instante y a continuación baja la mirada a su plato y ensarta una zanahoria con el tenedor.

—No hablaba de tu currículum. Me refería a todo lo demás. Tu humor, tu compasión, tu sensatez, tu seguridad, tu disciplina. —Hace una breve pausa para tomar aire y a continuación dice—: Tu sonrisa. —Y se mete el tenedor en la boca.

Desvío la mirada y extravío por completo la sonrisa de la que habla porque eso me ha afectado. Todo lo que acaba de decir. Cada uno de sus cumplidos ha sido como un dardo que se me ha clavado en el corazón. Suspiro. He perdido el apetito. Me pongo de pie y voy a tirar la comida que quedaba en el plato al bote de la basura.

Enjuago el plato en el fregadero. Siento una opresión en el pecho. Me tiemblan las manos. No me gusta el hecho de que esté experimentando una reacción física en su presencia, pero los amigos no se dicen ese tipo de cosas con una expresión en los ojos como la que Jonah tenía hace un momento.

«Sigue sintiendo algo por mí.»

No sé cómo procesar esa información porque me plantea muchas más preguntas. Jonah trae su plato vacío y lo pone bajo el agua. Yo retiro las manos y me agarro de la barra mientras miro con fijeza el fregadero.

Él está parado a mi lado, observándome.

No puedo mirarlo. Me avergüenza estar sintiendo algo, pero así es y me confunde, porque lo que siento son celos. Es una emoción que ha estado siempre presente, pero que nunca me había permitido reconocer. Los celos están ahí, y se hacen notar, y me están obligando a confrontarlos.

—¿Por qué te acostaste con ella el año pasado?

Es dejar salir la pregunta de mis labios y ya lo estoy lamentando. Pero, desde el día en que Jenny regresó del funeral del padre de Jonah y me dijo que había pasado la noche con él, he estado llena de rabia. De algún modo sentí que Jonah me había traicionado, por mucho que él no fuera mío.

Jonah da un paso hacia mí. No estamos lo bastante cerca para tocarnos, pero sí para que tengamos la sensación de que lo estamos haciendo.

—No lo sé. Quizá porque estaba allí —contesta en voz baja—. O quizá porque tú no estabas.

Mi mirada sale disparada hacia él.

—No me habría acostado contigo, si eso es lo que estás diciendo.

—Eso no es lo que estoy diciendo. Lo que quiero decir es que me dolió que mi padre muriera y que tú no estuvieras allí. Aunque no hubiéramos mantenido el contacto, supiste del funeral porque Jenny estaba allí. —Suspira arrepentido—. Quizá lo hice con la esperanza de hacerte daño.

—Ese es un motivo terrible para acostarse con alguien.

Él se ríe de manera poco convincente.

—Ya, bueno, no espero que lo entiendas. Tú nunca estuviste en mi lugar. Nunca tuviste que quedarte a un lado viendo a la chica de la que estabas enamorado construir una vida con tu mejor amigo.

Sus palabras me dejan sin respiración.

Jonah deja de mirarme a los ojos.

—Los celos pueden llevar a una persona a hacer cosas horribles, Morgan. —Endereza la espalda al percibir que ha abusado de mi hospitalidad—. Debería irme.

—Sí. —Mi voz suena gruesa y ronca. Me aclaro la garganta—. Deberías irte.

Él asiente, decepcionado al ver que me muestro de acuerdo. Da dos palmaditas sobre el refrigerador y sale de la cocina.

En cuanto deja de estar en la misma habitación que yo, puedo llenar los pulmones de aire. Su presencia permanece a mi alrededor mientras recoge las cosas de Elijah. Antes de sacarlo del bambineto, se detiene y regresa a la cocina. Se queda en el umbral, con la bolsa del bebé colgando del hombro.

—¿Fue mutuo?

Sacudo un poco la cabeza, revelando mi confusión.

—No sé a qué te refieres.

—Lo que sentía por ti. Nunca logré averiguarlo. A veces pensaba que sentías lo mismo, pero sabía que nunca lo admitirías por Jenny. Ahora... necesito saberlo. ¿Sentías lo mismo que yo?

El martilleo regresa a mi pecho. Nunca me había confrontado de esta manera. Me ha tomado por sorpresa. Cuesta admitir en voz alta y delante de alguien lo que solo habías aceptado para ti misma.

Jonah deja caer al suelo la bolsa y atraviesa la cocina a zancadas. No se detiene hasta que su cuerpo y su boca se pegan con fuerza a los míos.

Me deja conmocionada. Me agarro de la barra, a mi espalda, mientras sus manos me sujetan las mejillas con más fuerza. Las sensaciones son tan intensas que tengo miedo de caer desplomada al suelo.

Pego las palmas de las manos a su pecho, completamente preparada para apartarlo de un empujón, pero en su lugar me descubro atrayéndolo más hacia mí tras cerrar las manos sobre su camisa.

Cuando separa mis labios con los suyos y siento que su lengua se desliza sobre la mía, un escalofrío me recorre el cuerpo. Son demasiadas sensaciones a la vez. Se trata de un despertar, pero también de una muerte. Me estoy dando cuenta de que me he pasado toda la vida recibiendo los besos del hombre equivocado.

Jonah encuentra la respuesta a su pregunta por el modo en que reacciono a él. Los sentimientos son mutuos, desde luego. Siempre lo han sido, sin importar toda la negación que haya intentado echarle por encima a esa atracción mutua.

Mi cuerpo se ajusta al suyo como si tuviera miedo de que algo fuera a interponerse entre nosotros si lo dejo ir.

Y entonces, por desgracia, eso es lo que sucede.

24

Clara

—¿Mamá?

Es la única palabra que consigo decir, pero tiene la fuerza suficiente para crear una separación de dos metros entre ambos. Mi madre se voltea para darme la espalda. Jonah se mira los pies.

Yo los observo perpleja.

Sacudo la cabeza intentando convencerme a mí misma de que no he visto lo que acabo de ver. A mi madre... besando al prometido de su hermana muerta. A mi madre... besando al mejor amigo de su marido muerto.

Me alejo un paso del umbral, como si la estancia estuviera contaminada por la traición y tuviera miedo de contagiarme. Mi madre inspira y se voltea hacia mí, con los ojos llenos de lágrimas.

—Clara...

No le doy la oportunidad de explicarse. La verdad es que no quiero saber por qué ha pasado esto. Salgo corriendo hacia mi habitación porque necesito estar a solas antes de que puedan alcanzarme. Pego un portazo y cierro la puerta con pestillo; acto seguido, para estar más segura, arrastro la mesilla y la pongo delante.

—Clara, abre la puerta —pide mi madre con voz llorosa y amortiguada por la madera, golpeándola con los nudillos.

—Clara... —Ahora es Jonah el que habla—. Por favor, abre la puerta.

—¡Déjenme en paz!

Mi madre está llorando. Oigo que Jonah se disculpa, pero lo hace en voz tan baja que sé que no se dirige a mí. Se está disculpando ante mi madre.

—Vete —la oigo decir.

Los pasos de Jonah se desvanecen pasillo abajo.

Ella vuelve a llamar a la puerta.

—Clara, por favor, abre la puerta. No lo entiendes. Es... Abre la puerta.

Apago la luz.

—¡Me voy a dormir! ¡No quiero hablar contigo esta noche! ¡Vete! ¡De! ¡Aquí! —Me tiro sobre la cama. Los golpes sobre la puerta se detienen al fin. No pasan ni dos minutos hasta que oigo que la puerta de entrada se cierra de golpe.

Mi madre intenta de nuevo que le abra la puerta, pero me pongo de lado y la ignoro tapándome los oídos con una almohada. Después de pasarme algunos minutos intentando regular la respiración, aparto la almohada. Los golpes han cesado, esta vez espero que de manera definitiva. Oigo que la puerta de su dormitorio se cierra en la otra punta del pasillo, lo cual quiere decir que dispongo hasta la mañana para convencerme de que no debo asesinarla.

Me levanto de la cama y me pongo a dar vueltas por la habitación, con la piel erizada por la rabia. «¿Cómo ha podido hacer esto? Murieron hace solo dos meses.»

Una idea me atraviesa y hace que vuelva a caer sobre la cama. ¿Cuánto tiempo lleva haciendo esto?

Comienzo a pensar en las últimas semanas. Jonah ha estado aquí tantas veces desde la muerte de mi padre y de la tía Jenny...

Mi memoria despierta con una perspectiva completamente nueva de cada momento: la noche en que al volver a casa me los encontré fuera a oscuras; la noche en que Jonah vino a descolgar la puerta, su excusa para volver el día siguiente a acabar el trabajo. La vez en que se fueron los dos juntos, y cuando miré la aplicación me indicó que el celular de mi madre había estado en el hotel Langford.

Eso fue solo una semana después de que murieran.

Creo que voy a vomitar.

«¿Cuánto tiempo llevan con esta aventura?»

Me siento tan estúpida... Jonah siempre me está preguntando por ella en clase... fingiendo estar preocupado.

¿Será cierto que Elijah tenía fiebre esta mañana? Demonios, lo más probable es que Jonah haya pasado la noche aquí y yo no tuviera ni idea porque estaba en mi cuarto. Eso explicaría por qué estaba aquí tan pronto. Por qué mi madre al fin preparó el desayuno por primera vez desde la muerte de mi padre.

Ruego por que mi padre no tuviera ni idea. Me he pasado todo este tiempo sintiéndome culpable por la posibilidad de haber jugado un papel a la hora de arruinarle la vida a todo el mundo, pero ¡Jonah y mi madre estaban arruinándole la vida a todo el mundo desde antes del accidente!

¿Cómo ha podido mi madre hacerle esto a la tía Jenny? No tengo ninguna hermana, pero ¿qué tipo de persona le haría eso a la carne de su carne?

Ahora mismo la odio tanto... La odio tanto que no tendría problema en no volver a dirigirle la palabra. La odio tanto que me siento al borde de la cama y me pongo a pensar en todas las maneras en que puedo vengarme de ellos por lo que le han hecho a nuestra familia.

Me estoy quedando sin opciones para rebelarme. He probado las drogas, me han castigado en la escuela, he mentido, he llegado más tarde de la hora. Lo único que me queda, lo único que podría alterarla, es que me acostara con Miller. Mi madre siempre me ha suplicado que esperara a cumplir los dieciocho, y lo más probable es que no fuera a hacerlo de todos modos, pero si se enterara de que he perdido la virginidad a los dieciséis, ¡y con Miller Adams!, eso la destrozaría.

Miro el despertador. Ni siquiera son las ocho. Me quedan cuatro horas para hacer que suceda antes de mi cumpleaños. Y lo cierto es que ahora mismo necesito de verdad a Miller. Su presencia me calma, y no me iría mal un momento relajante.

Tomo el celular y lo llamo.

—Hola —dice contestando de inmediato—. ¿Qué pasa?

—¿A qué hora sales del trabajo?

—Tardaré otra media hora. Pero puedes venir a darme un beso de buenas noches antes de tu hora límite.

—¿Puedes pasar por mi casa a la salida?

—¿Por tu casa? —Hace una pausa—. ¿Estás segura?

—Sí, pero entra por la ventana de mi habitación.

—Oh, ¿ahora vamos a vernos a escondidas? —Noto en el tono de su voz que está sonriendo—. Está bien, pero nunca he estado en tu casa. No sé cuál es tu ventana.

—La primera en el lado derecho de la casa.

—¿Mirándola de frente?

—Sí. Y... tráete un condón.

Él hace una pausa de varios segundos.

—¿Estás segura?

—Segurísima.

—Es... Clara, no tenemos por qué hacerlo.

—Me prometiste que no intentarías convencerme de lo contrario.

—No sé si eso fue una promesa. Y asumí que pasaría un tiempo antes de que...

—He cambiado de idea. No quiero esperar a la fiesta de fin de curso.

Él vuelve a guardar silencio. Entonces dice:

—De acuerdo. Sí. Estaré allí en menos de una hora.

Enciendo el radio para ahogar cualquier ruido que Miller o yo podamos hacer. Enciendo dos velas y pongo una junto a la cama y la otra al lado de la ventana para que Miller pueda orientarse por la habitación a oscuras. Me baño mientras lo espero. Intento sacarme todas las lágrimas de encima antes de que aparezca. Me sorprende, pero no son tantas. Estoy demasiado enfadada para llorar, creo. No sabía que pudiera alcanzar este nivel de rabia, pero lo he hecho y es posible que aún quede espacio. ¿Quién sabe? Supongo que ya veremos de lo que soy capaz de verdad cuando mi madre y yo nos encontremos cara a cara mañana.

Salgo de la regadera y me envuelvo en la toalla. Me paso un poco la secadora para no tener el pelo empapado. Me pongo algo de rímel y me pellizco las mejillas porque ahora mismo estoy muy pálida. La verdad es que darte cuenta de que tu madre no es la persona que tú creías puede quitarte el color de la cara.

Estoy buscando el brillo de labios cuando oigo unos golpecitos en la ventana. Corro hacia el clóset para buscar algo que ponerme, pero entonces recuerdo el motivo por el que Miller está aquí para comenzar. Ha venido a desnudarme. La toalla bastará.

Abro la ventana de la habitación mientras Miller aparta el mosquitero. Al entrar pasea la mirada por la habitación antes de fijarse en mí. Cuando por fin me mira, puedo ver el momento en que cae en la cuenta. Estoy bastante segura de que hasta ahora no pensaba que le hubiera dicho en serio lo de que quería perder la virginidad con él esta noche. Pero, ahora que me tiene delante, cubierta solo por una toalla, su reacción se torna física.

Se muerde el puño y hace una mueca mientras me mira de arriba abajo.

—Demonios, Clara.

Me reiría, pero sigo demasiado enfadada. Aunque no quiero que perciba mi estado de ánimo. Tengo que quitármelo de encima el tiempo necesario para acabar con esto.

Miller me toma la cara entre las manos.

—¿Estás completamente segura de que esto es lo que quieres? —Gracias a Dios lo dice en un susurro. Lo último que necesito es que mi madre venga a arruinarme también esta parte de mi vida.

Asiento con la cabeza.

—Sí.

—¿Qué hay de tu madre? ¿Dónde está?

—Está en su habitación. He cerrado la puerta con llave. Además he puesto música, así que no podrá oírnos.

Miller asiente, pero parece nervioso. No me imaginaba que estuviera así.

—Lamento no dejar de preguntarte si estás segura. Es que no esperaba que esto fuera a suceder hasta más adelante, así que...

—El setenta por ciento de las parejas practica el sexo en la primera cita. Creo que hemos sido muy pacientes.

Miller se ríe sin hacer ruido.

—¿Te acabas de inventar una estadística para llevarme a la cama?

—¿Ha funcionado?

Miller se quita la camiseta y la deja caer al suelo.

—Habría funcionado sin la estadística falsa. —Y entonces me besa. Es un beso con todo el cuerpo, de esos en los que nuestras piernas y cuerpos y brazos se pegan con tanta fuerza que ni siquiera el aire podría pasar entre nosotros. Miller me hace retroceder hasta la cama, pero se detiene antes de que mis piernas lleguen a tocar el colchón.

Su beso hace que esto se vuelva real. Antes, mientras la rabia ha alimentado mis actos, he tenido la sensación de que esto no iba a suceder. Pero, ahora que Miller está aquí y su camiseta está en el suelo y solo me cubre una toalla y estamos a punto de meternos en mi cama, se ha vuelto muy real. Estoy a punto de acostarme con Miller Adams.

Y estoy preparada. Creo.

Si mi madre supiera lo que está sucediendo a apenas tres metros de distancia de la puerta de su habitación, se quedaría hecha polvo.

«Sí. Desde luego que estoy preparada.»

La rabia me lleva a dejar caer la toalla. Cuando lo hago, Miller lanza un grito ahogado y mira hacia arriba. Me confunde que mire el techo en vez de a mí.

—Estoy aquí abajo.

Él lleva las manos a mis caderas y las deja descansar allí, mirando aún hacia arriba.

—Ya lo sé. Es solo que... supongo que estoy acostumbrado a que el sexo sea como el béisbol. Ya sabes, tienes que pasar por un montón de bases antes de llegar a la meta. Me siento como si estuviera haciendo trampas.

Eso me hace reír.

—Has conseguido un *home run,* Miller. Es tu noche de suerte.

Al fin baja la cabeza, pero me mira solo a la cara.

—Métete bajo las sábanas.

Sonrío y hago lo que me ha pedido mientras él intenta apartar la mirada de mí en todo momento. Se dispone a hacer lo mismo, pero lo detengo.

—Primero quítate los pantalones.

Miller ladea la cabeza.

—¿A qué viene tanta prisa?

—A nada. No quiero cambiar de idea.

—Quizá sea una señal de que no estás preparada.

«Dios, ¿por qué no puede ser como el resto de los chicos y comportarse como un auténtico idiota con este tema?»

—Estoy preparada. Estoy muy preparada.

Él se concentra en mi cara por un instante, como si buscara la parte de mí que le está mintiendo. Se olvida de que soy una gran actriz. Al final se pone de pie, se desabrocha los pantalones y se los quita de una patada. Lleva unos bóxers con un estampado de piñas.

—Sexy.

Él sonríe.

—Pensé que te gustarían.

Levanto la sábana y Miller se desliza a mi lado, pero entonces levanta un dedo.

—Un segundo. —Se asoma a un lado de la cama y toma los jeans. Al volver me muestra cuatro condones, como si yo tuviera que elegir—. Los he conseguido en el Valero de la esquina. Tienen sabor a frutas.

—¿Por qué tienen sabor? ¿Los condones se comen?

La pregunta hace que Miller se ría.

—No. Es para... —De repente se sonroja—. Ya sabes. Si te lo metes en la boca.

Su respuesta hace que sea yo la que se sonroje. Y la pregunta ha demostrado mi falta de experiencia. Lo más lejos que he llegado con un chico fue cuando Miller me quitó la camisa y nos pasamos una hora besándonos en su cama.

Le tomo de la mano el condón con sabor a naranja y lo dejo sobre la mesilla.

—El naranja no. Fastidiará el momento. Es que no puedo creer que hayas entrado en mi casa con eso.

Él se ríe.

—Lo siento. Son de la máquina dispensadora del baño de hombres. No pude elegir lo que me daba. —Miller toma uno de los condones que quedan y tira los otros dos sobre la mesilla, al lado del de naranja. Se voltea hacia mí, mete el brazo debajo de las sábanas y me atrae hacia sí.

Eso me asusta. La sensación de su piel contra la mía. Saber que lo único que nos separa ahora son sus bóxers. Me pasa una pierna por encima y una parte de mí se entristece al pensar que me estoy precipitando, porque besarnos en su casa fue agradable pero esto es diferente. Esto no es igual de íntimo porque nos estamos saltando muchos pasos, y soy consciente de ello, pero tengo la sensación de que ya he ido demasiado lejos para cambiar de idea. Hundo el rostro en el hueco de su cuello porque no quiero que me mire. Me da miedo lo que pueda ver al mirarme a los ojos.

—Aún no tengo que ponérmelo —susurra—. Podemos hacer otras cosas antes. O sea... técnicamente aún no te he tocado una teta.

Le tomo la mano y la deslizo sobre mi estómago hasta llegar a mi pecho. Miller gime, y entonces es el quien hunde la cara en mi cuello.

—Primero acabemos con la parte difícil. Luego podemos hacer otras cosas —propongo con un susurro.

Miller asiente con la cabeza, retira el brazo y me besa con dulzura. Noto que mientras lo hace se quita los bóxers. Se separa de mis labios mientras se pone el condón, pero mantiene la boca cerca de la mía. Su aliento me golpea a ráfagas.

Se coloca encima de mí y me mira con unos ojos que están llenos de tantas cosas... Anhelo, gratitud, asombro. Quiero sentir lo mismo que él mientras tenemos nuestra primera experiencia del otro, pero lo único que siento es que me han traicionado. Mentido. «Estúpida...»

—Relájate un poco más —me dice él—. Te dolerá menos si no estás tan tensa.

Intento relajarme, pero es difícil cuando no puedo pensar más que en cuánto lo siento por Jenny. Y por papá. Y que esta es la primera vez en que he deseado que no exista un más allá. Al menos no un más allá desde el que Jenny y papá puedan ver el escaso luto que Jonah y mi madre están guardando por ellos.

Los labios de Miller vienen a mí y agradezco la distracción. Acto seguido hay algo más que me distrae. Un dolor y una presión entre mis piernas cuando él comienza a empujar hacia mi interior, y entonces un dolor aún más profundo, acompañado del flujo de aire que pasa entre los labios de Miller.

Hago una mueca de dolor. Él deja de moverse y me besa con ternura en la comisura de la boca.

—¿Estás bien?

Asiento con la cabeza.

Me besa de nuevo y esta vez, cuando me embiste, noto que sucede. Es una sensación trascendental, como si en lo más profundo de mí hubiera habido una barrera que nos mantenía separados, pero esa barrera ha desaparecido y Miller se mueve sobre mí. «Acabo de perder mi virginidad.»

Es especial y a la vez no lo es.

Es doloroso y a la vez no lo es.

Me arrepiento y no me arrepiento.

Me quedo quieta, las manos sobre su espalda, las piernas rodeándolo. Me gusta sentirlo sobre mí, aunque no estoy segura de que me guste la sensación de lo que está pasando en su totalidad. No le estoy poniendo corazón, y eso significa que mi cuerpo ha de esforzarse. Miller está siendo tierno y dulce, y los sonidos que produce resultan extremadamente sensuales, pero no siento nada en mi alma. Mi alma está demasiado llena de resentimiento para que entre en ella nada de lo que está teniendo lugar ahora mismo.

Una parte de mí desearía haber esperado. Pero habría sido con Miller de todos modos. En el gran orden de las cosas, ¿habría habido alguna diferencia de haber prolongado la situación algunos meses?

Es probable que sí.

Está bien, es todo mi ser el que desearía haber esperado. Me siento mal por haberlo precipitado. Me siento mal porque la rabia ha alimentado esta decisión tan impulsiva. Pero Miller parece estar pasándosela bien, así que al menos hay algo positivo.

Quizá no estoy sintiendo lo que había anticipado para este momento porque esta noche me he dado cuenta de que el amor está tan lleno de fealdad y de traiciones que quizá no quiera tener nada que ver con él. Lo que creo sentir hacia Miller es probablemente lo que Jenny sintió por Jonah, y lo que probablemente mi padre sintió por mi madre, y mira cómo les fue.

La boca de Miller está ahora en mi cuello. Una de sus manos me agarra el muslo, y es como que me gusta la posición en la que estamos. Quizá la próxima vez que la utilicemos me dolerá menos, tanto en lo físico como en lo emocional. Quizá la próxima vez que suceda llegaré a apreciar lo mucho que él lo está disfrutando. Quizá llegaré a disfrutarlo yo misma.

Pero ahora no estoy disfrutando nada. Mi cabeza no deja de caer en lo mismo. Los actos de mi madre y Jonah hacen que deje de creer en lo que Miller y yo sentimos el uno por el otro, y eso me entristece. Y me duele, porque quiero creer en nosotros. Quiero creer en la manera en que me mira, pero, puesto que he visto a mi madre mirar a mi padre de ese modo, ¿significa algo? Quiero creer a Miller cuando me dice que nunca ha deseado tanto a nadie como a mí, pero ¿durante cuánto tiempo será eso cierto? ¿Hasta que se aburra de mí y encuentre a una chica a la que desee más? «Gracias a Dios que no tengo una hermana de la que pueda enamorarse.»

Me abrazo a Miller con más fuerza para esconder la cara en su piel. Odio estar pensando esto, sobre todo en este momento, pero Miller es el único apartado de mi vida que me ha hecho feliz desde el accidente, y ahora me da miedo que mi madre y Jonah puedan haberlo estropeado. No solo estoy dudando de ellos, y ahora de Miller, sino que me estoy planteando la estúpida idea de la monogamia y de la validez del amor, y pienso que perder la virginidad en realidad no ha sido tan especial. Porque, si el amor no existe, entonces el sexo no es más que sexo, y tanto da que esta sea la primera, la quinta o la última vez que lo practico.

Es solo una parte de un cuerpo dentro de una parte de otro cuerpo. Nada del otro mundo, carajo.

Quizá sea ese el motivo por el que a la gente le cuesta tan poco engañar a su pareja: porque en realidad el sexo es intrascendente. No hay ninguna diferencia con que dos personas se estrechen la mano. Quizá acostarse por primera vez con tu novio tenga tan poco significado como acostarse con el prometido de tu hermana muerta.

—¿Clara? —Miller dice mi nombre entre dos respiraciones pesadas. Entre dos embates. Entonces se detiene.

Abro los ojos y me separo de su cuello, dejo que mi cabeza caiga sobre la almohada.

—¿Te estoy haciendo daño?

Niego con la cabeza.

—No.

Me aparta el pelo de la cara y pasa el pulgar por la humedad de mi mejilla.

—¿Por qué lloras?

No quiero hablar de ello. Y menos ahora mismo. Sacudo la cabeza.

—No es nada.

Intento atraerlo de nuevo hacia mi cuerpo, pero él se separa y sale de mí. Ahora me siento extrañamente vacía.

—¿He hecho algo mal? —me pregunta.

Odio la ansiedad de su mirada. Odio que piense que parte de mi reacción ha tenido algo que ver con él, así que sacudo la cabeza de manera vehemente.

—No. No es por ti, lo juro.

Parece aliviado, pero solo durante una fracción de segundo.

—Entonces ¿de qué se trata? Me estás asustando —susurra.

—No es por ti. Es por mi madre. Esta noche hemos tenido una discusión terrible y es solo que... —Me seco las lágrimas con las manos—. Estoy tan enfadada con ella. Tanto que no sé cómo procesarlo. —Me pongo de lado para poder mirarlo a la cara—. Jonah y ella tienen una aventura.

Miller se echa un poco para atrás perplejo.

—¿Cómo?

Asiento con un gesto y veo la compasión en su mirada. Me pone una mano reconfortante en la sien.

—Antes, al llegar a casa, me los he encontrado en la cocina. Me he enfadado tanto... Nunca había estado tan enojada, y creo que de hecho podría odiarla. Es como que... no dejo de pensar en cómo ha traicionado a mi padre y a mi tía. No puedo dejar de pensar en todo lo que podría hacer para vengarme de ella y castigarla, porque no dejo de pensar que ella también merece sufrir. —Me apoyo en un codo—. Ha pasado demasiado poco tiempo desde su muerte para que ella piense en otra cosa que en mi padre. Y es por eso por lo que estoy bastante segura de que esto comenzó antes del accidente.

Miller guarda silencio durante un instante, me observa con expresión perpleja. Lo más probable es que no sepa cómo debe consolarme estando yo tan enfadada.

—¿Por eso me llamaste para que viniera? —Su voz suena áspera, aunque siga hablando en susurros—. ¿Porque estás enfadada con tu madre?

Su reacción me deja anonadada. Estiro el brazo y le pongo la mano en el pecho, pero él me toma la muñeca y la aparta. Rueda sobre sí y se sienta al borde de la cama, de espaldas a mí.

—No. Miller, no. —Le digo que no, pero es mentira y los dos lo sabemos. Le pongo una mano en el hombro, pero él se retrae al notar el contacto. Se pone de pie y oigo el chasquido del condón cuando se lo quita y lo arroja enojado al bote de basura que tengo al lado de la cama. Se pone los bóxers y los jeans. Se niega a mirarme.

—Miller, te lo juro, ese no es el motivo por el que te he hecho venir.

Él atraviesa la habitación.

—¿Por qué me has llamado, entonces? No estabas preparada para que pasara esto esta noche. —Recoge la camiseta y me mira al fin. Espero ver rabia en sus ojos, pero no veo más que dolor.

Me incorporo en la cama, con la manta subida hasta el pecho.

—Pero lo estaba. Te lo prometo. Quería estar contigo... por eso te llamé. —Intento recuperarme de manera desesperada, pero creo que lo he estropeado. Y eso me aterroriza.

Él da un paso adelante y hace un gesto con la mano hacia mí.

—Estás enfadada con tu madre, Clara. No me querías a mí... querías vengarte. Sabía que no estabas preparada. Ha sido raro..., ha sido... —Resopla con frustración.

Uso la sábana para secar parte de mis lágrimas.

—Te llamé porque estaba enfadada, sí. Pero ese enfado es lo que hizo que quisiera estar contigo.

Ya se ha pasado la camiseta por la cabeza, pero hace una pausa mientras se la baja por el torso.

—Habría venido, Clara. Sin necesidad de sexo. Y lo sabes.

¿Por qué no puedo dejar de agraviarlo? No quiero hacerle daño, pero ahora mismo es lo único que hago.

Miller vuelve a abrir la ventana y lo último que deseo es que se marche. No pretendía lastimarlo. No pretendía meterlo en esto. Pero no quiero que me deje sola en este momento.

—Miller, espera. —Está a punto de encaramarse a la ventana, así que me desplazo hasta el borde de la cama, envuelta aún en la manta, y se lo suplico—: Por favor. No ha sido nada personal. Te lo juro.

Esas palabras hacen que se aparte de la ventana y que regrese a la cama. Se agacha frente a mí y me toma la cara con ambas manos.

—Tienes razón. Por eso estoy tan molesto contigo. Aquello que más íntimo debía ser entre nosotros ha acabado siendo completamente impersonal.

Sus palabras me atraviesan, y un sonoro sollozo escapa de mi pecho. No puedo creer que haya hecho esto. Tengo la sensación de que me he rebajado al nivel de mi madre. Miller me deja ir y se sube a la ventana y yo me tapo la boca con ambas manos, incapaz de impedir que las emociones me desgarren. No es solo lo que le he hecho a Miller. Es todo. Lo estoy sintiendo todo. Siento la pérdida de Jenny y la ausencia de mi padre y la culpa por la forma en que murieron y la traición de mi madre y el dolor que le he provocado a Miller, y son tantas cosas a la vez que no creo que pueda seguir así. Me arrastro sobre la cama y hundo la cara en la almohada, pero lo que deseo en realidad es pasarme las sábanas sobre la cabeza y cerrar los ojos y no volver a sentir nada de esto. Es demasiado. No es justo. No es justo, no es justo, no es justo.

Noto que el colchón se hunde a mi lado y cuando me giro Miller me rodea con los brazos y me estrecha contra su cuerpo. Eso me hace llorar con más fuerza.

Intento decirle que lo siento, pero estoy llorando tanto que no me salen las palabras. Miller pega los labios con suavidad contra mi sien y yo me esfuerzo por decírselo, pero estoy segura de que la única palabra que logra entender entre mis sollozos es *siento*.

Él no me dice que no me preocupe, ni que me perdona. No dice nada. Se pasa los siguientes minutos consolándome en silencio mientras lloro.

Tengo la cara pegada a su pecho, hundida por completo en su camiseta. Cuando al fin encuentro las palabras me pongo a usarlas. Una y otra vez.

—Lo siento. Lo siento mucho. Tienes razón y me siento fatal. —Su cuerpo hace que lo que digo salga amortiguado—. Lo siento mucho.

Miller me sostiene la nuca con suavidad.

—Ya sé que te sientes mal —dice con un susurro—. Te perdono, pero sigo enfadado contigo.

Pese a lo que acaba de decir, me da un beso en el cabello y ese es todo el perdón que necesito de su parte en este momento. Es que tiene que estar enojado conmigo. No lo culpo. Yo estoy enojada conmigo misma.

Se queda un rato acostado a mi lado, pero cuando dejo de llorar se aparta y me mira a los ojos mientras me pasa una mano por la mejilla.

—Debería irme. Se está haciendo tarde.

Hago un gesto de negación y le dirijo una mirada suplicante.

—No, por favor. No quiero estar sola ahora mismo.

Puedo ver los tres segundos durante los que reflexiona como un remolino que rodea sus ojos, y entonces asiente con la cabeza.

Se incorpora sobre la cama y se quita la camiseta. Hace un gu-rruño con ella, estira los brazos hacia mí y me la pasa por la cabeza.

—Ponte esto.

Deslizo los brazos por la camiseta y, sin apartar las sábanas, me la bajo hasta los muslos.

No se me escapa que, pese a todo lo que ha pasado esta no-che, aún no me ha visto desnuda. No llegó a mirarme siquiera cuando dejé caer la toalla.

Se mete bajo las sábanas y me atrae hacia sí de modo que mi espalda quede pegada a su pecho. Compartimos la misma al-mohada. Nos damos la mano. Y acabamos quedándonos dor-midos, enfadados con personas diferentes, pero sintiendo el mismo dolor.

25

Morgan

Pensaba que había tocado fondo al rezar por la llegada del apocalipsis mientras lavaba unos biberones, pero quizá estuviera equivocada. Creo que podría estar tocando fondo ahora.

¿Qué hace la gente cuando toca fondo? ¿Se quedan esperando allí a que alguien les tire una cuerda? ¿Se dejan consumir y se van quedando en los huesos hasta que los buitres los encuentran?

Estoy en la cama, no me he movido de aquí desde anoche, pero ya he renunciado a quedarme dormida. Ahora que está a punto de salir el sol no le veo el sentido.

He ido hasta la habitación de Clara un par de veces más, pero ni me he molestado en llamar a la puerta. Puso música para no oírme, así que decidí dejarla que me odiara esta noche antes de intentar pedirle que me perdone.

Quizá haya sido mala idea esperar para comenzar con la terapia. Pensé que sería mejor darle unos meses, dejar que se asentaran las partes más difíciles del luto. Pero es evidente que fue un error. Tengo que hablar con alguien. Clara y yo tenemos que hablar con alguien. No estoy segura de que podamos solucionar esto por nuestra cuenta.

No quiero hablarlo con Jonah, porque él se limitará a disculparse y a decirme que todo está bien y a asegurarme que no hará más que mejorar. Y es posible que lo haga. Es posible que llegue la lluvia y que inunde este pozo en el que estoy, y que pueda subir flotando por él hasta abandonarlo. O al menos ahogarme. Cualquiera de las dos opciones me parece igual de atractiva.

Por mucho que iniciemos la terapia ya mismo, nada va a cambiar lo que pasó ayer por la noche. Nada va a cambiar el hecho de que mi hija vio a su madre besando al mejor amigo de su padre recientemente fallecido. Es incomprensible. Imperdonable.

Todos los psicólogos escolares y los terapeutas y las conversaciones y los libros de autoayuda del mundo no bastarán para que se quite esa imagen de la cabeza.

Me siento completamente mortificada. Abochornada.

Y, por muchos mensajes que me mande —siete desde anoche, cuando se marchó—, no pienso volver a hablar con Jonah. Durante mucho tiempo. No lo quiero en mi casa. No me gusta lo que su presencia provoca en mí. No me gusta la persona en la que me convierte. Besarlo anoche fue uno de los mayores errores que he cometido, y lo supe antes de dejar que sus labios tocaran los míos. Y aun así lo hice. Lo permití. Y lo peor de todo es que lo deseaba. Llevaba mucho tiempo deseándolo. Probablemente desde el día en que lo conocí.

Quizá sea por eso por lo que ahora me siento como una mierda, porque sé que, si Jonah no se hubiera marchado hace tantos años, quizá habríamos acabado en la misma situación que Jenny y Chris. A escondidas, traicionando a nuestras parejas, mintiendo a nuestra familia.

La rabia que siento hacia ellos no se ha reducido desde anoche. Tan solo he desarrollado una rabia nueva pero igual de intensa, esta vez dirigida hacia mí misma. No hay lección vital que pueda enseñarle ahora a Clara sin convertirme en una hipócrita. Tengo la sensación de que todo lo que le diga a partir de ahora no significará nada para ella. Y quizá esté bien que sea así. ¿Quién soy yo para criar a un ser humano? ¿Quién soy yo para enseñarle moralidad a nadie? ¿Quién soy yo para guiar a alguien por la vida cuando una venda cubre mis ojos y estoy corriendo en el sentido equivocado?

Me incorporo de golpe al oír que llaman a la puerta. Juro por Dios que como sea Jonah Sullivan me voy a enojar.

Tiro las sábanas al suelo al apartarlas y me pongo la bata. Aún no he tenido la oportunidad de hablar con Clara, y mientras no lo haga no pienso molestarme en hablar del tema con Jonah. Atravieso la casa con rapidez para llegar a la puerta antes de que ella se despierte.

Abro la puerta de par en par pero doy un paso hacia atrás al ver a la señora Nettle parada en el patio con la puerta mosquitera abierta.

—Me quería asegurar de que seguías viva —dice—. Supongo que es así. —Suelta la puerta mosquitera, que golpea contra el marco.

Le hablo a través de ella.

—¿Por qué pensó que estaba muerta?

Ella sigue alejándose, cojeando y sosteniéndose en su bastón.

—Una de las mosquiteras de las ventanas laterales está en el suelo. Pensé que alguien podría haber entrado durante la noche para asesinarte.

La observo hasta que llega a su patio para asegurarme de que no se caiga. Entonces cierro la puerta con llave. Genial. Una mosquitera rota. Es algo de lo que Chris se habría ocupado si estuviera vivo.

Nada más entrar en mi habitación me detengo.

Yo también tuve una vez la edad de Clara. Las mosquiteras de las ventanas no caen solas. «¿Se habrá escapado anoche de casa?»

Doy media vuelta y voy directa hacia su habitación. Ni siquiera llamo a la puerta, porque lo más probable es que no esté dentro para contestar. La empujo, pero tiene el pestillo puesto. Es uno de esos con forma de gancho, que se pueden levantar y sortear con facilidad. No me gusta nada tener que recurrir a meterme en su habitación, pero tengo que comprobar si se ha ido de verdad antes de vestirme para salir a buscarla.

Tomo una percha de mi armario y la introduzco por el resquicio de su puerta hasta que levanta el pestillo. Cuando lo aparta empujo la puerta, pero no se abre. ¿Ha puesto una barricada?

«Dios, es posible que esté más enfadada de lo que pensaba.»

Empujo la puerta con la cadera, desplazando lo que haya puesto contra ella. Logro que la puerta se abra unos centímetros y echo un vistazo.

Dejo escapar un enorme suspiro de alivio. Clara sigue dormida. No se ha escapado. O, si lo hizo, ya ha vuelto a casa, y eso es lo más importante.

Comienzo a cerrar la puerta, pero me detengo al ver un movimiento. Un brazo rodea el vientre de Clara. Un brazo que no es el suyo.

Lanzo todo mi cuerpo contra la puerta para abrirla. Clara se incorpora en la cama sobresaltada. Miller hace lo mismo.

—Pero ¡Clara!

Miller se ha puesto de pie y está luchando por ponerse los zapatos. Estira el brazo hacia la mesilla y toma unos condones, se los mete en el bolsillo de los jeans como si intentara esconderlos antes de que yo los vea. Pero, desde luego, ya los he visto, y estoy enfadada, y quiero que salga de mi casa ahora mismo, carajo.

—Tienes que irte.

Miller asiente con la cabeza. Le dirige a Clara una mirada cargada de disculpa.

Ella se tapa la cara.

—Dios mío, esto es tan vergonzoso...

Miller comienza a rodear la cama, pero se detiene y mira a Clara, luego a mí, luego a Clara, luego a su propio pecho desnudo. Es entonces cuando me doy cuenta de que Clara lleva puesta su camiseta.

¿Espera que ella se la devuelva? ¿Es idiota? «Lo es. Clara está saliendo con un idiota.»

—¡Largo!

—Miller, espera —dice Clara, que recoge del suelo la camiseta que llevaba puesta ayer y se dirige a su clóset. Se encierra dentro para poder cambiarse.

Miller parece no saber si debe hacerle caso y esperar a que le dé la camiseta o salir corriendo antes de que yo lo asesine. Por suerte para él, Clara solo tarda unos segundos.

Abre la puerta del armario y le da la camiseta.

Él se la pone, así que le grito de nuevo, esta vez con más fuerza:

—¡Largo! —Miro a Clara, que lleva puesta una camiseta que a duras penas le cubre el culo—. ¡Y tú vístete!

Miller se dirige apresuradamente hacia la ventana y comienza a abrirla. «De verdad es idiota.»

—¡Por la puerta, Miller! ¡Dios!

Clara se ha envuelto en una sábana y está sentada en la cama, llena de rabia y de vergüenza. Ya somos dos.

Miller pasa a mi lado con gesto nervioso, se voltea a mirar a Clara.

—¿Nos vemos en la escuela? —susurra como si yo no pudiera oírlo.

Ella asiente con la cabeza.

Es que de verdad... Podría haber metido a cualquier chico en su habitación, ¿y va y escoge a este?

—Clara no irá hoy a clase.

Clara mira a Miller cuando este sale al pasillo.

—Sí que iré.

Miro a Miller.

—No la verás allí. Adiós.

Él gira sobre sus talones y se marcha. «Por fin.»

Clara tira la sábana a un lado y se agacha para tomar los jeans que llevaba ayer.

—No puedes castigarme sin ir a la escuela.

La duda acerca de si tengo derecho a educarla ha dejado de existir en este momento gracias a la rabia. Hoy no irá a ningún sitio.

—Tienes dieciséis años. Y tengo todo el derecho a castigarte de la manera en que me dé la gana. —Paseo la mirada por la habitación buscando su celular para confiscarlo.

—De hecho, madre, tengo diecisiete. —Mete una pierna en los jeans—. Pero supongo que has estado demasiado ocupada con Jonah para acordarte de que hoy es mi cumpleaños.

«Mierda.»

Me equivoqué.

Ahora he tocado fondo. Intento recuperarme murmurando:

—No me he olvidado. —Pero es evidente que es así.

Clara pone los ojos en blanco mientras se abrocha el pantalón. Va al baño y regresa con la bolsa.

—No puedes ir a clase así. Es la ropa que llevabas ayer.

—Ya verás cómo puedo —dice mientras me empuja para pasar a mi lado.

Me quedo pegada al marco de la puerta de su habitación viéndola alejarse por el pasillo. Debería correr tras ella. Esto no está bien. Que meta a un chico en su dormitorio no está bien. Que se acueste con un chico con el que acaba de empezar a salir desde luego que no está bien. Aquí hay muchas cosas que no están bien, pero me asusta que esto quede fuera de mis habilidades como madre. Ni siquiera sé qué decirle ni cómo castigarla, ni si llegado este punto tengo derecho a hacerlo.

Oigo que la puerta de entrada se cierra de golpe y me estremezco.

Me agarro la cabeza y me deslizo hasta el suelo. Me rueda una lágrima por la mejilla, y le sigue otra. Lo odio, porque eso significa que les seguirá un dolor de cabeza terrible. Gracias a las lágrimas he tenido dolores de cabeza a diario desde el accidente.

Esta vez me lo merezco. Es como si mis propias acciones hubieran amparado su rebeldía. «Lo han hecho.» No volverá a respetarme nunca. No se puede aprender nada de alguien a quien no respetas. No es así como funcionan las cosas.

Oigo el débil sonido de llamada de mi celular en la otra punta del pasillo. Estoy segura de que es Jonah, pero, pese a que ni siquiera habrá tenido tiempo para salir dando marcha atrás del camino de acceso, una parte de mí se pregunta si podría ser Clara. Voy corriendo a mi habitación, pero no reconozco el número.

—¿Hola?

—¿La señora Grant?

Tomo un pañuelo de papel y me limpio la nariz.

—Soy yo.

—Soy el técnico que irá hoy a arreglarle el cable. Quería informarle de que tendrá que haber alguien en casa de nueve a cinco para permitirme acceder y realizar la reparación.

Me hundo en la cama.

—¿En serio? ¿Espera que me pase todo el día encerrada en casa?

Hay una pausa. El hombre se aclara la garganta y dice:

—Es nuestra política, señora. No podemos entrar en una residencia vacía.

—Entiendo que la política sea que deba haber alguien aquí, pero ¿no me puede dar un plazo de tiempo más pequeño? ¿Dos horas, quizá? ¿Tres?

—Es difícil precisarle una hora concreta porque las necesidades varían de una reparación a la otra.

—Sí, pero vamos ya. ¿El día entero? ¿Por qué tengo que quedarme en esta casa durante ocho horas, carajo? —«Dios mío, estoy maldiciendo delante del técnico del cable.» Sacudo la cabeza, me llevo la palma de la mano a la frente—. ¿Sabe qué? Anúlelo. Ni siquiera quiero el cable. Ya nadie tiene cable. De hecho, probablemente debería usted comenzar a buscarse otra profesión, porque al parecer ser técnico de cable ya no es sostenible.

Cuelgo y a continuación tiro el celular sobre la cama y me quedo mirándolo.

Está bien. Está bien. Ahora he tocado fondo. Ahora sin duda he tocado fondo.

26

Clara

Llego a la escuela media hora antes de que comiencen las clases. Solo hay unos cuantos vehículos en el estacionamiento, y la camioneta de Miller no es uno de ellos. Ni loca pienso entrar en la clase de Jonah antes de tiempo, así que acciono la palanca para bajar el asiento y me recuesto en él.

No pienso llorar.

De hecho, ahora mismo ni siquiera estoy enfadada. Si acaso insensibilizada. Han pasado tantas cosas durante las últimas doce horas que tengo la sensación de que mi cerebro debe de contar con una válvula de apagado para situaciones de emergencia. No es algo que me apene. Prefiero esta falta de sensibilidad a la rabia de anoche y a la vergüenza de esta mañana, cuando mi madre ha sido tan grosera con Miller.

Lo entiendo. Metí a un chico en mi habitación. Me acosté con él. Es una mierda, pero ella perdió anoche el privilegio de decirme qué es y qué deja de ser un comportamiento de mierda.

Me estremezco al oír un golpe en la ventana del copiloto. Miller está parado al lado de mi coche, y ya no me siento insensibilizada porque verlo me devuelve un brote de vida. Él abre la puerta y se sienta, me ofrece un café.

Nunca había tenido tan buen aspecto. Sí, está cansado, y ninguno de los dos nos hemos lavado los dientes ni el pelo, y llevamos la misma ropa de ayer, pero me ha traído un café y me está mirando como si no me odiara y eso es bonito.

—He pensado que la cafeína te caería bien —dice.

Doy un sorbo y saboreo el calor sobre la lengua y la dulzura del caramelo que se desliza por mi garganta. «No sé por qué he tardado tanto tiempo en comenzar a disfrutar del café.»

—Por si sirve de algo... ¿feliz cumpleaños?

Suena a pregunta. Supongo que lo es.

—Gracias. Aunque está siendo el segundo peor día de mi vida.

—Creo que el segundo peor día de tu vida fue ayer. Hoy aún existe la posibilidad de que mejore.

Bebo otro sorbo y le tomo la mano, se la aprieto, entrelazo mis dedos con los suyos.

—¿Qué pasó cuando me fui? ¿Te castigó?

Me río.

—No. Y no lo hará.

—Ayer por la noche me metiste en tu habitación. No estoy seguro de que puedas librarte de esta, por mucho que sea tu cumpleaños.

—Mi madre es una mentirosa, una tramposa y un muy mal ejemplo para mí. Esta mañana he decidido que ya no voy a seguir sus reglas. Me irá mejor si me educo a mí misma.

Miller me aprieta la mano. Me doy cuenta de que no le gusta lo que digo, pero tampoco intenta hacer que cambie de idea. Quizá piense que solo necesito tiempo para calmarme, pero el tiempo no servirá de nada. Estoy harta de mi madre.

—¿Qué te dijo Lexie cuando le contaste lo que había pasado?

Lo miro y levanto una ceja.

—¿Lexie? —Él asiente, sorbe su café—. ¡Mierda! ¡Lexie! —Arranco el coche—. Me he olvidado de recogerla.

Miller se ríe.

—Bueno, en tu defensa has tenido una mañana ajetreada. —Se inclina y me besa—. Nos vemos a la hora de la comida.

Le devuelvo el beso.

—Está bien.

Él se agarra de la manija de la puerta y se dispone a salir. Le aprieto el brazo, porque tengo que decirle algo más. Cuando se deja caer de nuevo en el asiento y me mira, llevo una mano a su sien. No sé cómo expresar lo mucho que siento lo de anoche. Me quedo mirándolo, completamente arrepentida en mi interior, pero en este momento parece que se me ha olvidado hablar.

Miller se inclina y pega la frente a la mía. Cierro los ojos, y él aguanta unos instantes en esa posición. Lleva una mano a mi nuca y comienza a acariciarla.

—No pasa nada, Clara —dice en un susurro—. Te lo prometo. —Me planta un breve beso en la frente antes de salir del coche y cerrar la puerta.

Soy perfectamente consciente de que anoche me comporté como una idiota. Sigo avergonzada. Tanto que soy consciente de que no pienso contarle a Lexie lo que sucedió entre Miller y yo. No se lo contaré nunca a nadie. Y espero que algún día podamos recomponer ese momento, porque la verdad es que lo estropeé de muy mala manera.

Había llegado tan temprano a la escuela que, cuando al fin aparecí en casa de Lexie, ella ignoraba que me había olvidado de pasar a buscarla. Salió a mi encuentro con un regalo envuelto y un globo metálico que decía «Que te mejores».

Es algo que hace constantemente. Espera hasta el último minuto, cuando ya es demasiado tarde para encontrar la tarjeta adecuada. O el globo. O el papel de envolver. La mitad de las cosas que me regala suelen estar envueltas con papel navideño, sin importar la época del año que sea.

Aún no puedo creer que mi madre se haya olvidado de mi cumpleaños. Al menos Miller y Lexie lo han recordado.

Aunque he cumplido los diecisiete hace unas pocas horas, me siento orgullosa de esta nueva madurez. Hace media hora, al entrar en la clase de Jonah, me he dirigido directamente a mi asiento sin pegarle un puñetazo. Tampoco lo he hecho cuando me ha dado los buenos días. Ni cuando se le ha quebrado la voz al hacerlo. Ni siquiera lo he mirado a los ojos.

Lleva veinte minutos de lección, y no he llevado a cabo ni una sola de las cosas con las que he fantaseado durante esos veinte minutos. He deseado gritar, llamarlo adúltero, contarle a toda la clase lo de su aventura con mi madre, piratear el sistema de intercomunicación para contárselo a toda la escuela.

Pero no he hecho ninguna de esas cosas, y me siento orgullosa de mí misma por ello. Me he mantenido completamente calmada y serena, y mientras logre mantener la mirada apartada de él creo que seré capaz de superar la clase entera y escapar sin caer en la confrontación.

Me sientan bien los diecisiete. Ya casi soy una adulta. Y gracias a Dios, porque no puedo confiar en mi madre para que me siga educando.

Efren me cae cada vez mejor. Por primera vez
voy a ir de fiesta el viernes porque hemos
estado hablando y me acaba de preguntar
si quiero salir con él.

El mensaje de Lexie me provoca una sonrisa.

¿Qué le has contestado?

Que no.

¿Por qué?

Es broma. En realidad le he dicho que sí. Estoy
impactada. Es tan bajito... Pero es
majo conmigo, y eso compensa todas
las cosas que le faltan.

En lo que se refiere a los chicos, Lexie es la persona más exigente que yo haya conocido. La verdad es que me sorprende que haya aceptado salir con Efren. Me alivia, pero me sorprende.

Comienzo a escribirle otro mensaje cuando Jonah dice:

—Clara, por favor, guarda el celular.

El corazón me da un salto al oír su voz. Hace que se me erice la piel.

—Lo guardaré cuando haya acabado este mensaje.

Oigo un par de gritos ahogados en el aula, como si hubiera dicho una palabrota o algo así. Sigo escribiendo mi respuesta para Lexie.

Tengo que preguntar en Administración si puedo cambiar de clase. De ninguna manera podré seguir mirando a Jonah durante lo que queda de curso. No quiero estar en la misma habitación que él, en el mismo pueblo que él, en el mismo mundo que él.

—Clara... —Dice mi nombre con suavidad, como si me estuviera suplicando que no haga una escena. No puede permitir que mande mensajes cuando nadie puede tener el celular a la vista. Entiendo lo embarazoso de su problema: no desea llamarme la atención, pero se ve obligado a hacerlo. Debería sentirme mal, pero no es así. Me gusta que se sienta incómodo en este momento. Se merece su propia dosis de lo que yo vengo experimentando desde que lo vi toqueteando a mi madre y metiéndole la lengua hasta la garganta.

«Dios, por mucho que lo intente no me lo puedo quitar de la cabeza.»

Levanto la vista y lo miro por primera vez desde que entré en el aula. Jonah está parado delante de su pupitre, apoyado en él, con los pies cruzados a la altura de los tobillos. Está en modo maestro. Es algo que por lo general respetaría, pero ahora mismo lo único que veo en él es al hombre que engañó a mi tía Jenny. Con mi madre.

Cuando asiente con la cabeza en dirección a mi teléfono con expresión suplicante, pidiéndome en silencio que lo guarde, pierdo los estribos. Tomo el celular con la mano derecha y lo lanzo hacia el bote de basura que hay junto a la puerta del aula. El teléfono se estrella contra la pared y cae al suelo hecho pedazos.

«No puedo creer que haya hecho eso.»

Al parecer, el resto de la clase tampoco se lo puede creer. Se produce un grito ahogado colectivo. Creo que uno de esos gritos es mío.

Jonah endereza la espalda y se dirige hacia la puerta de la clase. La abre y señala en dirección al pasillo. Recojo la mochila y me levanto de la silla. Desfilo hacia la puerta, encantada de abandonar la clase. Al salir lo fulmino con la mirada. Estoy convencida de que vendrá a acompañarme al despacho del director, así que no me sorprende que cierre la puerta y me siga.

—Clara, para.

No lo hago. No lo voy a escuchar. Ni a mi madre. Se acabó el escuchar a los adultos que quedan en mi vida. Tengo la sensación de que podría resultar contraproducente para mi salud mental.

Siento que la mano de Jonah se cierra sobre la parte superior de mi brazo, y el hecho de que intente detenerme y mantener una conversación conmigo me pone furiosa. Doy un jalón para liberarme y giro sobre mis talones. No sé lo que está a punto de salir de mi boca, pero noto que la rabia me sube por la garganta como la lava de un volcán.

Justo antes de que pueda decírselo, él recorre la distancia que nos separa y me rodea con los brazos, apretando mi cara contra su pecho.

«Pero ¿qué carajo?»

Intento apartarlo, pero no me deja ir. En su lugar, me estrecha con más fuerza.

El abrazo hace que me sienta rabiosa, pero también que pierda la concentración por un instante. No me lo esperaba. Esperaba que me mandara al despacho del director o que me suspendiera o que me expulsara, pero desde luego que no esperaba un abrazo.

—Lo siento —dice él con un susurro.

Intento apartarlo una vez más, pero no lo hago con demasiada fuerza porque lleva puesto el mismo tipo de camisa que vestía mi padre la última vez que se despidió de mí dándome un abrazo. Una camisa suave y blanca, de botones y con un tacto agradable sobre mi piel. Tengo la mejilla pegada a uno de los botones de plástico, y cierro los ojos con fuerza sin saber qué hacer porque, aunque ahora mismo odie a Jonah, este abrazo me recuerda a mi padre.

Incluso huele un poco a él. Como a hierba recién cortada durante una tormenta. Al ver que no relaja el abrazo, me pongo a llorar. Incluso su mano sobre mi nuca me hace pensar en mi padre. Me odio a mí misma por ello, pero me inclino sobre él y lo dejo que me abrace mientras lloro. Añoro tanto a mi padre... En este momento siento más tristeza que rabia, así que dejo que Jonah me abrace porque me parece mejor que pelearme con él.

«Lo echo tanto de menos...»

No sé cómo ha sucedido esto. No sé cómo he pasado de tirar el celular de un lado al otro del aula, a sollozar contra el pecho de Jonah, pero me alegro de que no me esté arrastrando en dirección al despacho del director. Él espera a que me calme un poco y pega la cabeza a mi coronilla.

—Lo siento, Clara. Los dos lo sentimos.

No sé si está siendo sincero, pero que lo sienta no va a cambiar nada, creo. Debería sentirlo. Sentirlo es lo mínimo que puede hacer para solucionar este entuerto.

Es que no logro entender una traición a estos niveles. No puedo entender que mi madre vaya por ahí, supuestamente afligida por la pérdida de su alma gemela, y un minuto después tenga la lengua metida en la garganta del mejor amigo de esa alma gemela.

—Es como si ellos no les importaran a ninguno de los dos.

Quizá no estaría tan enfadada si hubiera descubierto a mi madre besando a un desconocido cualquiera. Pero Jonah no es ningún desconocido. Es Jonah. Es el Jonah de Jenny.

Él se echa hacia atrás, deja caer las manos sobre mis hombros.

—Pues claro que nos importan. Lo que viste..., eso no tuvo nada que ver con ellos.

Me alejo de sus manos.

—Eso tiene todo que ver con ellos.

Jonah suspira y se cruza de brazos. Parece verdaderamente arrepentido. Una pequeña parte de mí desea dejar de estar enfadada, al menos para que él no tenga esa expresión en la cara.

—Tu madre y yo... Nosotros... No lo sé. No te puedo explicar lo que pasó anoche. Y la verdad es que tampoco quiero hacerlo. Es algo que tienen que tratar tu madre y tú. —Da un paso hacia delante—. Pero es que esa es la cuestión, Clara. Tienes que hablarlo con ella. No puedes encerrarte en tu habitación para siempre. Sé que estás furiosa, y tienes todo el derecho del mundo a estarlo, pero prométeme que lo hablarás con ella.

Asiento con la cabeza, pero solo porque él parece muy sincero. No porque en realidad vaya a hablar del tema con mi madre.

Estoy bastante menos enojada con Jonah que con ella, porque esto en realidad ni siquiera es su culpa. Tengo la sensación de que el noventa por ciento de mi rabia está depositada en mi madre. Jonah y Jenny ni siquiera estaban casados. No llevaban tanto tiempo saliendo. Y mi padre no era el hermano de Jonah, así que sus respectivas traiciones están en dos niveles diferentes. En dos continentes diferentes.

Jonah debería sentirse culpable, pero mi madre debería sentirse como un despojo humano.

Levanto la mirada hacia el techo y me paso las manos por la cara. Las dejo caer sobre mis caderas.

—No puedo creer que haya tirado el celular.

—Es tu cumpleaños. Hoy el arrebato te ha salido gratis. Pero no se lo digas a tus compañeros.

Me sorprende, pero encuentro en mí una carcajada con la que responder a eso. Entonces suspiro con pesadez.

—La verdad es que no parece que sea mi cumpleaños.

Cuesta sentir que lo sea cuando mi propia madre se ha olvidado de él. Supongo que eso significa que nuestras tradicionales cenas de cumpleaños se han acabado para siempre.

Jonah señala hacia la puerta de la clase.

—Tengo que volver ahí dentro. Ve a tu coche a esperar a que acabe la hora. Necesito que al menos la clase piense que te he castigado.

Asiento y comienzo a alejarme de él. Jonah se dirige de vuelta al aula y una parte de mí desea darle las gracias, pero tengo la sensación de que lo lamentaría de inmediato. En realidad, no tengo nada que agradecerle. Si hemos de llevar la cuenta, aún me debe un millón de pases libres.

Las tres horas siguientes transcurren sin que cometa ninguna agresión. Es un progreso.

No he visto a Miller desde primera hora de la mañana, y como que me está matando. Por lo general nos mandamos mensajes de texto durante todo el día, pero lo más probable es que mi celular se encuentre en el fondo del bote de basura de Jonah. Cuando al fin entro en la cafetería a la hora de la comida y me acerco a su mesa, veo que una expresión de alivio se extiende por su rostro. Se corre a un lado para hacerme sitio entre él y Efren.

—¿Estás bien? —me dice mientras me siento—. Se rumorea que le tiraste el celular al señor Sullivan.

—Es posible que lo haya lanzado en su dirección, pero quería apuntar al bote de basura.

—¿Te han castigado?

—No. Me ha hecho salir al pasillo y me ha dado un abrazo.

—Un momento —replica Lexie—. ¿Tiras el celular y él te da un abrazo?

—No se lo cuentes a nadie. He tenido que hacer como que me había castigado.

—Ojalá tuviera un tío profesor —comenta Lexie—. Es injusto.

Miller pega los labios a mi hombro y a continuación deja que su barbilla se quede descansando allí.

—Pero ¿estás bien? —me pregunta en un susurro.

Asiento con la cabeza porque quiero estar bien, pero la verdad es que está siendo un día de mierda. La de ayer fue una noche de mierda. Los últimos meses han sido una mierda, y parece que no logro levantar cabeza. Noto calor detrás de los ojos, y entonces Miller levanta la mano y me masajea la nuca.

—Hace buen día. ¿Quieres ir a dar una vuelta en *Nora*?

Ahora mismo, eso es lo único que podría hacerme sentir algún tipo de alivio.

—Me encantaría.

Me he saltado un funeral con él, me he drogado con él, me han castigado con él, lo he metido en mi habitación, he perdido la virginidad con él... En comparación, no ir a clases durante medio día parece una mejora en mi comportamiento.

Miller me ha traído al parque municipal, que bordea un estanque de gran tamaño al que mi padre solía llevarme a pescar en días como este. Miller, que se ha sentado a la sombra de un árbol con las piernas estiradas, está dando golpecitos en el espacio que queda entre ellas. Me siento con la espalda contra su pecho y me rodea con sus brazos mientras me amoldo a él hasta encontrar la posición más cómoda.

Apoyo la cabeza sobre su hombro, y él deja descansar la mejilla sobre mi cabeza. Me pregunta:

—¿Cómo era tu padre?

No ha transcurrido tanto tiempo, pero me da la sensación de que tengo que esforzarme para recordarlo.

—Tenía una risa genial. Ruidosa, capaz de llenar toda la habitación. A veces mi madre pasaba vergüenza en público, porque cuando se reía la gente se volteaba para mirarnos. Y se reía de todo. Trabajaba mucho, pero nunca se lo eché en cara. Probablemente porque, cuando estábamos juntos, él estaba allí, presente. Quería saber qué tal me había ido el día, y siempre me contaba cómo había sido el suyo. —Suspiro—. Echo de menos eso. Echo de menos contarle lo que hago durante el día, aunque no haya nada que contar.

—Parece un tipo genial.

Asiento con la cabeza.

—¿Qué hay del tuyo?

Noto un movimiento en el pecho de Miller, como una carcajada silenciosa y poco convincente.

—No se parece a tu padre. En nada.

—¿Te crio él?

Noto que Miller niega con la cabeza.

—No. Durante mi infancia pasé tiempo con él de tanto en tanto, pero es que siempre estaba entrando y saliendo de la cárcel. Cuando yo tenía quince años eso le pasó factura, y recibió una condena más larga. Saldrá dentro de un par de años, pero dudo que vayamos a tener algún tipo de relación. De todos modos ya llevábamos un tiempo sin vernos cuando lo arrestaron.

Así que ese es el motivo por el que mi padre hizo aquel comentario sobre el padre de Miller: «De tal palo tal astilla». «Mi padre estaba equivocado, es evidente.»

—¿Mantienen algún tipo de contacto?

—No —contesta Miller—. O sea... no lo odio. Es solo que me he dado cuenta de que a algunas personas se les da bien ser padres y a otras no. No me lo tomo como algo personal. Simplemente prefiero no tener ninguna relación con él.

—¿Y tu madre? —le pregunto—. ¿Cómo era?

Noto que se desinfla un poco antes de decir:

—No la recuerdo muy bien, pero tampoco tengo recuerdos negativos de ella. —Pasa una pierna sobre mi tobillo—. Ya sabes, creo que de ahí viene mi amor por la fotografía. Después de su muerte... no tenía nada con lo que recordarla. Ella detestaba las cámaras, así que hay muy pocas fotos suyas. Y poca cosa en video. No tardé mucho en pedirle al yayo que me comprara mi primera cámara. Desde entonces la tengo puesta siempre delante de su cara.

—Probablemente podrías dedicarle una película entera.

Miller se ríe.

—Podría. Quizá lo acabe haciendo, aunque sea algo solo para mí mismo.

—Entonces... ¿qué pasará cuando él...?

—Todo irá bien — responde con firmeza, como si no quisiera seguir hablando del tema. Lo entiendo. Un padre en prisión, una madre muerta, un abuelo con cáncer terminal... Lo entiendo. Yo tampoco querría hablar de ello.

Nos quedamos sentados en silencio durante un rato más hasta que Miller dice:

—Demonios. Se me olvida siempre. —Me empuja un poco hacia delante y se va trotando hasta la camioneta. Regresa con su cámara y un trípode, y los instala a varios metros de nosotros.

Se desliza entre el árbol y mi cuerpo, y recupera la posición de antes.

—Esta vez no mires a la cámara.

Es lo que estaba haciendo cuando me lo ha dicho, así que miro hacia el agua.

—Quizá deberíamos anular el proyecto.

—¿Por qué?

—Tengo la cabeza en mil cosas. He estado de mal humor todo el rato.

—¿Cuántas ganas tienes de convertirte en actriz, Clara?

—No quiero ser otra cosa.

—Pues te vas a llevar una sorpresa si piensas que te presentarás cada día en el rodaje de buen humor.

Resoplo.

—Te odio cuando tienes razón.

Miller se ríe y me da un beso en la sien.

—Entonces debes de odiarme muchísimo.

Niego levemente con la cabeza.

—Ni un poquito.

Nos volvemos a quedar en silencio. Al otro lado del estanque hay un hombre con dos niños pequeños. Les está enseñando a pescar. Lo observo, preguntándome si estará engañando a la madre de los niños.

A continuación vuelve la rabia, porque ahora tengo la sensación de que me voy a pasar el resto de mi vida esperando lo peor de la gente.

No quiero hablar de la tía Jenny y papá, ni de mamá y Jonah, pero las palabras brotan de mí igualmente.

—Por la manera en que Jonah hablaba hoy... de veras sonaba arrepentido. Como si quizá su beso hubiera sido un accidente, o algo único. Quiero preguntárselo a mi madre, pero me da miedo que sea sincera y me conteste que hay mucho más que eso. Y tengo la sensación de que es así, porque sé que estuvieron en un hotel cuando no había pasado ni una semana desde el accidente.

—¿Cómo lo sabes?

—Por la aplicación. ¿Qué otro motivo podrían tener para haber ido allí si no tenían algo?

—En cualquier caso, tienes que hablarlo con ella. No hay otra posibilidad.

—Ya lo sé. —Espiro con fuerza—. ¿Sabes? No me sorprende que Jonah haya podido hacer algo así. Solo volvió aquí y comenzó a salir con Jenny porque la había dejado embarazada. No fue porque estuvieran locamente enamorados. Pero mi madre... Papá y ella llevaban juntos desde la escuela. Es como que no sintió el más mínimo respeto hacia mi padre.

—Eso no lo sabes. Es posible que Jonah y ella estén tristes.

—A mí no me pareció que eso fuera aflicción.

—Quizá encontrar consuelo el uno en el otro los ayuda con su luto.

No quiero ni pensarlo. Sería una manera muy rara de guardar luto.

—Bueno. No haber ido a clases me ha ayudado con la pena, así que gracias.

—Cuando quieras. Bueno, cuando quieras menos a última hora. Tengo un examen, así que tengo que volver pronto.

—Yo estoy lista.

—¿Vas a hacer algo por tu cumpleaños esta noche?

Me encojo de hombros.

—Desde siempre hemos tenido la tradición de celebrar los cumpleaños con una cena familiar. Pero supongo que eso queda descartado. Ya apenas me queda familia.

Miller me estrecha con fuerza. Eso hace que eche de menos los abrazos de mi padre. Incluso el abrazo que me ha dado Jonah hoy ha hecho que lo echara de menos.

—Bueno, si tu madre te deja, te llevaré a algún sitio.

—Dudo mucho que me deje salir, y quizá esté demasiado cansada para enfrentarme con ella por eso.

—Me pone triste pensar que puedas pasar tu cumpleaños sola en tu habitación.

—Sí, bueno. Es un día más.

Me pregunto qué pensaría mi padre al descubrir que estoy tan triste el día de mi cumpleaños. Lo más probable es que se sintiera decepcionado al ver que no seguimos con las cenas familiares. Me apuesto algo a que la tía Jenny también se sentiría decepcionada. Hasta donde recuerdo, no fallamos nunca a una.

Eso hace que me pregunte por qué he asumido de manera automática que la tradición iba a acabar con su muerte. Ellos no querrían que se acabara.

Aunque mi madre parece haber dejado de respetar la tradición, eso no significa necesariamente que la tradición no deba continuar. Así al menos podría ver a Miller esta noche.

Me incorporo y lo miro.

—¿Sabes qué? Quiero organizar una cena de cumpleaños esta noche. Y quiero que vengas.

Él levanta una ceja receloso.

—No lo sé. No se ve que tu madre quiera que vuelva a entrar en tu casa nunca más.

—Ya hablaré con ella cuando vuelva. Si hay algún problema, te llamaré.

—No tienes celular.

—Te llamaré desde el teléfono de casa.

—¿La gente aún tiene de esos?

Me río.

—Mi madre tiene treinta y cuatro años, pero es una anciana de treinta y cuatro años.

Me recuesto sobre él pensando en mi cumpleaños. La verdad es que no sería justo que intentara castigarme. Si lo hace, quizá le eche en cara lo del Langford. Lleno los pulmones de aire lentamente. Cuanto más lo pienso, más me enfado. La idea de que los dos mantuvieran un encuentro amoroso en un hotel la semana después del accidente me lleva a sentir deseos de venganza.

Intento dejar de pensar en ello. Me doy la vuelta, me siento a horcajadas sobre Miller y lo beso durante varios minutos. Es una buena distracción, pero al final tenemos que regresar a la escuela.

Me quedo esperando en el coche a que acabe la última hora antes de volver a casa. Y probablemente haya sido una mala idea, porque me paso todo ese tiempo pensando en todas las maneras con las que puedo llevar a cabo la venganza que papá y Jenny se merecen.

Me dirijo hacia casa aún más enfadada que cuando salí camino de clase esta mañana.

27

Morgan

Cuando Clara llega de la escuela, estoy en su habitación, colgando su ropa en el clóset. Me he mantenido todo el día ocupada limpiando, lavando la ropa, organizando cosas automáticamente. No se me escapa que no he salido de casa, así que jamás debería haber anulado la visita del técnico del cable. Ahora mismo podría estar poniéndome al día con *Real Housewives*.

Oigo que Clara viene por el pasillo, así que me preparo para el impacto. Me imagino que me gritará o me ignorará. Será una cosa o la otra. Estoy colgando la última camisa cuando entra en la habitación y deja caer la mochila sobre la cama.

—¿Qué habrá para mi cena de cumpleaños? Tengo hambre.

La miro recelosa, porque tengo la sensación de que se trata de un truco. «¿Quiere que organicemos una cena?» Me sorprende, pero le sigo el juego por si acaso está siendo sincera. «Espero que esté siendo sincera.»

—Estaba pensando en una lasaña —digo. Sé que la lasaña es su plato favorito.

Ella asiente con la cabeza.

—Perfecto.

Quizá tenga que salir corriendo al súper, pero llegado este punto haría cualquier cosa por tener la oportunidad de mantener una conversación con ella. Y esta cena será la oportunidad perfecta. Es posible que ella también se haya dado cuenta. Sin Jenny y Chris, Jonah no vendrá. Estaremos las dos solas. Hace mucho que deberíamos haber hablado con el corazón en la mano.

Estoy cortando los jitomates para la ensalada cuando suena el timbre. Me seco las manos en un trapo y comienzo a dirigirme hacia la puerta. Clara me intercepta por sorpresa. Abre la puerta de par en par y me quedo atónita al ver a Jonah y Elijah.

¿Qué está haciendo aquí? ¿De verdad ha pensado que la cena seguía en pie después de lo de anoche?

Me imagino que Clara le va a cerrar la puerta en la cara, pero no lo hace. Él le entrega una caja y, aunque estoy de puntillas en el umbral de la cocina intentando ver lo que es, no tengo ni idea de lo que acaba de darle.

—¿En serio? —Clara suena excitada.

Tengo la sensación de estar en la dimensión desconocida.

—Tenía un teléfono viejo en un cajón de casa —dice Jonah.

—Pero este es el último modelo.

—Me he quedado con el viejo.

Clara lo deja entrar, y yo vuelvo a meterme en la cocina. ¿Por qué le ha comprado un celular? ¿Es esa su manera de ganársela de nuevo? «Así no se educa a un hijo, Jonah.»

—Ya le he puesto tu vieja tarjeta SIM, así que debería estar listo para que lo uses.

—Gracias.

Es agradable oír un atisbo de alegría en su voz, pero me cuesta sentir algún alivio al ver que Jonah viene a la cocina tras de mí.

—¿Le has comprado un celular nuevo? —le pregunto sin voltearme.

—Hoy se le ha caído el suyo en clase y se ha roto, así que le he dado uno de los míos.

Inspiro con fuerza antes de voltearme para mirarlo. Odio cómo me siento después de lo de anoche. Por breve que fuera el beso, no dejo de notar su presencia. Es como si aún tuviera su sabor en los labios.

—¿Qué haces aquí?

—Clara me ha llamado hará una hora. Me ha dicho que su cena de cumpleaños seguía en pie.

Miro en dirección a Clara con los ojos entornados.

—¿Qué está tramando?

Jonah se encoge de hombros y se recoloca a Elijah entre los brazos.

—Quizá no le importe.

—¿Qué?

—Lo nuestro.

—Le importa. Y no hay un «lo nuestro». —Dicho eso, giro sobre mis talones y acabo de preparar la ensalada.

Jonah se sienta en la mesa y comienza a jugar con Elijah haciéndole caras. Es adorable y espantoso. No puedo dejar de lanzarle miradas, porque la interacción con su hijo resulta arrebatadora. Quizá más incluso porque sé que Elijah ni siquiera es su hijo biológico, pero Jonah lo quiere como si lo fuera. Odio que Elijah sea el fruto de la traición de Chris y Jenny, pero me encanta que a Jonah eso no le importe.

Verlo con Elijah hace que tenga demasiados pensamientos positivos sobre él, así que voy y le tomo al niño para detener las emociones que se disparan en mi interior. Me siento en la mesa y giro a Elijah hacia mí. Él me sonríe. Ahora se emociona al verme, y eso hace que se me derrita el corazón.

—¿Necesitas ayuda con algo? —se ofrece Jonah.

—Puedes ponerle el glaseado al pastel —sugiero.

Lo que sea con tal de que desaparezca de mi campo de visión.

Jonah acaba de terminar con el glaseado del pastel cuando vuelve a sonar el timbre. Los dos nos miramos confundidos.

—¿Estás esperando a alguien más?

Niego con la cabeza y le paso a Elijah para dirigirme hacia la puerta. Pero una vez más Clara atraviesa la sala apresuradamente y llega antes que yo. Cuando la abre me quedo paralizada.

Miller Adams está en el umbral. Parece nervioso, pero no tengo tiempo de tomar nota de su aspecto ni de gritarle incluso antes de que Clara lo tome de la mano y lo haga entrar en la casa. Ahora Jonah está a mi lado. Mientras Clara lo arrastra hacia el pasillo, Miller nos dirige un medio saludo con la mano.

—Hola, señor Sullivan. —Traga saliva, y su voz tiene un volumen más bajo cuando se dirige a mí—: Señora Grant...

No tenemos la oportunidad de contestar nada porque Clara se lo ha llevado ya de la sala.

—No sé qué hacer —susurro.

—¿Sobre qué? —repone Jonah.

Lo miro incrédula, pero entonces me doy cuenta de que no tiene ni idea de lo que Clara hizo anoche. Le pongo una mano en el hombro y lo empujo de regreso a la cocina. Él se voltea para encararme, y yo intento hablar en voz baja pese a la rabia que siento.

—Esta mañana los he encontrado juntos en la cama —revelo entre dientes—. Había unos condones sobre la mesilla de noche. Clara estaba prácticamente desnuda. ¡Se pasó toda la noche en su habitación!

Jonah abre mucho los ojos.

—Oh. Vaya.

Cruzo los brazos y me dejo caer en una de las sillas del rincón del desayuno.

—Me está poniendo a prueba. —Levanto la mirada hacia Jonah en busca de consejo—. ¿Lo echo?

Jonah se encoge de hombros.

—Es solo una cena. Tampoco la va a dejar embarazada en la mesa.

—Eres demasiado poco severo.

—Es su cumpleaños. Anoche se disgustó con nosotros, así que lo más probable es que lo haya invitado por resentimiento. Al menos está aquí y eso te dará una oportunidad de conocerlo mejor.

Pongo los ojos en blanco y me levanto de la silla.

—La cena está lista. Ve a decírselo antes de que la deje preñada.

Esto es tan incómodo... No solo porque sé que es más que probable que mi hija perdiera la virginidad con Miller anoche, sino porque Jonah y yo apenas nos dirigimos la palabra. No hemos comentado lo que sucedió entre nosotros, y eso flota con pesadez en el ambiente.

Cuando he intentado hablar con ella, Clara me ha contestado con monosílabos, así que he dejado de hacerle preguntas porque estaba siendo bochornoso. Y ella tampoco habla con Miller porque está engullendo la lasaña como si estuviéramos en un concurso de comida.

Jonah tiene a Elijah en brazos. Le está dando el biberón mientras come. Es tan lindo que mantengo la vista puesta en el plato para evitar mirarlo.

—¿Qué tal va el proyecto de película? —pregunta Jonah.

Miller se encoge de hombros.

—Lento. Aún no se nos ha ocurrido ninguna idea potente, pero lo conseguiremos.

«Sí, porque están muy ocupados haciendo otras cosas», deseo decir.

Clara apunta con el tenedor hacia el plato de Miller.

—Come más rápido.

Veo la confusión en la expresión del chico, pero toma el tenedor y se come otro bocado.

Sé exactamente cuáles son sus intenciones. Se está haciendo la simpática con la esperanza de que todo quede perdonado si pasa la cena de cumpleaños conmigo. Cree que, si no hace ningún alboroto, yo tampoco lo haré cuando termine de cenar y quiera marcharse con Miller.

Pero no se irá con él. De ninguna de las maneras.

Clara se acaba la comida y se pone de pie. Lleva el plato al fregadero y al volver mira a Miller:

—¿Has acabado?

Él tiene el tenedor en la boca cuando ella le retira el plato de todos modos.

—Aún queda el pastel —indico señalando el pastel de tres capas de chocolate que hay en el centro de la mesa.

Clara se me queda mirando. Con severidad. Sin apartar la vista, le toma el tenedor a Miller, lo hunde en el centro del pastel y se mete un bocado en la boca.

—Deliciosa —comenta con ironía. A continuación deja caer el tenedor y toma a Miller de la mano—. ¿Vamos?

—¿Adónde crees que vas?

—A un partido —contesta Clara.

—Hoy no es noche de partido.

Clara inclina la cabeza.

—¿Estás segura, mamá? Quiero decir que esta mañana ni siquiera estabas segura de que fuera mi cumpleaños.

—Sabía que era tu cumpleaños. Me quedé momentáneamente alterada por el hecho de que tu novio hubiera dormido en tu cama.

Clara sonríe con suficiencia.

—Oh, no estuvimos durmiendo.

—Sí que dormimos —murmura Miller a su espalda.

Miro a Miller.

—Ya puedes irte. Dale las buenas noches a Clara.

Clara mira a Miller.

—No te vayas aún. Voy contigo.

Miller pasea la mirada entre las dos, como si no supiera qué hacer. Me sabría mal si no fuera porque estoy enojada con él.

—Miller, lo mejor será que te vayas —interviene Jonah.

Clara voltea la cabeza y se detiene cuando su mirada se posa en Jonah.

—Si él se va, tú también deberías hacerlo. No vives aquí.

Jonah parece tan abrumado como yo ante su actitud.

—Clara, déjalo ya.

—No me digas que lo deje. Tú no eres mi padre.

—Ni pretendo serlo.

Me pongo de pie. Esto está yendo demasiado lejos.

Miller se voltea y se dirige hacia la puerta, como si presintiera que la bomba está a punto de explotar y no quisiera caer herido por la metralla.

Clara retrocede hacia la puerta.

—Es mi cumpleaños. Impugno mi castigo basándome en que fue su ejemplo lo que me obligó a romper las reglas anoche. —Abre la puerta—. Volveré a mi hora.

Rodeo la mesa rápidamente para dirigirme hacia la puerta, pero Jonah me retiene de la muñeca.

—Deja que se vaya.

Miro la mano con que me atenaza la muñeca.

—No lo estarás diciendo en serio.

Jonah se levanta, y la diferencia de altura me obliga a alzar la mirada.

—Tienes que contarle la verdad, Morgan.

—No.

—Estás perdiendo el control sobre ella. Te odia. Te está echando la culpa de todo.

—Tiene dieciséis años. Ya se le pasará.

—Tiene diecisiete. ¿Y si no se le pasa?

No puedo mantener esta conversación con él ahora mismo.

—Clara tiene razón. Deberías irte.

Jonah no protesta. Recoge las cosas de Elijah y se van. Jonah ni siquiera se despide.

Me quedo mirando la mesa de la cocina... Toda la comida sin tocar y el pastel, casi entero.

Me desplomo sobre una silla, tomo un tenedor y le arranco un trozo.

28

Clara

Estoy apoyada sobre la camioneta de Miller cuando me doy cuenta de que Jonah sale con Elijah. Me volteo y miro hacia la calle para no tener que verlo.

Como ha quedado claro hoy en clase, me enfado mucho más cuando hay algún contacto visual. Y aunque ha sido un detalle que no me haya castigado, y que luego me haya regalado su celular, soy consciente de que ha hecho ambas cosas llevado por el sentimiento de culpa, ya que sabe lo que ha hecho. Y ahora aquí está, tras haber cenado con nosotras como si mi padre no hubiera existido nunca.

Lo oigo atar la sillita de Elijah al asiento trasero del coche. Entonces noto que se cierra la puerta. Suelto un suspiro silencioso, aliviada de que se esté yendo, pero acto seguido tomo otra bocanada de aire al percatarme de que no ha abierto su puerta. Echo un vistazo por encima de la parte delantera de la camioneta de Miller y veo que Jonah se dirige hacia nosotros. Me pongo rígida cuando se detiene a medio metro de mí.

Me pone ambas manos sobre los hombros, con firmeza; se inclina hacia delante y me da un beso en la coronilla.

—Tú no eres así, Clara. Ninguno de nosotros lo somos. —Retrocede—. Feliz cumpleaños.

Cuando Jonah sale al fin del camino de acceso, pongo los ojos en blanco y me aparto de la camioneta. Me recuesto sobre el pecho de Miller, solo quiero oír el sonido relajante de los latidos de su corazón contra mi mejilla. Él pega la barbilla contra mi cabeza y me rodea con sus brazos.

—¿Siempre es así? —pregunta.

—Últimamente sí.

El pecho de Miller se infla y se desinfla, una sola vez. De manera pesada.

—No sé si puedo seguir así.

Me aparto y lo miro a la cara.

—No tienes que venir más a casa. No te culparía por ello.

Miller me dirige una mirada cargada de tristeza.

—No me refiero a las cenas con tu familia.

Me quedo observándolo un instante lo bastante largo para distinguir la irritación en sus ojos. Doy un paso hacia atrás. Él deja caer los brazos a los lados.

—Es mi cumpleaños.

—Estoy al tanto de eso.

—¿Estás cortando conmigo el día de mi cumpleaños?

Miller se pasa una mano por la cara.

—No. Yo solo... —No puede ni acabar lo que sea que estuviera a punto de decir. Probablemente porque sabe que ahora mismo se está comportando como un tonto.

Retrocedo otro paso.

—Te acuestas conmigo anoche, ¿y ahora me dejas? ¿En serio? —Giro sobre mis talones y me dirijo de vuelta hacia casa—. Supongo que también estaba equivocada contigo.

Lo oigo correr tras de mí. Me intercepta antes de que llegue al patio. Me toma la cara con ambas manos, pero no de forma suave. Tampoco se muestra rudo, pero a juzgar por la rabia en su expresión no es el tipo de contacto que yo desee ahora mismo.

—No puedes echarme eso en cara, Clara. Fuiste tú quien se aprovechó de mí anoche, no al revés. —Tras decir eso, deja caer las manos y se dirige de nuevo hacia la camioneta. Al oír que abre la puerta me encojo de miedo.

—Lo siento —digo volteándome hacia él—. Lo siento. Es horrible que te haya dicho eso y es aún más horrible lo que hice. —Me dirijo de nuevo hacia su camioneta—. Pero ¿por qué haces esto? Por la mañana, en mi coche, te has comportado como si me hubieras perdonado por lo de anoche. —Me estoy dejando llevar por el pánico.

Miller le pega un puñetazo a la puerta con expresión desgarrada. Acto seguido la cierra de golpe y me atrae hacia sí para darme un abrazo cargado de frustración.

—Sé que ahora mismo tu madre y tú no se llevan bien. —Me mira, sus manos hacen que mi cara se incline hacia la suya—. Pero tengo la sensación de que me estás usando como un arma en todas tus peleas con ella. Y no es justo.

—No sabía que iba a pasar lo que ha pasado.

—Pero ha pasado por tu culpa. Tú no has sido la víctima ahí dentro, Clara. Has sido la instigadora.

Me zafo de su abrazo.

—Tienes muy mala memoria si piensas que lo de esta noche ha sido por mi culpa. En caso de que lo hayas olvidado, me he enterado de que mi madre está teniendo una aventura con Jonah.

Miller abre la puerta y se sube a la camioneta. Me planto en el espacio que hay entre él y la puerta, para que no pueda cerrarla. Él golpea la nuca contra el reposacabezas.

—Quiero irme a casa.

—Voy contigo.

Él voltea la cabeza hasta mirarme.

—Quiero irme solo.

No pienso suplicar. Ya lo hice bastante anoche.

—Qué lamentable.

Retrocedo para que pueda cerrar la puerta. Él pone en marcha el motor, pero baja la ventanilla.

—Nos vemos mañana en la escuela. —Su voz ha perdido dureza, pero eso no hace que me sienta mejor. Me está dejando sola el día de mi cumpleaños. Soy consciente de que la cena ha sido un desastre, pero es que mi vida entera es un desastre. ¿Qué hay de nuevo?

Me giro y me alejo de la camioneta.

—Clara...

Me está volviendo loca con este estira y afloja.

Giro sobre mí misma y avanzo decidida hacia su ventanilla.

—¿Sabes qué? No necesito esto. No quiero un novio que me haga sentir peor cuando ya estoy deprimida. No quiero que sigamos saliendo. Soy yo la que corta contigo. —Doy un paso hacia atrás, pero soy consciente de que no he dicho todo lo que quería, así que me acerco a la camioneta otra vez—. Les han faltado al respeto a las dos personas más importantes de mi vida. Me han faltado al respeto a mí. ¿Debo hacer como que me parece bien? ¿Es ese el tipo de novia que quieres? ¿Alguien que se rinde y que deja ganar siempre a los demás?

El brazo de Miller cuelga indolente sobre el volante. Me dice con voz calmada:

—A veces tienes que abandonar la batalla a fin de ganarla.

Oírlo repetir esas palabras me pone furiosa. Pateo el suelo.

—¡No puedes cortar conmigo citando a mi tía muerta!

—Yo no he cortado contigo. Y te estoy citando a ti.

—Pues deberías dejar de hacerlo. ¡No cites a nadie! ¡No es... no es atractivo!

Eso parece divertirlo, si es que tal cosa es posible.

—Me voy a casa.

—¡Está bien!

Mira por encima del hombro y comienza a dar marcha atrás. Yo sigo parada en el mismo sitio, confundida por la discusión. Ni siquiera sé qué es lo que acaba de suceder.

—¿Hemos roto? ¡Ni siquiera lo sé!

Miller pisa el freno y asoma la cabeza por la ventanilla.

—No. Solo estamos discutiendo.

—Pues ¡muy bien!

Da marcha atrás hasta la calle con expresión divertida de nuevo. Me gustaría borrarle esa sonrisa de suficiencia de la cara, pero ya se está alejando. Cuando dobla la esquina entro en casa. Mi madre está en la sala, mirando el celular. Lo tiene en altavoz. Está escuchando un mensaje de voz. Llego justo para el final.

—... no ha firmado en secretaría, así que la llamamos para que sepa que tendrá que traer una nota que explique su ausencia en las clases de la tarde de hoy...

Mi madre corta la llamada antes de que el mensaje llegue a su fin.

—¿No fuiste a clases?

Pongo los ojos en blanco mientras paso a su lado.

—Solo han sido tres clases. Tenía que salir de ahí. No podía respirar. Sigo sin poder hacerlo. —Cierro de un portazo y las lágrimas comienzan a rodarme por las mejillas antes incluso de que el cuerpo toque el colchón. Tomo el celular y llamo a Lexie, que me atiende al primer timbrazo porque es así de fiable. Es lo único fiable que hay en mi vida ahora mismo.

—Ha... —Respiro de forma rápida y entrecortada intentando contener las lágrimas—. Ha sido el peor cumpleaños de mi vida. El peor. ¿Puedes...? —Vuelvo a tragar aire varias veces—. ¿Puedes venir?

—Ahora mismo.

29

Morgan

Saco del clóset algunas de las camisas de Chris y les quito las perchas. Las meto en una bolsa de basura que donaré a alguna iglesia.

Lexie ha aparecido hace media hora. Me he planteado si debía dejarla entrar, pero casi prefiero que Clara no esté sola ahora mismo. Me he sentido aliviada al abrirle la puerta porque podía oír a Clara llorando desde mi habitación, y conmigo no quiere hablar. O quizá soy yo la que no quiere hablar con ella.

Creo que lo mejor será que lo dejemos para mañana.

Con Lexie aquí, Clara ha dejado de llorar, y eso es bueno. Y, aunque no puedo distinguir lo que dicen, las oigo hablar. Por mucho que me odie en este momento, al menos sé que está sana y salva en casa.

Saco del clóset otras dos camisas de Chris.

Desde la semana después de su muerte, he estado desprendiéndome lentamente de sus cosas. Un poco cada vez, con la esperanza de que Clara no se dé cuenta. No quiero que piense que estoy intentando vaciar la casa de sus recuerdos. Es su padre, y mi objetivo no es eliminarlo. Pero sí lo quiero fuera de mi espacio personal. La semana pasada tiré su almohada. Esta mañana he tirado su cepillo de dientes. Y acabo de vaciar el resto de su clóset.

Pensaba que hurgando de esta manera iba a dar con algún descuido de su parte. Una factura de hotel, una mancha de lápiz labial en el cuello de alguna camisa. Algo que revelara que se había mostrado un tanto negligente en su aventura. Pero, al margen de las cartas que guardaba bajo llave en la caja de herramientas, no he encontrado nada más. Escondió bien su relación. Los dos lo hicieron.

Quizá debería sacar las cartas de la cómoda y deshacerme de ellas antes de que Clara las encuentre por casualidad.

Bajo una caja del estante más alto del ropero. Cuando quedé embarazada de Clara, Chris y yo nos fuimos a vivir juntos. No teníamos gran cosa porque apenas éramos adolescentes, pero esta caja fue una de las escasas posesiones que él se trajo consigo. En aquella época contenía pequeños recuerdos, como fotografías y algunos premios que había ganado. Pero con los años yo le fui añadiendo otras cosas, y ahora la considero nuestra caja.

Me siento sobre la cama y miro algunas fotos sueltas de cuando Clara era un bebé. Fotos mías con Chris. Fotos de los tres con Jenny. Inspecciono cada una de ellas, asumiendo que encontraré algún tipo de indicio para saber cuándo comenzó su relación. Pero cada una de esas fotos se limita a ofrecerme el retrato de una pareja feliz.

Supongo que es lo que fuimos durante un tiempo. No sé cuándo se torcieron las cosas para él, pero ojalá hubiera escogido a cualquier chica del mundo menos a Jenny. Es lo mínimo que podría haber hecho.

O quizá fue Jenny quien lo escogió a él.

Saco un sobre de la caja. Está lleno de fotografías reveladas a partir del carrete de una de nuestras viejas cámaras. Jenny no aparece en muchas de ellas porque fue quien las tomó, pero hay un montón en las que salimos Chris y yo. Algunas incluyen a Jonah. Esas las observo con gran concentración, intentando encontrar una sola en la que él parezca sentirse feliz de verdad, pero no la hay. Apenas sonreía. Incluso ahora es raro que lo haga. No es que no fuera feliz, por entonces parecía serlo, pero de forma diferente al resto de nosotros. Jenny se iluminaba en su presencia, Chris se iluminaba en mi presencia, pero nadie lograba que Jonah se iluminara. Era como si estuviera sumido en una sombra perpetua, proyectada por algo en lo que ninguno de nosotros había reparado.

Ojeo las últimas tres fotos, pero hay algo en ellas que me lleva a detenerme. Las separo y estudio la secuencia que componen. En la primera, yo aparezco en el medio, sonriéndole a la cámara. Chris me mira también con una sonrisa. Jonah, que está al otro lado, observa a Chris con expresión desolada.

En la siguiente, Chris sonríe a la cámara. Yo estoy mirando a Jonah, y Jonah me está mirando a mí. Y recuerdo ese momento. «Recuerdo esa mirada.»

En la tercera, Jonah no aparece en el encuadre. Había dejado de mirarme y se había alejado.

He intentado no pensar en ese día, ni en los diez minutos que precedieron a esa fotografía, y lo he conseguido. Llevaba mucho tiempo sin hacerlo. Pero las fotos me llevan a recordarlo con todo lujo de detalles.

Habíamos estado en casa de Jonah, porque era el único que tenía piscina. Jenny estaba acostada sobre una toalla en el cemento, junto a la parte menos profunda de la piscina, intentando ponerse morena. Chris acababa de salir del agua y había entrado en la casa porque tenía hambre.

Jonah estaba a un par de metros de mí, con el cuerpo sumergido y los brazos estirados sobre una balsa de plástico.

Yo no estaba de pie y tenía las piernas cansadas, así que me acerqué nadando a él y me agarré de la balsa, que no estaba muy bien inflada y tendría ya algunos veranos de vida, de modo que no era demasiado fiable. Sobre todo si eran dos las personas que se sujetaban a ella. Comencé a resbalar, así que Jonah me agarró los brazos y deslizó una pierna por la parte trasera de mi rodilla para mantenerme en mi sitio.

No creo que ninguno de los dos esperara sentirse electrificado por aquel contacto, pero me di cuenta de que él también lo notaba. Y lo supe porque sus ojos cambiaron de forma y se oscurecieron en el mismo instante en el que yo me estremecí.

En aquel momento llevaba un tiempo saliendo con Chris, pero ninguno de los contactos que habíamos mantenido me había hecho sentir atravesada por una corriente como aquella. Del tipo que no solo te quitaba el aliento, sino que te dejaba temerosa de morir por falta de aire en caso de que no te alejaras de allí. Sentí deseos de sumergirme con Jonah bajo el agua y de usar su boca para respirar.

La idea me sobresaltó. Intenté alejarme, pero Jonah no me soltó los brazos. Había una súplica en su mirada, como si supiera que al separarnos no podría volver a tocarme nunca así. Así que me quedé allí. Y nos miramos.

No pasó nada más.

No nos dijimos nada. Al margen de la manera en que me mantuvo a flote con su pierna rodeando la mía bajo el agua, diría que el contacto no estuvo fuera de lugar. Si Chris lo hubiera visto, no habría pensado nada al respecto. Si Jenny lo hubiera visto, ni siquiera se habría enfadado.

Pero eso se habría debido a que no podían percibir lo que estaba teniendo lugar entre nosotros dos. A que no podían oír todo aquello que dejábamos de decirnos en voz alta.

Unos segundos más tarde, Chris salió de la casa y se zambulló en la piscina. Jonah desenredó su pierna de la mía, pero no me soltó los brazos. Las olitas provocadas por el salto de Chris hicieron que la balsa se meciera, pero Jonah y yo no dejamos de mirarnos. Ni siquiera cuando Chris emergió a mi lado y nos salpicó a los dos.

Me rodeó la cintura con los brazos y me alejó de la balsa. Mis brazos comenzaron a distanciarse de los de Jonah, y vi que él se estremecía cuando mis dedos se deslizaron entre los suyos y se quedó con las manos vacías.

Habíamos dejado de tocarnos, Chris pegó su boca a la mía abrazándome, y yo supe que Jonah no nos miraba mientras nos besábamos.

Entonces me sentí culpable. Pero no por el momento que había compartido con Jonah. De algún modo, me sentí como si fuera a Jonah a quien había traicionado. Lo cual no tenía el menor sentido.

Salí de la piscina de inmediato. Un instante después, Jenny sacó la cámara y nos pidió que posáramos para una foto. Recuerdo que, después de la primera, levanté la vista hacia Jonah, que a su vez me dirigió una mirada que pareció taladrarme el pecho. En ese momento no lo comprendí. Pensé que no era más que una atracción. Un chico adolescente que tenía la esperanza de tener algo con una chica adolescente. Pero, en cuanto Jenny tomó la segunda foto, Jonah salió disparado hacia la casa.

Sus actos me confundieron y quise preguntarle por ellos, pero nunca lo hice. Pocas semanas más tarde descubrí que estaba embarazada.

Acto seguido, Jonah Sullivan se largó del pueblo.

Miro fijamente la foto. Aquella en la que Jonah me mira. Al fin comprendo la expresión de sus ojos. No era atracción ni desdén.

«Era angustia.»

Devuelvo las fotos a la caja y le pongo la tapa, pero me quedo mirándola, preguntándome qué habría pasado si Jonah no se hubiera ido.

De haberse quedado, ¿habríamos acabado como Jenny y Chris? Quiero pensar que no habríamos hecho lo mismo. Actuar a escondidas, traicionando a la gente a la que más queríamos.

He estado muy enfadada con Jonah por su marcha, pero ahora lo entiendo. Tuvo que hacerlo. Fue consciente de que, si se quedaba, él no sería el único que acabaría haciéndose daño.

Lo he estado evitando desde que volvió porque se suponía que mis sentimientos hacia él estaban latentes. Se suponía que fue un enamoramiento adolescente que quedó en nada cuando me fui a vivir con Chris.

Me he estado mintiendo a mí misma, haciendo todo lo posible para convencerme de que las emociones que Jonah suscita en mi interior no se deben más que a la rabia.

Pero soy una mentirosa horrible. Siempre lo he sido.

Cuando llego ante su puerta llamo con suavidad. No quiero despertar a Elijah si está dormido.

Doy un paso hacia atrás y me abrazo a mí misma. Una brisa fuerte se arremolina a mi alrededor, pero no sé si la piel de gallina de mis brazos se debe al viento o a la presencia de Jonah en el umbral de la puerta. Lleva puestos unos jeans, nada más. El pelo húmedo y revuelto. Me repasa con la mirada igual que siempre, pero esta vez no me obligo a apartar la vista.

—Sí —le digo.

Él me mira perplejo.

—¿Te he preguntado algo?

Asiento con la cabeza.

—Me preguntaste si habría dejado a Chris si no hubiera quedado embarazada de Clara. La respuesta es sí.

Se me queda mirando con dureza, pero entonces es como si el muro invisible que desde siempre lo ha separado de mí desapareciera de repente. Jonah se convierte en una persona completamente diferente. Sus rasgos se suavizan, sus hombros se relajan, sus labios se abren, su pecho se eleva y cae con una suave espiración.

—¿Es ese el único motivo por el que estás aquí?

Niego con la cabeza y doy un paso al frente. Ahora mismo el corazón me late con tanta fuerza que tengo ganas de voltearme y salir corriendo, pero sé que Jonah es lo único que puede aliviar este dolor. Quiero saber lo que se siente al estar entre sus brazos. Al estar con él. Durante todo este tiempo no me he permitido imaginarlo siquiera. Ahora quiero experimentarlo.

Tengo las manos a los lados del cuerpo. Jonah apenas levanta un dedo, lo engancha en torno a uno de los míos. La descarga eléctrica es una espiral que me recorre el pecho, y acto seguido un escalofrío que me baja por el brazo. Jonah también tiene la piel de los brazos erizada. Igual que la de su pecho y la de su cuello. Meto la mano entera dentro de la suya y él me la aprieta. Con fuerza.

—Es posible que mañana me arrepienta de esto —le aviso.

Él avanza un paso, me rodea la nuca con la mano que le queda libre y me atrae hacia su boca. Antes de tocar mis labios, su mirada titila sobre mi rostro.

—No te arrepentirás.

Me atrae hacia el interior de la casa y cierra la puerta a nuestras espaldas. Me apoya contra la puerta de la sala y, cuando sus labios al fin entran en contacto con los míos, me siento como si estuviera tragando fuego. El beso de anoche fue increíble, pero comparado con este se queda en un mero aperitivo.

Jonah pega todo su cuerpo contra el mío, y me da la sensación de que una vida entera de anhelo se va viendo aliviada cada vez que las yemas de sus dedos me rozan la piel. Cada vez que su lengua se desplaza, cada vez que un sonido escapa de nuestra garganta. Acabamos en el sofá, con él encima, mis manos arrastrándose por su espalda, sintiendo sus músculos tensarse y desplazarse bajo las yemas de mis dedos.

Es como si estuviéramos compensándonos por todos los años que no hemos podido disfrutar de esta sensación. Nos besamos como adolescentes durante diez minutos. Explorándonos el uno al otro, saboreándonos, restregándonos el uno contra el otro.

Al final tengo que apartar la cara de la suya para poder respirar. Estoy mareada. Él pega la frente a mi mejilla y absorbe todo el aire que acabo de robarle.

—Gracias —dice con un susurro jadeante. Cierra los ojos y lleva la boca a mi oreja. Su aliento cálido se derrama a lo largo de mi cuello—. Necesitaba saber que no estaba loco. Que esta emoción no estaba solo en mi cabeza.

Atraigo su boca hacia la mía. Lo beso con dulzura, y él deja caer la cabeza sobre mi cuello y suspira.

—Aquel día en tu piscina... —susurro—. ¿Lo recuerdas?

Siento una risa silenciosa sobre la piel.

—He estado tratando de recuperar esa sensación desde el segundo mismo en el que Chris te separó de mí.

Quiero decirle que yo también, pero mentiría. No he buscado esa sensación en ningún momento. Me pasé todos los años de mi matrimonio intentando olvidarla, intentando fingir que en realidad ese tipo de conexión no existía. Cada vez que me descubría recordando aquel día encontraba algo diferente a lo que echarle la culpa. El calor. El sol. El cloro de la piscina. El alcohol que habíamos sacado a escondidas de la bodega de Jonah.

Jonah se aparta y me toma de la mano para que me ponga de pie. Me conduce en silencio hacia el dormitorio. Nos besamos mientras hace que me acueste sobre la cama, y me encanta que se esté tomando su tiempo. No me quita una sola prenda de ropa. Simplemente me besa en todas las posiciones posibles. Él encima, yo encima, los dos de lado. Nos besamos, y es todo lo que había deseado.

Él se inclina sobre mí y arrastra los labios por mi cuello. Siento la calidez de su aliento contra la base de mi garganta cuando me dice:

—Tengo miedo.

La frase me provoca un escalofrío. Jonah deja de besarme y pega la mejilla a mi pecho.

Yo enredo los dedos en su cabello.

—¿Miedo de qué?

—Tú tienes que proteger a Clara. —Levanta la cabeza—. Yo tengo que ser honesto con Elijah. No estamos en sintonía, Morgan. He esperado demasiado tiempo para que esto sea un encuentro de una sola noche, pero no estoy seguro de que quieras lo mismo que yo.

Se mueve con rapidez hacia arriba, desliza una mano bajo mi camisa y aprieta la palma contra mi vientre. Yo estoy mirando el techo, y podría jurar que este palpita siguiendo el ritmo de los latidos de mi corazón.

—No sé lo que quiero. —Lo miro a los ojos y sí sé lo que quiero. Estoy mintiendo. Sé exactamente lo que quiero. Lo que pasa es que no sé si es posible—. Ella no lo entenderá nunca. ¿Y qué le contaríamos a Elijah?

—Le contaríamos la verdad. ¿En serio piensas que es mejor que Clara crea que somos los malos de esta película?

—Ya viste lo destrozada que la dejó un beso. Imagínate si descubre lo de Elijah... Lo que Jenny y Chris hicieron... Nunca será capaz de perdonar eso.

Veo un destello de comprensión en el rostro de Jonah, pero entonces niega con la cabeza.

—Entonces... —Se deja caer sobre la espalda—. Chris y Jenny son los buenos pese a cometer adulterio. Son los buenos pese a haberme mentido sobre la concepción del niño. Son los buenos y serán unos ídolos eternos a los ojos de Clara. Y, mientras tanto, tú y yo nos vemos obligados a mantener la boca cerrada y a vivir separados e infelices por culpa de unos actos de los que ni siquiera somos responsables...

—Soy consciente de que no es justo. —Me apoyo en el codo y lo miro. Le pongo una mano en la mandíbula, noto que tiene los dientes apretados, y lo obligo a que me mire a los ojos—. Chris fue un marido de mierda. Se comportó como un amigo de mierda contigo. Pero fue un padre maravilloso. —Le paso el pulgar por los labios suplicándole a través de mis ojos llorosos—. Si Clara descubre que Elijah no es tuyo, se quedará destrozada. Por favor, no se lo cuentes a Elijah. De todos modos, él no conoce a nadie más que a ti. No es lo mismo que si Clara descubriera lo de Chris. Me pienso llevar este secreto a la tumba si eso implica protegerla de este dolor.

Jonah voltea la cabeza alejándola de mi mano. El rechazo me escuece.

—Yo no soy como tú. No quiero mentirle a mi hijo.

Me acuesto. Llegan más lágrimas. No debería haber venido. Ha sido una mala idea. Ya he pasado mucho tiempo sufriendo por esta ansia terrible hacia Jonah, manteniéndola soterrada. ¿Qué son cincuenta años más?

—Tenemos que solucionarlo. Llegar a un acuerdo —dice él—. Quiero estar contigo.

—Por eso he venido. Para que puedas estar conmigo.

—Te quiero de muchas formas, no solo de esta.

Aprieto los ojos con fuerza, intentando descifrar lo que ha querido decir con eso. Pese a la infidelidad de Chris, sigo sintiéndome culpable por estar aquí, en la cama de Jonah. Me sentí muy bien al besarlo sin pensar demasiado en ello. Es la mejor sensación que he experimentado en mucho mucho tiempo. Pero, ahora que me está obligando a ver hacia dónde podría conducir todo esto, vuelvo a sentirme fatal.

Lo miro directamente a los ojos.

—Me estás diciendo que estás dispuesto a destrozar todos los recuerdos que mi hija tiene de su padre y, en la misma conversación, ¿me pides que esté contigo de muchas maneras? ¿Que me enamore de ti?

—No —contesta él—. No te estoy pidiendo que te enamores de mí, Morgan. Ya me quieres. Solo te estoy pidiendo que me des una oportunidad.

—No te amo. —Ruedo hacia el otro lado de la cama, lejos de él. «Tengo que irme.»

Comienzo a ponerme de pie, pero él me toma del brazo y me jala, me hace caer de espaldas sobre la cama.

Le pongo las manos sobre el pecho para empujarlo, pero él se sube sobre mí y me mira con una expresión familiar. Me quedo paralizada inmediatamente. Esa mirada me deja sin fuerzas. Es la misma mirada de la foto. Una mirada cargada de angustia.

«O quizá esta sea la mirada de Jonah cuando ama con tanta intensidad que le duele.»

De repente dejo de sentir esa urgencia por marcharme. Me relajo bajo su cuerpo, hacia su cuerpo, alrededor de su cuerpo. Trago aire cuando su boca desciende hasta mi mandíbula y arrastra los labios con lentitud hacia mi oreja.

—Me quieres.

Niego con la cabeza.

—No. Ese no es el motivo por el que estoy aquí.

Me besa justo debajo de la oreja.

—Sí —dice—. Es solo que has hecho un trabajo excelente escondiéndolo, pero lo has dicho en todas y cada una de las conversaciones silenciosas que hemos mantenido.

—No existen las conversaciones silenciosas.

Me mira a los ojos como ningún hombre me había mirado nunca. Entonces deja caer la cabeza y hace que sus labios descansen sobre los míos.

—No pasa nada, no hace falta que lo digas. Yo también te quiero. —Cuando sus labios se cierran sobre los míos, la intensidad del beso hace que me pierda.

El hecho de que sea la primera elección de Jonah —y quizá la única— hace que cada mirada que me dirige y cada contacto y cada palabra que dice me lleguen a un nivel que Chris nunca pudo alcanzar. Es un nivel que siento tan profundamente dentro de mi alma que me duele por mucha satisfacción que pueda encontrar en su beso.

Cuando se acomoda entre mis piernas, gimo en su boca y lo atraigo con más fuerza hacia mí.

Me olvido de todo. Mis únicos pensamientos tienen que ver con este momento. La rugosidad de sus manos cuando me quita la camisa. La suavidad de sus labios cuando se encuentran con mis pechos. La naturalidad de sus movimientos al desprenderse de los jeans. La sincronización de nuestros jadeos cuando nos quedamos al fin piel contra piel. La intensidad de su mirada cuando comienza a empujar hacia mi interior.

Es una plenitud que no había experimentado nunca.

Es como si supiera con exactitud dónde debe tocarme, con qué grado de ternura o de firmeza, dónde deseo sus labios. Es como si fuera el maestro de mi cuerpo, y yo me siento como una alumna inexperta que lo toca con cautela, sin saber si mis dedos y mis labios pueden hacer que se acerque siquiera al modo en que me está haciendo sentir.

Pego la boca a su hombro y susurro:

—Solo he estado con Cris.

Jonah, muy dentro de mí, se detiene de golpe y se retira. Nos miramos a los ojos, y me sonríe.

—Yo solo he querido estar contigo.

Me besa con dulzura, y así seguimos: él me besa, entra y sale de mí con suavidad hasta que tengo que romper el silencio. Cuando sucede, lo abrazo con fuerza para poder hundir la cara en su cuello.

Yo acabo primero, es un momento explosivo de emociones y placer y años de represión que al fin salen a la superficie. Mi cuerpo tiembla debajo del suyo, y mis uñas han dejado un rastro a lo largo de su espalda cuando él lanza un gemido contra mi mejilla y tiembla encima de mí.

Creo que se va a acabar ahí, que recuperará el aliento y se bajará de mí con un suspiro. Así es como terminaron los últimos diecisiete años de sexo con Chris.

Pero Jonah no es Chris, y tengo que dejar de compararlos. «No es justo para Chris.»

Jonah mece mi sien con suavidad mientras seguimos besándonos. Me da la sensación de que esto no ha llegado a su fin. Lo que tenemos Jonah y yo. Ahora que he conocido esta faceta, no sé cómo podré seguir viviendo sin ella.

Eso me asusta, pero me siento demasiado saciada para detener el movimiento de su boca sobre la mía, para bajar por mi mandíbula y posarse al fin sobre mi pecho, donde él deja descansar la cabeza. Nos pasamos algunos minutos esperando a que la corriente que nos une se calme.

Él desliza la mano por mi vientre y comienza a pasar un dedo indolente por mi piel.

—De acuerdo.

Siento que me falta el aire.

Jonah se apoya sobre un codo, se eleva sobre mí.

—No le diré nada a Elijah. Si me prometes que no acabarás con esto, que algún día le contarás a Clara que quieres estar conmigo, no le diré nada a Elijah. —Me acaricia el pelo y me dirige una mirada cargada de sinceridad—. Tienes razón. Clara se merece todos los grandes recuerdos que tiene de Chris. No quiero arrebatarle eso.

Siento que una lágrima rueda hasta mi cabello mientras levanto la mirada hacia él.

—Tú también tienes razón —admito en un susurro—. Te quiero.

Jonah sonríe.

—Ya sé que me quieres. Por eso estamos desnudos.

Me río. Hace que me suba sobre él y, al mirarlo desde arriba, me doy cuenta de que nunca me había sentido tan feliz como al lado de Jonah Sullivan.

30

Clara

—A ver si lo he entendido bien... —dice Lexie, que pone de golpe los pies sobre la mesa de centro y está a punto de tirar una de las botellas de vino—. ¿Tu madre se está acostando con el tío profesor?

Suelto un hipido. A continuación asiento con la cabeza.

—¿El prometido de su hermana muerta?

Asiento otra vez.

—Demonios. —Estira el brazo y toma más vino—. No estoy lo bastante borracha para esto. —Bebe un trago directamente de la botella. Yo se la quito, no porque crea que se le está yendo la mano, sino porque ignoro si también estoy lo bastante borracha. Echo un trago y la dejo entre mis piernas, sin soltar su cuello.

—¿Cuánto tiempo crees que llevan así? —pregunta ella.

Me encojo de hombros.

—No hay forma de saberlo. Ahora está allí. Tenemos esa aplicación de celular, y allí es donde está. En su casa. Con él.

—Cabrones —suelta. En cuanto el insulto sale de su boca, de repente se anima y se levanta del sofá de un salto. Se tambalea, pero recupera el equilibrio—. ¿Y si tu madre y Jonah provocaron el accidente para poder estar juntos?

—Eso es ridículo.

—¡Lo digo en serio, Clara! ¿Es que no ves *Dateline*?

Hago un gesto hacia la televisión.

—Ya no tenemos cable.

Lexie comienza a pasearse por la sala tambaleándose un poco, pero con éxito.

—¿Y si fue una conspiración? O sea, piensa en ello. Tu padre y Jenny estaban juntos en el momento de su muerte. ¿Por qué?

—Mi padre había ponchado una llanta. Trabajan en el mismo edificio. Jenny lo llevaba al trabajo. —Están muertos por culpa de los mensajes que le mandé a la tía Jenny, pero esa idea me la guardo para mí.

Lexie entorna los ojos y chasquea los dedos, como si acabara de resolver el caso.

—Las ponchaduras se pueden escenificar.

Pongo los ojos en blanco, tomo el tenedor y me como otro bocado del pastel que descansa sobre la mesa de centro. Es el pastel de cumpleaños más triste que haya visto. Nadie le ha cortado un solo trozo, pero faltan pedazos enormes en su parte superior y en sus laterales.

—Mi madre es una persona terrible, pero no es ninguna asesina —replico con la boca llena.

Lexie levanta una ceja.

—Y ¿qué hay del tío profesor? No lleva tanto tiempo por aquí. ¿Sabemos siquiera dónde estaba antes? Podría haber dejado un rastro de cadáveres tras de sí.

—Ves demasiada televisión.

Ella se me acerca dando zancadas e inclina el cuerpo para que quedemos cara a cara.

—Pero ¡son programas de casos reales! ¡Veo crímenes que han sucedido de verdad! Esas cosas pasan, Clara. Más a menudo de lo que crees.

Le meto un trozo de pastel en la boca para que se calle.

Pero no es necesario, porque en cuanto la puerta se abre Lexie y yo nos quedamos mudas ante la súbita aparición de mi madre.

Lexie comienza a sentarse lentamente sobre la mesa de centro.

—Hola, Morgan — saluda haciendo todo lo posible por aparentar que está sobria. Y podría haber funcionado si no estuviera levantando las piernas y estirando la espalda en una incómoda posición sobre la mesa para esconder las botellas de vino de la vista. Le queda todo el cuerpo rígido y contorsionado. Aprecio su empeño, pero está sobrestimando la estupidez de mi madre.

Ella cierra la puerta y nos mira con expresión decepcionada. Pese a los esfuerzos de Lexie por despatarrarse sobre ellas, ha visto las botellas vacías encima de la mesa. Lexie ha olvidado que también tengo una botella en el regazo. No es algo que podamos ocultar a estas alturas.

La mirada de mi madre recae sobre mí.

—¿En serio, Clara? —No hay emoción en su voz. Ni sorpresa. Es como si en este momento nada de lo que yo haga pudiera perturbarla.

—Yo ya me iba —dice Lexie levantándose de la mesa. Cuando se dirige hacia la puerta, mi madre extiende la mano.

—Dame las llaves del coche.

Lexie mueve la cabeza con un gemido. Se saca las llaves del bolsillo y las deja caer en la mano de mi madre.

—¿Eso significa que puedo quedarme a dormir aquí?

—No. Llama a tu madre para que venga a buscarte. —Me mira—. Limpia este desastre. —Y se lleva las llaves consigo a la cocina.

Lexie saca el celular.

—¿En serio? ¿Me vas a dejar sola con ella? Podría ser una asesina —susurro.

No lo pienso en serio, pero la verdad es que no quiero estar a solas con mi madre en este estado. No me da miedo cuando se enfada. Pero ahora mismo solo parece estar molesta. Y es como que eso me aterroriza. Es poco propio de ella, así que no sé lo que vendrá a continuación.

—El Uber llegará en dos minutos —anuncia Lexie mientras se mete el celular en el bolsillo. Se acerca a mí y me da un abrazo—. Lo siento, pero esta vez no quiero quedarme. Llámame si te asesina, ¿está bien?

—Está bien —accedo frunciendo los labios.

Lexie sale fuera y yo miro la mesa de centro, tomo una botella que no está del todo vacía y me la acabo. En medio del último trago me la arrancan de la mano.

Miro a mi madre y quizá sea el alcohol. Quizá lo sea. Pero la odio tanto que no sé si me entristecería que se muriera. Ahora, cada vez que la miro, me hago preguntas sobre su aventura. ¿Comenzó antes de que su hermana quedara embarazada? ¿Seguía acostándose con Jonah a la vez que acompañaba a Jenny a todas las ecografías?

Siempre pensé que mi madre era una mentirosa terrible, pero miente como nadie. Es mejor que yo, y soy la actriz de la familia.

—Bueno —digo de manera muy despreocupada—, ¿cuánto tiempo llevan Jonah y tú teniendo relaciones sexuales?

Mi madre se ve obligada a espirar con fuerza para tranquilizarse. Aprieta los labios enojada. No sé si alguna vez me ha preocupado que pudiera darme una bofetada, pero doy un paso hacia atrás porque ahora mismo está tan enojada que me inquieta que pueda hacerlo.

—Ya estoy harta de este comportamiento, Clara. —Toma la

otra botella de vino y los vasos rojos de plástico con los que hemos comenzado a beber Lexie y yo. Al incorporarse vuelve a mirarme a los ojos—. Yo nunca le habría hecho eso a Jenny. Ni a tu padre. No me insultes así.

Quiero creerle. En cierto modo le creo, pero estoy borracha, así que mis facultades mentales están alteradas. Ella se dirige a la cocina y yo la sigo.

—¿Vienes de allí?

Mi madre me ignora mientras comienza a verter el poco vino que queda por el desagüe.

—¿Qué estabas haciendo en casa de...? —Chasqueo los dedos intentando acordarme del nombre del padre de Elijah. Ahora mismo me cuesta encontrar las palabras—. ¡Jonah! —lo logro al fin—. ¿Para qué has ido a su casa?

—Teníamos que hablar.

—No han hablado. Se han acostado. Ahora soy una experta.

Mi madre no niega la acusación. Tira las botellas de vino vacías a la basura, va en busca de la última botella que queda en la cocina, la descorcha y tira su contenido en el fregadero.

La apunto con ambas manos y doy una palmada.

—Anticipándote, por lo que veo. Buen trabajo. Buena madre.

—Sí, a estas alturas ya no puedo confiar en ti con nada, así que si es lo que hay que hacer... —Cuando la botella se vacía del todo, la tira a la basura y regresa a la sala. Toma mi celular de la mesa. Yo la sigo por el pasillo, pese a que no hago más que golpear la pared con el hombro. Me cuesta encontrar las palabras, pero me cuesta más andar. Acabo por plantar una mano en la pared para mantener el equilibrio hasta llegar a mi habitación. Mi madre está dentro, recogiendo cosas.

Mi televisión.

Mi iPad.

Mis libros.

—¿Me vas a castigar sin libros?

—Los libros son un privilegio. Puedes volver a ganártelos.

Dios mío. Se está llevando todo aquello que me proporciona algún atisbo de felicidad. Me dirijo dando zancadas al rincón donde esta mañana he tirado mi almohadón favorito. Tiene lentejuelas de colores negro y violeta, y me encanta dibujar en él con los dedos. A veces escribo palabrotas. Es divertido.

—Ten —digo ofreciéndoselo—. Este almohadón también me hace muy feliz. Será mejor que te lo lleves.

Ella me lo quita de la mano y yo me pongo a buscar alguna otra cosa que me guste. Me siento como si estuviéramos en un episodio de Marie Kondo en el mundo al revés: «¿Te hace feliz? ¡Líbrate de ello!».

Los auriculares están sobre la mesilla de noche, así que los tomo.

—Esto me gusta. Ni siquiera podré usarlos porque te has llevado mi celular y mi iPad, pero aun así podría sentir la tentación de ponérmelos en los oídos, ¡así que será mejor que los tomes! —Los tiro hacia el pasillo, donde mi madre está acumulando el resto de las cosas. Tomo la manta de la cama—. Esta manta hace que no pase frío. Es muy agradable, y aún huele a Miller, así que será mejor que me obligues a ganármela de nuevo. —La tiro a su espalda, encima del montón.

Mi madre me observa parada en el umbral de la puerta. Me dirijo dando zancadas al ropero y tomo mis zapatos favoritos. Son botas, en realidad.

—Me las compraste por Navidad, y puesto que en Texas no existe el invierno apenas me las pongo. Pero me encanta poder hacerlo, ¡así que será mejor que te las lleves antes de que llegue el invierno! —Tiro una tras otra hacia el pasillo.

—No seas condescendiente, Clara.

Oigo la notificación de un mensaje de texto procedente de mi celular. Mi madre se lo saca del bolsillo, lo lee, pone los ojos en blanco y guarda el teléfono.

—¿Quién era?

—No te preocupes.

—¿Qué decía?

—Lo sabrías si no te hubieras emborrachado.

Argh. Voy hasta el ropero y saco una de mis camisas favoritas de su percha. Luego otra.

—Será mejor que te lleves estas camisas. De hecho, llévate toda mi ropa. No la necesito. De todos modos, no puedo salir de casa. Y, aunque pudiera, no tendría adónde ir porque mi novio ha cortado conmigo el día de mi cumpleaños. ¡Probablemente porque mi madre está loca! —Dejo caer una brazada de ropa sobre el suelo del pasillo.

—Déjate de dramas. No ha cortado contigo. Vete a la cama, Clara. —Cierra la puerta de mi habitación.

Yo la abro de golpe.

—¡Sí que hemos cortado! Y ¿cómo sabes tú si hemos cortado o no?

Ella se voltea hacia mí con cara de aburrimiento.

—Pues porque el mensaje era de Miller. Y decía: «Que duermas bien. Nos vemos mañana en la escuela». La gente que corta no se manda mensajes como ese, ni pone emoticones de corazón. —Comienza a alejarse por el pasillo y yo la sigo, porque tengo que saber más.

—¿Ha puesto un emoticón de corazón? —No me contesta. Sigue avanzando—. ¿De qué color era? —Continúa ignorándome—. ¡Mamá! ¿Era rojo? ¿Era un corazón rojo?

Hemos llegado a la cocina. Me apoyo sobre la barra porque siento que algo me atraviesa la cabeza a toda velocidad. Un zumbido. Me sujeto con fuerza para no perder el equilibrio, y acto seguido eructo. Me tapo la boca.

Mi madre niega con la cabeza, me dirige una mirada cargada de decepción.

—Es como si hubieras impreso una lista de formas de rebeldía y estuvieras marcando una tras otra.

—No tengo ninguna lista. Y si la tuviera, lo más probable es que me la quitaras también, porque me gustan las listas. Las listas me hacen feliz.

Mi madre suspira, cruza los brazos.

—Clara —dice con voz suave—, cariño, ¿cómo crees que se sentiría tu padre si pudiera verte ahora mismo?

—Si mi padre estuviera vivo, yo no estaría borracha —admito—. Lo respetaba demasiado para hacer esto.

—No tienes que dejar de respetarlo solo porque esté muerto.

—Ya, bueno. Tú tampoco, mamá.

31

Morgan

El comentario de Clara se me clava muy dentro.

Soy consciente de que se ha bebido ella sola una botella entera de vino. Había dos botellas completamente vacías. Pero a veces el estupor alcohólico hace que las personas se muestren más sinceras de lo que suelen serlo, y eso significa que piensa de verdad que le estoy faltando al respeto a su padre.

Me mata que crea que la que está haciendo algo mal soy yo.

Espero que esto acabe quedando atrás. La rabia, la rebeldía, el odio que siente hacia mí. Soy consciente de que nunca llegará a superarlo del todo, pero espero que en un futuro próximo encuentre de algún modo la fuerza para perdonarme. Estoy segura de que lo hará en cuanto podamos sentarnos a mantener una conversación, pero sigue afectada por el descubrimiento de que Jonah y yo tenemos una relación íntima. Para ser sincera, yo misma sigo afectada por ese descubrimiento.

Abro su puerta de nuevo para ver cómo está antes de irme a mi habitación. Se ha quedado dormida. Estoy segura de que se despertará con una resaca terrible, pero ahora mismo parece estar en paz.

En cierto sentido espero que tenga resaca. ¿Qué mejor manera de asegurarse de que tu hija no vuelve a beber que una primera experiencia con resultados espantosos?

Oigo que me suena el celular, así que dejo la puerta de Clara un poco abierta y voy a mi habitación. De todas las veces que Jonah me ha llamado, esta es la primera en la que me permito estar excitada por oír su voz. Me siento, me recuesto sobre la cabecera de la cama y contesto:

—Hola.

—Hola —dice, y puedo oír la sonrisa en su voz.

Hay un momento de silencio, y me doy cuenta de que lo más probable es que me haya llamado solo para hablar. Es la primera vez. Y resulta estimulante sentir que te buscan.

Me deslizo hasta acostarme.

—¿Qué haces?

—Estoy contemplando a Elijah —responde Jonah—. Es extraño que ver dormir a un niño resulte tan fascinante.

—Eso nunca cambia. Cuando has llamado estaba mirando dormir a Clara.

—Es bueno saberlo. Entonces ¿las cosas han mejorado cuando has vuelto a casa?

Me río.

—Ay, Jonah... —Me llevo la mano a la frente—. Se ha emborrachado. Mientras yo estaba en tu casa, entre ella y Lexie se han bebido dos botellas y media de vino.

—No...

—Sí. Por la mañana se va a arrepentir.

Él suspira.

—Ojalá tuviera algún consejo para ti, pero estoy perdido.

—Yo también. Por la mañana llamaré a un terapeuta familiar. Debería haberlo hecho antes, pero supongo que es mejor tarde que nunca.

—¿Crees que vendrá a clase mañana?

—No sé si podrá levantarse de la cama.

Él se ríe, pero es una risa compasiva.

—Espero que Elijah tarde mucho en llegar a esa edad.

—No. Se te pasará en un abrir y cerrar de ojos.

Él guarda silencio por un instante. Me gusta oírlo respirar. Es como que me gustaría estar allí a su lado en este momento. Me tapo con la manta y me pongo de costado, dejo descansar el celular sobre la oreja.

—¿Quieres que te cuente uno de mis recuerdos favoritos de ti? —pregunta Jonah.

Sonrío.

—Suena bien.

—Fue durante el baile de fin de curso de mi último año. Tu penúltimo año. ¿Lo recuerdas?

—Sí. Fuiste con Tiffany Proctor. Me pasé toda la noche intentando no mirarlos mientras bailaban. Ahora puedo admitir que estaba loca de celos.

—Pues ya fuimos dos —dice Jonah—. El caso es que los días previos Chris estaba emocionado porque había reservado una habitación de hotel para ustedes. Me pasé toda la noche intentando no pensar en ello. Cuando llegó la hora de que se fueran, él estaba borracho.

—Borrachísimo —puntualizo riéndome.

—Sí, tuve que llevaros yo al hotel. Antes dejé a Tiffany en su casa, lo que la enojó bastante. Al llegar al hotel, entre los dos tuvimos que arrastrar prácticamente a Chris por la escalera. Y, cuando al fin lo metimos en la cama, se quedó dormido en el medio del colchón.

Lo recuerdo, pero no sé por qué Jonah siente tanto aprecio por esa historia. Antes de que pueda preguntarle qué la hizo tan especial, él vuelve a hablar:

—Tenías hambre, así que pedimos una pizza. Yo me senté a un lado de Chris, y tú al otro. Estuvimos viendo *El proyecto de la bruja de Blair* hasta que llegó la pizza, pero no teníamos dónde ponerla de modo que los dos pudiéramos llegar a ella.

Sonrío al recordarlo.

—Usamos a Chris como mesa.

—Le pusimos la caja de la pizza en la espalda. —La voz de Jonah suena risueña—. No sé por qué me lo pasé tan bien aquella noche. Quiero decir que... era el baile de fin de curso, y ni siquiera me besaron. Pero pude pasar toda la noche contigo, aunque Chris estuviera sin sentido entre los dos.

—Fue una buena noche. —No dejo de sonreír mientras intento pensar en uno de mis recuerdos favoritos con Jonah—. Oh, Dios mío. ¿Recuerdas la noche en que te paró la policía?

—¿Cuál de ellas? Me paraban un montón.

—No recuerdo adónde íbamos, o si veníamos de algún sitio, pero era tarde y la carretera estaba vacía. Tu coche era un pedazo de chatarra, así que Chris te pidió que probaras a ver qué velocidad podía alcanzar. Te pusiste a ciento cuarenta y te pararon. El policía se acercó a tu ventanilla y te preguntó: «¿Sabe usted a qué velocidad iba?». Y contestaste: «Sí, señor. A ciento cuarenta». Y entonces el policía dijo: «¿Hay algún motivo para que condujera cuarenta kilómetros por hora por encima del límite de velocidad?». Guardaste silencio unos segundos y dijiste: «No me gusta que las cosas se malgasten». El agente te miró y tú hiciste un gesto con la mano hacia el tablero. «Tengo un velocímetro completo, y la mayor parte del tiempo la flecha no llega ni por la mitad».

Jonah se ríe. A carcajadas.

—No puedo creer que recuerdes eso.

—¿Cómo podría olvidarlo? Hiciste enojar tanto al policía que te hizo salir del coche y te revisó.

—Por esa multa tuve que hacer servicios comunitarios. Estuve recogiendo basura de los arcenes de la carretera todos los sábados durante tres meses.

—Sí, pero estabas muy guapo con el chaleco amarillo.

—A ti y a Chris les parecía divertidísimo pasar con el coche y tirarme latas de refresco vacías.

—Fue idea de él —replico en mi defensa.

—Lo dudo —contesta Jonah.

Suspiro pensando en los viejos tiempos. No solo con Jonah, sino con Chris. Y con Jenny. Sobre todo con Jenny.

—Los echo de menos —susurro.

—Sí. Yo también.

—Te echo de menos —digo en voz baja.

—Yo también te echo de menos.

Los dos disfrutamos de esta sensación durante un instante, pero entonces oigo que Elijah comienza a berrear. No dura demasiado. Jonah debe de haberlo tranquilizado de algún modo para que vuelva a quedarse dormido.

—¿Crees que algún día te harás una prueba de paternidad? —le pregunto.

Sé que Elijah es idéntico a Chris, pero podría tratarse de una coincidencia. Me he estado preguntando si Jonah querrá tener una prueba definitiva.

—Lo he pensado. Pero, sinceramente, sería malgastar cien dólares. Es mío, pase lo que pase.

Tras ese comentario siento que el corazón me estalla en el pecho.

—Dios, te quiero, Jonah.

Mis propias palabras me dejan conmocionada. Sé que nos lo hemos dicho antes, pero no pretendía decirlo ahora en voz alta. Lo he sentido y se me ha escapado.

Jonah suspira.

—No tienes ni idea de lo bien que me hace sentir oírte decir eso.

—Me ha hecho bien decirlo. Al fin. Te quiero —susurro de nuevo.

—¿Podrías repetirlo unas mil quinientas veces más antes de que cuelgue?

—No, pero lo diré una vez más. Estoy enamorada de ti, Jonah Sullivan.

Él gime.

—Esto es una tortura. Ojalá estuvieras aquí.

—Yo también lo desearía.

Elijah se pone a llorar de nuevo, y esta vez no se calma.

—Tengo que prepararle un biberón.

—Está bien. Dale un beso de mi parte.

—¿Te veré mañana?

—No lo sé —admito—. Iremos improvisando.

—De acuerdo. Buenas noches, Morgan.

—Buenas noches.

Me fascina el dolor que queda en mi pecho al colgar. Luché con éxito contra estas emociones durante muchísimo tiempo, pero ahora que le he abierto mi corazón deseo estar cerca de él. Quiero estar entre sus brazos, en su cama. Quiero dormir a su lado.

Repaso toda nuestra conversación en la cabeza mientras intento conciliar el sueño.

Pero me sobresalta un ruido procedente de la habitación de Clara. Salto de la cama y atravieso con rapidez el pasillo. No está en la cama, así que abro la puerta de su baño. Está en cuclillas, agarrada de la taza del inodoro.

«Allá vamos.»

Tomo una toalla del mueblecito, la humedezco y me arrodillo a su lado. Le sujeto el pelo hacia atrás mientras vomita.

No me gusta nada que esté pasando por esto, pero a la vez me encanta. Quiero que le duela. Quiero que recuerde cada segundo terrible de esta resaca.

Un par de minutos después se desploma sobre mí y dice:

—Creo que ya está.

Me entran ganas de reírme, porque sé que no es así. La ayudo a volver a la cama porque sigue muy borracha. Cuando se acuesta, me doy cuenta de que solo tiene una sábana para taparse. Voy a la habitación de invitados, donde he dejado todas las cosas que le había confiscado. Tomo su manta y su almohadón de lentejuelas, luego tomo un bote de basura y se los llevo.

Mientras la arropo, ella murmura:

—Creo que tengo vómito en la nariz.

Me río y le doy un pañuelo de papel. Ella se suena y tira el pañuelo al bote de basura. Tiene los ojos cerrados, y le estoy acariciando el cabello cuando me confiesa, arrastrando las palabras:

—No quiero volver a beber nunca más. Tampoco me gustó nada la marihuana. Olía fatal. Y no quiero volver a tener vómito en la nariz, es lo peor.

—Me encanta que no te gustara —afirmo.

—Tampoco me gustó nada el sexo. No quiero volver a hacerlo durante mucho mucho tiempo. Ni siquiera estábamos preparados. Él intentó convencerme de que no lo hiciéramos, pero no quise escucharlo.

Sé que está borracha, pero sus palabras me sorprenden. ¿Qué quiere decir que él intentó convencerla de que no lo hicieran?

¿Fue idea de Clara?

Sigo acariciándole el cabello y ella se echa a llorar. Hunde la cara en la almohada. Odio que lo que haya pasado entre ellos la haga sentir tan culpable.

—Es evidente que te quiere, Clara. No llores.

Ella sacude la cabeza.

—No lloro por eso. —Levanta la cabeza de la almohada y me mira—. Lloro porque fue por mi culpa. Fue culpa mía que murieran, e intento no pensar en ello, pero es lo único en lo que pienso cada vez que pongo la cabeza en esta almohada. Todas las noches. Salvo por una vez que me quedé dormida preguntándome por qué hacen que los osos de peluche sean tan tiernos cuando los osos de verdad son tan crueles, pero al margen de esa noche lo único en lo que pienso es que tuvieron el accidente por mi culpa.

—¿De qué estás hablando?

Vuelve a dejar caer la cabeza sobre la almohada.

—Vete, mamá. —Antes de que pueda moverme, levanta la cabeza de nuevo y me dice—: No, espera. Quiero que te quedes. —Se mueve hacia un lado y da unos golpecitos sobre el espacio de cama que ha dejado libre—. Cántame aquella canción de cuando yo era pequeña.

Yo sigo intentando asimilar que haya dicho que el accidente fue por su culpa. ¿Por qué iba a pensar eso? Quiero preguntárselo, pero ahora mismo está demasiado borracha para mantener una conversación de verdad, así que me meto en la cama con ella para tranquilizarla.

—¿Qué canción?

—Ya sabes, la que me cantabas cuando era pequeña.

—Te cantaba un montón de canciones. No creo que tuviéramos una especial.

—Entonces canta otra cosa. ¿Te sabes alguna canción de Twenty One Pilots? Nos gustan a las dos. —Me río y la estrecho contra mi pecho—. Canta la de House of gold —me pide.

Le paso la mano por el pelo para reconfortarla y comienzo a cantar en voz baja.

Ella asiente con la cabeza para indicarme que es la canción correcta.

No dejo de cantar ni de acariciarle el cabello hasta que la canción se acaba y ella se queda dormida al fin.

Salgo de la cama con cuidado y me quedo mirándola. Borracha, Clara parece graciosa. Preferiría haberlo descubierto cuando ya hubiera cumplido los veintiuno, pero al menos ha pasado aquí, donde yo soy la encargada de asegurarse de que esté bien cuidada.

La arropo con la manta y le doy un beso de buenas noches.

—Ahora mismo me estás volviendo loca, Clara..., pero, Dios mío, te quiero.

32

Clara

Nunca me había sentido tan mal.

Probablemente no debería haber venido en coche a la escuela, porque me duele tanto la cabeza que apenas puedo mantener los ojos abiertos. Pero anoche mi madre me quitó el celular, y quería hablar con Miller. Necesito hablar con él. No recuerdo gran cosa de lo que pasó después de que llegara Lexie, pero desde luego que recuerdo lo que pasó con Miller antes de que se marchara. Y me arrepiento de todo ello.

Cuando veo que su camioneta entra en el estacionamiento, salgo del coche y me dirijo hacia ella. Él apaga el motor y le quita el seguro a la puerta del copiloto. No tengo ni idea de si sigue enfadado conmigo, así que lo primero que hago al subir es desplazarme a lo largo del asiento y rodearlo con los brazos.

—Lo siento. Estoy loca.

Miller me devuelve el abrazo.

—No estás loca. —Me aparta, pero solo para buscar una posición mejor. Se desplaza hacia la mitad del asiento y hace que me siente a horcajadas sobre su regazo, para poder mirarlo a los ojos—. Me sentí mal por irme de tu casa, pero estaba molesto. Llevaba tiempo deseando estar contigo, pero quiero que los momentos que pasemos juntos sean significativos para los dos, y que no guarden relación con otras personas ni vayan en contra de ellas.

—Lo sé. Lo lamento. Me siento fatal.

Miller me atrae contra su pecho y me reconforta pasándome la mano por la espalda.

—No quiero que te sientas fatal. Te han pasado muchas cosas, Clara. No quiero que te estreses más por mí o por nosotros. Solo quiero formar parte de todo aquello que hace que tu vida sea mejor.

Dios, me siento tan idiota... Es un alivio y una suerte que Miller sea tan comprensivo. Le doy un beso en la mejilla y lo miro.

—¿Eso quiere decir que ya no quieres cortar conmigo?

Él sonríe.

—Nunca quise cortar contigo. Solo estaba molesto.

—Bien. —Le beso la palma de la mano—. Porque cuando suceda me dolerá muchísimo. Solo pensar que habías cortado conmigo durante dos segundos me dolió un montón.

—Quizá no cortemos nunca —aventura con voz esperanzada.

—Por desgracia, las probabilidades están en nuestra contra.

Él me pasa el pulgar por el labio inferior.

—Qué tontería. Echaré de menos besarte.

Asiento.

—Sí. Beso genial. Jamás encontrarás a nadie que bese tan bien.

Él se ríe, y yo dejo caer la cabeza sobre su hombro.

—¿Cuál crees que será el motivo de nuestra futura ruptura?

—No lo sé —contesta siguiendo el curso de mis insidiosos pensamientos—. Pero tendrá que ser mucho más dramático que lo de anoche, porque estamos muy compenetrados.

—Lo será —digo—. Será extremadamente dramático. Lo más probable es que te conviertas en un músico famoso, y que te enamores de la fama y me dejes atrás.

—Ni siquiera toco un instrumento, y canto horrible.

—Entonces lo más probable es que yo me convierta en una actriz famosa. Y te presentaré a una de las actrices con las que esté trabajando, alguna más famosa que yo, y la encontrarás más atractiva y querrás toquetear todos sus Oscar.

—Imposible. Ese tipo de persona no existe.

Me incorporo para poder verle la cara.

—Quizá conquisten Marte, y yo quiera mudarme allí y tú no.

Él niega con la cabeza.

—Te seguiré queriendo de un planeta al otro.

Hago una pausa.

Ha dicho «te seguiré queriendo». Soy consciente de que no ha querido decirlo en ese sentido, pero le dirijo una sonrisa burlona.

—¿Acabas de reconocer que estás enamorado de mí?

Él se encoge de hombros, y a continuación separa los labios con una sonrisa tímida.

—A veces tengo la sensación de que sí. Estoy seguro de que aún no es tan profundo. No llevamos tanto tiempo juntos. Tenemos muchas más discusiones de lo que me gustaría. Pero lo noto. Justo debajo de la superficie. Ese cosquilleo que no me deja dormir por la noche.

—Podría tratarse del síndrome de la pierna inquieta.

Él sonríe y niega lentamente.

—No.

—Ese podría ser el motivo de nuestra ruptura dramática. Que me digas demasiado pronto que te estás enamorando de mí.

—¿Crees que es demasiado pronto? Yo pensaba que era el momento perfecto. —Se inclina hacia mí y me da un beso tierno en la mejilla—. He esperado tres años para estar contigo. Si enamorarme de ti demasiado pronto va a estropearlo, entonces es que ni me gustas. De hecho, te odio.

Le sonrío.

—Yo también te odio.

Miller entrelaza los dedos de nuestras manos y sonríe.

—En serio, quizá no vayamos a cortar. Nunca.

—Pero que te rompan el corazón ayuda a forjar el carácter, ¿recuerdas?

—Igual que estar enamorado —contesta él.

Qué gran argumento. Es un argumento tan bueno que le doy un beso por él. Pero es solo un piquito, porque no creo que quiera tener mi lengua en su boca después de lo de anoche.

—Cuando te fuiste, Lexie y yo nos emborrachamos. Estoy bastante resacosa, así que creo que voy a volver a casa. Tengo un dolor de cabeza del tamaño de Rhode Island.

—En realidad, Rhode Island es bastante pequeño —repone él.

—Nebraska, entonces.

—Oh. Bueno, en ese caso desde luego que tendrías que volver a casa y meterte en la cama.

Le doy otro beso en la mejilla.

—La próxima vez que nos veamos te daré un beso mejor, pero es que he estado vomitando toda la noche.

—Y ¿cuándo volveremos a vernos?

Me encojo de hombros.

—Vendré a clase mañana, pero lo más probable es que esté castigada durante mucho tiempo.

Miller me pasa el cabello por detrás de la oreja, me abraza y dice:

—Gracias por venir a verme.

—Gracias por soportarme.

Al bajarnos de la camioneta me da un último abrazo. Es reconfortante, y dedico el camino a casa a pensar en sus abrazos. En los de mi padre. En los de Jonah. Todos son geniales.

Pero, si he de ser sincera, en realidad no hay nada comparable a los abrazos de mi madre. Ni a sus besos. No recuerdo demasiado lo que pasó anoche, pero sí recuerdo que me ayudó en el baño. Y, por algún extraño motivo, recuerdo que estuvo en mi cama cantándome una canción de Twenty One Pilots.

Y recuerdo que me besó en la frente, justo antes de decirme que me quería. Pese a tener diecisiete años, sigo experimentando el mismo consuelo de la infancia cuando me pongo enferma y mi madre me cuida.

Al despertarme tenía conmigo la manta y el almohadón de lentejuelas. Eso me ha hecho sonreír pese al dolor de cabeza. Pese a la rabia.

Me pregunto si de algún modo puedo separar la rabia del amor. No quiero que lo que mi madre haga con Jonah afecte a mis sentimientos hacia ella. Es mi madre. No quiero odiarla. Pero ¿y si no soy capaz de perdonarla?

Pero ¿cómo sé que Jenny y mi padre no se sienten felices por mi madre y Jonah? ¿Y si de alguna forma han puesto esto en marcha desde allí donde estén?

¿Y si mi rabia está interfiriendo con ello?

Tengo un montón de preguntas. Sé que la mayoría de ellas carece de respuesta. Están haciendo que me duela aún más la cabeza.

Cuando al final entro en casa mi madre ya está despierta. Se ha sentado en el sofá con la laptop. Probablemente estará respondiendo a nuevas ofertas de empleo. Levanta la mirada hacia mí cuando cierro la puerta.

—¿Estás bien?

Asiento con un gesto.

—Pensé que podría ir a clase, pero me equivoqué. Tengo un dolor de cabeza nebraskiano. —Señalo hacia mi habitación—. Voy a meterme en la cama de nuevo.

33

Morgan

Esta mañana, después de que Clara llegara a casa, he buscado «dolor de cabeza nebraskiano» en Google, pero no he logrado descubrir a qué se refería. Pensé que sería jerga, pero en caso de que lo sea es una jerga muy nueva.

Siento que hoy está siendo un día bastante productivo. La semana que viene tengo una entrevista para un puesto de secretaria en una inmobiliaria. No es ideal, porque pagan poco, pero es un comienzo. La idea de vender propiedades me parece atractiva, así que he pensado que, si consigo el trabajo, podría hacerme una idea de ese negocio y ver si es lo que quiero estudiar. He estado buscando la manera de trabajar e ir a la universidad a la vez. Ahora hay muchas más opciones que cuando tenía dieciocho años. Si cuando Clara era pequeña hubiera tenido la oportunidad de asistir a clases nocturnas y *online,* lo más seguro es que hubiera obtenido el título.

He estado compadeciéndome de mí misma, pero en realidad no todo es culpa de Chris. Yo sabía que no era invencible. Podría haber ido a la universidad a tiempo parcial sin problemas, y así prepararme por si algún día le pasaba algo. Y la verdad es que he tenido suerte de que tuviera un seguro de vida que me proporcionará tiempo para encontrar mi camino.

Mientras revisaba los papeles en la habitación me he encontrado con mi mural de cumpleaños, en el que Clara y yo estuvimos trabajando la noche antes de la muerte de Chris. Nunca lo devolví al sitio donde suelo guardarlo porque el día siguiente lo cambió todo. En cierto sentido acabó debajo de mi cama, y me ha recordado que aún tenemos que hacer el de Clara. Sé que lo más probable es que no quiera, pero es nuestra tradición. Así que, cuando oigo que está en la regadera, saco el material de las manualidades y lo pongo en la mesa. Preparo un surtido de embutidos y lo pongo junto al mural de cumpleaños porque dudo que tenga mucha hambre, pero tendrá que comer algo.

Cuando al fin sale de su habitación estoy sentada a la mesa con la laptop. Se queda mirando el mural. Yo cierro la computadora y, de manera sorprendente, ella viene a la mesa y se sienta sin rechistar. Se mete una uva en la boca. Nos miramos a los ojos, pero ninguna de las dos dice nada. Ella toma un plumón de color azul, y yo, uno violeta.

Clara observa el mural, todas las cosas que le hemos ido añadiendo con el paso de los años. Me gusta cómo ha ido evolucionando su caligrafía. Su primer objetivo lo escribió con una cera de color verde y errores de ortografía: «Munieca Amirican Garl». Era un deseo más que un objetivo, pero era pequeña. Con el tiempo acabó comprendiendo la diferencia entre una cosa y la otra.

Clara se pone a escribir algo. No es un solo objetivo, son varios. Cuando termina, me inclino hacia delante y leo la lista:

1. Quiero que mi madre vea a mi novio tal como es en realidad.
2. Quiero que mi madre sea sincera conmigo, y yo quiero ser sincera con ella.

3. Quiero ser actriz, y quiero que mi madre me apoye en ese sueño.

Le pone el tapón al plumón, se mete otra uva en la boca y se va a la cocina a servirse algo para beber.

Sus objetivos me provocan un suspiro. Puedo afrontar el primero. Puedo hacer como que afronto el segundo. Pero el tercero me resulta difícil. Quizá yo sea demasiado realista. Demasiado práctica.

La sigo a la cocina. Se está sirviendo un vaso de agua helada. Se mete dos aspirinas en la boca y se las traga.

—Sé que quieres que me gradúe en algo más práctico, pero al menos no he salido corriendo hacia Los Ángeles antes de obtener un título —dice—. Y tengo que comenzar a mirar universidades pronto. Debo saber lo que podemos permitirnos ahora que papá no está.

—¿Y si llegamos a un compromiso? ¿Y si cursas una carrera algo más realista, como Psicología o Contabilidad, y después de graduarte te mudas a Los Ángeles y vas a audiciones teniendo un trabajo de verdad?

—La interpretación es un trabajo de verdad —replica. Vuelve a la mesa, se sienta y elige un trozo de queso para comer. Habla mientras lo mastica—. Tal como yo lo veo, mi vida puede desarrollarse de tres maneras diferentes.

—¿Que son...?

Ella levanta un dedo.

—Curso la carrera de Arte Dramático en la Universidad de Texas. Intento ser actriz. Triunfo. —Levanta otro dedo—. O me gradúo en Arte Dramático en la Universidad de Texas. Intento ser actriz. Fracaso, pero al menos he perseguido mis sueños y puedo decidir hacia dónde ir a partir de ahí. —Levanta un tercer dedo—. O persigo tus sueños, me gradúo en algo por lo que no siento el menor interés y me paso el resto de mi vida culpándote por no haberme animado a que persiguiera mis sueños.

Deja caer la mano y se recuesta sobre la silla. Me quedo observándola, intentando asimilar todo lo que me acaba de decir. Mirándola, me percato de que ha sucedido algo. No sé si ha sido de manera gradual o de la noche a la mañana, pero algo ha cambiado en ella de manera significativa.

O quizá algo haya cambiado en mí.

Pero tiene razón. Los sueños que tengo para su vida son mucho menos importantes que los que ella pueda tener. Tomo el plumón y jalo el mural de cumpleaños hacia mí. Escribo: «Mis sueños para Clara > Los sueños de Clara para sí misma».

Clara lee el mensaje, y la hace sonreír. Le da otro mordisco al queso y comienza a levantarse de la mesa, pero yo no quiero que esto se acabe aún. Me da la sensación de que quizá no vaya a disponer en un tiempo de una oportunidad como esta para hablar con ella.

—Clara, espera. Hay algo que te quiero comentar.

Ella no vuelve a sentarse, sino que se agarra del respaldo de la silla. Señal de que no quiere que esta conversación se prolongue demasiado.

—Anoche me dijiste algo, y quiero saber a qué te referías. Quizá fuera cosa del alcohol, pero... te echaste la culpa. Dijiste que el accidente fue por tu culpa. —Sacudo la cabeza, confundida—. ¿Por qué ibas a pensar eso?

Veo que traga saliva.

—¿Eso dije?

—Dijiste un montón de cosas, pero esa pareció afectarte de verdad.

Se le humedecen los ojos de inmediato, pero suelta la silla y se voltea.

—No sé por qué habré dicho eso. —Su voz se quiebra mientras atraviesa la sala camino de su dormitorio.

Por una vez me doy cuenta de que miente.

—Clara... —Me pongo de pie y voy tras ella. La alcanzo antes de que desaparezca por el pasillo. Al darle la vuelta veo que está llorando. Me parte el corazón verla de este modo, así que la atraigo hacia mí y le doy un abrazo para consolarla.

—Le estaba mandando mensajes a la tía Jenny cuando tuvieron el accidente —dice, y se aferra a mí como si tuviera miedo de dejarse ir—. No sabía que estaba al volante. Un segundo estábamos chateando y al siguiente... dejó de contestar. —Noto las sacudidas de sus hombros contra mi cuerpo.

No puedo creer que piense que fue por su culpa.

Me aparto de ella y tomo su cara entre las manos.

—Jenny ni siquiera conducía, Clara. No fue culpa tuya.

Ella me mira perpleja. Incrédula. Hace un gesto de negación.

—Era su coche. Me dijiste... en el hospital, me dijiste que llevaba a papá al trabajo.

—Te dije eso, pero te juro que era tu padre el que conducía. Estaba al volante del coche de la tía Jenny. Nunca te habría dicho lo contrario de haber sabido que pensarías que fue por tu culpa.

Clara retrocede un paso, llevada por la confusión. Se seca los ojos.

—Pero ¿por qué no me lo contaste? ¿Por qué me dijiste que conducía ella si no era así?

Soy consciente de que no tengo ni idea de cómo justificar la mentira que le conté. Igual que no tengo ninguna excusa. Soy una mentirosa terrible. «Mierda.» Me encojo de hombros intentando quitarle hierro.

—Yo solo... quizá estaba confundida. No lo recuerdo. —Doy un paso hacia ella y le aprieto las manos—. Pero te prometo que en este momento te estoy diciendo la verdad. Tu tía Jenny iba en el asiento del copiloto. Te mostraré el informe del accidente si no me crees, pero no quiero que sigas pensando ni por un segundo que fue culpa tuya.

Clara ha dejado de llorar. Me mira con expresión recelosa.

—¿Por qué conducía papá el coche de la tía Jenny?

—Porque se ponchó su llanta.

—No, no se ponchó su llanta. Me estás mintiendo.

Niego con la cabeza, pero noto que se me ruborizan las mejillas. Se me dispara el pulso. «Déjalo estar, Clara.»

—¿Por qué estaban juntos, mamá?

—Porque sí. Él necesitaba que lo llevaran. —Me doy la vuelta para regresar a la mesa. Quizá, si me pongo a limpiar, no me echaré a llorar. Pero, al llegar a la mesa, las temidas lágrimas comienzan a brotar. Es lo último que quería. Lo último.

—Mamá, ¿qué me estás ocultando?

Clara está a mi lado, exigiendo respuestas. Me volteo hacia ella, desesperada.

—¡Deja de hacer preguntas, Clara! Por favor. Limítate a aceptarlo y no vuelvas a preguntar nunca al respecto.

Ella da un paso hacia atrás, como si le acabara de dar un bofetón. Se lleva la mano a la boca.

—¿Estaban...? —Se ha quedado completamente pálida. No tiene color ni en los labios. Se sienta en una silla y se queda un instante mirando la mesa. Entonces—: ¿Dónde está el coche de papá? Si fue solo una ponchadura, ¿por qué no lo hemos recuperado nunca?

Ni siquiera sé qué responder a eso.

—¿Por qué te negaste a hacer un funeral conjunto? Básicamente tenían los mismos amigos y parientes, así que hubiera tenido más sentido, pero parecías tan enojada, y no hiciste más que exigir que fueran dos funerales por separado... —Clara se cubre la cara con las manos—. Oh, Dios mío... —Cuando vuelve a mirarme hay una súplica en sus ojos. Sacude la cabeza de un lado al otro—. ¿Mamá?

Me mira con miedo.

Estiro el brazo hacia ella por encima de la mesa. Quiero protegerla de este golpe, pero sale corriendo hacia su habitación. Pega un portazo; iré tras ella en nada, pero necesito un segundo. Me agarro con fuerza al respaldo de la silla y me inclino hacia delante, intentando respirar con lentitud..., calmarme. «Sabía que esto acabaría con ella.»

Clara abre la puerta del dormitorio. Al levantar la mirada veo que se dirige con rapidez hacia mí, cargada de preguntas. Sé exactamente cómo se siente, porque yo también continúo así.

—¿Qué hay de ti y Jonah? ¿Cuánto tiempo llevan con esto? —Hay un tono acusatorio en su voz.

—No estábamos..., la noche en que nos descubriste al entrar. Aquella fue la primera vez que nos besamos. Te lo juro.

Clara está llorando. Se pasea de un lado al otro, como si no supiera qué hacer con toda la rabia que siente ahora mismo. A quién lanzársela.

Se lleva las manos al vientre y se detiene.

—No. Por favor, no. —Señala hacia la puerta de calle—. ¿Por eso Jonah nos dejó a Elijah? ¿Por eso dijo que no podía seguir así? —Clara no deja de sollozar. La atraigo para darle un abrazo, pero este no dura mucho. Se aparta de mí—. ¿Es papá? ¿Jonah no es el padre de Elijah?

Siento un nudo tan fuerte en la garganta que ningún sonido puede ascender por ella. Me limito a susurrar:

—Clara. Cariño...

Ella se deja caer al suelo hecha un mar de lágrimas. Me pongo en cuclillas y le doy un abrazo. Ella me lo devuelve y, pese a que me siento bien al ver que me necesita, daría lo que fuera por que esto no estuviera sucediendo.

—¿Tú lo sabías? ¿Antes del accidente?

Niego con la cabeza.

—No.

—¿Y Jonah?

—No.

—¿Cómo...? ¿Cuándo se enteraron de lo suyo?

—El día que murieron.

Clara me abraza con más fuerza.

—Mamá...

Me llama con un dolor tan gutural que es como si necesitara algo que sabe que no puedo darle. Un consuelo que ignoro cómo ofrecer.

Clara se separa de mí y se pone de pie.

—No puedo con esto.

Se va a su habitación y regresa con la bolsa y las llaves.

Está histérica. No puedo dejar que conduzca en estas condiciones. Me acerco a ella y le quito las llaves de la mano. Ella intenta recuperarlas, pero no la dejo.

—Mamá, por favor...

—No vas a salir. No estando tan alterada.

Clara deja caer la bolsa, derrotada, y se cubre la cara con las manos. Se queda ahí parada, llorando. Entonces se pasa las manos por el rostro y me dirige una mirada implorante antes de dejar caer los brazos a los lados.

—Por favor. Necesito a Miller.

La frase, combinada con la expresión de su mirada, me deja destrozada. Es como si me hubieran pisoteado el alma. Pero, de algún modo, bajo todo este dolor, lo comprendo. Ahora mismo no es a mí a quien necesita. El consuelo que yo pueda ofrecerle no es el que más la reconfortará y, aunque lo siento como el final de una inmensa parte de nuestra relación, doy gracias porque ahí fuera haya alguien además de mí que pueda dárselo.

Asiento con la cabeza.

—De acuerdo. Te llevaré con él.

34

Clara

Cuando entro en el cine, Miller tiene a varios clientes haciendo fila frente a él. Me doy cuenta de que, en cuanto me ve, le entran ganas de saltar por encima del mostrador. Parece ansioso, pero no hay nada que pueda hacer. Levanta la mano mostrándome cuatro dedos, así que le digo que sí con la cabeza y me dirijo hacia la sala 4.

Esta vez me siento lo más cerca posible de la puerta. Estoy demasiado cansada para irme hasta arriba del todo.

Me quedo mirando la pantalla en blanco, preguntándome por qué Jenny no se dedicó nunca a la interpretación. Lo hubiera hecho bien. Igual que mi padre.

Niego con la cabeza mientras me levanto la camiseta para secarme los ojos. Debería sentirme aliviada de saber que mis mensajes no provocaron el accidente, ya que la tía Jenny ni siquiera estaba al volante, pero no noto el menor alivio. Ni siquiera rabia. Tengo la sensación de que he estado proyectando mi rabia durante tanto tiempo contra mi madre que me he quedado sin nada. Ahora mismo solo me siento decepcionada. Derrotada.

Es como si todas las novelas románticas que he leído se hubieran convertido en fantasías distópicas. Durante toda mi vida he creído que me rodeaban grandes ejemplos familiares de amor y humanidad, pero era todo mentira. El amor que yo creía que mi padre sentía por mi madre era falso. Y lo que más me molesta es que la mitad de mí está hecha de él.

¿Significa eso que podría ser el mismo tipo de ser humano que él? ¿De los que traicionan durante años a su esposa y a su hija mientras se llenan la cara con sonrisas amorosas?

Oigo que se abre la puerta de la sala. Miller se acerca a mí y se inclina para besarme. Yo me aparto. En este momento no quiero que me besen. O quizá crea que no me merezco ese beso. Sea lo que sea lo que siento por él, me preocupa que pueda no ser más que una serie de señales fabricadas por mi cerebro que acabarán por desvanecerse.

Miller pasa por encima de mí y se sienta en la butaca a mi derecha.

—¿He hecho algo mal?

—No —contesto negando con la cabeza—. Pero lo harás. Yo lo haré. Todo el mundo lo hace. Todo el mundo lo arruina.

—Eh —dice él tocándome la mejilla y atrayendo mi mirada llorosa—. ¿Qué ha pasado?

—Mi padre tuvo una aventura con mi tía Jenny. Elijah es suyo, no de Jonah.

Mi confesión lo deja estupefacto. Deja caer la mano y se recuesta de golpe contra el asiento.

—Mierda.

Ha sido raro decirlo en voz alta.

—¿Jonah lo sabe?

—Se enteró después del accidente.

Pese a mi reticencia inicial a dejar que me besara, Miller me pasa el brazo por los hombros. Se pone a frotarme la espalda con suavidad. Me recuesto sobre él aunque en este momento estoy convencida de que el amor es una estupidez y de que lo más probable es que algún día vaya a romperle el corazón.

Sacudo la cabeza, incapaz de creer todo lo que estoy pensando.

—Yo idolatraba a mi padre. Pensaba que era perfecto. Y a ella. Jenny era mi mejor amiga.

Miller me besa en la coronilla.

—¿Cómo se lo está tomando tu madre?

No sé responder a eso porque, en retrospectiva, no sé cómo fue posible que mi madre se levantara de la cama siquiera después de descubrir algo así. Por primera vez desde el accidente siento dolor por ella, por lo que ha tenido que vivir. Por lo que aún está viviendo.

—No tengo ni idea de cómo se mantiene de pie.

En cierta manera tiene sentido que Jonah y ella se estén apoyando mutuamente en estas circunstancias. No había otra opción. Eran los únicos que lo sabían, así que ¿con quién más podría haber hablado ella del tema además de con Jonah?

Permanecemos en silencio durante unos instantes. Yo intento asimilarlo y me parece que Miller me está dando tiempo para que lo procese. No espero que me ofrezca consejo. No he venido para eso. Solo necesitaba estar cerca de él. Quería sentir sus brazos rodeándome.

Eso me hace pensar en todas las veces en las que vi a mi padre consolando a mi madre. No es que ella lo necesitara muy a menudo, pero a veces lo veía abrazarla cuando ella estaba alterada.

Ahora me doy cuenta de que todo aquello fue falso. Todas las miradas de preocupación que le dirigió... no eran reales. Se estaba acostando con su hermana. ¿Cómo podía fingir que la amaba mientras hacía algo tan increíblemente atroz?

Yo confiaba en él más que en ningún otro hombre en este mundo. Eso hace que pase a dudar de todo. De todos. De mí misma. Quizá incluso de Miller. De hecho, ni siquiera sé cuáles fueron las intenciones de Miller en un principio.

Loo encaro.

—¿Habrías engañado a Shelby conmigo?

La pregunta parece dejarlo desconcertado.

—No. ¿Por qué?

—Aquel día en la camioneta. Pensé que quizá deseabas hacerlo.

Miller suspira con pesadez, y una expresión culpable aparece en su rostro.

—Estaba confundido, Clara. Quería hablar contigo, pero cuando te subiste a la camioneta no me gustó lo que sentí. No la habría engañado, pero tampoco puedo decir que dejara de sentir el impulso de hacerlo.

—¿Sigues hablando con ella?

Él niega con la cabeza, pero junto a ese movimiento pone los ojos en blanco. Parece sentirse frustrado conmigo. Recibo esa constatación como un golpe contra el pecho. Cada vez que me enojo me descubro implicándole de algún modo. Casi prefiero que corte conmigo a que me pierda el respeto, y si sigo comportándome de esta manera eso será exactamente lo que pasará.

—Lo siento —digo—. Todo esto me tiene muy confundida y no sé con quién enfadarme.

Miller se lleva mi mano a la boca. Besa su dorso y me la aprieta para tranquilizarme.

—¿Te acuerdas de cuando dijiste que yo era épica? —Me río. «¿Cómo podría alguien pensar que soy épica?»

—Sigo pensando que eres épica —contesta él—. Épica ¡hasta la frustración!

—O frustrante a extremos épicos. Comenzaste a salir conmigo en el peor momento de mi vida. Lamento que tengas que lidiar con toda esta mierda.

Él levanta la mano y me acaricia la cara con ternura.

—Lamento que tú tengas que lidiar con toda esta mierda.

A veces, cuando me habla, tengo la sensación de que sus palabras me entran por el pecho en vez de por los oídos. Me encanta que sea tan comprensivo. Tan paciente. No sé de dónde lo saca, pero quizá cuanto más tiempo pase a su lado más me pareceré a él.

—Imagínate lo genial que estaremos cuando recupere la estabilidad emocional.

Él jala de mí para darme un abrazo.

—Ya eres genial, Clara. Eres casi perfecta, carajo.

—¿Casi?

—Te pondría un nueve sobre diez.

—¿Y a qué se debe la resta de ese punto?

Él suspira.

—Es por lo de la piña en la pizza, por desgracia.

Me río, y a continuación levanto el reposabrazos que nos separaba para poder acurrucarme contra él. Permanecemos un rato en silencio. Él me abraza mientras yo intento poner mis ideas en orden, pero soy consciente de que no puedo pasarme toda la noche aquí. Al cabo de unos minutos, Miller me da un beso en la coronilla.

—Tengo que volver al trabajo. Ni siquiera estoy en mi pausa, y esta noche ha venido el gerente.

—¿A qué hora sales?

—A las nueve.

—¿Puedo quedarme hasta que acabes? Necesito que me lleves a casa.

—¿Cómo has venido?

—Me ha traído mi madre.

—Oh. No sabe que trabajo aquí, ¿eh?

Asiento con la cabeza.

—Sí que lo sabe. Por eso me ha traído.

Miller levanta una ceja.

—¿Percibo algún avance?

—Eso espero.

Miller me sonríe y me besa. Dos veces.

—Dentro de unos quince minutos comienza en la sala tres una película de dibujos animados. ¿Quieres ir a verla mientras me esperas?

Arrugo la nariz.

—¿Una de dibujos animados? No sé.

Él hace que me levante del asiento.

—En este momento necesitas algo ligero. Ve a verla, y te llevaré algo de comida.

Me toma de la mano para salir de la sala y me acompaña hasta la puerta contigua, pero antes de entrar le doy un beso en la mejilla.

—Un día de estos voy a ser mejor para ti —le digo apretándole la mano—. Te lo prometo.

—Ya eres perfecta tal como eres, Clara.

—No, no lo soy. Al parecer solo soy un nueve.

Él se ríe mientras se aleja de mí.

—Sí, pero la verdad es que yo solo me merezco un seis.

Encuentro un asiento lejos de los pequeños, en la parte más elevada de la sala. Miller se ha equivocado. No creo que los dibujos animados me ayuden, porque no puedo dejar de pensar en lo que ha pasado.

No se me escapa que mi rabia tras haber descubierto lo de mi padre y Jenny no es ni por asomo tan intensa como la que sentía al pensar que eran Jonah y mi madre quienes estaban teniendo una aventura.

Reflexiono al respecto, y me doy cuenta de que tiene una sola explicación.

Su generosidad.

Parece algo insignificante, pero no lo es. Mi madre se ha visto sometida al acontecimiento más exasperante, doloroso y trágico de su vida. Pese a ello, antepuso mis intereses, como siempre. Por encima de su rabia, su aflicción, su sentimiento de haber sido traicionada. Hizo todo lo posible para protegerme de la verdad, por más que eso implicara aceptar una culpa injusta.

No dudo que mi padre me quisiera, pero tampoco sé si él hubiera hecho lo mismo en el caso opuesto. Y tampoco estoy segura respecto a Jenny.

Por destrozada que esté tras haber descubierto la verdad al fin, en realidad me duele menos que cuando pensaba que era mi madre la que había actuado mal.

Desde el día que nací, todas las decisiones que mi madre ha tomado en su vida han sido en mi beneficio. Es algo que he sabido siempre, pero no estoy segura de haberlo entendido de verdad hasta esta noche.

La película ha acabado y la sala se ha quedado vacía, pero sigo mirando fijamente la pantalla en blanco mientras me pregunto cómo se encontrará mi madre. Ella ha sido la verdadera víctima de todo esto, y me apena que los dos principales apoyos que ha tenido durante la mayor parte de su vida hayan sido las mismas personas que no han estado ahí para impedir su caída. Demonios, para empezar son las personas que la han hecho caer.

No me puedo ni imaginar los moretones invisibles que deben de cubrir su cuerpo en estos momentos, y odio ser responsable de algunos de ellos.

35

Morgan

Llamé a Jonah nada más llegar a casa después de dejar a Clara en el cine. Fue irónico, porque lo necesitaba de la misma manera en que Clara necesitaba a Miller. Hemos charlado un rato, pero Elijah ya estaba dormido, así que no ha podido venir.

Podría haber ido a verlo yo, pero no quería estar fuera por si volvía Clara.

Han pasado dos horas, y no he hecho nada más que pasearme y mirar la pantalla apagada de la televisión mientras me preguntaba cómo estaría. Mientras me preguntaba si Miller le estaría ofreciendo el consuelo y el alivio que necesita ahora mismo.

Aunque sea así, el vacío de mi interior me genera la necesidad de ir a buscarla. Cuando su ausencia llega a las dos horas y media, acabo por tomar las llaves y decido volver yo misma al cine.

Cuando entro, Miller está detrás del puesto de comida. Está atendiendo a dos clientes, pero no veo a Clara por ningún lado. Hago fila y espero a que se desocupe. Les devuelve el cambio a los clientes y, cuando estos se apartan, Miller levanta la mirada hacia mí y se queda rígido.

Me gusta saber que lo pongo nervioso, pero a la vez lo detesto. No me gusta ser inaccesible para alguien tan importante para mi hija.

—¿Busca a Clara? —pregunta.

Asiento con la cabeza.

—Sí. ¿Sigue aquí?

Él mira el reloj de la pared a su espalda, y a continuación asiente a su vez.

—Sí, debería estar sola en la sala tres. La película acabó hace quince minutos.

—¿Está... sola? ¿Está sentada en una sala de cine sin nadie más?

Miller sonríe mientras toma un vaso de una pila y lo llena de hielo.

—No se preocupe, a ella le gusta. —Llena el vaso de Sprite y me lo da—. He tenido mucho trabajo y no he podido llevarle otro vaso. ¿Usted quiere algo?

—Estoy bien. Gracias.

Comienzo a voltearme, pero me detengo cuando Miller dice:

—¿Señora Grant?

Él mira a izquierda y derecha para asegurarse de que tenemos algo de intimidad. Se inclina un poco hacia delante mirándome a los ojos. Antes de hablar aprieta los labios nervioso.

—Lamento mucho haberme metido en su casa la otra noche. Y... todo lo demás. Clara me importa de veras.

Intento verlo por primera vez sin los prejuicios de Chris. Quiero verlo igual que Jonah: como un buen chico. Un chico lo bastante bueno para salir con Clara. Aún no estoy segura de ello, pero el hecho de que me haya ofrecido lo que parece una disculpa muy sincera es un buen comienzo. Asiento con la cabeza, dedicándole una pequeña sonrisa, y me dirijo hacia la sala 3.

Al entrar veo que Clara está en la parte más elevada. Las luces están encendidas, y ella tiene la mirada clavada en la pantalla vacía y los pies apoyados en la butaca de delante.

No repara en mí hasta que no comienzo a subir la escalera hacia la última fila. Al verme endereza la espalda y baja los pies. Cuando llego a su lado, le doy el Sprite y me siento a su lado.

—Miller ha pensado que te gustaría otro vaso.

Toma el Sprite y bebe un trago, deja el vaso vacío en el asiento contiguo. Entonces levanta el reposabrazos y se recuesta sobre mí. Eso me toma por sorpresa. No sabía lo que podía esperar de ella. Esta noche le han pasado muchas cosas y, para ser sincera, estaba lista para sufrir alguna réplica del temblor. Me aprovecho de este raro episodio de afecto rodeándola con el brazo y atrayéndola hacia mí.

Creo que ninguna de las dos sabemos cómo iniciar la conversación. Transcurren varios segundos eternos antes de que Clara me pregunte:

—¿Engañaste a papá alguna vez?

No lo dice con tono acusador. Es como si estuviera en mitad de un pensamiento, así que le respondo con sinceridad.

—No. Hasta Jonah, tu padre era el único hombre al que había besado.

—¿Estás enojada con ellos? ¿Con papá y Jenny?

Asiento con la cabeza.

—Sí. Me duele. Mucho.

—¿Te arrepientes de haberte casado con él?

—No. Te tuve a ti.

Ella levanta la cabeza.

—No te pregunto si te arrepientes de haber salido con él o de haber quedado embarazada de mí. Pero ¿te arrepientes de haberte casado con él?

Le aparto el cabello de la frente y le sonrío.

—No. Lamento sus elecciones, pero no me arrepiento de las que tomé yo.

Clara vuelve a apoyar la cabeza sobre mi hombro.

—No quiero odiarlo, pero me enfada que nos haya hecho esto. Me enoja que la tía Jenny nos haya hecho algo así.

—Ya lo sé, Clara. Pero has de entender que su aventura tuvo a la vez todo y nada que ver con nosotras.

—Siento que tuvo todo que ver con nosotras.

—Porque así fue —contesto.

—Me acabas de decir lo contrario.

—Porque no fue así.

Clara deja escapar una carcajada breve y derrotada.

—Me estás confundiendo.

Hago que levante la cabeza de mi hombro y me giro un poco en el asiento para tenerla enfrente. Tomo una de sus manos entre las mías.

—Tu padre fue un gran padre para ti. Pero como marido tomó algunas decisiones de mierda. Nadie puede ser perfecto en todo.

—Pero él lo parecía.

La traición que transmiten sus ojos me entristece. No quiero que tenga que vivir con este recuerdo de Chris. Le aprieto la mano.

—Creo que ese es el problema. Los adolescentes piensan que sus padres deberían tener soluciones para todo, pero la verdad es que los adultos no saben orientarse por la vida mucho mejor que los adolescentes. Tu padre cometió grandes errores, pero aquello que hizo mal en su vida no debería desacreditar todas las cosas que hizo bien. Y lo mismo vale para tu tía Jenny.

Una lágrima brota del ojo derecho de Clara, que se apresura a secársela.

—La mayoría de las madres querrían que sus hijas odiaran a sus padres por hacer lo que ha hecho papá.

—Yo no soy como la mayoría de las madres.

Clara deja caer la cabeza sobre la butaca de terciopelo de color rojo y se queda mirando el techo. Se ríe mientras las lágrimas continúan rodando hacia su cabello.

—Gracias a Dios.

No ha sido un cumplido directo, pero de todos modos hace que me sienta bien.

—Si te cuento algo, ¿me prometes que no me juzgarás por ello? —pregunta.

—Pues claro.

Inclina la cabeza hacia mí, y hay un rastro de culpa en su expresión.

—Un día, después de clase, estaba sentada con Miller en su camioneta. Fue antes de que cortara con su novia. Tenía tantas ganas de besarlo, mamá... Y lo habría hecho si él lo hubiera intentado, y eso es lo que más me molesta. Sabía que en ese momento tenía novia, y lo habría dejado besarme de todos modos. Ahora que sé lo que hicieron papá y la tía Jenny, me preocupa que ser capaz de tener una aventura sea un rasgo de mi personalidad, y que lo haya heredado de papá. ¿Y si se trata de una tara moral hereditaria? —Vuelve a mirar hacia el techo—. ¿Y si algún día engaño a Miller y le rompo el corazón, tal como papá y la tía Jenny hicieron contigo?

No me gusta nada que piense esto. Que dude de sí misma. A veces me hace preguntas para las que no tengo respuesta, y tengo miedo de que esta sea una de ellas.

Pero entonces pienso en Jonah y en la conexión que tuvimos de jóvenes. Quizá hablarle de ello a Clara sea una mala idea, pero esto de educar a los hijos no viene con su manual de instrucciones.

—Una vez viví un momento como ese. Tenía tu edad, y estaba en una piscina con Jonah.

Clara voltea la cabeza de golpe hacia mí, pero yo mantengo la mirada clavada en el techo mientras hablo.

—No nos besamos, pero yo deseaba que pasara. En aquella época estaba saliendo con tu padre, y Jonah y Jenny tenían una relación, pero al mirarlo fue como si se levantara una pared que ocultó todo el resto. No es que no me importaran Jenny y Chris... fue solo que en ese momento lo único que me importó fue lo que sentía al recibir esa mirada. La atracción que sentí hacia Jonah en ese instante me cegó. Y creo que él sintió lo mismo.

—¿Fue por eso por lo que cortó con Jenny y se fue del pueblo? —pregunta Clara.

Inclino la cabeza y la miro.

—Sí —contesto con total sinceridad.

—¿Fue por eso por lo que te enfadaste tanto cuando volvió a entrar en la vida de la tía Jenny?

Asiento con la cabeza.

—Sí, pero entonces no me di cuenta. Solo acepté que sentía algo por él hace muy poco. Nunca le habría hecho eso a Jenny.

Clara frunce el ceño, y odio ver esa expresión en su rostro. La constatación de que alguien tan importante para ella pudo hacer algo tan terrible. El miedo a que ella sea capaz de hacer lo mismo algún día.

Suspiro y vuelvo a levantar la vista hacia el techo.

—He tenido más tiempo que tú para reflexionar sobre todo esto, así que quizá pueda compartir contigo parte de la sabiduría que ha surgido de toda esta rabia. Míralo de esta manera. La atracción no es algo que suceda una sola vez, con una única persona. Es parte de lo que motiva a los seres humanos. La atracción que sentimos los unos por los otros, hacia el arte, la comida, el espectáculo. La atracción es divertida. Así que, cuando decides comprometerte con alguien, no le dices: «Te prometo que nunca me sentiré atraído por otras personas». Lo que le estás diciendo es «Prometo comprometerme contigo pese a la atracción que pueda sentir en el futuro hacia otras personas».

—Miro a Clara—. Las relaciones son difíciles por ese preciso motivo. Solo porque te hayas comprometido con alguien, tu cuerpo y tu corazón no dejan de encontrar belleza y atracción en otras personas. Si alguna vez te encuentras con que te sientes atraída por otra persona, es decisión tuya alejarte de esa situación antes de que resulte demasiado difícil enfrentarse a ella.

—¿Como hizo Jonah?

Hago un gesto de asentimiento.

—Sí. Exactamente como hizo él.

Clara se me queda mirando un instante.

—Papá no pudo alejarse de esa situación con Jenny porque ella siempre estaba a nuestro alrededor. Quizá pasó por eso.

—Es posible.

—Pero sigue sin ser una excusa.

—Tienes razón. No lo es.

Clara apoya la cabeza sobre mi hombro. Le doy un beso en la coronilla, pero no puede ver las lágrimas que comienzan a rodarme por las mejillas. Es solo que me siento tan bien por haber podido mantener al fin esta conversación con ella... Y me siento bien al comprobar que mi hija está mucho mejor equipada emocionalmente para enfrentarse a la verdad de lo que yo pensaba.

—Todas las cosas que he hecho... no han sido culpa de Miller. Él solo intentó apoyarme. No quiero que lo odies.

Ya no tiene que convencerme de ello. Dejé de odiarlo cuando descubrí que había intentado disuadirla de que se acostara con él. Y esta noche, cuando se ha disculpado conmigo, de hecho ha comenzado a caerme bien.

—No lo odio. En realidad me cae bien. Me gustará mucho más si no vuelve a meterse en tu habitación. Pero me cae bien.

—No lo hará —asevera ella—. Te lo prometo.

—De todos modos, la señora Nettle me avisaría.

Clara levanta la cabeza.

—¿Fue así como te enteraste?

—A veces conviene tener a la vecina más entrometida del mundo.

Clara se ríe, pero al ver que estoy llorando su sonrisa se desvanece. Yo le quito importancia con un gesto.

—Son lágrimas buenas. Te lo prometo.

Ella niega con la cabeza.

—Dios mío. Hemos sido tan malas la una con la otra...

Asiento para darle la razón.

—No creí que fuéramos capaces de todo esto.

—Me castigaste sin leer libros —me recuerda ella riéndose.

—Dijiste que yo era predecible.

—Bueno, desde luego has demostrado que estaba equivocada.

De algún modo, las dos acabamos sonriendo. Agradezco que se haya tomado las noticias tan bien. Soy consciente de que sus sentimientos podrían volver a cambiar mañana. Estoy segura de que va a experimentar emociones muy diversas. Pero, ahora mismo, doy gracias por estar compartiendo este momento con ella.

Quizá se trate de algo que debo aprender a valorar un poco más. Nuestra relación no será siempre de color de rosa, pero cada vez que haya una pausa en la tormenta tengo que aprovecharla. Sin importar mi estado de ánimo o lo que esté ocurriendo en mi vida, tengo que disfrutar de estos momentos soleados con Clara.

—¿Podemos comenzar de nuevo? O sea... ¿podemos olvidarnos de la mota y del castigo en la escuela y del alcohol y de las faltas a clases? De verdad que quiero recuperar mi teléfono.

—No son las únicas cosas que has hecho mal —digo.

—Ya lo sé, pero me estaba quedando sin aire. Es una lista muy larga.

Pese a todo lo que ha tenido que vivir, sigo convencida de que necesita un castigo. A la vez, no es la única que quiere comenzar de nuevo. No es que esté muy orgullosa de mi propio comportamiento.

—¿Sabes qué? Te devolveré el celular si prometes dejar de burlarte de que prefiera ver la televisión por cable en vez de por internet.

Clara me mira con expresión muy seria.

—Ay, mamá. No sé...

—¡Clara!

Se ríe.

—Está bien. Trato hecho.

36

Clara

Mi madre y yo salimos de la sala tomadas de la mano. Miller está en el otro extremo del pasillo vaciando un bote de basura. Mi madre no lo ve, pero yo sí. Justo antes de que doblemos la esquina para dirigirnos hacia la salida, él me sonríe.

No es que este momento tenga que ver con nosotros, pero hay algo en su mirada que me lleva a pensar que acaba de enamorarse de mí.

Yo le devuelvo la sonrisa, consciente de que voy a recordar estos tres segundos de diálogo silencioso durante el resto de mi vida.

37

Morgan

Esta mañana, al despertarme, me he dado cuenta de que, por primera vez desde el accidente, la casa no estaba cargada de tensión. Me he puesto a estudiar términos inmobiliarios para la entrevista de trabajo que tendré dentro de poco, y Clara me ha dado un abrazo antes de salir disparada por la puerta con un pastelito en la mano.

Al salir de clase me ha mandado un mensaje para decirme que se iba a trabajar con Miller en el proyecto de la película. No sé si me ha contado la verdad, pero tiene diecisiete años y una hora marcada para volver a casa, y mientras la respete no voy a presionarla para que me dé detalles sobre lo que Miller y ella hacen cuando están juntos. Sé que está tomando anticonceptivos y estoy bastante segura de que no están practicando el sexo de manera activa gracias a su confesión mientras estaba borracha.

Sacaré el tema pronto, pero cuando llegue el momento adecuado. Antes quiero acostumbrarme un poco a esta nueva dinámica que tenemos. Si la fastidio demasiado, Clara podría volver a encerrarse en sí misma, y es lo último que deseo.

He invitado a Jonah a cenar. Ha sido agradable. Nos hemos sentado en la isla de desayuno turnándonos para darle de comer a Elijah, riéndonos ante su emoción al probar sabores nuevos.

Ahora Elijah está sentado en un catre improvisado en el suelo de la sala, jugando con un par de juguetes de bebé que Jonah ha dispuesto para él.

Jonah y yo estamos en el sofá. Él está recostado sobre el apoyabrazos, con las piernas estiradas y abiertas para acogerme entre ellas. Yo tengo la espalda pegada a su pecho, y los dos estamos observando a Elijah jugar en el suelo.

Jonah me ha pasado el brazo izquierdo por el vientre y, mientras hablamos, de tanto en tanto me da un beso tierno en la sien. Cuanto más lo hace, más me acostumbro y menos culpable me siento. Quiero que siga haciéndolo hasta que deje de sentirme culpable, pero creo que aún tardaré algunos meses.

Esa idea me hace suspirar, así que naturalmente Jonah me pregunta:

—¿Qué pasa?

—Es solo que creo que me preocupo demasiado. Me da miedo que su traición haga que nunca confiemos por completo el uno en el otro.

—Yo no estoy preocupado —dice él con aplomo.

—¿Por qué?

—Porque hasta ahora nunca habíamos estado con la persona con la que debíamos estar.

Ladeo la cabeza para poder verlo. Le doy un beso por haber dicho eso.

Él me pasa el pulgar por el labio y me dirige una mirada serena. No estoy segura de haber visto antes esa expresión en Jonah Sullivan. Se ha pasado mucho tiempo luchando contra algo a lo que ya no debe hacer frente, y ahora trasluce paz interior.

—Todo irá bien, Morgan. Mejor que bien. Te lo prometo.

La puerta de la calle se abre y tanto Jonah como yo reaccionamos. Se suponía que Clara no debía volver hasta dentro de una hora. Yo me incorporo y Jonah saca las piernas de debajo de mi cuerpo y las recoge.

Clara se queda quieta en el umbral mirándonos. Entonces cierra la puerta.

—No hace falta que sigan fingiendo. —Deja caer la bolsa y va a sentarse al lado de Elijah.

Jonah me mira preguntándome en silencio si deberían marcharse. Clara repara en su expresión. Levanta a Elijah y apoya la espalda contra el sofá que está enfrente del nuestro.

—Quédense —le dice a Jonah mirando a Elijah—. Quiero jugar un ratito con él.

Jonah y yo la observamos en silencio. No sabemos qué estado de ánimo debemos esperar de ella. Anoche Clara y yo estuvimos bien, igual que esta mañana. Pero aún no hemos afrontado con ella esto que tenemos Jonah y yo. Y no sé si estamos preparados para hacerlo, porque Jonah y yo tampoco lo hemos afrontado.

Clara sostiene a Elijah e intenta que repita los sonidos que realiza.

—¿Ha dicho ya alguna palabra? —pregunta levantando la mirada hacia Jonah.

—Todavía no. Aún tardará algunos meses en poder hacerlo.

Clara mira a Elijah y continúa haciendo sonidos.

—¿Puedes decir «papá»?

El niño patalea contra su vientre, da brincos y produce ruidos al azar. Entonces, para nuestra sorpresa, repite lo que ella le ha dicho. Y lo ha hecho de una manera tan perfecta que nos quedamos sin mover ni un músculo, porque tengo la sensación de que todos estamos dudando de lo que acabamos de oír.

Entonces Jonah dice:

—¿Acaba de...?

Clara asiente con la cabeza.

—Creo que sí.

Jonah se levanta del sofá y va a sentarse en el suelo, al lado de Clara. Elijah es demasiado pequeño para ir repitiendo palabras de manera voluntaria, pero me acerco a ellos por si vuelve a hacerlo. Me siento en el suelo al otro lado de Clara.

Ella repite:

—¿Papá?

Intenta que el niño vuelva a imitar el sonido, pero en su lugar él produce muchos otros. Soy consciente de que ha sido pura chiripa, pero ha sucedido en el momento perfecto.

Clara inclina a Elijah para que quede frente a Jonah.

—Aquí está tu papá, aquí mismo —dice.

No sé si se debe a que Clara se haya referido a él como el padre de Elijah, o a que la palabra haya salido de la boca del niño, pero a Jonah se le llenan los ojos de lágrimas.

En cuanto veo la primera lágrima rodar por su mejilla, yo también me pongo a llorar.

Clara mira a Jonah, luego me mira a mí, luego vuelve a mirar a Jonah.

—Genial. Pensaba que ya no iba a llorar más.

Y ahora ella se pone también a llorar.

Me quedo observando a Clara. Aunque esté llorando, sigue jugando con Elijah con una sonrisa en la cara. Entonces hace algo inesperado. Suspira y apoya la cabeza sobre el hombro de Jonah.

Quizá para ella no signifique gran cosa, pero para mí es importantísimo. Ese gesto vale más que cualquier número de palabras.

Con él le está diciendo que lo lamenta. Que lamenta lo que Chris le hizo. Que lamenta haber pensado que la culpa era nuestra.

Ese pequeño movimiento hace que me eche a llorar con más fuerza. Creo que también hace que Jonah llore con más fuerza porque, en cuanto ella levanta la cabeza de su hombro, él se pone a mirar hacia otro lado intentando esconderlo.

De los cuatro, Elijah es el único que no llora.

—Vaya —dice Jonah espirando con fuerza, antes de usar su camiseta para secarse las lágrimas—. Estamos fatal.

—Fatalísimo —dice Clara.

Nos quedamos sentados en el suelo durante un rato jugando con Elijah. Riéndonos de las caras que pone. Riéndonos cuando él se ríe. Intentando que vuelva a decir «papá», pero no lo hace.

—¿Qué le contarás a Elijah sobre todo esto? —pregunta Clara.

—La verdad —contesta Jonah.

Clara asiente con la cabeza.

—Bien. La verdad es siempre la mejor opción. —Le da un beso al niño en la mejilla—. Siempre había querido tener un hermano pequeño. Quizá de manera un poco más convencional, pero este me servirá.

Me gusta que tenga la madurez suficiente para distinguir entre el motivo de la existencia de Elijah y su amor hacia él. El resentimiento es una carga vital muy pesada.

Estas últimas veinticuatro horas me han llenado de orgullo. Verla manejar todo esto con tanta gracia y madurez hace que me sienta muy orgullosa de ella.

Elijah bosteza, así que Jonah comienza a recoger sus cosas para irse. Lo ayudo, pero, cuando nos quedamos los dos en la puerta dispuestos a despedirnos, la situación se vuelve incómoda. Me gustaría acompañarlo hasta el coche, pero no sé lo que Clara pensará al respecto.

Me doy cuenta de que Jonah quiere besarme, pero no lo hará delante de Clara.

—Buenas noches —susurra y hace una mueca, como si le doliera alejarse de mí sin darme un beso, algo que tuvo que hacer tantas veces en el pasado.

—Oh, vamos —dice Clara reparando en nuestra incomodidad—. Es raro, pero qué más da. Ya me acostumbraré.

Una expresión de alivio se extiende por nuestros rostros y, ahora que tenemos el permiso de Clara, salgo fuera con Jonah.

Jonah mete a Elijah en el coche, cierra la puerta, me pasa el brazo por la cintura y me hace girar para que apoye la espalda sobre la puerta del vehículo. Me da un beso en la mejilla.

Entre sus brazos no siento más que alivio. Los últimos días podrían haberse torcido de muchísimas maneras, pero no ha sido así. Quizá haya que agradecérselo a Clara. O a Jonah. O a todos nosotros. No lo sé.

—Es una chica fantástica —dice él.

—Sí, lo es. Había olvidado lo difícil que es ser adolescente. Sobre todo estando en su situación. Tengo la sensación de que no hago más que subestimar las hormonas y emociones que acompañan esa edad.

—Has sido extremadamente paciente con ella durante todo esto.

El cumplido me hace reír.

—¿Eso crees? Porque yo siento que he perdido la cabeza un par de veces.

—Ojalá llegue a ser la mitad de padre que tú eres, Morgan.

—Estás criando a un niño que no es tu hijo biológico. Eso ya te hace dos veces mejor padre que yo.

Jonah se echa hacia atrás mientras me dedica una sonrisa.

—Me gusta que alabes mi manera de ser padre. Es sexy.

—Lo mismo digo. Ver que eres un buen padre es lo que encuentro más atractivo en ti.

—Somos de lo más raro —dice él.

—Lo sé.

Jonah entrelaza nuestros dedos y lleva nuestras manos a mi espalda, las pega al coche. Me da un beso en la mejilla.

—¿Puedo hacerte una pregunta? —Sus labios se deslizan con la suavidad de una pluma por mi mejilla, hasta posarse sobre mi boca. Yo asiento con la cabeza. Él se echa hacia atrás, pero solo lo necesario para que podamos mirarnos el uno al otro—. ¿Quieres ser mi novia?

Me quedo mirándolo dos segundos hasta que la risa brota de mi pecho.

—¿Los chicos siguen haciendo eso? ¿Les piden a las chicas que sean sus novias?

Él se encoge de hombros.

—No lo sé. Pero, carajo, hace mucho tiempo que deseaba poder preguntártelo, así que estaría bien que me siguieras un poco el juego y me dijeras que sí.

Me inclino hacia él y rozo sus labios con los míos.

—Sí.

Él me suelta la mano y me pone la suya en la mejilla.

—Quiero besarte, pero no voy a usar la lengua porque entonces no podré parar. Y no quiero que Clara piense que estamos aquí fuera besándonos.

—Pero es lo que estamos haciendo.

—Sí, pero estoy seguro de que para ella seguirá siendo raro. —Me da un piquito rápido—. Entra en casa y compórtate con naturalidad.

Me río, y a continuación rodeo su cabeza con las manos y lo atraigo hacia mi boca. Él gime cuando nuestras lenguas se encuentran, y me empuja con más fuerza contra el coche. Nos besamos durante un minuto entero. Que luego son dos.

Cuando al fin se retira, sacude la cabeza un poco mientras pasea la mirada por mis rasgos.

—Es como un sueño —dice—. Hace tanto tiempo que renuncié a la idea de que estuviéramos juntos.

—Y yo nunca me permití siquiera pensar que fuera una posibilidad.

Jonah sonríe, pero me da la sensación de que es una sonrisa triste. Desliza las dos manos por mi espalda.

—Renunciaría a todo a cambio de que no hubieran muerto. Por muy feliz que sea contigo, nunca quise que sucediera de este modo. Espero que lo sepas.

—Pues claro que lo sé. No es necesario que lo digas.

—Ya. Supongo que sigo luchando contra todo este asunto. Me siento feliz de tenerte al fin, pero también me siento culpable por la manera en que he llegado a ti. —Atrae mi cabeza hacia su pecho. Yo paso los brazos alrededor de su cintura, y nos quedamos abrazados de ese modo durante un rato—. Una parte de mí se pregunta si de verdad quieres esto. A mí. Entendería que no fuera así. Es una carga muy grande. No tengo tanto dinero como Chris, y además vengo con un bebé. Para ti sería como volver a comenzar, y quizá ahora quieras tener tiempo para ti misma. No lo sé. Pero lo entendería. Quiero que lo sepas.

Tengo ganas de negar con la cabeza y mostrar mi desacuerdo de manera inmediata, pero me quedo pensando en lo que me ha dicho. Si seguimos con esto, tendré que criar a otro niño. Me estaré comprometiendo con una vida completamente nueva, justo después de que la única vida que había conocido se haya visto alterada de manera tan drástica. La mayoría de la gente necesitaría más tiempo para acostumbrarse. Sobre todo con lo de pasar de un matrimonio largo a una relación nueva en unos pocos meses. Entiendo que Jonah pueda esperar alguna vacilación por mi parte.

Cierro los ojos y hago rodar la cabeza hasta que mi cara queda pegada contra su pecho. Puedo oír su corazón acelerado.

Subo una mano por su camisa, la desplazo por su pecho hasta que mi palma queda justo encima de su corazón. La mantengo ahí un momento, prestando atención a la frecuencia máxima con la que está bombeando la sangre al resto del cuerpo. Por la velocidad y la fuerza de sus latidos me doy cuenta de que está atenazado por el miedo.

Y me apena porque, si hay algo por lo que Jonah no debería preocuparse es por mis sentimientos hacia él. Pero nunca le he llegado a expresar todos mis motivos.

Levanto la cabeza y lo miro a los ojos mientras le digo todo aquello que merece oír.

—Cuando éramos adolescentes, tú eras el único que se reía de mis chistes. Y solías esconderlo, como si eso fuera a revelar lo que sentías por mí. Pero yo siempre observaba tu reacción. Y a veces Chris y yo nos peleábamos, pero me di cuenta de que nunca intentaste utilizarlo como una oportunidad para hacer que cortáramos. Me dejabas desahogarme y luego me recordabas todas las cosas buenas que Chris tenía. Y, el año pasado, cuando Jenny quedó embarazada, con sinceridad te digo que no pensé que fueras a dar un paso al frente. Pero lo diste. Y luego la noche en la que volviste a por Elijah después de descubrir que no era tu hijo biológico..., creo que fue entonces cuando me enamoré de ti como una persona completa. Dejé de amar solo algunos aspectos de ti para amarte en tu totalidad.

No quiero que crea que ha de contestar algo a mis palabras. Ya conozco sus sentimientos hacia mí. Lo que ha sentido por mí. Ha llegado su turno de entender lo que se siente al saber que uno ha sido siempre la primera opción de la otra persona.

Levanto la mano de su camisa y la llevo a su mejilla.

—Me casé con Chris porque era el padre de mi hija y deseaba hacer que funcionara. Lo quería —añado—. Y siempre querré también a Jenny. Pero tú eres la primera y única persona en este mundo a la que he querido sin contar con una razón o una justificación. Te amo simplemente porque no puedo evitarlo, y me siento bien al hacerlo. La idea de criar a Elijah a tu lado me hace feliz.

»Y sé que antes de hacer el amor por primera vez te dije que lo iba a lamentar, pero nunca había estado tan equivocada. No me arrepentí aquella noche y no me arrepiento ahora. Tengo la seguridad de que nunca dedicaré un solo segundo de mi vida a eso. —Me pongo de puntillas y le doy un beso suave en los labios—. Te quiero, Jonah. Muchísimo. —Paso a su lado y me dirijo hacia la casa. Al abrir la puerta volteo la mirada y veo que Jonah sigue parado en el camino de acceso sonriéndome.

Es bonito.

Cierro la puerta y, por primera vez en mi vida, siento que mis rincones están comenzando a llenarse. Jonah ya ha ocupado todas aquellas partes de mi existencia que con Chris parecían vacías.

Y me siento orgullosa de Clara, de la mujer en la que se está convirtiendo. Ha sido un trayecto lleno de baches el que nos ha traído hasta aquí, pero es que ella se ha encontrado con una carretera más difícil que la mayoría de los chicos de su edad. Mi orgullo materno ha regresado.

Aún no tengo muy claro lo que quiero ser o la carrera que deseo estudiar, pero ha sido excitante intentar averiguarlo durante los últimos dos meses. Llevaba tiempo deseando conseguir un trabajo y volver a la universidad, pero por algún motivo siempre pensé que era demasiado tarde. Y no lo es. Soy un proyecto en marcha. Quizá lo sea para siempre.

No tengo claro que alguna vez vaya a sentirme como un borrador final, y no estoy segura de desearlo. Buscarme a mí misma se está convirtiendo en mi parte favorita de esta nueva travesía.

Recuerdo lo que escribí en mi mural de cumpleaños: «Encontrar mi pasión». Quizá no sea una sola. Quizá tenga varias, y lo que pasa es que nunca me he tomado a mí misma y mis necesidades como una prioridad. La idea de que dispongo del resto de mi vida para encontrarme a mí misma es excitante. Hay tantas cosas que quiero probar, tanto si acaban funcionando como si no... Creo que encontrar mi pasión se convertirá en mi pasión.

Después de que Jonah se marche, cuando Clara se va a dormir, me dirijo a mi habitación y saco todas las cartas de Jenny que Chris tenía guardadas con candado en su caja de herramientas. Desde el día que descubrí la verdad me han pasado tantas preguntas por la cabeza... Antes pensaba que iba a necesitar esas respuestas, pero ya no es así. Sé que amé las mejores versiones de Jenny y de Chris, pero ellos se enamoraron de sus respectivas peores versiones..., las que eran capaces de traicionar y contar mentiras.

Mantendré sus recuerdos para siempre porque fueron una parte inmensa de mi vida, pero las cartas no forman parte de esos recuerdos. Son los apartados que no quiero conocer ni conservar de ninguna manera.

Una por una, las voy rompiendo en pedacitos sin leerlas.

Estoy satisfecha con la dirección que ha tomado mi vida y sé que, si me obsesiono con el pasado, esa obsesión solo servirá para mantenerme anclada a un lugar del que estoy más que preparada para alejarme.

Tiro los pedazos de su historia en el bote de basura de mi lavabo. Cuando levanto la mirada me encuentro con mi reflejo en el espejo.

Estoy comenzando a parecer feliz de nuevo. Feliz de verdad. Es bonito.

38

Clara
Algunos meses más tarde

Me dirijo al fondo de la sala y le doy la mano a Miller. Los dos estamos nerviosos. Hemos trabajado muy duro en esta película, y tengo muchas ganas de que a Jonah le guste.

Mi madre apaga las luces y se sienta en el sofá, al lado de Lexie y de Efren. Jonah está sentado al borde del sofá de dos plazas, más ansioso por el video que el resto.

Al final decidimos hacer un falso documental. Cuando comenzamos la película había demasiada seriedad en nuestra vida, así que quise hacer algo gracioso para variar.

El límite de tiempo para todo el asunto es de unos pocos minutos, así que nos costó más de lo que habíamos anticipado llevar a cabo en tan poco espacio algo que tuviera su principio, su desarrollo y su final, pero tengo la esperanza de que lo hayamos conseguido. Lo que no sabemos es si alguien más apreciará el humor que hay en él.

Miller me mira, y noto la energía nerviosa que lo recorre. Nos sonreímos mutuamente cuando empieza la película.

La pantalla está en negro, pero entonces la atraviesan como destellos unas letras de color naranja claro que revelan el título: CROMÓFOBO.

La primera escena muestra a un personaje de diecisiete años de edad. El nombre de KAITLYN brilla sobre la pantalla. Kaitlyn (interpretada por mí) está sentada en un taburete en una habitación vacía. Una luz la enfoca en el momento en que ella aparta la mirada de la cámara y se frota nerviosa las manos.

Alguien fuera de plano dice:

—¿Puedes contarnos cómo comenzó todo?

Kaitlyn mira a la cámara paralizada por el miedo. Asiente nerviosa.

—Bueno... —Es evidente que le cuesta hablar de ello—. Creo que tenía cinco años, quizá... ¿Seis? No lo sé con exactitud. —La cámara se va acercando a su rostro—. Pero... recuerdo cada palabra de la conversación que mantuvieron como si hubiera tenido lugar esta mañana. Mi madre y mi padre... estaban en la sala, mirando la pared. Tenían unas... unas... muestras de pintura plástica en las manos. Intentaban decidir el tono de blanco con el que pintar las paredes. Y entonces fue cuando sucedió. —Kaitlyn traga saliva, pero continúa pese a sus reticencias—: Mi madre miró a mi padre. Ella... lo miró como si las palabras que estaban a punto de salir de su boca no fueran a destrozar a nuestra familia para siempre. —Kaitlyn, alterada de manera evidente por el recuerdo, se seca una lágrima que le rueda por la mejilla. Inspira con fuerza y al espirar continúa hablando—: Mi madre la contempló y le preguntó: «¿Qué te parecería en naranja?».

El recuerdo hace que Kaitlyn se estremezca.

Hay un fundido a negro y pasamos a un nuevo personaje. Un anciano, sombrío y demacrado. El nombre de PETER brilla sobre la pantalla. A este personaje lo interpreta el yayo.

Peter está sentado en una silla de color verde, de mediados de siglo. La pellizca con dedos frágiles, va soltando algo de pelusilla que cae al suelo.

De nuevo se oye una voz fuera de plano:

—¿Por dónde le gustaría comenzar, Peter?

Peter mira hacia la cámara con unos ojos de color marrón oscuro enmarcados por años de arrugas acumuladas, todas de largos y profundidades diferentes. El blanco de sus ojos está enrojecido.

—Comenzaré por el principio, supongo.

Pasamos a un flashback..., a una versión más joven de Peter, en su última adolescencia. Está en una casa más antigua, en un dormitorio. Un póster de los Beatles cuelga sobre la cama. El adolescente está rebuscando en su clóset, frustrado. La voz del Peter anciano comienza a narrar la escena.

—No podía encontrar mi camisa de la suerte —comenta.

La escena que se ve en la pantalla es la del adolescente frustrado (al que interpreta Miller), que sale de su habitación y se dirige hacia la puerta trasera.

—Así que... me fui a buscar a mi madre. Para preguntarle si la había visto, ¿saben?

La madre está parada junto a un tendedero en el patio de atrás, colgando una sábana.

—Le dije: «Mamá..., ¿dónde está mi camisa azul?».

Volvemos a ver la versión anciana de Peter. Se mira las manos, juguetea con los pulgares. Expulsa aire rápidamente y dirige la vista hacia la cámara.

—Ella me miró a los ojos y me contestó: «Aún no la he lavado».

Volvemos a ver al adolescente, que observa a su madre con expresión de absoluta incredulidad. Se lleva las manos a las sienes.

—Fue entonces cuando me di cuenta —declara la voz en *off* de Peter— de que me quedaba una sola opción.

La cámara sigue al adolescente, que irrumpe de nuevo en la casa, regresa a su habitación y se dirige hacia el armario. Va apartando ropa hasta que la cámara enfoca una camisa solitaria, que se mece de aquí para allá en su percha.

—Era la única camisa limpia que tenía.

Volvemos al Peter anciano, que pega las palmas sudorosas contra los muslos y apoya la nuca contra su viejo sillón de color verde. Se queda mirando el techo, pensativo.

Una voz fuera de plano se dirige a él.

—¿Peter? ¿Necesita hacer una pausa?

Peter se incorpora, negando con la cabeza.

—No. No, solo quiero acabar con esto. —Suelta aire, mira de nuevo hacia la cámara—. Hice lo que tenía que hacer —afirma encogiéndose de hombros.

La cámara sigue al adolescente, que arranca la camisa de la percha. Se desprende de la camiseta sucia que llevaba puesta y se pone la camisa limpia que acaba de sacar del armario con movimientos rabiosos.

—Tuve que ponérmela —le dice el Peter anciano a la cámara con expresión estoica—. No podía salir sin camisa. Eran los años cincuenta. —Repite sus palabras con un susurro—. Tuve que ponérmela.

Llega una pregunta desde el otro lado de la cámara.

—¿De qué color era la camisa, Peter?

Peter niega con la cabeza. El recuerdo es demasiado doloroso.

—Peter —le apremia la voz fuera de plano—, ¿de qué color era la camisa?

Peter suspira con frustración.

—Naranja. Era naranja, ¿está bien? —Aparta la mirada de la cámara avergonzado.

Hay un fundido a negro.

La siguiente escena nos presenta a un nuevo personaje, una mujer bien vestida, profesional. Tiene el cabello rubio y largo, y lleva una camisa blanca recién planchada. Se la está alisando cuando mira hacia la cámara.

—¿Listos? —pregunta.

—Cuando usted lo esté —contesta la voz fuera de plano.

Ella asiente con la cabeza.

—Está bien. Pues comienzo, ¿eh? —Mira a otra persona en busca de indicaciones. Entonces vuelve a dirigirse a la cámara—. Soy la doctora Esther Bloombilingtington y soy experta en cromofobia.

Una voz fuera de plano pregunta:

—¿Puede definir ese concepto?

La doctora Bloombilingtington asiente con la cabeza.

—La cromofobia es un miedo persistente e irracional al color.

—¿A qué color, en concreto? —prosigue la voz fuera de plano.

—La cromofobia se presenta de manera diferente en cada paciente —contesta ella—. A veces, el paciente tiene miedo al color azul, o al verde, o al rojo, o al rosa, o al amarillo, o al negro, o al café, o al violeta. Incluso al blanco. No hay color que se libre, en realidad. Algunos pacientes incluso temen a diversos colores o, en los casos más graves... —Mira impávida hacia la cámara—. Temen a todos los colores.

La voz fuera de plano le plantea otra pregunta:

—Pero no ha venido a hablarnos de ninguno de esos colores, ¿verdad?

La doctora Bloombilingtington niega con la cabeza y vuelve a mirar a cámara.

—No. Hoy estoy aquí por un solo motivo. Por un color que ha aparecido con una consistencia alarmante en nuestros resultados. —Levanta los hombros al inspirar y los deja caer cuando vuelve a hablar—. Los resultados de este estudio son importantes, y creo que es necesario compartirlos con el mundo.

—¿Qué es lo que hay que compartir?

—Según nuestros hallazgos, hemos descubierto que el color naranja no solo es la causa de la mayoría de los casos de cromofobia, sino que nuestra investigación ha probado más allá de cualquier duda que el naranja es de lejos el peor de todos los colores.

La voz fuera de plano inquiere:

—Y ¿qué prueba tiene de todo esto?

La doctora Bloombilingtington mira muy seria a la cámara.

—Al margen de varias docenas de *likes* en nuestras encuestas de Twitter y de numerosas visitas a las historias de Instagram en las que hemos tratado el tema, también tenemos... a la gente. La gente y sus historias. —Se inclina hacia delante, va entornando los ojos mientras una melodía lenta y dramática comienza a sonar—. Escuchen sus historias.

Fundido a negro.

La siguiente escena nos devuelve a Kaitlyn, el primer personaje. Ahora habla con un pañuelo de papel en la mano.

—En cuanto mi madre le dijo esas palabras... —Levanta la mirada hacia la cámara—. Mi padre... mi padre se murió.

Se lleva el pañuelo a los ojos.

—Él... la miró, escandalizado ante el hecho de que pudiera sugerir siquiera pintar las paredes de la sala de color naranja. Y, nada más decirlo, dejó caer al suelo las muestras de plástico, se llevó la mano al corazón y... se murió.

Kaitlyn luce una expresión perpleja.

—La última palabra que oyó decir en voz alta fue... *naranja.* —Le brota un sollozo del pecho. Sacude la cabeza de aquí para allá—. Jamás podré perdonar a mi madre. ¿A quién se le ocurre sugerir el naranja para pintar las paredes? Fue lo último que oyó. ¡Lo último!

Inmediatamente después de su arrebato, hay un fundido a negro.

Volvemos con un flashback de Peter de joven. Está conduciendo una vieja camioneta de color azul y lleva la camisa naranja. Su expresión está deformada por la rabia.

—Quería ponerme la camisa azul, pero no tuve elección —narra el viejo Peter—. Sabía que a Mary le gustaba el color azul. Incluso me lo dijo el mismo día en que la invité a salir. Yo le comenté que me gustaba su vestido amarillo, y ella giró sobre sí misma hacia mí y contestó: «¿No es bonito?». Yo asentí con la cabeza, y a continuación ella dijo: «Me gusta tu camisa, Peter. El azul te queda bien».

La cámara nos muestra ahora al Peter anciano, sentado en la silla de color verde. Sus ojos están más enrojecidos que al principio.

—Cuando llegué al cine..., ella estaba en la puerta. Sola. Estacioné la camioneta, apagué el motor y me quedé mirándola. Estaba tan hermosa, parada allí con su vestido amarillo...

El flashback muestra a Peter de joven sentado en el vehículo, vestido con la camisa de color naranja, observando a una atractiva jovencita con un vestido amarillo que espera solitaria. Hace una mueca de dolor.

—No pude hacerlo. No pude dejar que me viera de esa manera.

El joven Peter enciende el motor de la camioneta y comienza a salir del estacionamiento.

Pasamos a ver a Peter ya anciano, en su sillón de color verde.

—¿Qué se suponía que debía hacer? —Está tan enfadado que comienza a levantarse, pero es demasiado viejo para ponerse de pie del todo—. ¡No podía acercarme a ella con esa camisa! ¡No tuve más remedio que irme!

Se deja caer sobre la silla. Niega con la cabeza, arrepintiéndose de manera evidente de aquella elección que tuvo un impacto tan profundo sobre el resto de su vida.

—¿Peter?

Peter levanta la mirada y la dirige hacia la derecha de la cámara, donde está el dueño de la voz que suena fuera de plano.

—¿Puede contarnos lo que pasó con Mary?

Peter se incorpora a medias de nuevo, le suelta un manotazo al aire.

—¡Se casó con Dan Stanley! ¡Eso es lo que pasó! —Se deja caer otra vez en el asiento, consumido por la pena—. Se conocieron esa misma noche... en el cine. La noche en que yo debía salir con ella vestido con mi camisa azul. Se enamoraron. Acabaron teniendo tres hijos y algunas cabras. U ovejas. Diantres, no lo recuerdo. Pero tuvieron un montón. Solía pasar por delante de su granja todos los días, camino del trabajo, y aquellos malditos animales parecían tan... saludables. Como si Dan Stanley cuidara realmente bien de ellos. Tal como cuidó bien de Mary, aunque ella debería haber sido mía.

Peter estira un brazo hacia la mesita auxiliar que tiene al lado del sillón. Toma un pañuelo de papel y se suena la nariz.

—Y aquí estoy. —Hace un gesto con la mano que engloba toda la sala, como si su vida no tuviera nada que ofrecer—. Solo. —Se vuelve a sonar mirando hacia la cámara. Esta se acerca a su rostro. Sigue una pausa, larga e incómoda. Entonces Peter dice—: Ya no quiero hablar más de esto. Se acabó.

Nuevo fundido a negro.

La siguiente escena nos muestra a la doctora Bloombilingtington, que enarca las cejas en un gesto de preocupación.

—¿Qué espera que le aporte a la gente este documental? —le pregunta la voz en *off*.

Ella mira hacia la cámara.

—Lo que espero... Lo único que espero... es que toda la gente que lo vea se una a nosotros para solicitar la prohibición de ese color atroz. El naranja no solo arruina vidas, sino que ape-

412

nas rima con nada. La gente intenta rimar palabras con *naranja*, pero... ¿qué puedes hacer con *franja* y *zanja*? Es que no funciona. —La cámara se acerca a su rostro. Su voz se convierte en un susurro cargado de seriedad—. Y nunca lo hará.

La pantalla se queda en negro.

Unas palabras comienzan a atravesarla. Son de todos los colores posibles menos el naranja. Dicen: «Si usted o alguien a quien conoce ha visto alguna vez el color naranja o ha dicho la palabra *naranja* en voz alta, podrían ustedes sufrir de cromofobia. Por favor, contacte con un psiquiatra con el fin de recibir un diagnóstico oficial. Si quiere donar dinero o formar parte de nuestra campaña para desterrar este color de nuestra lengua y de nuestro mundo, escríbanos por favor a ElColorQueNoSeDebeNombrar@gmail.com».

La pantalla se queda en negro.

Comienzan a pasar los títulos de crédito, pero solo hay tres nombres, ya que Miller, su yayo y yo hemos interpretado todos los papeles.

Miller se ha pasado todo el rato tomado de mi mano. Tiene la palma sudada. Sé que el video dura apenas cinco minutos, pero me ha parecido más largo. Sin duda costó mucho más tiempo grabarlo.

La habitación está en silencio. No sé si es buena o mala señal. Miro a Jonah, pero este sigue con la vista fija en la pantalla.

Lexie y Efren están mirando el suelo.

Mi madre es la primera en hablar.

—Ha sido... —Mira a Jonah en busca de ayuda, pero él sigue mirando la televisión. Continúa hablando—: Ha sido... inesperado. La calidad es genial. Y la interpretación. O sea... no sé. Nos has pedido que fuéramos sinceros, así que... no lo entiendo. Quizá sea demasiado mayor.

Lexie niega con la cabeza.

—No, no tiene nada que ver con la edad, porque ahora mismo estoy muy confundida.

—Es un falso documental —dice Miller a la defensiva—. Se supone que son para burlarse de los documentales. Son graciosos.

Efren asiente con la cabeza.

—Yo me he reído.

—No, no te has reído —replica Miller, que se dirige hacia el interruptor y enciende la luz.

Yo sigo esperando a que Jonah diga algo. Por fin aparta la vista de la televisión, y nos mira a los dos. Se queda así, en silencio, durante un instante.

Pero a continuación... se pone a aplaudir.

Al principio lo hace con lentitud, pero cuando se pone de pie el aplauso gana velocidad. Comienza a reírse, y me doy cuenta de que su reacción está logrando que Miller se relaje al fin.

—¡Ha sido genial! —exclama Jonah, que pone los brazos en jarra y vuelve a dirigir la mirada hacia la pantalla—. Es decir... la calidad. La interpretación. —Nos mira—. ¿Quién hace de Peter?

—Mi abuelo —contesta Miller.

—Es buenísimo —insiste Jonah—. Me ha parecido fantástico. Creo que con este corto tienen oportunidades de ganar.

—¿Estás intentando ser amable? —le pregunta mi madre a Jonah—. Porque no sabría decirlo.

—No. Es decir, creo que todos pensábamos que iba a ser algo mucho más serio. Quizá algo más personal. Pero, cuando he sido consciente de que era un falso documental, me he quedado sin palabras de lo bien que lo han hecho. Es acertado. Los dos.

Tanto Miller como yo suspiramos aliviados. Hemos trabajado tan duro en este proyecto... Y sé que es una bobada, pero es que esa era la idea.

No me molesta que nadie más lo haya entendido. La única opinión que nos importaba era la de Jonah, porque su nombre va ligado al proyecto como profesor responsable del programa.

Miller me levanta y me da un abrazo. Noto el alivio que emana de él mientras suspira contra mi cuello.

—Estoy tan contento de que se haya acabado —dice—. Pensé que no le iba a gustar nada.

Yo también me siento aliviada.

Esto está bien.

Miller se dirige a la laptop que ha conectado a la televisión.

—Está bien, tengo otro video.

Yo inclino la cabeza confundida.

—Pero si solo hemos hecho este...

Miller me mira y me sonríe.

—Este otro es una sorpresa.

Abre un archivo diferente y, en cuanto la televisión se conecta con la computadora, sale corriendo hacia el interruptor y apaga la luz.

No sé qué está tramando.

Sigo parada al fondo de la sala. Miller me rodea con el brazo desde atrás. Posa la barbilla sobre mi hombro.

—¿Qué es esto?

—Chis —dice—. Tú mira.

La película comienza con Miller mirando a la cámara. La sujeta él mismo, y la dirige hacia su cara. Saluda con la mano.

—Hola, Clara. —Deja la cámara en el suelo. Está en su habitación. Se sienta en la cama y dice—: Está bien, sé que me dijiste que no te gustan las cosas elaboradas, pero... más o menos comencé con esto antes de que me lo contaras. Así que... espero que te guste.

La pantalla se queda en negro y pasa a mostrar imágenes de nosotros dos. Es todo el material suplementario que ha rodado durante los últimos meses. Videos de los dos sentados debajo de un árbol en el parque. De los dos trabajando en el proyecto de corto. De los dos en la escuela, en su casa, en mi casa.

El montaje de videos se acaba y la escena siguiente de hecho tiene sonido. Es Miller, que manipula la cámara con torpeza. Está junto a su camioneta, cierra la puerta de golpe y apunta con la cámara hacia sí mismo.

—Eh, Clara. Creo que deberías venir al baile de graduación conmigo. —Lo dice con un susurro, y a continuación pone la cámara en un trípode. Me señala.

Fue el primer día que montó la cámara, cuando fuimos al camión de comida rápida. Él se aleja para ir a pedir los bocadillos y yo aparezco haciéndole muecas a la cámara.

La siguiente escena es del día en que faltamos a clases. Él monta la cámara, apunta hacia el árbol. Yo estoy apoyada contra él, con la mirada perdida en el agua. En un primer momento Miller no aparece en el plano, pero entonces mete la cara delante de la cámara.

—Eh, Clara —murmura de manera apresurada—. Deberías venir al baile de graduación conmigo.

A continuación se aleja y se cuela entre el árbol y mi cuerpo, como si no pasara nada.

No tenía ni idea de que hubiera estado haciendo todo esto. Me volteo para mirarlo, pero él me invita a que siga mirando hacia la televisión.

Las siguientes tres escenas proceden de otras citas, y él va metiendo *promposiciones* mientras estamos juntos, sin que yo tenga la menor idea de lo que hace.

Entonces una nueva escena lo muestra haciendo fila en el Starbucks. Dirige la cámara hacia mí. Estoy sola, sentada en una esquina, leyendo un libro.

«Dios mío. Es del día de nuestro primer beso.»

Miller vuelve el objetivo hacia sí mientras sigue haciendo fila.

—Estás tan guapa, ahí sentada, leyendo tu libro —musita—. Creo que deberías venir al baile de graduación conmigo.

—Miller —susurro. Intento voltearme para mirarlo, pero él no quiere que quite los ojos de la pantalla. Estoy emocionada. No esperaba que ninguna de estas imágenes fuera de antes de que comenzáramos a salir.

En la siguiente escena, Miller está al aire libre, recostado contra un mástil. En un principio no reconozco el lugar, pero entonces se seca el sudor de la frente y se quita la paleta de la boca, y me doy cuenta de que está junto a la señal que marca el límite urbano. Mira hacia la cámara y dice:

—Bueno. Clara Grant. Acabas de pasar con tu coche y sé que me has visto parado aquí, a un lado de la carretera. Esta es la cuestión. Tengo novia, pero ya no pienso en ella cuando me voy a la cama por la noche, y el yayo dice que esa es una mala señal y que debería cortar con ella. O sea, llevo mucho tiempo sintiendo algo por ti, y tengo la sensación de que estoy perdiendo mi oportunidad. Así que te propongo un trato. Si al llegar al pie de esa colina haces un cambio de sentido y vuelves hacia aquí, me lo tomaré como una señal, haré por fin caso a mi instinto, cortaré con mi novia y acabaré invitándote a salir. Es posible que hasta te pida que vengas al baile de graduación conmigo. Pero, si no haces un cambio de sentido, entonces asumiré que tú y yo no estábamos destinados a... —De repente levanta la mirada y ve algo. Sonríe y devuelve la vista al celular. Fíjate tú. Estás volviendo.

Esa parte del video se acaba y yo estoy llorando.

No reconozco en absoluto el inicio de la siguiente escena. La cámara apunta hacia el suelo, y luego hacia el yayo.

En este video el yayo parece tener algunos años menos. Y estar mejor de salud.

—Quita eso de mi cara —le ordena.

Miller vuelve el objetivo hacia sí. También parece más joven. Está muy delgado, lo más probable es que tenga unos quince años.

—El yayo está emocionado con el espectáculo —comenta con sarcasmo, y dirige la cámara hacia el escenario.

Al reconocer el decorado se me dispara el corazón.

La cabeza también. Dos veces intentó el abuelo de Miller contarme algo que había pasado en la escuela cuando él tenía quince años. Y las dos veces Miller se sintió tan avergonzado que lo hizo callar.

Miller me da un beso en la sien porque sabe que he estado deseando conocer esta historia desde el día que me presentó a su abuelo.

La cámara se apaga. Cuando vuelve a encenderse, sigue siendo la misma noche, pero ya al final de la obra. Y yo aparezco en la imagen. Tengo catorce años y estoy sola sobre el escenario, pronunciando mi monólogo. La cámara realiza una panorámica lenta que va de mí a Miller.

Debe de ser su abuelo quien la sostiene ahora.

Miller tiene la mirada fija en el escenario. Está inclinado hacia delante, con las manos juntas bajo la barbilla. El abuelo hace un *zoom* sobre él mientras me observa. Mantiene el plano así todo un minuto. Miller está pendiente de cada palabra que digo en escena, completamente abstraído. Su abuelo no aparta la cámara de él en ningún momento, pero Miller ignora que lo está grabando.

El monólogo era la parte final de la obra, así que después de recitar la última línea todo el público comienza a aplaudir.

Menos Miller, que permanece inmóvil.

—Guau —susurra—. Esta chica es increíble. Es épica.

Entonces es cuando mira a su abuelo y ve que lo está grabando. Intenta arrancarle la cámara de la mano, pero el yayo la aparta y la orienta de manera que los dos aparezcan en el plano. Miller pone los ojos en blanco mientras su abuelo dice:

—Creo que te acabas de enamorar.

Miller se ríe.

—Cállate.

—Te has enamorado y yo lo he grabado. —Vuelve a dirigir la cámara hacia Miller y pregunta—. ¿Cómo se llama?

Miller se encoge de hombros.

—No estoy seguro. Clara, creo. —Abre el cartel de la obra y desplaza la mirada por él hasta detenerse en mi nombre—. Clara Grant. Ha interpretado el papel de Nora.

El abuelo sigue grabando. Miller ni siquiera rechaza lo que le ha dicho. Todos los presentes continúan aplaudiendo a los actores, que han salido a saludar, pero Miller mira hacia la cámara.

—Ya puedes parar.

Su abuelo se ríe.

—Creo que es guapa. Podrías invitarla a salir.

Miller se ríe.

—Sí, claro. Ella es un diez. Yo soy como un cuatro. Quizá un cinco.

El yayo dirige la cámara hacia sí mismo.

—Yo te pondría un seis.

—Apágala —le pide Miller de nuevo.

El yayo sonríe a la cámara y la dirige hacia Miller una vez más. Cuando anuncian mi nombre y me llega el turno de hacer una reverencia, Miller se muerde el labio intentando esconder una sonrisa.

—Parece que estás enamorado —comenta su abuelo—. Es una pena terrible, porque no tienes nada que hacer.

Miller mira a la cámara. Se ríe y ni siquiera intenta esconder el hecho de que parece estar embelesado. Se inclina hacia delante, acercándose al objetivo, y mira directamente hacia él.

—Un día de estos, esa chica se va a fijar en mí. Ya lo verás.

—No soy inmortal —contesta su abuelo—. Y tú tampoco.

Miller vuelve a mirar hacia el escenario y se ríe.

—Eres el peor de mis abuelos.

—Soy el que tienes.

—Gracias a Dios —dice Miller riéndose.

Entonces la cámara se apaga.

Me caen lágrimas por las mejillas. Estoy negando con la cabeza, completamente conmocionada. Miller, que sigue abrazándome, pega la boca a mi oreja.

—Y tú decías que las *promposiciones* eran estúpidas.

Me río sin dejar de llorar. A continuación me volteo y lo beso.

—Es evidente que me equivoco muy a menudo.

Él pega la frente a la mía y sonríe.

Alguien enciende las luces. Al separarnos, veo que mi madre se está secando los ojos.

—Bueno, ese es el proyecto que deberían haber enviado.

Lexie muestra su acuerdo asintiendo con la cabeza.

—No cumple con los requisitos —repone Jonah—. No se ha filmado enteramente este año. —Mira a Miller y le guiña un ojo—. Pero ha estado genial.

Me quedo mirando la pantalla vacía de la televisión, incrédula. Y entonces me doy cuenta de algo.

—Espera un momento. —Encaro a Miller—. Me dijiste que habías bautizado la camioneta por una canción de los Beatles.

Pero Nora era el nombre de mi personaje en esa obra. —Sonríe—. ¿Los Beatles tienen una canción llamada *Nora*?

Él niega con la cabeza, y ahora mismo es que no creo lo que ha hecho. Nunca logrará superar esto.

Una hora más tarde sigo muy feliz. Pero no es una felicidad real. Es una felicidad de Miller.

Ha prometido llevarme a comer algo, porque me estoy muriendo de hambre, pero ha tomado la dirección opuesta a la del pueblo.

—Pensé que íbamos a cenar.

—Antes quiero pasar por casa para enseñarte algo.

Estoy sentada en el centro del asiento de su camioneta, con la cabeza apoyada en su hombro. Mientras miro el celular, noto que comienza a ralentizar la marcha. Pero pasamos de largo la entrada al camino de acceso de Miller, que se estaciona a un lado de la carretera a oscuras.

—¿Qué haces?

Él abre la puerta de la camioneta, me toma de la mano y me jala. Me hace caminar un par de metros y señala algo. Levanto la mirada y me encuentro con la señal del límite de la ciudad.

—¿No notas nada?

Miro hacia abajo, y veo que está pegada con cemento al suelo. Me río.

—Vaya. Lo has conseguido. Has desplazado el límite urbano.

—Pensaba que esta noche podríamos quedarnos en casa y pedir una pizza con el abuelo.

—¿De piña y *pepperoni*?

Miller niega con la cabeza, deja caer mi mano y se dirige de vuelta hacia la camioneta.

—Tan cerca de la perfección del diez, Clara. Tan cerca.

Cinco minutos después, su abuelo y yo nos comportamos como si el que Miller esté pidiendo una pizza fuera lo más emocionante que hubiéramos visto nunca. Los dos estamos sentados al borde de la silla. Yo me muerdo las uñas. Miller tiene el celular en altavoz, así que la tensión se adueña de la estancia cuando el tipo de la pizzería explica:

—Creo que no entregamos tan lejos. Nuestra zona de reparto no va más allá de los límites de la ciudad.

—Yo vivo dentro de los límites de la ciudad. Por seis metros —afirma Miller con aplomo.

Hay un silencio en el otro extremo de la línea, hasta que el tipo cede:

—De acuerdo. Te he introducido en el sistema. Estaremos allí en unos cuarenta y cinco minutos.

Cuando Miller cuelga, él y yo pegamos un salto y chocamos las palmas en alto. El yayo no puede saltar, así que le choco los cinco abajo.

—Soy un genio —dice Miller—. Cinco meses de trabajo duro e ilegal han acabado obteniendo su recompensa.

—Diría que estoy orgulloso de ti —comenta su abuelo—. Pese a que no quiero justificar ninguna actividad ilegal... a ver, que es pizza, así que...

Miller se ríe. Suena la alarma del temporizador de la medicación del yayo, así que me dirijo a la cocina a buscar las pastillas que necesita. Le he estado ayudando a Miller con su abuelo mientras él estaba en el trabajo. Hay un enfermero que viene a jornada completa, pero de este modo tiene ayuda también durante el resto de las horas del día.

Me gusta poder pasar el rato con él. Me cuenta muchas historias geniales sobre Miller. Sobre su propia vida. Y, aunque sigue haciendo bromas con lo de que su esposa se fue, me encanta oírlo hablar de ella. Estuvieron casados cincuenta y dos años, hasta su muerte. Oír sus historias hace que reafirme mi fe en el amor.

Jonah y mi madre también me están ayudando. Verlos juntos se me hizo raro durante un tiempo, pero hacen buena pareja. Quieren ir poco a poco y han decidido esperar antes de tomar alguna gran decisión, como la de irse a vivir juntos. Pero cenamos con Jonah y Elijah casi todas las noches.

Con mi madre, Jonah es una persona completamente distinta a como era con la tía Jenny. No es que hubiera dejado de llevar una vida feliz con la tía Jenny y Elijah, sino que mi madre hace que se ilumine de una manera como yo no lo había visto nunca. Cada vez que ella se le acerca, Jonah la mira como si fuera lo mejor que haya visto nunca.

A veces descubro a Miller mirándome de ese modo. Como en este mismo instante, mientras estoy aquí en la cocina, preparando las medicinas de su abuelo.

Las llevo a la sala y me siento en el sofá, al lado de Miller.

El yayo se toma las medicinas y deja el vaso de agua en la mesa contigua a su sillón.

—¿Y bien? Entiendo que al final has visto el video de cuando Miller se enamoró de ti.

Me río y me recuesto sobre Miller.

—Tu nieto es un romántico.

El yayo se ríe.

—No, mi nieto es un lento. Tardó tres años en invitarte a salir.

—La paciencia es una virtud —replica Miller.

—No cuando uno tiene cáncer. —Se pone de pie—. Llevo siete meses pensando que me voy a morir, pero no hay forma de que pase. Supongo que más vale que acabe con esto. —Se dirige lentamente hacia la cocina sirviéndose de la andadera.

—¿Que acabes con qué?

Abre un cajón en el que guarda un montón de papeles. Se pone a hurgar entre ellos, saca una carpeta y regresa con ella a la sala. La tira sobre la mesa, delante de Miller.

—Quería esperar y que fuera mi abogado quien te lo contara después de mi muerte. Pensé que sería más gracioso así. Pero a veces me da la sensación de que no me voy a morir nunca, y a ti no te queda mucho tiempo para presentar la solicitud de la universidad.

Miller jala la carpeta hacia sí. La abre y se pone a leer la primera página. Parece ser un testamento. Miller lo examina y se ríe entre dientes.

—¿De verdad me has dejado en tu testamento los derechos de tu aire? —pregunta levantando la mirada del documento.

Su abuelo pone los ojos en blanco.

—¡Llevo diez años diciéndotelo, pero no haces más que reírte de mí!

Miller se encoge de hombros.

—Quizá no esté entendiendo la broma... ¿Cómo se le puede legar a alguien el aire?

—¡Son los derechos del aire, tonto! —El yayo empuja el sillón hacia atrás—. Los compré cuando tenía treinta años, en la época en que tu abuela y yo vivíamos en Nueva York. Esos cabrones llevan años intentando que se los venda, pero te dije que te los iba a dar a ti, y no soy de los que rompen sus promesas.

Supongo que estoy igual de confundida que Miller.

—¿Qué son los derechos del aire?

El yayo hace rodar la cabeza.

—¿Es que no les enseñan nada en la escuela? Es como ser dueño de un terreno, pero en las grandes ciudades puedes poseer zonas de aire para que la gente no pueda construir delante o encima de tu edificio. Yo poseo un pequeño trozo de ese aire en Union Square. La última vez que miré valía unos 250,000 dólares.

Miller se atraganta con su propia saliva. Sigue atragantándose, rociando gotitas. Le doy unos golpes en la espalda antes de que se ponga de pie y señale la carpeta.

—¿Me estás tomando el pelo?

El yayo niega con la cabeza.

—Sé cuánto deseas ir a esa universidad de Austin. Mi abogado me dijo que graduarte te costaría unos 150,000 dólares. Además, cuando vendas los derechos tendrás que pagar impuestos. Me imagino que te quedará lo suficiente para ayudarte con el enganche de una casa, algún día, o quizá para viajar. O para comprar material cinematográfico, no lo sé. No te he hecho rico, pero es mejor que nada.

Miller, que parece estar al borde de las lágrimas, se pone a caminar de un lado al otro de la habitación intentando no mirar a su abuelo. Cuando lo hace tiene los ojos enrojecidos, pero se está riendo.

—Durante todo este tiempo me has estado diciendo que solo iba a heredar aire. Pensaba que era una de tus bromas. —Se dirige hacia su abuelo y le da un abrazo. Entonces se aparta—. Y ¿qué quieres decir con eso de que estabas esperando a morirte antes de contármelo? ¿Por qué?

Su abuelo se encoge de hombros.

—Pensé que sería divertido. Que me podría apuntar una broma final después de muerto, cuando menos te lo esperaras.

Miller pone los ojos en blanco. A continuación me mira a mí, sonriente. Me doy cuenta de que estamos pensando lo mismo, y nada me podría hacer más feliz que saber que estaremos en la misma ciudad cuando me gradúe el año que viene. En la misma universidad. Quizá hasta compartamos algunas clases.

—Te das cuenta de lo que esto significa, ¿verdad? —le pregunto. Miller se encoge de hombros—. La universidad de Texas... El color de tu universidad será el naranja, Miller.

Él se ríe, igual que su abuelo. Pero Miller no es consciente de que las bromas no han llegado a su fin. Me estoy guardando una para el baile de graduación.

Me he comprado el vestido perfecto para esa ocasión tan especial. Es de la tonalidad naranja más atroz que he podido encontrar.

Fin

AGRADECIMIENTOS

Ante todo, quiero darles las gracias por haber leído este libro. Al parecer soy incapaz de limitarme a un solo género, así que el hecho de que apoyen lo que me gusta escribir en cada momento es lo que más valoro de mi carrera.

En cada libro suelo tener siempre una lista inmensa de nombres a los que darles las gracias, pero creo que ya mencioné a casi todas las personas que conozco en los agradecimientos de *Verity. La sombra de un engaño.* Y, aunque podría hacer lo mismo, en esta ocasión voy a abreviar para comenzar centrándome en algunas personas que no han tenido nada que ver con la creación de esta novela. Kimberley Parker y Tyler Easton, quiero darles las gracias por representar un ejemplo tan épico para cualquier padre y madre. La manera en que crían juntos a sus hijos es un motivo de inspiración y de esperanza, y creo que eso se debe reconocer. También me gustaría darles las gracias a Murphy Fennell y Nick Hopkins por el mismo motivo, y por ser los mejores padres a los que mi sobrina podría aspirar.

Gracias a quienes revisaron este libro mientras lo escribía. Brooke, Murphy, Amber Goleb, Tasara, Talon, Maria, Anjanette, Vannoy y Lin: aprecio su sinceridad y sus comentarios. Hacen que siga deseando crecer en esta carrera, y ese es la razón por la que continúo bombardeándolos con mis borradores.

Un agradecimiento enorme para mi agente, Jane Dystel, y para todo su equipo. No hacen más que sorprenderme con su apoyo, conocimiento y estímulos constantes.

Gracias a Anh Schluep y a todo el mundo en Montlake Romance. Este es nuestro primer libro juntos, y he disfrutado muchísimo trabajando con todo el equipo. ¡No veo el momento de crear nuevas historias con ustedes!

Gracias a Lindsey Faber por ser un encanto de persona con la que trabajar. Ojalá pueda tenerte a mi lado para siempre.

A todos mis amigos escritores, lectores, blogueros, *bookstagrammers*, *booktubers*, profesionales de la industria y demás... gracias por formar parte del maravilloso mundo del libro. La creatividad que todos llevan dentro es un motivo constante de inspiración para mí.